DAL MONDO

FRANCIA

DELLO STESSO AUTORE PRESSO LE NOSTRE EDIZIONI:

Ninfee nere
Tempo assassino
Non lasciare la mia mano
Mai dimenticare
Il quaderno rosso
La doppia madre
La Follia Mazzarino
Forse ho sognato troppo
Usciti di Senna
La caduta del sole di ferro. N.E.O. Libro uno
Tutto ciò che è sulla Terra morirà
I due castelli. N.E.O. Libro due
Nulla ti cancella

LA MIA BOTTIGLIA PER L'OCEANO

Michel Bussi

LA MIA BOTTIGLIA PER L'OCEANO

Traduzione dal francese
di Alberto Bracci Testasecca

edizioni e/o

Edizioni e/o
Via Camozzi, 1
00195 Roma
info@edizionieo.it
www.edizionieo.it

Art direction: Emanuele Ragnisco
instagram.com/emanueleragnisco

Illustrazione in copertina di Mariachiara Di Giorgio

Impaginazione di Martina Perseli

ISBN 978-88-3357-426-4

Alla memoria di Claude Simon,
padre del mio amico Pascal

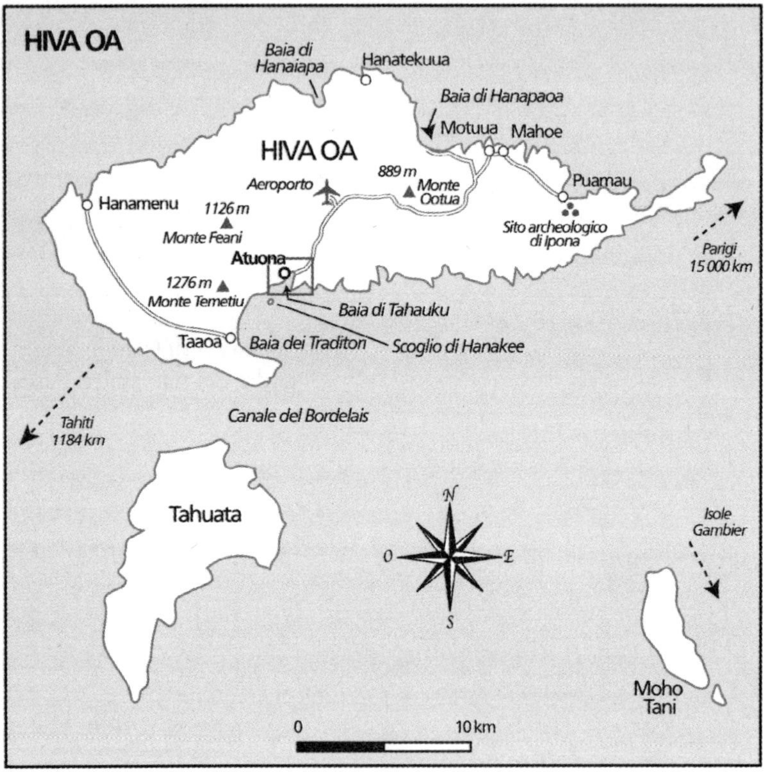
HIVA OA
Baia di Hanaiapa
Hanatekuua
Baia di Hanapaoa
Motuua
Mahoe
HIVA OA
889 m
Monte Ootua
Aeroporto
Puamau
Hanamenu
1126 m
Monte Feani
Sito archeologico di Ipona
Parigi 15 000 km
Atuona
1276 m
Monte Temetiu
Baia di Tahauku
Taaoa
Baia dei Traditori
Scoglio di Hanakee
Canale del Bordelais
Tahiti 1184 km
Tahuata
N
O
E
S
Isole Gambier
Moho Tani
0
10 km

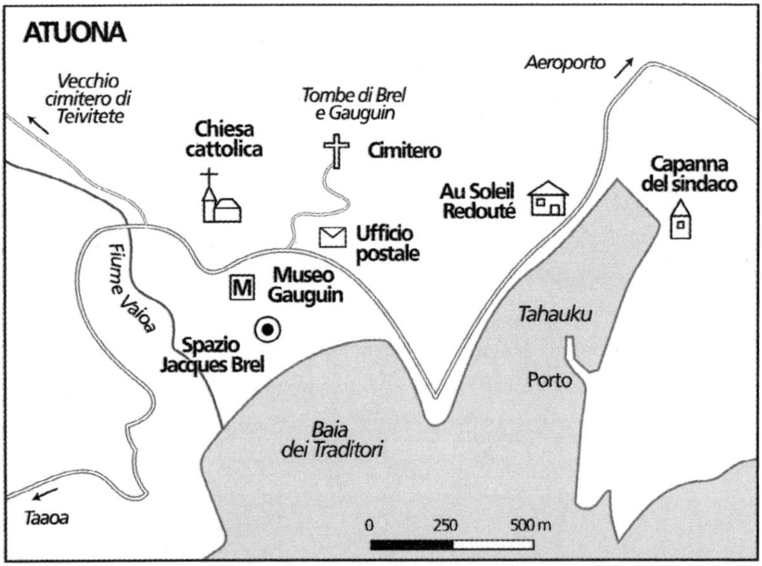
ATUONA
Aeroporto
Vecchio cimitero di Teivitete
Tombe di Brel e Gauguin
Chiesa cattolica
Cimitero
Capanna del sindaco
Au Soleil Redouté
Ufficio postale
Fiume Vaioa
Museo Gauguin
Tahauku
Spazio Jacques Brel
Porto
Baia dei Traditori
Taaoa
0
250
500 m

I pesci stanno dormendo.

Non sono morti o intorpiditi da un mare troppo caldo, no, stanno proprio dormendo.

La donna si avvicina di più agli scogli frastagliati e neri in fondo alla baia dei Traditori per guardare meglio le piscine naturali in cui galleggiano. Nel campo che sovrasta la spiaggia due cavalli bruni stanno mangiucchiando foglie di frangipani. Sul momento ne invidia la pigra libertà, poi nota le corde che li tengono legati a due paletti.

Torna a guardare le pozze.

Una cinquantina di pesci intrappolati tra le rocce nere fanno il morto, immobili, con gli occhi aperti, lasciandosi cullare dai cavalloni dell'oceano Pacifico. Ammucchiati e variopinti, ci sono cernie, pesci pappagallo, pesci chirurgo. È come una piscina in un mercoledì di canicola... con un solo bagnino a sorvegliare tutti!

Il bagnino ha l'acqua fino alle cosce, tatuaggi delle isole Marchesi fino alle orecchie, capelli grigi crespi e una corporatura da pilone di rugby. Raccoglie i pesci addormentati a mani nude e li mette nel paniere di foglie di banano intrecciate che porta a tracolla.

La donna lo riconosce. È Pito, il giardiniere che qualche volta va al Soleil Redouté a potare piante e alberi, un gigante dai gesti lenti che deve avere quasi settant'anni. Anche lui la riconosce, e si porta un dito davanti alle labbra.

Shhh!

Lei si stupisce. Perché deve stare zitta? I pesci si sveglieranno di soprassalto se dice una parola?

No davvero!

Pito scoppia a ridere.

«Tu non hai visto niente, d'accordo, bellezza? Se ti chiedono qualcosa devi giurare che mi hai visto prenderli con l'arpione!».

La donna sgrana occhi sorpresi che hanno l'aria di divertire molto il marchesiano.

«Lo... lo prometto».

Il pescatore osserva la giovane davanti a sé con il reggiseno del costume e il pareo a fiori di ibisco annodato intorno alla vita, poi le fa l'occhiolino.

«È una vecchia magia delle Marchesi!».

Sceglie con cura un ultimo pesce pappagallo, grosso e con le squame azzurre e verdi, poi sale anche lui sugli scogli. Lei capisce che può finalmente fargli delle domande.

«I... i pesci dormono con gli occhi aperti?».

Di nuovo la fragorosa risata del marchesiano si frange sulle rocce.

«Certo, non hanno palpebre!».

«E... e dormono di giorno?».

La donna non si capacita di avere una conversazione tanto surreale con un anziano tatuato dalla testa ai piedi sulla spiaggia di Atuona, principale e minuscolo villaggio di Hiva Oa, l'isola più grande dell'arcipelago delle Marchesi nonché la più isolata al mondo, a più di quindicimila chilometri da Parigi e seimila dal continente più vicino.

«Sì» risponde Pito contando le sue catture. «Con un aiutino».

La giovane non è stupida, capisce che l'uomo sta pescando di frodo! E che lei ha visto troppo...

Si chiede se Pito la strangolerà o la renderà sua complice.

Pancia in fuori, ormai probabilmente più assiduo ai terzi tempi che agli allenamenti, il pilone di rugby accenna un breve movimento di haka prima di andare verso di lei zoppicando un po'.

«Ormai solo i vecchi marchesiani sanno pescare così» dice indicando con gli occhi gli alberi che ricoprono le montagne circostanti, «con la polvere di noce di hotu! Se la sai riconoscere la trovi un po' dappertutto nelle foreste in riva al mare. Finché la noce non è aperta non è pericolosa, ma la mandorla al suo interno è un veleno mortale! Spaccane una e falla mangiare ai polli, vedrai!».

I cavalli si sono avvicinati. La corda è abbastanza lunga da consentire loro di scendere sulla spiaggia a brucare i ciuffi d'erba che crescono accanto al frangiflutti. Anche di fare il bagno? Il vecchio marchesiano li accarezza distrattamente.

«Tranquilla, bellezza, non usiamo più l'hotu per i sacrifici umani. Ci siamo accorti che, una volta avvelenati, gli stranieri erano più difficili da digerire»[1]. Una fragorosa risata scuote di nuovo l'enorme gabbia toracica dell'uomo. «Ma da sempre, sapendo pestare le mandorle con il dosaggio giusto, possiamo versarlo in mare e ubriacare i pesci...». Il pescatore fa scorrere un'ultima volta lo sguardo sulla pelle abbronzata della giovane, dai piedi scalzi al fiore di tiarè che ha in equilibrio sull'orecchio. «...e le belle turiste».

[1] Il cannibalismo è stato praticato sulle isole Marchesi fino all'Ottocento. Ora rimane come argomento di battute. [Tutte le note sono dell'Autore.]

Edizioni Servane Astine
41, rue Saint-Sulpice
75006 Parigi

GENTILE SIGNORA,

lei ha fatto parte dei 32.859 partecipanti al concorso *Penne lontane*, organizzato dalle edizioni Servane Astine, per cercare di vincere un eccezionale invito al laboratorio di scrittura condotto dallo scrittore Pierre-Yves François, della durata di una settimana, che si svolgerà a Hiva Oa (isole Marchesi).

Congratulazioni! Ho l'immenso piacere di informarla che fa parte delle cinque vincitrici, i cui nomi sono:

CLÉMENCE NOVELLE
MARTINE VAN GHAL
FARÈYNE MÖRSSEN
MARIE-AMBRE LANTANA
ELOÏSE LONGO

Le chiediamo di confermare la sua partecipazione entro sette giorni e di indicare se sarà accompagnata. Verrà alloggiata nella pensione Au Soleil Redouté (www.au-soleil-redoute.com). Ci metteremo molto presto in contatto con lei per i vari dettagli pratici, ma volevamo fin d'ora informarla della bella notizia.

Nel rinnovarle le nostre congratulazioni la preghiamo di gradire i sensi della nostra più sincera amicizia.

Servane Astine

Diario di Maïma
Prima di morire...

Arrivo senza fiato al Soleil Redouté. Mentre aspetto che il cuore si calmi ripenso alla prima volta che ho visto la pensione, tre giorni fa, dopo essere atterrata all'aeroporto Jacques Brel insieme a mamma e alle altre quattro vincitrici del concorso.

La luminosità si abbassa di colpo. Alzo gli occhi. Il sole si è fatto intrappolare dal velo di nuvole attaccate al monte Temetiu, sembra un pesce luna incastrato nelle maglie di una rete. In un attimo il verde di palme da cocco, manghi e banani si fa glauco. Grigio di mare prima della tempesta.

Approfitto dell'improvvisa penombra per avanzare il più silenziosamente possibile nel vialetto mentre continuo a riprendere fiato sotto il fogliame delle buganvillee. Ho appena corso per due chilometri, duecento metri di dislivello, senza fermarmi.

Nessun rumore, nessun movimento, né sotto il pergolato né nella sala Maeva né in qualcuno dei sei bungalow. Do una breve occhiata panoramica alla baia dei Traditori, allo scoglio di Hanakee e alla spiaggia nera del villaggio di Atuona, deserto. Scruto un'altra volta il cielo vuoto, ultima speranza, e senza starci più a pensare scalo le pareti di bambù del faré[2] di Tanaé. Appoggio i piedi sui pilastri scolpiti e raggiungo senza difficoltà il tetto in foglie di pandano essiccate. In equilibrio a piedi nudi sulle travi arrivo fino all'apertura di trenta centimetri sotto il lucernario e mi infilo dentro.

[2] Abitazione tradizionale polinesiana.

A sedici anni, sottile come un'anguilla, sono l'unica a poter entrare in questo modo nelle case della pensione, anche se porte e finestre sono chiuse. Nei giorni scorsi l'ho fatto per dare una mano a Yann e Clem, ma ora, dopo tanti morti e tanto sangue versato, l'urgenza è diventata un'altra.

Mi appendo per un attimo alla trave, poi mi lascio cadere nel faré. Rivedo la mia folle corsa dal cimitero a qui, l'incisione sulla tomba, il cadavere seppellito. So cosa sono venuta a cercare: il manoscritto di cui mi ha parlato Tanaé pochi minuti fa, il racconto di Clem e delle altre quattro lettrici del laboratorio di scrittura. Il diario completo di questi due giorni. Quello che ognuna ha visto, pensato e capito.

Non devo cercare a lungo, la cartella è posata sulla scrivania in legno di rosa. Un centinaio di fogli. Sul primo ci sono solo due righe:

La mia bottiglia per l'oceano
Racconto di Clémence Novelle

Sopra le montagne il sole bianco è uscito dalle nuvole e i suoi raggi attraversano brutalmente la finestra del faré abbagliando la stanza con un chiarore temuto.

Prendo la cartella e mi siedo nell'ultimo angolo rimasto in ombra, sul letto, sotto la zanzariera. Non per paura delle zanzare, che preferiscono i popa'a[3], ma perché quei veli sospesi sui letti mi hanno sempre fatto pensare a baldacchini da principessa.

Sotto un cielo di merletto i sogni devono venire più carini.

Apro la cartella.

Chissà se liberare questi sogni sotto una zanzariera impedisce loro di volare via...

Prima di morire vorrei...

[3] Nome con cui i polinesiani chiamano gli stranieri.

Due giorni prima

La mia bottiglia per l'oceano

Parte I

Racconto di Clémence Novelle

Prima di morire vorrei...

Scrivere un romanzo che si vende in quarantatré lingue su cinque continenti
Incontrare il principe azzurro
Fare il giro del mondo su una barca a vela bianca
Arrivare a cinquant'anni senza un capello bianco
Attraversare l'Australia su un cavallo bianco
Ehm... che altro?
Ehm...
Bianco! Il bianco!

Oso a stento rileggere quel che ho scritto.

È di una banalità abissale! Resisto alla tentazione di appallottolare il foglio e buttarlo nel secchio della spazzatura sotto il mango selvatico del parcheggio della spiaggia. Appollaiato sull'albero, un galletto mi prende in giro.

Deficiente!

Le Marchesi sono una destinazione da sogno, ma con un neo: le migliaia di galli in libertà che di notte ti impediscono di dormire e di giorno si burlano delle tue occhiaie.

Prendo un altro foglio bianco.

LA MIA BOTTIGLIA PER L'OCEANO
Capitolo 1

Ecco, tanto vale cominciare così: mi chiamo Clémence.

Clémence Novelle.

Come descrivermi in poche parole? Ho trent'anni (anche se manca qualche mese), sono di Parigi (anche se a qualche stazione di RER B di distanza), sono single (a parte qualche amante vampiro che in genere si dilegua con il sole del mattino) e lavoro in un call center di Nanterre. Fisicamente sembro un po' un ragazzo mancato, ho i capelli corti, scarpe da trekking, pantaloni militari e maglietta larghissima.

La mia tuta mimetica!

In realtà in cuor mio amo una cosa che agli uomini non piace troppo: le parole! Mi sono candidata per il laboratorio di scrittura a Hiva Oa solo per questo: mettere a letto le parole, rimboccare loro le coperte e farle sognare fino a che compongano un romanzo, il mio romanzo, la mia bottiglia per l'oceano.

Oso a stento rileggere le prime...

Racconto di Clémence Novelle
Prima di morire vorrei...

La chiesa di Atuona ha appena suonato mezzogiorno. Non ce la farò mai a finire. Fra poco Tanaé ci chiamerà per il pranzo e PYF raccoglierà i nostri compiti prima che ci mettiamo a tavola. Mi concedo tuttavia il tempo di guardarmi intorno. Alcune ragazzine tentano di cavalcare le onde della spiaggia nera su tavole da surf fatte in casa. I ragazzi giocano a pallone sul campo di calcio che occupa tutta la linea costiera: lo stadio più bello del mondo! Le porte del capannone dello spazio culturale Brel sono aperte, sento il grande Jacques cantare a ciclo continuo i suoi versi tristi.

Grazie, Jacques! Non ho bisogno che mi butti giù il morale! Il mio capello bianco che fa rima con cavallo bianco non è all'altezza del tuo genio. Okay, ho capito!

Ripenso alle istruzioni che ci ha dato PYF stamattina.

"Esercizio n. 2. *Prima di morire vorrei...* Inventate il seguito. Siate originali, sorprendenti, divertenti, commoventi e soprattutto sincere. Avete tre ore".

Succedeva tre ore fa!

Prima di morire vorrei...

Non vergognarmi come una ladra consegnando un compito in bianco...

Abbasso gli occhi sulle pagine del quaderno, mi tornano in mente le prime istruzioni di PYF, quelle di ieri:

"Esercizio n. 1. La vostra bottiglia per l'oceano. Scrivete, scrivete tutto, senza pudore, senza paura, senza ritegno, scrivete come se nessuno dovesse leggervi mai, scrivete come se poi foste pronte a lanciare tutto nell'oceano!".

Eccomi qua, scrivo. *La mia bottiglia per l'oceano*, romanzo di Clémence Novelle. Primo capitolo. Esercizio n. 2.

Vabbè, pazienza, lascio che le parole si mettano in fila senza organizzarle.

Prima di morire vorrei...

Vivere sempre qui, ecco! Tutta la vita! Non riprendere più l'aereo per Parigi.

Ancora una volta mi deconcentro e ripenso al tragitto Parigi-Tahiti, ventidue ore di volo, scalo a Papeete, poi altre quattro ore di aereo fino alle Marchesi con il naso incollato all'oblò per non perdermi niente degli atolli e dell'azzurro del mare, più turchese dell'inchiostro delle mie poesie adolescenziali.

Rivedo l'arrivo a Hiva Oa, una montagna smeraldina in mezzo al nulla che sembra più selvaggia e inesplorabile man mano che il piccolo Boeing dell'Air Tahiti Nui si avvicina. La foresta ricopre tutto meno alcune spiagge delimitate da palme, come oasi al contrario.

Ricordo le ruote dell'apparecchio che si posano sulla pista del minuscolo aeroporto Jacques Brel, risento l'odore delle collane portafortuna di fiori o granelli rossi che alcune marchesiane paffute ci offrono appena atterriamo.

Rivivo il primo momento di costernazione: non c'è connessione! È solo la prima di una serie di frustrazioni: non ci sono vetrine da guardare, bar in cui bere e semafori rossi da maledire. Poi la rassegnazione dopo aver provato una ventina di volte il mio iPhone ai quattro angoli dell'isola: niente, non prende! Niente più scambi di messaggi, niente più selfie da inviare, niente più notizie, famiglia, amiche, niente più rotture di coglioni.

Sì, è così! Prima di morire vorrei rimanere qui! Ho ventinove anni e mezzo, non ho un fidanzato, non ho un contratto a tempo indeterminato: cosa mi trattiene a Parigi?

Sì, è così! Arenarmi a Hiva Oa e restarci fino alla morte. Gauguin ha resistito quindici mesi, Brel ventisette, posso battere il record, facile!

Prima di morire, anzi subito dopo, vorrei essere sepolta nel cimitero di Atuona, da qualche parte tra Paul e Jacques. Il piccolo cimitero ha il suo pittore e il suo musicista, gli manca solo lo scrittore! Nell'occasione una scrittrice, tanto per ristabilire un po' la parità dei sessi.

Sollevo la penna e comincio a rileggermi. Forse, dopotutto, non me la sono cavata tanto male.

Un lungo suono di tromba che ricorda una sirena dei pompieri sott'acqua scende fino alla spiaggia dalla pensione sulle alture del villaggio: Tanaé sta soffiando nella conchiglia. Primo richiamo.

È l'ora del kaikai, il pranzo marchesiano.

Al Soleil Redouté non si scherza. Al secondo richiamo della conchiglia tutti devono essere rientrati. In menu c'è tonno rosso crudo, pollo fafa, po'e alla banana, una decina abbondante di altri manicaretti... e consegna dei compiti.

Il galletto sopra la mia testa è volato via spaventato. Una marchesiana ha fermato il pick-up Toyota davanti al frangiflutti e richiama le piccole surfiste. I guardiani dello spazio culturale Jacques Brel hanno spento la musica e sono andati a mangiare.

Non riesco ad alzarmi. Come una scolaretta che non ha più tempo cerco di rubacchiare una manciata di secondi per correggere gli ultimi errori di ortografia.

Chissà se Titine, Eloïse, Farèyne e Marie-Ambre sono stressate quanto me. Chissà se prendono altrettanto sul serio questo laboratorio di scrittura all'altro capo del mondo organizzato da uno degli scrittori più letti del mondo francofono. Chissà se anche loro prima di morire vorrebbero diventare davvero...

«Clem! È pronto!».

Non ho neanche sentito il secondo richiamo di Tanaé. È dovuta venire Maïma a cercarmi.

Maïma è la figlia di una delle cinque lettrici del laboratorio, Marie-Ambre. È soprattutto la mia principessina scalza, con la pelle dorata e i capelli neri come tortiglioni di liquirizia. Mi fa da guida sull'isola. È la mia complice, quella che rilegge ciò che ho scritto. Mai conosciuto una ragazzina tanto vivace e sveglia.

Un giorno la adotterò, come fanno tutti da queste parti!

Diario di Maïma
Piccole manie e grandi mana

Salgo per il sentiero con Clem. Adoro il suo look da combattente e credo che a lei piaccia molto il mio lato selvaggio. Mi diverto a mettere i piedi nudi sulle orme che le sue scarpe da trekking lasciano nella terra asciutta. Do un'occhiata alla baia dei Traditori e al villaggio di Atuona incastrato tra le montagne e l'oceano, con i tetti soffocati dalla vegetazione e i giardini rosicchiati dalle onde del Pacifico. Ci vogliono cinque minuti per scendere dal Soleil Redouté alla spiaggia, ma un quarto d'ora abbondante per risalire. Non mi lamento. Della decina di pensioni che si trovano sull'isola di Hiva Oa, il Soleil Redouté è la più vicina al villaggio. Il "sole temuto", un nome che è tutto un programma.

È anche quella che gode della migliore reputazione sulle guide turistiche. Tutte elogiano, cito testualmente, "la benevola energia della proprietaria Tanaé, la qualità del cibo locale a colazione, pranzo e cena, i sei bungalow, che hanno ognuno il nome di un'isola delle Marchesi, arredati con semplicità secondo la grande tradizione dell'artigianato locale, mobili in legno di rosa, pareti di bambù e tetti di pandano".

Il Soleil Redouté è coccolato dalle agenzie di viaggi. Fa registrare il tutto esaurito quasi tutto l'anno, come del resto la maggior parte delle pensioni di Hiva Oa! Non per questo dovete pensare che francesi, australiani, indiani o americani affluiscano in massa alle Marchesi, visto che tutta l'isola offre a stento un centinaio di posti letto rapidamente riempiti dalla manciata di turisti che poi si distribuiscono tra crociere nell'arcipelago, escursioni in fuoristrada e trekking verso la cima delle montagne.

Vi avverto, a mezzogiorno il sole equatoriale delle Marchesi è particolarmente temuto... e addomesticato! Da Tanaé il pranzo viene consumato in comune sotto un pergolato affacciato sulla baia dei Traditori. Galli, galline e gatti in libertà sul tetto, guaiave, frutti della passione e limoni a portata di mano, vista strepitosa in primo piano sul campo in cui galoppano tre doppi pony e in secondo piano sul porticciolo di Tahauku e l'isola di Tahuata.

Nella sala Maeva, l'ampia stanza che funge da reception, bar e salotto nei giorni di pioggia, sono appesi due grandi specchi oltre a, naturalmente, qualche quadro di Gauguin e una foto di Brel. Sono d'accordo, non è molto originale, ma dopo trenta ore di aereo Tanaé non può certo accogliere i turisti francesi con i quadri di Cézanne e le canzoni di Brassens!

Il tocco di fantasia è sotto il pergolato: una grande lavagna nera su cui è scritto a pennarello bianco *Prima di morire vorrei...*, uguale a migliaia di altre esposte in tutto il mondo e rese popolari dall'artista Candy Chang (l'ho saputo da Wikipedia). Prima di partire dalle Marchesi i clienti del Soleil Redouté sono invitati a scrivere con un gessetto i loro desideri sulla lavagna, che Tanaé fotografa ogni settimana prima di cancellare.

Un libro delle firme transoceanico, effimero quanto una farfalla equatoriale. Volete che vi legga quelli che non sono ancora stati lavati da un colpo di spugna?

Prima di morire vorrei...
Tornare a Hiva Oa da Tanaé!
Far venire papà e mamma alle Marchesi e mettere loro una collana di fiori di tiarè.
Fare il giro del mondo.
Prendere la patente per i missili.
Trovare la ricetta dell'immortalità.

Quando io e Clem arriviamo alla pensione un po' ansimanti tutti gli altri sono già a tavola sotto il pergolato. Passando davanti alla lavagna mi dico che Pierre-Yves François non ha dovuto spremersi molto per ideare l'esercizio n. 2 del laboratorio di scrittura. Ecco, si è appena alzato e sta raccogliendo i compiti. Clem, da brava scolaretta, gli porge il suo senza concedersi nemmeno il tempo di riprendere fiato. Osservo la scena divertita.

Pierre-Yves François.

PYF, per i media. Il re del bestseller.

Confesso di non aver mai letto un suo libro, come credo nessuno dei duemila abitanti di Hiva Oa. La gente di Atuona non è colpita dalla presenza di Pierre-Yves François come non lo è stata dall'arrivo di Jacques Brel, visto che nessuno sapeva chi fosse!

A dire la verità trovo che PYF somigli al signor Jacquot, il mio professore di matematica: gambe corte, capelli troppo radi e troppo biondi per mascherare il rossore del cranio quasi calvo, pancia troppo tonda per mascherare l'abuso di aperitivi a mezzogiorno e una tendenza a sonnecchiare alla scrivania nel primo pomeriggio. Il paragone si ferma qui. Il professor Jacquot possiede un talento leggendario a farsi prendere in giro, addirittura tiranneggiare, da alunni che se ne fregano delle equazioni, mentre Pierre-Yves François tende ad affascinare, quasi a ipnotizzare le sue lettrici, che si appuntano febbrilmente ogni sua frase come se parlasse in versi alessandrini o in haiku e ogni sua parola componesse una specie di poesia perpetua che sarebbe sacrilego lasciar dissolvere nelle correnti d'aria. Una specie di energia creativa rinnovabile, di ispirazione solare, non so se mi spiego... Io ci vedo soprattutto vento, un vento in grado di far girare nell'arcipelago un centinaio abbondante di pale eoliche.

Non so quante lettrici nel mondo sia capace di intrappolare con le sue pagine, ma devo riconoscere che sulle cinque donne sedute a tavola al Soleil Redouté ha un ascendente indiscutibile.

«È pronto!» grida Tanaé.

Mi affretto a sedermi accanto a Clem. Poe e Moana, le due figlie di Tanaé, fanno avanti e indietro tra la cucina e il pergolato per portare a tavola i vassoi. I commensali sono estasiati dalla tartara di tonno al cocco, dal purè di umara, le patate dolci locali, dalle insalatiere di fafa, gli spinaci della zona... Io sono più colpita dalle cameriere, Poe e Moana. Somigliano alle gemelle del quadro di Gauguin *E l'oro dei loro corpi*: stessi capelli neri che ricadono sulla spalla destra, stesse sopracciglia scure che hanno fra loro la distanza di un naso, stesse labbra carnose, stessa pelle ramata. L'unica differenza con le modelle del pittore sono le loro braccia, tatuate dalle spalle ai polsi. Onde oceaniche, conchiglie, fiori e curve astratte per armonizzare il tutto. Poe ha diciassette anni, Moana diciotto, solo due più di me! Non sapete quanto invidi quei tatuaggi! Vorrei averli come loro, o diversi, ma mamma non mi darà mai e poi mai il permesso. Mamma non ha tatuaggi. Eppure ha vissuto più di cinque anni in Polinesia.

Mamma è seduta di fronte a me. Mi concedo il tempo di osservare la tavolata, tanto per presentarvi la piccola comunità. Ci sono dieci sedie, oltre a quella di PYF: cinque per le lettrici, due per gli accompagnatori (io e Yann) e tre posti liberi per Tanaé, Moana e Poe, che verranno a sedersi appena avranno finito di agitarsi come mosche impazzite per portare i vassoi in tavola. Terminato il rapido giro, i miei occhi si fermano di nuovo su mamma.

Nessuno potrebbe immaginare che Marie-Ambre sia mia madre. È tutto il contrario di me. Il giorno e la notte, come si dice! È bionda quanto io sono bruna, truccata, porta un profumo di Hermès costosissimo e un cappello di rafia intrecciata, e ha una pelle dorata che fa pendant con i braccialetti. Mamma è una di quelle donne che si abbronzano come se si rivestissero di oro in foglia, è uno dei suoi talenti innati, come camminare sui tacchi alti, ballare o bere cocktail alle serate. Del resto preferisce farsi chiamare soltanto Ambre. O, ancora meglio, Amber, come Amber Heard, l'ex moglie completamente matta di Johnny Depp alla quale vorrebbe tanto assomigliare.

Una perla nera le pende nella scollatura. Sta parlando con Titine, l'anziana signora belga seduta accanto a lei. Anche lei ha una perla nera come collana. Conosco Titine solo da due giorni, ma la adoro. Mi fa sballare la sua civetteria da vecchietta, farsi chiamare Titine invece di Martine, i vestiti stravaganti che si mette, abiti coi merletti o shorts con le bretelle, capelli bianchi con i codini ornati di fiori di tiarè. Titine dev'essere stata bella, molto bella, è giusto un po' troppo ossessionata dal suo amore eterno... Jacques Brel!

Mamma e Titine chiacchierano sottovoce. Le loro parole sono coperte dal brusio delle altre conversazioni, ma non ho bisogno di sentirle distintamente per capire quello che si stanno dicendo. Mamma parla della sua perla, spiega a Titine che è una gemma di qualità eccelsa, il top di gamma delle perle coltivate, una piccola fortuna incastrata tra i suoi piccoli seni, mentre quella che Titine ha più o meno fra le tette è al massimo una categoria C, un articolo di bigiotteria che varrà sì e no mille franchi del Pacifico[4].

Se lo dice lei... Mamma è l'incarnazione del tatto!

«Mi passate il pane al cocco?» chiede Yann.

Nessuno gli risponde.

Di colpo tutti tacciono. Il guru sta per parlare! Pierre-Yves François si è fatto fuori una mezza insalatiera abbondante di tonno rosso e ha deciso di ammannire uno dei suoi preziosi consigli prima di attaccare il pollo fafa.

[4] Circa dieci euro.

«Non c'è il talento» dice di punto in bianco. «O meglio, tutti ce l'hanno, ma a fare la differenza non è il fatto di essere nati con un qualunque dono, è il lavoro, il sudore, l'accanimento...».

Mi trattengo dal ridere. Non posso credere che mamma e le altre quattro si siano fatte quindicimila chilometri per ascoltare cretinate del genere!

«Prendete un'arte qualsiasi» continua lo scrittore, «la musica, la pittura, la scultura, la scrittura: troverete una ristrettissima categoria di persone che non hanno alcun talento, e un'ancora più ristretta categoria di persone che hanno la genialità. Per tutti gli altri, me compreso, signorine, me compreso, il successo di un'opera sta solo nel lavoro. Lavoro e ancora lavoro!».

Troppo forte, PYF. Lo osservo scrutare con avidità i discreti segni di protesta del piccolo pubblico, «Ma no, Pierre-Yves, lei appartiene alla casta dei prodigi, non c'è niente di contraddittorio con la sua favolosa capacità di lavoro».

«Allora ascoltate bene il mio consiglio, signorine» insiste il guru, «memorizzatelo, incidetevelo nella mente: qualunque cosa succeda nelle prossime ore, nei prossimi giorni, nei cinque giorni che mancano prima che riprendiate l'aereo, continuate a scrivere. Annotate tutto! Scrivete tutto! Impressioni, emozioni. Fatelo il più immediatamente e sinceramente possibile. Guardate, guardate intorno a noi» esorta abbracciando con un gesto teatrale l'oceano, le montagne e le isole lontane, «tutto è fonte di ispirazione. Vi confesso che non è stato facile convincere la mia editrice a finanziare un laboratorio di scrittura così lontano da Parigi, nel luogo più isolato del mondo, quindi approfittate di ogni secondo. Scrivete! Nella maniera più intima che potete. Quasi chiunque, se lavora con lena e sincerità, diventa dotato. Qui il talento cresce con la stessa facilità del frangipani. Scrivete! L'ho promesso a Servane Astine: insieme, tutti insieme, realizzeremo per lei il più inaspettato dei romanzi».

Tutti meditano mentre Pierre-Yves si butta sulle patatine

fritte che non sono patate, ma sottili fettine di albero del pane. Fatte in casa. Una delizia. Se le spedissero surgelate in Europa ne venderebbero a milioni.

Tanaé, Poe e Moana si sono finalmente sedute con noi.

Continuo con il mio giro del tavolo. Accanto a mamma, vi presento Farèyne, seduta di fronte al marito Yann. Yann è l'unico altro accompagnatore, oltre a me. Clem, Titine ed Eloïse sono venute da sole. Di conseguenza passo abbastanza tempo con lui mentre le cinque apprendiste romanziere si sparpagliano nella natura con il taccuino in mano in cerca di ispirazione. Si concedono ben poca ricreazione... A quanto ho capito Yann è bretone e Farèyne danese, almeno d'origine. Farèyne fa la poliziotta, dirige un grande commissariato a Parigi. Anche Yann è in polizia, ma fa il gendarme in una campagna fuori Parigi. Hanno la stessa età, direi una quarantina d'anni, ma evidentemente non la stessa carriera! Forse per i poliziotti è come per gli artisti, non basta il talento a diventare comandanti, ci vuole sudore e lavoro. Si vede che Yann ha sgobbato meno.

Tanaé non ha fatto in tempo a sedersi che si è già rialzata.

«Caro Pierre-Yves» interviene, «scusa, ma non sono d'accordo con quello che hai detto».

Non ha quasi toccato il suo pesce. Tanaé è una palletta d'energia che lavora e parla di continuo. Fa le due cose insieme. Eccola che si mette a raccogliere i piatti senza smettere di parlare.

«Mi dispiace, ma non è vero che tutti nascono con lo stesso mana».

Intorno al tavolo le conversazioni si interrompono. Di solito Tanaé racconta uno dopo l'altro aneddoti che ha messo a punto nel corso degli anni per i turisti che passano dalla sua pensione senza trattenersi mai più di tre giorni. Stavolta però ha l'aria di improvvisare.

PYF intercetta una manciatona di uru[5] fritti prima che Tanaé faccia sparire il vassoio.

«Ah, il mana» si limita a ripetere lo scrittore.

Yann sembra l'unico a non sapere cosa sia. Tanaé non si fa pregare per spiegarglielo.

«Il mana, ragazzo mio, è la nostra forza interiore. Alle Marchesi è dappertutto, nella terra, negli alberi, nei fiori. Dappertutto. È una potenza che si è accumulata dalla notte dei tempi, da quando questa montagna è uscita dritta dal mare. Ma non ti sbagliare, il mana non è un profumo o un'aria che si respira, le cose non stanno così. Il mana viene trasmesso dagli antenati, lo ricevi o non lo ricevi, lo senti o non lo senti». Continuando a impilare piatti, Tanaé si rivolge allo scrittore. «Mi dispiace, caro Pierre, ma non tutti possiedono lo stesso mana, anche lavorando e sudando. Quelli che hanno il mana più forte diventano capi, quelli che hanno antenati guerrieri possono farsi guidare da loro quando vanno a caccia, tanto quanto i gesti delle migliori danzatrici di haka sono ispirati dallo spirito delle generazioni di marchesiane che le hanno precedute. Posso dirti però che i giovani fannulloni che passano la giornata a bere birra davanti all'emporio Gauguin ascoltando NRJ Tahiti a tutto volume, ecco, quelli il mana non ce l'hanno di certo!».

Tanaé mi fa ridere con le sue leggende che risalgono a tremila anni fa. Pierre-Yves si affretta a farsi scivolare nel piatto un'ultima porzione di popoi[6]. In obbedienza agli ordini muti della madre, Poe e Moana si alzano e si mettono a sparecchiare con lo stesso entusiasmo. Lo scrittore non aspetta di avere la bocca vuota, si accontenta di tamponarsi le labbra con il tovagliolo a motivi marchesiani e conclude con il tono di chi sa mettere le cose in modo che tutti abbiano ragione.

«È quello che dico io, Tanaé, esattamente quello che dico io. Ognuno ha il suo mana, ci aleggia intorno, ci viene trasmesso

[5] Frutto dell'albero del pane.
[6] Pasta fermentata del frutto dell'albero del pane.

da chi è vissuto prima di noi, bisogna solo saperlo ascoltare. Chiamalo come ti pare, dono, attitudine, talento, tendenza, ognuno ha il suo, deve trovarlo e svilupparlo perché la società possa fare un tutto unico». PYF decapita un ultimo gamberetto al curry e quasi sputa le parole finali. «Il tuo mana, cara, è una cucina paradisiaca!».

Il complimento dello scrittore ha imbambolato Tanaé per mezzo secondo. Yann prova ad approfittarne per prendere un'altra fetta di tonno rosso, ma Farèyne, più veloce del marito, ha già dato il vassoio a Poe. Sorry, capitano!

Eppure non è niente male il gendarme in vacanza: è un quarantenne virile, disinvolto e sportivo, mentre Farèyne è di gran lunga la meno carina delle cinque lettrici. Sottile, asciutta, severa, capelli a caschetto di un biondo baguette, non è il tipo da perdere tempo a meditare nei palmeti da cocco con un foglio bianco in mano aspettando che Herman Melville, Jack London o Robert Louis Stevenson le trasmettano il mana degli avventurosi che hanno sentito il richiamo dei mari del Sud. A dire la verità mi chiedo che cavolo ci faccia su quest'isola!

Almeno per quanto riguarda Clémence ed Eloïse, le due lettrici restanti, è tutto chiaro. Sono autentiche apprendiste scrittrici, anche se Eloïse, a capotavola, non è facile da inquadrare. È senz'altro la più sexy delle cinque, benché Clem col suo look avventura abbia molto fascino. Eloïse avvolge il suo corpo da bambola in tutta una serie di vestitini a fiori e non ti guarda quasi mai in faccia, si limita a mostrarti un profilo da far crepare tutte le piramidi d'Egitto: armonia sottile tra il collo di cigno e il lobo con l'orecchino, ciuffi ribelli che sfuggono dai lunghi capelli neri raccolti con un nastro o un foulard. Eloïse possiede quella bellezza evidente che deve agire come una calamita sugli uomini e forse anche sulle donne, bellezza dalla quale si protegge con un sorriso triste e con vari "buongiorno, buonasera, grazie, scusa" brevi e educati.

Per il resto del tempo non dice niente. Peraltro, più che scrivere disegna. Scarabocchi scuri che raffigurano quasi sempre bambini. A meno che non faccia tutte e due le cose. Ci scommetterei: pittura e scrittura. Forse la bella Eloïse ha ereditato una doppia porzione di mana! Magari è incerta su quale delle due scegliere. È esitante anche a tavola, è l'unica ad assaggiare le specialità di Tanaé con diffidenza, a bocconi microscopici, fatta eccezione per il tonno rosso al cocco con un filino di lime, il suo piatto preferito.

Clem invece non ha incertezze, né riguardo ai piatti di Tanaé né riguardo alla propria vocazione. Clem vuole fare la scrittrice o niente! Delle cinque è sicuramente quella che preferisco. Oltre a Titine, è la più simpatica, l'unica che si stacca dai libri per andare a tuffarsi nelle onde e che non guarda Pierre-Yves come un buddha ai piedi del quale depositare una montagna di offerte, possibilmente commestibili. Clem è la madre che avrei voluto avere... Anche se non sono stupida: nonostante il suo look da scoiattolo mascherato da ranger, Clémence è quella delle cinque che ha più ambizioni. Che gioca, d'accordo, ma che punta parecchio su questa settimana di laboratorio. In altre parole, Clem crede fermamente in se stessa.

In fondo ho l'impressione che Clem ed Eloïse si somiglino un po'. Stessa età, stessa figura, stesso fascino da trentenni con personalità. A modo loro sono gemelle, ma completamente opposte: Eloïse in modalità fanciulla triste, Clem in modalità maschiaccia dinamica. Non si rivolgono mai la parola perché sono rivali? O perché sono le più brave della classe con un solo mana da spartirsi?

Tanaé torna con le tazze, seguita da Poe che porta la zuccheriera e Moana con il bricco del caffè. Le due ragazze non si allontanano mai l'una dall'altra per più di tre metri, sono come uno strano animale a quattro mani, efficientissimo nello sparecchiare la tavola e sbrigare le faccende.

Pierre-Yves batte il cucchiaino sulla tazza per chiedere il silenzio. Terminato il pranzo, si accinge a esporre l'esercizio del pomeriggio.

Al lavoro, ragazze!

«Ditemi, signorine» comincia lo scrittore, «qual è secondo voi il miglior inizio possibile per un romanzo?».

«Un morto!» risponde senza esitare la comandante Farèyne.

«Ci sei andata vicina» esclama contento il professore di scrittura girando il cucchiaino nel caffè, «ma c'è qualcosa di ancora meglio di un morto».

Stavolta nessuna delle allieve si azzarda a parlare.

Meglio di un morto?

Dentro di me cerco di indovinare la risposta. Due morti? Un morto sparpagliato un po' dappertutto sulle dodici isole dell'arcipelago? La testa a Nuku Hiva, una gamba a Tahuata, l'altra a Tatu Hiva... Nessuno sembra in vena di scherzi, neanche Titine o Clem.

Decimo giro di cucchiaino, tempo scaduto. Un po' deluso, PYF beve d'un fiato il caffè e dà la risposta.

«Meglio di un cadavere è nessun cadavere! Solo una sparizione. Pensateci un attimo. Se cominciate con un delitto il lettore si domanderà chi l'ha commesso, come e perché. È un ottimo inizio, lo ammetto. Ma se cominciate con una sparizione il lettore si farà le stesse domande di prima, chi, come e perché, più un'altra: il personaggio scomparso è vivo o morto?».

Nessuno parla, neanche i polli che sbirciano le briciole sotto il tavolo.

«Aggiungete qualche particolare misterioso per dare pepe al tutto» continua lo scrittore. «Tipo che trovano i vestiti della persona scomparsa piegati e ben in vista accanto a un messaggio incomprensibile, un messaggio in codice... E il gioco è fatto!».

Tutto qui? Era questa l'idea geniale? Tanaé ha l'aria di crederci. Lei e le figlie finiscono di sparecchiare.

Per coprire il rumore di stoviglie, sedie spostate e polli che sbattono le ali PYF alza il tono di voce e si affretta a concludere le istruzioni, più che mai simile al professor Jacquot che ci detta i compiti quando abbiamo già tutti lo zaino in spalla.

«Ora tocca a voi, signore, avete tutto il pomeriggio, ci ritroviamo quando fa buio. Che il mana sia con voi!».

Prima che tutti se ne vadano Tanaé aggiunge:

«Scegliete bene il vostro tiki!».

Da quando sono atterrati alle Marchesi tutti sanno cosa siano i tiki. C'è da dire che è difficile non vederli. Sono sculture che nelle isole della Polinesia stanno un po' dappertutto: metà uomini e metà dèi, con occhi smisurati, pace tonde, dritti o accovacciati, in legno o in pietra, giganteschi o in miniatura.

«Intorno ai tiki è dove il mana è più forte» specifica Tanaé con il suo modo unico di pronunciare la erre. «Ma ogni tiki possiede il proprio!».

Tanto per farvi capire, Hiva Oa è l'isola dei tiki. Alcuni risalgono a mille anni fa, come il tiki sorridente o il tiki coronato, e sono tappe irrinunciabili per i turisti, ma oggi se ne trovano decine di altri ai quattro angoli dell'isola, lungo le strade, agli incroci, davanti ai negozi.

Aiuto Poe e Moana a portare gli ultimi bicchieri in cucina e torno di corsa. Tutti si danno da fare intorno al tavolo tranne mamma e Farèyne. L'ultima pulizia viene lasciata a gatti e polli. Tanaé, armata di scopa sulla porta della sala Maeva, cerca di cacciare Gaston, il galletto a capo del commando di pennuti. Qui tutti i galli hanno il nome di un uomo politico, scelto in funzione dei loro presunti caratteri.

Clem comincia a scendere verso il villaggio con il blocco infilato nella borsa di jeans lisa che porta a tracolla. La raggiungo e le prendo la mano.

«Vieni, Clem, ti aiuto a scegliere il tuo mana!».

La mia bottiglia per l'oceano
Capitolo 2

È difficile stare dietro a Maïma. Quella topolina dei tropici si intrufola ovunque a piedi nudi aggirando i tronchi nodosi degli alberi del kapok e scostando i rami dei pompelmi carichi di frutti come ghirlande di Natale. Ogni tanto si volta verso di me con un gran sorriso.

«Seguimi, Clem, seguimi».

Con le mie scarpe da trekking mi sento un elefante. Stiamo camminando nella foresta da una decina di minuti. Una piccola deviazione, ha promesso Maïma.

Arriviamo a una radura. Il terreno è cosparso di foglie di banano. Sto per dire a Maïma che devo tornare indietro, che d'accordo, è bellissimo, le Marchesi sono un incredibile giardino esotico da scoprire, ma io ho un romanzo da scrivere, quando lei si ferma di colpo.

«Eccolo lì!».

Spalanco gli occhi. Non vedo niente. Maïma indica una scultura alta un metro tra gli alberi.

Un tiki!

Un tiki nuovo di zecca in basalto grigio chiaro, senza la minima traccia di muschio né radici avvinghiate alla base.

Mi avvicino.

Ha una testa gigantesca su un corpo atrofizzato, un occhio solo scolpito in mezzo alla faccia e una civetta di pietra appollaiata sulla spalla destra.

«Secondo te che rappresenta?» mi chiede Maïma.

Con quella forma cilindrica e l'occhio solitario trovo che

somigli un po' a Stuart, il Minion imbranato, ma evito di dirglielo.

«Cioè, che potere ha?» specifica Maïma. «Qual è il suo mana?».

Ci penso qualche secondo, anche se mi sembra evidente.

Un solo occhio, la testa grossa, la civetta.

«È il tiki dell'intelligenza, il mana della saggezza».

Maïma ha l'aria di essere d'accordo. Aggrotta le sopracciglia e arriccia il naso come se anche lei fosse capace di riunire i due occhi in uno solo.

«Secondo te è maschio o femmina?».

Bella domanda. Non ci sono segni che permettano di capire il sesso della statua.

«È il tiki dell'intelligenza, giusto?» rispondo ridendo. «Quindi è per forza femmina!».

Maïma scoppia in una sonora risata che rischia di far volare via tutti gli uccelli della foresta. Eccitata, mi tira per la manica.

«Tra Taaoa e Atuona ci sono cinque tiki alti come questo. Stando a Tanaé nessuno sa chi li abbia scolpiti. I marchesiani li hanno scoperti due mesi fa piantati tra i due villaggi. A quanto pare il tipo che li ha scolpiti ci sa fare, sono identici a quelli che si trovano un po' ovunque sull'isola. Dicono che a Hiva Oa ce ne siano centinaia, anche se ai turisti fanno vedere un decimo di quelli che ci sono. I cacciatori ne scoprono continuamente in posti inaccessibili, tiki abbandonati da secoli, coperti di muschio e felci, con il loro mana che evapora con gli alisei. Nessuno li ha mai identificati tutti...».

Faccio un passo indietro, il piede mi scivola su una banana marcia, la collana di granelli rossi per poco non si impiglia in un ramo di pistacchio, mi reggo come posso al tronco.

La risata cristallina di Maïma risuona ancora nella radura.

«Ti faccio vedere gli altri tiki. Vieni con me, Clémentine...».

Mi chiamo Clem, Maïma! Tutt'al più Clémence... Comunque mai Clémentine! Ho sempre odiato quel soprannome, fin dalla scuola materna! Borbotto, storco il naso, ma la seguo. Ci infiliamo di nuovo nella foresta, odorosa di legno di sandalo più che se si fosse spruzzata di Guerlain.

Sì, lo so, ho un romanzo da scrivere! Ma... ma una vocina dentro di me mi dice che non sto perdendo tempo, che questi tiki sono importanti...

Usciamo dalla foresta e senza pensarci un attimo Maïma imbocca una stradina di terra fiancheggiata da due file di alberi del corallo. Camminiamo fianco a fianco sotto la volta di petali rosso sangue. Sono sorpresa da quanto la mia guida conosca bene ogni sentiero di Hiva Oa. L'ho conosciuta appena due giorni fa all'aeroporto di Papeete insieme alla madre Marie-Ambre, una mamma troppo bionda per essere nata tahitiana.

«Dimmi un po', Maïma, ma tu sei una marchesiana o una popa'a?».

L'adolescente mi guarda.

«Te lo spiego in due parole. Sono cresciuta qui a Hiva Oa fino a otto anni, fino a quando papà e mamma si sono trasferiti a Tahiti. Sei mesi dopo, papà ha lasciato Tahiti per Bora-Bora e mamma per Marie-Ambre. Da allora abbiamo girato un po' dappertutto in Polinesia, a Huahine, a Fakarava, con mamma e papà».

Non capisco bene.

«Quale mamma? Stai parlando di Marie-Ambre o della mamma di prima?».

Maïma emette un sospiro finto e mi guarda come una scolara che non capisca niente di un problema elementare.

«Di Marie-Ambre, no? Anche lei è mia madre! Sai, alle Marchesi si possono avere parecchie madri, si chiama fa'amu, un giorno te lo spiego... Ecco, è subito qui a sinistra».

E sparisce tra due manghi.

La seguo piegata in due sotto le foglie. Non per molto.

Dieci metri più avanti, buono buono, ci aspetta il secondo tiki.

È scolpito nello stesso basalto grigio chiaro del primo, alto uguale, circa un metro, ma personifica chiaramente un mana diverso. Guardo la corona di pietra che ha sulla testa, la collana intorno al collo, gli anelli alle dita, gli orecchini ai lobi. Mi giro verso Maïma e azzardo:

«Il mana dei soldi? Del successo? Della bellezza?».

Non mi risponde. Capisco che sta pensando alla madre. Sembra avere fretta di andarsene.

«Dài, ti faccio vedere il terzo».

Non mi muovo.

«Un'altra volta, Maïma. Devo andare a scrivere».

L'astuta topolina sa come stimolare la mia curiosità. Indica un punto su una parte piana di foresta, cinquanta metri più avanti.

«È vicinissimo, Clem. Vieni».

Mi arrendo. Continuo a seguirla. Sotto i miei piedi la terra ha lasciato il posto a lastre di pietra vulcanica. Maïma cammina davanti a me.

«Siamo su un me'ae, lo spazio sacro degli antichi, il luogo dei sacrifici umani...».

Al centro del vasto spiazzo, che fa venire in mente un vecchio tempio induista invaso dalle liane di cui restino solo le fondamenta, si erge un terzo tiki. Il grigio brillante della statua è in netto contrasto con il grigio scuro delle pietre sulle quali è posato. Noto che l'essere di basalto non ha dieci dita, ma venti, e tiene in mano una penna. Ha due occhi, due piccole fessure rivolte al cielo.

Maïma sembra fierissima di farmelo vedere.

«Il guardiano delle arti» dico. «Il mana della creatività».

È il mio! L'unico mana che per me abbia importanza! Me ne frego dei soldi, dell'intelligenza e della bellezza. Mi avvicino, tocco la statua. Non sento niente. A quanto pare nessun antenato superdotato che abbia frequentato questo me'ae nel corso dei secoli sembra disposto a trasmettermi il suo talento. Mi riprendo, tolgo le mani come se il tiki scottasse. Non mi metterò certo a credere a queste leggende...

«Il quarto è lì» dice Maïma prima che abbia il tempo di ripeterle che ho fretta, che devo lavorare all'esercizio di Pierre-Yves, scrivere l'inizio di un romanzo, che...

Lo vedo.

Un tiki grigio gemello degli altri tre, stessa pietra, stessa età, stessa altezza, sorge accanto al tiki delle arti. Gli occhi sono due minuscole fessure. Non c'è bocca né naso, solo due buchi scavati in un volto senza rughe, liscio come un osso, corroso dal cranio alla mandibola. Le venti dita delle sue mani strangolano un uccellino mentre un serpente forma un solco nella pietra scolpita.

Ho un brivido.

Il tiki della morte?

Il mana della vendetta? Della violenza?

Perché l'hanno messo così vicino a quello della creatività?

Ho la sensazione che lo scultore non abbia lasciato niente al caso, come se avesse voluto fornire una chiave. Maïma ha parlato di cinque tiki lasciati qui due mesi fa, quando il laboratorio di scrittura era già stato programmato.

Rifletto.

Cinque tiki che rappresentano ognuno un talento diverso.

Cinque lettrici.

Cerco di respingere un'ipotesi stupida. E se tutto fosse stato organizzato prima del nostro arrivo? Se io, Titine, Marie-Ambre, Farèye ed Eloïse avessimo un tiki ciascuna e dovessimo trovare il mana che ci corrisponde?

È stato PYF a commissionare le cinque statue? È una messinscena che fa parte del programma? Che dovrebbe incuriosirci? Ispirarci?

Il mio sguardo passa continuamente dal tiki delle arti a quello della morte.

«Tutti e cinque i tiki sono femmina?» mormoro all'orecchio di Maïma.

«Credo di sì... Sai, prima l'arcipelago si chiamava Henua Enana, che vuol dire Terra degli uomini, ma oggi il potere è in mano alle donne!».

Mi sforzo di sorridere. Anche Maïma non sembra tranquilla di fronte al tiki della morte, ho l'impressione che non veda l'ora di andarsene dal me'ae. Attraversiamo un ex bananeto in ripida pendenza per raggiungere la strada che porta dritto al cimitero di Atuona. Mi fermo un attimo per riprendere fiato e godermi il panorama spettacolare sulla baia dei Traditori e la spiaggia del villaggio. Le decine di tetti bianchi distribuiti tra le palme sembrano briciole di pane abbandonate in attesa che un uccello gigante sceso dal monte Temetiu venga a becchettarle.

«Se vuoi vedere l'ultimo tiki dobbiamo tornare indietro» dice Maïma. «Sta subito sotto la pensione, sulla strada per il porto di Tahauku».

Calcolo mentalmente. La deviazione richiederà almeno un quarto d'ora. Sento il peso sulla spalla della borsa in cui ho ficcato alla rinfusa i libri, il blocco e fogli bianchi sparsi. Scusami, Maïma! Stavolta devo davvero mettermi a scrivere.

Direi che il luogo migliore è vicino al cimitero, poco più su.

«Un'altra volta, topolina...».

Maïma non ha l'aria di rimanerci male.

«Okay... Comunque puoi trovarlo da sola. Uscendo dal Soleil Redouté vai a destra e te lo trovi davanti».

Una domanda mi tormenta.

«E... qual è il mana dell'ultimo tiki?».

Maïma saltella da un piede all'altro, ha fretta di andarsene.

«Ho appuntamento con Yann alla spiaggia» spiega. «Devo insegnargli a surfare! Abbiamo tutto il pomeriggio mentre voi fate gli esercizi».

Si avvia sulla discesa.

«È il mana di cosa?» le chiedo ancora.

Maïma dondola le braccia come se fosse incerta.

«Non lo so, è l'unico davanti al quale non sono ancora passata. Secondo Tanaé sarebbe quello della gentilezza. Della sensibilità, della bontà, cose così... È l'unico tiki che sorride. E l'unico infiorato. Anche lui ha venti dita, almeno è quello che mi ha detto Tanaé...».

* * *

Sono seduta sull'erba subito sotto il cimitero di Atuona. Blocco sulle ginocchia, penna in mano, vista panoramica sul villaggio, la spiaggia e il Pacifico.

Magico!

La stessa vista di cui godono Brel e Gauguin qualche metro più in alto, anche se leggermente più sdraiati di me.

Mica scemi, gli artisti. È il più bel panorama di Hiva Oa. Del resto non sono sola, anche Eloïse e Titine si sono fermate qui. Eloïse è seduta più in alto, accanto alla tomba di Gauguin, un grosso blocco di pietra rossa che sembra essere stato sputato da un vulcano. Come sempre si fa vedere solo di profilo, chignon improvvisato e fiore bianco sull'orecchio, probabilmente staccato dal frangipani spoglio che dovrebbe fare ombra alla tomba del pittore. L'albero senza foglie al disopra della stele ha un aspetto da scheletro troppo indisciplinato per essere sepolto.

Da dove mi trovo non riesco a capire se stia scrivendo o disegnando. Sospetto che sia più brava con la matita che con la penna.

Titine è più vicina a me, a una cinquantina di metri. È seduta su un pareo davanti alla lapide di Brel, sul bordo di ciottoli neri che i pellegrini orfani del cantautore belga raccolgono sulla spiaggia di Atuona. Ci scrivono sopra un messaggio a pennarello bianco, poi salgono a lasciarli ai piedi della tomba.

Poche parole incise nel marmo salutano il loro viaggio.

Passante
Uomo di vele
Uomo di stelle
Il poeta ti ringrazia del tuo passaggio.

Titine mi fa un cenno con la testa. Credo di averla sorpresa a sonnecchiare, più che a scrivere!

Mi piace, Martine. Di tutte le lettrici è quella che preferisco. E a forza di vedere ovunque la faccia del suo cantante preferito anche Brel sta cominciando a piacermi. Credo che prima di arrivare qui conoscessi al massimo cinque canzoni sue...

Mordicchio la penna. Non riesco a concentrarmi. Ripenso alla breve passeggiata con Maïma nella foresta.

Cinque lettrici.

Cinque tiki.

Chi è chi?

Marie-Ambre, la madre di Maïma, bionda borghese sposata con un polinesiano che ha fatto fortuna con la coltivazione delle perle nere, sembra molto una versione truccata, liposucchiata e siliconata del tiki ingioiellato, quello dei soldi e delle apparenze.

Farèyne, la danese comandante di polizia, potrebbe proporsi per il tiki dell'intelligenza.

E poi?

Da più di vent'anni Titine ha un blog che si chiama *Quelle parole*. Ogni estate porta sulla spiaggia di Ostenda un'imbarcata di bambini di Schaerbeek, nella periferia di Bruxelles. E ospita una decina di gatti... Ha tutta l'aria di corrispondere al mana della bontà!

Rimangono il tiki del talento e... quello della morte.

Io ed Eloïse!

Alzo gli occhi, incapace di concentrarmi sull'esercizio richiesto da Pierre-Yves.

Cominciare con una sparizione e inventare il seguito...

Il villaggio in basso sembra un modellino abitato da esseri umani in miniatura. Vedo Maïma correre sul sentiero di terra che porta alla spiaggia. Yann la sta aspettando alle rocce nere con due tavole da surf bianche sottobraccio. Più in là, sedute a due tavolini da picnic che guardano il Pacifico, Farèyne e

Marie-Ambre stanno lavorando. Sono le uniche due persone piazzate di fronte al mare. I bambini del villaggio sono a scuola e i pochi turisti altrove.

Diario di Maïma
Surfin' Hiva Oa

Davvero sei un poliziotto?».

Per far capire bene a Yann i miei dubbi sposto gli occhi più volte dagli shorts rosa salmone alla maglietta con le palme.

«Gendarme» risponde lui. «Capitano di gendarmeria. Brigata di Nonancourt, nella periferia di Dreux, ma dal lato della Normandia. Da quelle parti tutti vanno in giro in bermuda e camicia a fiori, tipo *Hawaii Five-O*».

Ah ah ah!

Alleggerisco il capitano di una delle due tavole da surf.

«Be', non hai per niente l'aria del poliziotto! Tua moglie sì. In compenso non sembra affatto una scrittrice».

Tutti e due ci voltiamo verso Farèyne seduta a duecento metri da noi, china sui fogli, con una bottiglia d'acqua e qualche libro a portata di mano.

«Ancora non lo è» riconosce Yann, «ma ci crede!».

Do un'occhiata a mamma, anche lei seduta di fronte al mare qualche metro più in là, poi scavalco il frangiflutti di pietra che protegge il villaggio dalle imprevedibili collere del mare e mi lascio cadere sulla sabbia nera due metri più in basso.

«Che fai lì, capitano?».

Anche Yann scavalca. Meno agilmente di me! Riprende l'equilibrio prima di rispondere.

«Mia moglie è comandante del commissariato centrale del quindicesimo arrondissement di Parigi e divora i libri di Pierre-Yves François. Come migliaia di altre lettrici ha partecipato al concorso organizzato dalla casa editrice: un laboratorio di scrittura all'altro capo del mondo in compagnia dell'autore. Ha vinto o è stata estratta a sorte, non lo so bene. Una settimana alle isole Marchesi! Ovviamente l'ho accompagnata!».

Mmm... Non so perché, ma la storia della poliziotta superstar che vuole diventare la reginetta dei gialli mi convince fino a un certo punto. Approfondirò la questione più tardi... Lascio la tavola sulla spiaggia e cammino verso le onde. I piedi, che mi sprofondano nella sabbia fino alle caviglie, sembrano divorati da migliaia di formiche. Mentre mi tolgo maglietta e pantaloni al polpaccio chiedo a Yann:

«E tu non leggi, capitano?».

«Non tanto».

Mi ritrovo in bikini pronta ad affrontare i primi cavalloni. Mi volto verso il gendarme che sta posando con precauzione i sandali sulla striscia di sabbia asciutta.

«E neanche sei tanto sportivo! Voglio dire che gli sportivi veri, quando devono passare una settimana alle Marchesi, si precipitano a fare trekking per andare alla cascata di Vaieetevai o si immergono per vedere le mante a trenta metri di profondità, non restano con le infradito ai piedi. Sai fare surf, almeno?».

Yann mi risponde distrattamente.

«Ho fatto un po' di sci nautico sull'Eure, tirato dalle chiatte...».

Il suo sguardo è attratto da un dettaglio tra le rocce nere in fondo alla spiaggia, dove pascolano due cavalli in semilibertà. Stupita, scruto anch'io gli scogli in direzione della costa frastagliata.

I miei occhi si fermano sullo stesso punto.

Ripenso alle parole di Pierre-Yves François a pranzo, all'esercizio che ha escogitato.

Per quanto sembri incredibile, la finzione è diventata realtà.

La mia bottiglia per l'oceano
Capitolo 3

Cerco di distogliere lo sguardo dalla spiaggia nera e riportarlo sul foglio bianco.

Più che scrivere, la mia penna vaga.

Cinque lettrici, cinque tiki...

Mi è decisamente impossibile concentrarmi sull'esercizio di PYF! Riesco a pensare solo a questa storia del mana.

E se mi sbagliassi?

Se non si trattasse di scoprire ognuno il proprio, ma di accoglierli tutti come altrettante qualità potenziali da coltivare?

In mancanza di un inizio di romanzo scrivo cinque parole.

Sensibilità
Creatività
Intelligenza
Fiducia
Determinazione

Se ci penso, mi sento appena sufficiente in tutto, senza alcun particolare talento. So che certe ragazze li hanno tutti e in abbondanza, cinque mana in un colpo solo! Dieci e lode in tutte le materie!

Cercare il proprio mana? Altolà! E se fosse un inganno? È come chiedere a un somaro quale sia la sua materia preferita tanto per non scoraggiarlo troppo di fronte ai primi della classe che vanno bene anche nelle materie che odiano.

Strappo la pagina, la appallottolo e me la metto in tasca.

Eppure voglio crederci!

Al mio mana.

Al mio romanzo.

Questa forza che mi spinge a mettere in fila le parole, quest'ossessione per le frasi, questa luce che mi attrae fin da quando ho imparato a leggere non può essere un'illusione.

La mia vita è scrivere.

Un romanzo. Il mio romanzo.

In cambio sono pronta a dare la vita, sono disposta a sacrificarla e a sacrificarmi pur di poterne trarre emozioni, ferite e bruciature che alimenteranno pagine che altri leggeranno.

Pierre-Yves può capirlo. Ha scelto la mia lettera di motivazioni, Clémence Novelle!, tra quelle di quasi trentaduemila lettrici.

Pierre-Yves capirà la mia fiamma.

Ma prima devo consegnargli un compito perfetto.

Dài, Clem. Scuotiti, bella!

Mentre giocherello meccanicamente con i grani rossi della collana che dovrebbe portarmi fortuna guardo sgomenta la pagina bianca.

Cominciare con una sparizione e inventare il seguito...

Abbasso la penna, mi accingo a scrivere la prima parola come se immergessi un dito nell'acqua gelida... quando le grida provenienti da un centinaio di metri più in basso mi fanno sollevare la testa.

Maledizione! Proprio quando stavo per cominciare!

A gridare è stata Maïma.

La vedo, sta agitando le braccia. Yann è accanto a lei, inerpicato sugli scogli neri della spiaggia. Ai loro piedi distinguo un mucchietto di vestiti posati sulla roccia più alta, chiaramente al riparo dalle onde.

Capisco subito!

Diario di Maïma
Scomparso

«Sono i vestiti di Pierre-Yves!» esclama Yann.

Riconosco anch'io i mocassini italiani, i pantaloni di tela beige e la camicia di lino dello scrittore. Sono meticolosamente piegati e posati sulla roccia, come farebbe un nuotatore che ci tenga a ritrovare i vestiti asciutti dopo aver fatto il bagno.

Dato che non capisco, la butto sul ridere.

«Complimenti, capitano! Senso dell'osservazione, spirito di deduzione... Si direbbe che tu sia davvero un poliziotto!».

Yann non raccoglie l'ironia. Intuisco che sta seguendo il filo dei propri pensieri. I vestiti di PYF sono stati piegati come avrebbe fatto qualcuno che fosse andato a nuotare... Solo che nuotare qui, di fronte alle rocce, in mezzo ai cavalloni del Pacifico, è impossibile. La corrente respingerebbe fatalmente l'imprudente mandandolo a fracassarsi sugli scogli.

Per scrupolo osservo l'oceano verso lo scoglio di Hanakee, poi verso il canale del Bordelais, lo stretto che c'è tra l'isola di Tahuata e la punta di Taaoa. Nessuno all'orizzonte, neppure una piroga. Anche lo sguardo del capitano si perde verso il largo. Lo lascio alle sue riflessioni, mi accovaccio e allungo la mano verso i mocassini.

«Aspetta, non toccare niente!» grida Yann.

Ha urlato per sovrastare il rumore delle onde. L'istinto mi dice che nella scena c'è qualcosa che non quadra. Portato dal vento, l'avvertimento del gendarme attraversa tutto il tratto di litorale.

Farèyne e mamma, sedute ai loro tavoli, alzano la testa. Io mi immobilizzo.

A pochi centimetri dai miei piedi le onde tornano instancabilmente a bagnare le rocce che il sole si ostina ad asciugare. Solo allora mi accorgo che in cima alla pila di vestiti qualcosa ondeggia e scintilla.

Ci metto un secondo a realizzare che si tratta di un foglio di carta.

Un foglio con un grosso ciottolo sopra che gli impedisce di volare via.

Un ciottolo interamente tatuato!

La mia bottiglia per l'oceano
Capitolo 4

Do un'ultima occhiata alle persone piccole come Playmobil che si agitano sulla spiaggia: Maïma e Yann in equilibrio sugli scogli, Farèyne e Marie-Ambre che corrono verso di loro... Poi c'è il mucchietto di vestiti posato come un'offerta sulla roccia più alta.

Pierre-Yves François ha dato quindi il calcio d'inizio!

Ripenso alle sue parole alla fine del pranzo.

"Cominciate con una sparizione. Il lettore si farà le stesse domande di prima, chi, come e perché, più un'altra: il personaggio scomparso è vivo o morto?".

Non poteva essere più chiaro...

"Aggiungete qualche particolare misterioso per dare pepe al tutto, tipo che trovano i vestiti della persona scomparsa piegati e ben in vista accanto a un messaggio incomprensibile, un messaggio in codice... E il gioco è fatto!".

Il gioco è fatto!

Pierre-Yves vuole che scriviamo il seguito minuto per minuto, ora per ora, in diretta! E per farci fare questo ha organizzato una piccola messinscena tipo party con delitto... A noi commentare, spremerci e immaginare il seguito.

Non sono la sola ad aver sentito le grida sulla spiaggia. Eloïse ha lasciato la tomba del suo pittore preferito, ha radunato fogli e matite e sta correndo a raggiungere gli altri. Mi sorpassa mostrandomi un profilo fra il tragico e il malinconico e mi chiede senza neanche guardarmi:

«Tu non vieni, Clem?».

«Arrivo, arrivo...».

Non mi aspetta. Cammina talmente veloce che il fiore di frangipani le è volato via dall'orecchio ed è finito sul bordo della strada asfaltata. È davvero così tonta da precipitarsi verso quella grossolana messinscena? Tanta urgenza mi pare stranamente esagerata. Davvero tutti si bevono che PYF sia scomparso?

Ripeto mentalmente "arrivo, arrivo" mentre guardo Eloïse rimpicciolire man mano che si allontana.

Solo il tempo di scrivere qualche parola.

L'ispirazione è un'onda da cui bisogna lasciarsi trasportare, e sento che mi sta sollevando.

Anche Titine mi passa davanti molto più lenta di Eloïse, che è già sparita dietro il faré di Anihia, il negozio di artigianato. La balda settantenne sta affrontando la ripida discesa con molta attenzione. Mi vede scrivere e ha il tatto di non disturbarmi, si limita a farmi capire con un sorriso che là sotto ci sono novità e che deve allontanarsi con rimpianto dalla tomba del suo amato Jacky, forse addirittura la sta affidando a me.

Aspetto che Titine vada un po' avanti a passo di lumaca e metto mano alla penna a passo di carica.

Questo è l'inizio, dunque?

Qualche vestito sulla spiaggia è tutto ciò che resta di lui?

Quindi la storia comincia qui!

E quindi, cari lettori, che si proceda!

La mia bottiglia per l'oceano
di Clémence Novelle

Fa effetto, no?

Vi racconterò tutto come ci ha chiesto di fare Pierre-Yves, la mia bottiglia per l'oceano, il mio diario minuto per minuto, ora per ora, giorno per giorno, qualunque cosa succeda. Le mie impressioni e le mie emozioni il più rapidamente e onestamente possibile.

Fidatevi, non imbroglierò. So che la posta in gioco è grossa.

Pierre-Yves mi dà un'opportunità, forse l'unica della mia vita, non voglio lasciarmela sfuggire!

Ignoro quali ulteriori sviluppi abbia in programma la sua fertile mente, ma suppongo che ci condurrà verso vette di manipolazioni inattese. Lui ci fornisce il canovaccio, a noi dotarlo di parole!

È per questo che non mi precipito come Eloïse, Marie-Ambre, Farèyne e Titine. Ma prima di cominciare il racconto, cari lettori, vi devo qualche precisazione. Che in realtà si riducono a una.

Fidatevi di me!

In generale non mi piacciono i romanzi polizieschi in cui il protagonista è il narratore, le confessioni dell'investigatore scritte in prima persona. Neppure a voi? Anche voi avete cominciato a diffidare dopo aver letto *L'assassinio di Roger Ackroyd* di Agatha Christie? A chiedervi: e se il narratore mente? Se non dice tutta la verità? Se sta sognando o delirando? Se è in stato comatoso o ha le allucinazioni? Niente è affidabile, tutto è friabile, l'irrazionale viene spiegato con una battuta e tutto quel che avete letto non era vero.

Allora, cari lettori, mi impegno solennemente a non imbrogliare, a dirvi tutta la verità, a essere sincera, a non ingannarvi.

Beninteso, non siete obbligati a credermi. È anzi l'ironia della situazione, visto che la mia promessa vi insinua il dubbio. Dopo il mio impegno, paradossalmente, comincerete a rimettere in discussione tutto quello che scrivo...

Vogliamo scommettere?

Quanto reggerete prima di pensare che vi sto raccontando un sacco di fandonie?

E se alla fine c'è da designare un colpevole, in che momento cederete e deciderete di additare me anche se vi giuro che non sono io?

Cosa scommettiamo? Sono sicura che state già esitando!

Mi dispiace davvero, credetemi, ma più di giurare che in questo romanzo non vi mentirò mai non posso fare.

Ci vediamo all'ultima pagina?

Anche voi sarete sinceri? Se avete dubitato di me, se mi avete sospettato e accusato, lo ammetterete? Promesso?

Mi suona il telefono prima che abbia il tempo di rileggere. Come tutti, alla fine ho comprato sul posto una carta SIM prepagata. Per i popa'a è l'unico modo di comunicare sull'isola.

È Maïma.

«Che fai, Clem? Ti stiamo aspettando. Abbiamo trovato i vestiti di PYF, solo i vestiti, e...».

«Arrivo, Maïma, arrivo».

Prima di chiudere il bloc-notes ci penso ancora un attimo.

Capisco che il capitolo 4 della mia bottiglia per l'oceano deve sembrare una specie di strano prologo mal costruito, un editore me lo farebbe correggere, i lettori sarebbero già scappati. O forse no, vai a sapere... Ai lettori piacciono gli intrighi strani. E soprattutto...

Ho fatto la spavalda con la mia interminabile introduzione, ma ho un nodo acido in gola.

È un gioco inventato da Pierre-Yves?

Non ho idea di cosa si aspetti da noi.

Cosa pensi di noi.

Cosa voglia fare di noi.

Diario di Maïma
La delicatezza

Yann si sta arrampicando sull'ultima roccia, quella su cui mi trovo io già da qualche secondo. I mocassini, i pantaloni e la camicia sono a pochi centimetri dai miei piedi. Il foglio, trattenuto dal ciottolo, si agita nel vento. Impossibile decifrare qualcosa, né quel che è scritto sulla carta né i tratti bianchi tracciati sul sasso.

Il capitano si china sui vestiti abbandonati quando la voce della moglie gli esplode alle spalle.

«Yann, non toccare niente!».

Evviva la delicatezza! La comandante Farèyne, accompagnata da mamma, avanza cauta verso di noi cercando il percorso meno accidentato e più asciutto tra le rocce.

Il capitano fa un sospiro che sono l'unica a notare. Intuisco che si trattiene dal rispondere alla moglie che non è così stupido, che anche lui è del mestiere, che sa cosa siano le impronte digitali, le gocce di sudore e i peli, che i gendarmi non sono degli sprovveduti e che...

La voce di mamma interrompe di netto i miei pensieri.

«Stai attenta, cara! Cerca di non farti travolgere da un'onda».

Evviva la delicatezza! Anch'io emetto un sospiro senza fare lo sforzo di nasconderlo. Guardo afflitta mamma, con la gonna di lycra super attillata, che fa l'equilibrista sulle rocce nere e lancia gridolini ogni volta che un'onda le sfiora i piedi. Avrei voglia di risponderle che farebbe meglio a togliersi i sandali con le paillettes se non vuole finire portata via dalla marea come un granchio dalle pinze d'oro.

Non dico niente. Come Yann, incasso in silenzio. Io e il capitano ci scambiamo un sorriso complice che vale tutte le risposte del mondo.

Aspettiamo quasi un minuto prima che quelle due arrivino da noi. La comandante Farèyne si sofferma a studiare la scena, mentre mamma sembra più preoccupata dalle tracce di acqua salata sui sandali che alla fine si è tolta.

«Secondo me Pierre-Yves ci ha preparato un primo test» conclude Farèyne. «Nessuno sarebbe così stupido da tuffarsi in mare in mezzo a queste rocce!».

«Tutto corrisponde a quel che ha detto a tavola» osserva mamma. «Un mucchietto di vestiti e un messaggio in codice!».

Guarda un attimo il sasso, passa i sandali dalla mano sinistra alla destra e prima che qualcuno abbia tempo di reagire lo prende.

«No, Marie-Ambre!» grida Yann.

Il foglio sotto il ciottolo ha un attimo di esitazione, come se fosse sorpreso di essere stato liberato, poi approfitta della prima ventata per volare via.

Farèyne fulmina con gli occhi mamma, che si rende subito conto di aver fatto una sciocchezza, ma nel frattempo io sto già saltando di roccia in roccia per riprendere il foglio.

«Attenta, cara...».

In tre passi lo blocco con il piede, lo raccolgo e torno indietro.

«Allora?» fa Yann.

«Su, leggi quel che c'è scritto!» mi ordina Farèyne. «Tanto ormai le impronte sono andate!».

Come se fosse colpa mia! Per due secondi sostengo lo sguardo della comandante, poi abbasso gli occhi.

«È l'esercizio di stamattina... Il compito di Titine...».

«Leggilo» ripete infastidita la poliziotta. «Se PYF ce l'ha lasciato deve esserci un motivo!».

Faccio altri due metri e giro il foglio. La prima cosa che vedo è il disegno di una piccola collana, una catenina da cui pende una perla nera. Sotto il gioiello ci sono una ventina di righe scritte con una grafia minuta e fitta fitta. Comincio a leggere con voce forte per sovrastare il rumore delle onde.

LA MIA BOTTIGLIA PER L'OCEANO

Parte II

Racconto di Martine Van Ghal

P*rima di morire vorrei*
Avere il tempo di postare un ultimo messaggio su *Quelle parole*, pregarvi di ridere, ballare, divertirvi come matti.
Salutare ognuno dei miei dieci gatti.
Che tutti i bambini di Bruxelles, Liegi, Namur, Mons e Lovanio abbiano visto il mare almeno una volta.

Prima di morire vorrei
Vedere il Belgio vincere la coppa del mondo di calcio!
Che un autore belga di fumetti riceva il premio Nobel per la letteratura! Dopotutto l'hanno dato a Bob Dylan.
Vedere il Belgio diventare una bella regione della Francia, con o senza gli autonomisti fiamminghi.

Prima di morire vorrei
Vedere Venezia! Ma quella vera, non la Venezia del nord (cioè Bruges) dove si ingozzano di cioccolato e merletti.

Prima di morire vorrei
Raccogliermi sulla tomba di Jacques Brel.
Grazie, PYF. Grazie, Tanaé. Ora l'ho fatto!
E dopo la mia morte vorrei
Essere sepolta accanto a lui, se c'è un posticino per me.

Prima di morire vorrei
Rivedere una volta, una volta sola, l'unico uomo che abbia amato in vita mia.

La mia bottiglia per l'oceano
Capitolo 5

Ovviamente arrivo per ultima!

Maïma è incollata al telefono. Mi ha bombardato di messaggini durante tutta la discesa. *Che stai facendo? Ci sono tutti, manchi solo tu!*

Arrivo, topolina, arrivo.

Yann, e soprattutto le altre quattro, mi guardano in modo strano, come se tutte e cinque partecipassimo a un Cluedo gigante, un escape game, una caccia al tesoro in cui bisogna sempre restare in squadra e chi traccheggia è considerato una palla al piede.

Okay, ragazze, abbiamo superato l'età per giocare alle Charlie's Angels!

Guardatemi, sono senza fiato! Non esagero. Da quando ho chiuso il taccuino sono scesa dal cimitero più svelta che ho potuto.

Non le vedo convinte...

Eppure i semi rossi della collana continuano a dondolarmi sul petto al ritmo di un cuore che non accenna a calmarsi. Pierre-Yves è riuscito nell'intento di far venire i nervi a tutti con la sua messinscena. Magari ci sta spiando con un cannocchiale da qualche parte sul monte Temetiu e si diverte a vedere gli sguardi in tralice che ci lanciamo.

Tra poche ore si divertirà a leggere le diverse versioni della stessa scomparsa che ognuna di noi scriverà.

Furbetto, il PYF!

Stiamo tutte e cinque in silenzioso raccoglimento sulle rocce nere davanti a un paio di pantaloni, una camicia e due mocassini. Sembra una sepoltura mancata! L'inumazione di un tizio che all'ultimo momento ha preferito essere cremato. Nudo. Di lui rimangono solo i vestiti, il corpo è stato incenerito e le ceneri disperse.

Qualche centinaio di metri alle nostre spalle lo spazio Brel è di nuovo aperto. La voce di Jacques mi dà i brividi come non mai.

Riconosco la canzone. Chissà se la colonna sonora fa parte della messinscena.

La comandante si accinge a parlare, ma Yann interviene per primo. Credo che in cuor loro tutte lo ringrazino di dare prova d'autorità, una volta tanto.

«Ho l'impressione che il vostro scrittore voglia che partecipiate a un gioco, una specie di indagine. Quindi mi dispiace, cara» dice senza guardare Farèyne negli occhi, «ma in un modo o nell'altro la cosa rientra nel laboratorio di scrittura, è palesemente la continuazione dell'esercizio di PYF, devi metterti allo stesso livello delle altre». Yann guarda tutte una dopo l'altra, tutte tranne la moglie. «Gli unici che non giocano siamo io e Maïma. Se lei è d'accordo faremo gli arbitri. O i gendarmi, se preferisci».

Rigida, Farèyne incassa senza aprire bocca. Non osa contraddire il marito in pubblico, ma scommetto che stasera, nel letto coniugale, le spiegazioni tra il piccolo capitano e la grande comandante saranno piuttosto burrascose.

Yann ha il foglio in mano. Riconosco la scrittura, ma sono arrivata troppo tardi per sentirne la lettura.

Il gendarme lo agita come un corpo del reato.

«Perché Pierre-Yves ci ha lasciato questo foglio? Mistero... Ciò che Martine desidera prima di morire non ci dice niente, in sé. Il professore non ha nemmeno fatto annotazioni, quindi non sappiamo se apprezzi o no l'umorismo belga».

L'umorismo del gendarme invece strappa qualche sorriso tra cui il mio.

«Rimane il sasso» continua Yann. «È di sicuro la chiave. Il disegno sembra un po' un tatuaggio marchesiano. Qualcuna di voi sa cosa significhi?».

Alza il braccio per far vedere a tutte la pietra nera sulla quale è stato disegnato un motivo a pennarello bianco.

Guarda prima Maïma, che scuote la testa, poi Marie-Ambre, che ha l'aria altrettanto disinformata, poi Farèyne. Conosco la moglie di Yann solo da due giorni, come tutto il resto del gruppo, ma non l'avevo mai vista così turbata. Ha gli occhi fissi sul disegno come se fosse un simbolo satanico. Una cosa è certa: non è la prima volta che lo vede!

Il turbamento della comandante sta già producendo in me una quantità di domande. Perché quel disegno sul ciottolo? Perché quella poliziotta di Parigi lo conosce? Hai vinto, PYF. Il mio romanzo, la mia bottiglia per l'oceano, sta già assumendo i contorni di un romanzo d'appendice.

Yann ha l'aria di non essersi accorto di niente. Continua a mostrare il sasso.

«È un Enata» fa timidamente una voce alle nostre spalle.

Ci voltiamo tutte, anche Farèyne.

Sono sbigottita.

A parlare è stata Eloïse, la muta.

«È uno dei tatuaggi marchesiani più diffusi» spiega Eloïse attorcigliandosi ciocche di capelli. «Raffigura un uomo. O un dio. O un misto tra i due. Viene combinato con altri simboli per evocare i momenti importanti della vita, la nascita, il matrimonio, la morte».

Come fa a saperlo? Prima dell'altroieri non aveva mai messo piede alle Marchesi... Lo sa perché è appassionata di arti grafiche? O anche lei sta nascondendo il suo gioco per avere un vantaggio su di noi nella caccia al tesoro?

Questo gioco sta cominciando decisamente a infastidirmi! È questo che vuole PYF con i suoi cavolo di indizi? Farci fare congetture deliranti che renderanno le nostre storie tutte diverse?

Maïma è sgattaiolata sulle rocce per avvicinarsi a me. Dietro di noi le porte del capannone sono spalancate, Jacques sta maledicendo la sua Fanette che mente sotto il sole di luglio su una spiaggia deserta.

Anche quest'allusione è stata programmata da PYF? Yann cerca di distendere l'atmosfera come può.

«Forza, ragazze, sparpagliatevi. Avete molte cose da scrivere sui quaderni». Alza gli occhi sul Soleil Redouté, poi si volta verso l'oceano e segue con lo sguardo i pescherecci che tornano al porto di Tahauku. «E non preoccupatevi per lo scrittore, Pierre-Yves si farà rivedere per cena. Forse pure per merenda... Mi stupirebbe che si perdesse il po'e alla castagna e banana di Tanaé!».

Vi confesso che adoro l'umorismo del giovane gendarme!

Diario di Maïma
Enata

Previsione sbagliata, capitano. Pierre-Yves François non è tornato per merenda!

Il po'e alla castagna e banana se lo sono mangiato i polli di Tanaé. Le lettrici non l'hanno toccato, erano troppo occupate... e ben poco preoccupate! Pierre-Yves era stato chiaro alla fine del pranzo, dopo aver annunciato l'esercizio.

"Ora tocca a voi, signore, avete tutto il pomeriggio, ci ritroviamo quando fa buio".

Il che vuol dire verso le sei di sera, fra meno di un'ora. Posso dire con precisione dove si trovi ognuna delle cinque. Tutte si sono attivate e scrivono!

Titine è scesa fino allo spazio Brel, mamma e Farèyne sono tornate ai loro tavolini di fronte al mare, Eloïse è risalita al cimitero e Clem è rimasta in camera sua.

Io sono con Yann, stiamo camminando fianco a fianco nel villaggio tra l'ufficio postale e l'emporio Gauguin. Il sole sta già sparendo dietro la cima del monte Temetiu. Come ogni sera, nel giro di pochi minuti il buio calerà sulla baia dei Traditori e annerirà il cielo con la stessa velocità con cui le cinque allieve di PYF anneriscono i fogli. Un'armonia di azzurro e di fuoco sul Pacifico subito ricomposta, subito rosicchiata dall'oscurità. Tiro Yann per la manica mentre osservo i contorni dello scoglio di Hanakee cancellarsi a carboncino.

«Eccoci di nuovo soli, capitano. Abbiamo ancora una mezz'oretta prima del coprifuoco, che ne dici di un happy hour in qualche posto carino?».

Yann annuisce ironico.

«Come no! Dove andiamo, al Blue Lagoon? Al Sunset Palladium? Al Waikiki?».

Hi hi hi!

Yann mi ha confessato che il primo giorno, quando si è ritrovato a vagabondare per Atuona, è rimasto stupito scoprendo che non esisteva un ristorante, neanche un bar, solo una roulotte con tre tavoli e dieci sedie di plastica che apre a mezzogiorno e talvolta di notte.

«Andiamo all'emporio Gauguin!» rispondo convinta.

Attraverso decisa la strada infilandomi tra i pick-up che si sono fermati davanti all'emporio del villaggio per il tempo di riempire i bagagliai prima di ripartire verso le valli di bananeti e palmeti da cocco. Un'atmosfera da film western! Yann mi aspetta fuori senza perdersi niente del viavai dei marchesiani con corporature da lottatori, torsi tatuati e capelli a coda di cavallo.

Esco con una Coca-Cola da un litro, un pacchetto di Oreo, quattro Chupa Chups e un gran sorriso.

«Aperitivo sulla spiaggia?» propongo.

Yann non sembra molto entusiasta dei miei acquisti plasticosi. Me ne frego, ho solidi argomenti.

«Dài, capitano, ora non farmi la predica con il cibo spazzatura e l'obesità! Tutti mangiano queste cose, perché i marchesiani non dovrebbero?». Stappo la Coca-Cola. «E poi fa bene all'ecologia!».

Bevo dalla bottiglia. Il gendarme sgrana occhi attoniti, ma mi segue verso la spiaggia. Gli spiego tutto scolandomi un terzo della bibita.

«Ma sì, guardati intorno. I pick-up, i piatti pronti, i vestiti, i telefonini... Oggi, ordinando su Internet, ti puoi far recapitare qualunque cosa a Hiva Oa in meno di una settimana. Non c'è più bisogno di salire a cavallo per andare a cacciare il maiale selvatico nella foresta! Resteranno un paio di piste per collegare i villaggi, e il resto dell'isola sarà restituito alla natura, i sentieri torneranno agli antenati e i tiki potranno dormire sonni tranquilli nei loro me'ae».

Yann sorride. Non so quanto i miei argomenti del cocco l'abbiano convinto. Passiamo davanti a un edificio dall'aria abbandonata. Gli spiego, casomai non avesse notato la scritta sulla facciata:

«È l'ex gendarmeria. I tuoi colleghi! L'hanno chiusa l'anno scorso. Riduzione del budget! Hiva Oa ha meno di duemila abitanti permanenti e non ci sono quasi più selvaggi da civilizzare».

Passiamo tra i negozi con le saracinesche già abbassate, un parrucchiere e una farmacia, poi attraversiamo il campo di calcio deserto.

«Facciamo un gioco durante l'happy hour?» dico mentre passiamo sul cerchio di centrocampo.

«A che vuoi giocare, Maïma?».

«A indagare insieme a te!».

* * *

Siamo seduti sulla spiaggia. Gli spruzzi iodati si mischiano all'odore acidulo degli alberi di mango. Alcune fregate volteggiano sopra la nostra testa prima di dirigersi verso il centro della baia fino allo scoglio di Hanakee. Yann si fa finalmente tentare da un sorso di Coca-Cola. Posa la bottiglia nella sabbia nera quanto la bibita.

«Allora, sei d'accordo se indaghiamo insieme?» insisto.

«Indagare su cosa?».

«Non fare lo gnorri, lo sai benissimo. Fin dall'inizio ho l'impressione che ci ritroviamo in un giallo, un po' come in *Dieci piccoli indiani*. Uomini e donne che non si conoscono vengono convocati su un'isola con una scusa qualsiasi. Tutti possono essere colpevoli. Dobbiamo trovare l'assassino prima che si facciano ammazzare uno dopo l'altro».

«Hai una bella immaginazione, Maïma, ma per il momento non è morto nessuno. Secondo me non c'è motivo di preoccuparsi per quel burlone di PYF. Anche se sull'isola si aggirasse un assassino non credo che sarebbe una delle cinque lettrici. Sospetterei prima di un marchesiano alcolizzato e attaccabrighe».

Ci mancava il cliché!

«Con denti di maiale intorno al collo e la clava in mano? Troppo facile, capitano, mi piace più la mia storia! Cinque piccole lettrici, come i cinque piccoli tiki nuovi di zecca. Tutte nascondono un segreto. Una sola ha ucciso. Una sola sopravvivrà... o no!».

Il mare continua a indietreggiare. Il cielo blu drago sputa le ultime fiamme. Alla fine Yann si è scolato metà bottiglia di Coca. Si guarda intorno diffidente, tutto diventa scuro, non si distinguono neanche più le ombre di mamma e Farèyne sedute ai tavoli lungo il frangiflutti.

«Va bene, facciamo il tuo stupido giochino» concede. «PYF è scomparso. Diciamo che una delle cinque lettrici è una complice, che non è stata scelta a caso per partecipare al laboratorio, e cerchiamo di indovinare chi è. Da chi vuoi cominciare?».

Non ho dubbi.

«Da tua moglie, è chiaro. La famosa comandante Farèyne Mörssen! Non ti dispiace se sono franca, vero? Niente tabù fra noi! Se vogliamo arrivare in fondo all'indagine dobbiamo dirci tutto».

Yann sorride.

«Vai».

«Sicuro che non ti offendi?».

«Vai, ti ho detto...».

«D'accordo. Allora, Farèyne è intelligentissima, si vede subito. Ha un cervello che va a mille all'ora, una specie di computer. Le dai un puzzle da mille pezzi di una laguna blu e te lo rimette insieme in dieci minuti. Non ha bisogno di fare la carina, non ha bisogno di sedurre. Ha sempre ragione, lei comanda e gli altri ubbidiscono, non è così?».

Forse mi sono allargata un po', ma il capitano non reagisce. È troppo abituato a non batter ciglio oppure ho colpito nel segno? Mentre parlo cerco di distinguere nell'oscurità le espressioni del suo viso.

«E veniamo al suo segreto» continuo. «Intanto la prima cosa strana: perché la comandante in capo di un commissariato centrale della capitale si ritrova in un laboratorio di scrittura dall'altra parte del mondo? Ne abbiamo già parlato, lo so, ma l'idea della fan di PYF che vince il primo premio mi convince poco. E seconda cosa, ancora più strana: che collegamento c'è fra tua moglie e il sasso marchesiano posato sui vestiti di PYF? Ne conosce il significato, si vede lontano un miglio, eppure non ha dato nessuna spiegazione».

Le ombre dei manghi che sovrastano il frangiflutti sembrano scheletri sputati a riva dalla marea.

«Ben detto, Maïma» si limita a rispondere Yann. «Osservazioni giuste e ben sintetizzate, sei brava! E non sei lontana dalla verità, ma è troppo presto per parlartene...».

Il mistero che lascia aleggiare mi infastidisce al massimo grado, anche se sono convinta che, diversamente dalla moglie, il capitano ignori il significato dell'Enata.

«Tocca a me, adesso?» chiede.

«Vai... Sono sicura che comincerai da mamma, tanto per vendicarti!».

«Tua madre, quindi» conferma la sagoma scura senza raccogliere l'insinuazione. «Marie-Ambre Lantana. In apparenza non nasconde segreti. È ancora abbastanza giovane, abbastanza bella, molto ricca...».

«Una troia, dillo pure! Anche se ti ho visto più di una volta sbirciarle la scollatura».

«Io non ti ho interrotto» osserva calmo il gendarme.

«Okay, scusa».

«Dicevamo Marie-Ambre, tua madre. È facile capire perché partecipi a un laboratorio di scrittura: non ha un vero lavoro, si annoia, la figlia cresce, sogna di trovare la propria strada, di non essere soltanto la moglie di un ricco commerciante di perle nere. Tranne che...».

«Tranne che?».

«Hai detto che non mi interrompevi più!».

«È colpa tua, rallenti apposta per farmi reagire. Dài, continua».

«Tranne che non si trova a Hiva Oa per caso! Il marito è marchesiano, la figlia adottiva è marchesiana. Strano, no? Deve per forza esserci un collegamento».

Ci penso qualche secondo prima di rispondere.

«Niente male. Anche tu sei piuttosto bravo. Dovresti fare il poliziotto! Tocca a me? Parliamo di Titine, allora. Sappiamo bene perché è venuta qui. Per Brel! E anche grazie alla sua influenza. Ha un blog letterario seguito da più di quarantamila persone di cui due terzi soltanto in Belgio, paese in cui Pierre-Yves François vende camionate di libri. Un blog tutto rosa in cui posta solo critiche buffe e gentili. Del resto tutta la vita in rosa di Martine è spiattellata su Internet, i bambini che porta a vedere il mare più brutto del mondo, il suo appartamento, la sua biblioteca, i dieci gatti... Ci sono più video dei gatti sul suo profilo Instagram che episodi di *Beautiful*. Trasparente e innocente, la cara Titine!».

«Troppo» scherza Yann. «Nei libri gialli la colpevole è sempre quella che sembra non avere alcun movente!».

«Sì, nei gialli per principianti... Tocca a te».

Il capitano è ormai solo una sagoma scura che copre la linea chiara delle onde che si frangono sulla riva.

«Prossima sospettata: Clémence!» annuncia. «Anche di lei sappiamo perché è qui. Vuole diventare la prossima Agatha Christie! Genere: se a quarant'anni non hai ancora pubblicato un romanzo non sei nessuno».

«E allora?» reagisco. «Pure tua moglie vuole scrivere un romanzo! Clem è la più simpatica, insieme a Titine. Mi piace il suo lato a metà fra la letterata e il maschiaccio, inoltre...».

«Non avevi promesso di lasciarmi parlare? Io, la tua prima della classe la sento solo a metà... Non ti dispiace se sono franco, vero? Credo che faccia l'amichetta con te perché con tua madre è guerra fredda».

Che sciocchezza!

«È il tuo istinto di poliziotto che te lo fa dire? Be', io quella che sento poco è l'ultima della classe, la misteriosa Eloïse. La sconsolata, l'inconsolabile da consolare. È chiaro che è qui per espiare i suoi peccati. Lontano, da sola... Deve aver commesso qualcosa di losco. Hai visto i disegni da psicopatica che fa? Sempre bambini, sempre in due, senza braccia né gambe né occhi. E poi è un po' troppo informata sui tatuaggi, la tua reginetta dello scarabocchio».

Il capitano reagisce come se nel buio un granchio gli avesse pizzicato un piede.

«Perché la mia reginetta?».

«Perché ti piace di brutto, l'Eloïse! Anche questo si vede lontano un miglio. Le sue pose statuarie, i suoi begli occhi smarriti... È tutta una trappola per gli uomini troppo buoni. E tu sei il classico tipo che ci casca!». Mi metto a ridere e stempero: «Va bene, lo so, sei sposato con la poliziotta più dolce e più sexy di Francia. Passiamo alle cose serie. Scommettiamo?».

Il granchio deve avergli pizzicato l'altro piede.

«Scommettiamo che?» quasi grida.

«Chi è la colpevole!».

Nel buio, a tentoni, prendo cinque ciottoli. Illumino la scena con la torcia del telefonino piantato nella sabbia, poi prendo dalla tasca un pennarello bianco e scrivo un'iniziale su ogni sasso.

F

M-A

M
C
E
Yann mi osserva sospettoso. "Che cavolo vuole?" penso strizzando gli occhi, poi capisco perché mi sta guardando storto.

«Ti sorprende il pennarello bianco? L'ho rubato a mamma! Pensi che sia lo stesso di quello usato per fare il tatuaggio sul ciottolo di PYF? Devi sapere che un turista su due compra un pennarello bianco all'emporio Gauguin per scrivere un messaggio su una pietra e portarlo alla tomba di Jacques Brel».

Metto in fila i cinque sassi alla luce della torcia.

«Ora contiamo fino a tre e, uno ciascuno, scegliamo quello che indica la complice di Pierre-Yves, la bugiarda, l'assassina, quella che uno dopo l'altro ci eliminerà tutti». Rido di nuovo. «Secondo te scegliamo lo stesso?».

Yann sospira ma accetta di giocare.

Uno

Due

Tre

Via!

Con lo stesso movimento le nostre mani si chiudono su due dei cinque sassi.

Le apriamo insieme.

Sul palmo della mia c'è il ciottolo con la E.

E come Eloïse.

Sul palmo della sua c'è una C.

C come Clémence.

La tromba di Tanaé che annuncia la cena lacera la notte in quel momento preciso.

Torniamo in silenzio alla pensione. Durante tutta la salita rimugino. Clem non può essere complice di PYF. L'ho guardata prima, davanti al mucchietto dei vestiti, quando è scesa dal cimitero ed è arrivata senza fiato, era sorpresa, era sincera. Sopra di me la Via Lattea sembra vicinissima. Somiglia a una ragnatela tessuta da un ragno gigante nascosto in un buco nero in attesa di intrappolare le stelle cadenti. Non siamo forse tutte piccole stelle cadenti prese in una rete? Non vedo l'ora di ritrovare Clem per cena. In due non ci lasceremo acchiappare tanto facilmente.

La mia bottiglia per l'oceano
Capitolo 6

Maïma è seduta di fronte a me. Il suo bel sorriso mi tranquillizza. Solo un po'. Stasera, come le altre lettrici, sto cominciando a preoccuparmi.

Pierre-Yves François non è ricomparso per cena.

La sua assenza sembra inquietare Tanaé più di tutti. Impensabile che lo scrittore possa perdersi il maiale selvatico alla griglia con salsa di miele che ha preparato con Moana e Poe! Deve per forza essergli successo qualcosa di grave. La proprietaria del Soleil Redouté l'ha detto e ripetuto, bisogna chiamare il commissariato a Tahiti e insistere, di solito sono poco propensi a muoversi...

Yann ha calmato le acque.

Perché chiamare i gendarmi, che impiegherebbero quattro ore a venire in aereo da Papeete, quando ce n'è già uno sul posto? Lui!

Yann ha la situazione sotto controllo, ancora non c'è motivo di preoccuparsi, ha ricordato a Tanaé le parole di Pierre-Yves alla fine del pranzo, la scomparsa, i vestiti e il messaggio in codice: è solo una messinscena per mettere un pizzico di pepe nel laboratorio di scrittura... Ma, visto che lo scrittore ha voglia di giocare, Yann ha promesso di indagare.

«Ho già un'assistente!» ha dichiarato.

Maïma, china sul suo piatto di kaaku[7], si è raddrizzata come

[7] Frutto dell'albero del pane cotto alla brace, pestato e aromatizzato al latte di cocco.

una gallina che avesse appena scodellato un uovo d'oro. Farèyne invece ha storto il naso! La comandante non sembra particolarmente contenta di essere stata messa fuori gioco dal marito. A me semmai diverte quella complicità tra la topolina marchesiana e il gendarme in calzoncini. Dentro di me ringrazio Yann di sdrammatizzare la situazione. Confesso che anche se non lo diamo a vedere, anche se tutte cerchiamo di convincerci che Pierre-Yves sia da qualche parte a spiarci e osservare le nostre reazioni, impaziente di leggere quel che abbiamo scritto, più passa il tempo e più il dubbio si insinua... E se non fosse un gioco? Se Pierre-Yves fosse affogato? Se fosse stato rapito? Assassinato?

Tutti danno una mano a sparecchiare tranne Marie-Ambre, che osserva le ultime luci della baia dei Traditori spegnersi una a una.

«Forse lo scrittore non è lontano» annuncia Maïma buttando nella spazzatura gli avanzi del suo piatto. «Forse quello che abbiamo mangiato stasera non è maiale selvatico, ma PYF alla griglia!».

Poe e Moana scoppiano a ridere. Tanaé e Marie-Ambre fulminano l'adolescente con gli occhi. Maïma cerca subito il mio sguardo, fiera della battuta e felice di condividerla con me.

Maïma è decisamente troppo simpatica! Credo che anche lei mi trovi simpatica, e non solo perché è in conflitto aperto con la madre.

«Mamma, posso restare un po' con Clem stasera?» chiede.

Sento Marie-Ambre rifiutare ricorrendo a tutte le motivazioni possibili, è tardi, è buio, se Maïma vuole sfruttare la giornata non deve fare altro che alzarsi con il sole, alle sei... Ma conosco la ragione della sua improvvisa severità.

Marie-Ambre vuole essere lasciata in pace la sera.

Amber vuole godersi la notte.

Il più a lungo possibile.

Senza che la figlia la veda ubriacarsi!

* * *

Azzeccato!

Avevo capito tutto!

Marie-Ambre ha mollato Maïma nel suo bungalow con tablet e video e ha organizzato una spedizione notturna al villaggio con birra Hinano e rum scuro Noa Noa nello zainetto.

«Un giro tra ragazze!» ha specificato. «Visto che PYF ci ha abbandonato».

Comunque non credo che Yann avesse intenzione di venire con noi. Lui davvero si alza presto. Stamattina l'ho visto passare davanti al mio bungalow che erano al massimo le cinque. Insonne quanto me, solo che a quanto pare trova la forza di alzarsi appena il sonno lo lascia.

Ho esitato a seguire le altre quattro nell'uscita notturna, avrei preferito continuare a scrivere la mia bottiglia per l'oceano, ero pronta a giocarmi la scusa di fare compagnia a Maïma, ma Marie-Ambre non me ne ha lasciato la possibilità.

«Dài, bella, vieni con noi! Mia figlia non ha bisogno della babysitter!».

Ho ceduto. Mi sono infilata una giacca di jeans, dei pantaloni di tela bucati alle ginocchia e le ho seguite.

Eccoci sedute al centro del villaggio, sugli scalini dello spazio Gauguin. Mi rendo conto che è la prima volta che ci troviamo tutte e cinque riunite. Sole, senza scrittore, figlia, marito e padrona di casa.

Il luogo non è illuminato, ma Marie-Ambre, previdente, ha preso tre lampade da campeggio al Soleil Redouté. Nugoli di zanzare danzano nell'alone della luce. Quelle maledette dovevano essere nascoste nell'oscurità.

Ha anche pensato alle libagioni. Tira fuori bicchieri, lattine e bottigliette. E fa girare.

Io mi accontento di una birra.

Marie-Ambre passa rapidamente al bis. Poi punta una torcia sulla facciata principale della casa di Gauguin.

«Alla salute di PYF! E alla salute di Paul!».

La luce illumina gli incredibili bassorilievi di cui è decorata la casa, cinque pannclli di sequoia che raffigurano marchesiane nude in una giungla fiorita popolata da cani e serpenti.

«*Siate innamorate, sarete felici*» declama Marie-Ambre leggendo le parole incise nel legno. «*Siate misteriose*! Gauguin aveva capito tutto, vero, bella?».

Fa ruotare la torcia e la punta su Eloïse, che sbatte palpebre agitate da coniglio catturato nel cono dei fari. Anche lei ha accettato timidamente di venire con noi al villaggio e poi di bere un dito di rum affogato in un bicchiere pieno di succo di frutta Rotui all'ananas e maracuja.

«L'ha detto il tuo caro Paul, no?» insiste Ambre. «Malizioso come pochi, non trovi? *Siate innamorate, sarete felici*... E ha battezzato casa sua la Casa del Piacere! E andava in giro per il villaggio con un bastone a forma di pene».

Sono imbarazzata per Eloïse, che farfuglia:

«A me... a me piace soprattutto la sua pittura».

Marie-Ambre si attacca direttamente al collo della bottiglia di rum. Parla troppo forte.

«Cavalli verdi, cani rossi... Non doveva andare avanti a Rotui, il tuo caro pittore. Il suo debole erano semmai le ragazze a seno nudo! Anzi, era venuto qui per questo! Per dipingerle e non solo. Ragazze dell'età di Maïma!».

Mi schiaccio sul braccio una zanzara più audace delle altre. Eloïse ha gli occhi pieni di lacrime. Per un attimo ho l'impressione che voglia reagire alla provocazione, invece non dice niente.

Combattuta tra l'irritazione e la pietà, sono tentata di intervenire. Giocherello nervosamente con i semi rossi della collana. Ho letto la storia di Gauguin. Si è trasferito sull'isola nel 1901, all'epoca in cui il clero e la Repubblica puntavano a distruggere il patrimonio culturale delle Marchesi e ridurre in schiavitù gli abitanti. Ormai la storia è conosciuta. Hanno fatto passare Gauguin per un perverso alcolizzato perché era l'unico a ergersi contro lo Stato e la Chiesa per difendere i marchesiani e ciò che restava della loro cultura.

Marie-Ambre si allontana di qualche metro barcollando. Finirà per cadere nel pozzo di Gauguin, nascosto da qualche parte in giardino. Farèyne si preoccupa. Anche lei ha bevuto soltanto una birra. Assume il tono da comandante in capo.

«Credo che sia ora di andare a dormire!».

Si volta verso di me e le altre e, come una generalessa che designi due soldati di corvée, ordina:

«Clem e Titine, aiutate voi Marie-Ambre a risalire?».

* * *

È quasi mezzanotte.

Ho abbandonato i vestiti su una sedia, ma sistemo con cura maniacale le zanzariere davanti alle finestre.

Odio dormire vestita e odio quelle bestiacce, che invece mi adorano. Ho lasciato nel bungalow un lumino da notte nel caso un paio di insetti avessero aspettato tutta la giornata nascosti.

La luce calda data dal paralume di rafia proietta ombre seppia nella stanza. Quando passo davanti allo specchio mi ricopre il corpo di miele.

Il che non basta a renderlo bello.

Non mi piace, non mi piace più.

Lo so che è ridicolo, lo so che ci saranno sempre uomini ad affermare il contrario, a dirmi che Marie-Ambre o Eloïse non sono più belle di me, che ho altrettanto fascino, lo so che ci sono sempre uomini capaci di cancellare con tenerezza i complessi di qualunque donna si offra nuda davanti a loro.

So anche che quando si ama davvero non ci si sente mai abbastanza belle per colui che si ama.

Mi dispiace, stasera il mio romanzo è un po' a corto di suspense. Sarà la birra? La paura? Mi chiedo se mantenere queste ultime righe nella mia bottiglia per l'oceano. Avrò il coraggio di leggerle a Pierre-Yves? Che ne pens...

Bussano alla porta.

Un sussurro.

«Sono io, Amber! Aprimi!».

È Marie-Ambre. Dio, che piaga!

Mi infilo una camicia e apro la porta spostando la zanzariera che avevo impiegato un quarto d'ora a posizionare.

Marie-Ambre entra, e insieme a lei probabilmente una decina di bestiacce.

Sta cullando quattro birre tra le braccia e il seno.

«Le altre sono andate a dormire» fa la milionaria. «Troppo stanche. Io e te siamo le uniche ancora in servizio!».

Fingo uno sbadiglio al quale Marie-Ambre non fa il minimo caso.

«Devo dirti una cosa» comincia stappando due Hinano e sedendosi sul mio letto.

Porto distrattamente la bottiglia alle labbra.

«Secondo te, chi va a letto con chi?» mi chiede a bruciapelo.

«Eh?».

«Voglio dire, chi va a letto con PYF? È la chiave del mistero! C'è di sicuro una di noi che va a letto con lui... Almeno una!».

Mi fa l'occhiolino. Sembra meno sbronza di quando è risalita al Soleil Redouté cantando *Les Bourgeois* a squarciagola. Fa cin-cin toccando la mia bottiglia di Hinano con la sua.

«Secondo me non sei tu!».

Altro occhiolino. In quel momento preciso capisco.

È lei che va a letto con PYF! È chiaro! E siccome la madre di Maïma è gelosa e non sa dove si sia ficcato il suo amante viene a farmi parlare!

Può provarci quanto vuole... Non so niente e non dico niente.

Marie-Ambre si mette a parlare da sola, elenca una per una le lettrici, cita perfino Tanaé e le figlie, blatera frasi sempre più incoerenti, finisce a parlare di Eloïse.

«È un'ipotesi, così. La piccola Eloïse ha l'aria di nascondere bene le sue carte. Potrebbe essere lei... Tutti le corrono dietro».

«Tutti?».

«Non hai visto come la guarda il poliziotto?».

«Il poliziotto?».

Ammetto che dopo mezzanotte le mie risposte mancano un po' di consistenza.

«Yann! Il gendarme! Non credo che si diverta come un matto a stare tutto il giorno con quel cerbero danese. E poi le ragazze più carine sono fiori raramente disponibili, si aprono ai farfalloni di passaggio solo tra una storia d'amore e l'altra, è un profumo che certi uomini sanno cogliere. Credo che se il capitano andasse a letto con Eloïse la comandante non se ne accorgerebbe nemmeno».

«Non se ne accorgerebbe nemmeno?».

Bevo la birra come una pozione magica. Giuro che per la prossima risposta mi impegnerò di più.

«Farèyne Mörssen se ne frega altamente del laboratorio di scrittura!».

Marie-Ambre si avvicina a me, la sua bocca è a trenta centimetri dalle mie narici. Un litro di rum e tre birre. Se ci sono zanzare nel bungalow, neanche una sopravvivrà al suo alito.

«Non è venuta a scrivere, è venuta a indagare!».

Ancora una volta non dico niente. Ma di colpo mi sento sveglissima.

«2001, il caso del killer del quindicesimo arrondissement. Ti ricorda qualcosa?».

Mai sentito. Scuoto la testa.

«Te lo riassumo in due parole, c'è tutto su Internet, puoi controllare. Tra giugno e settembre 2001 a Parigi hanno trovato due ragazze violentate e assassinate. Diciotto e ventun anni.

L'unico punto in comune fra loro era che entrambe si erano fatte fare un tatuaggio da poco. In occasione di un nuovo tentativo di aggressione la polizia ha arrestato un tatuatore, un certo Métani Kouaki, un tizio di origine marchesiana, ma non è mai riuscita a trovare prove decisive per incriminarlo dei primi due delitti. Kouaki ha scontato una pena minima, poi è sparito nel nulla e il caso non è mai stato risolto».

Una quantità di domande mi si affollano in gola. Ho di che riempire un po' di più la mia bottiglia per l'oceano, darle più il sapore del romanzo poliziesco. Una sola riesce a uscirmi dalle labbra.

«E che c'entra Farèyne?».

Non è certo la domanda più difficile, immagino già la risposta. Marie-Ambre finisce la sua birra e conclude:

«La giovane comandante Farèyne Mörssen, appena diplomata, era la superpoliziotta incaricata del caso del tatuatore del quindicesimo. Ha dedicato vent'anni a cercare le prove della colpevolezza di Métani Kouaki, e per quanto ne so non le ha mai trovate».

Yann

Yann si sveglia di soprassalto, non capisce perché. Non ha avuto un incubo né ha qualche dolore. Non ci sono rumori, c'è solo la lampada esterna del Soleil Redouté che spande un timido chiarore sul loro bungalow, il Nuku Hiva.

Dà un'occhiata verso destra, alla sveglia sul comodino.

L'una di notte.

Un'altra occhiata a sinistra.

Farèyne è stesa accanto a lui sulla schiena con gli occhi spalancati che fissano le ombre della buganvillea muoversi sul soffitto. È stata lei a svegliarlo? Piccolo gesto o semplice telepatia?

«Non dormi?».

«No, non riesco a prendere sonno».

Yann le posa una mano sulla pancia.

Lei non reagisce, continua a guardare appassionata le ombre cinesi sul soffitto.

Yann maledice la camicia da notte che la moglie si mette pure all'equatore, fa scendere la mano lungo le pieghe, si ferma, cerca di cogliere nella penombra un cuore che si acceleri, un petto che si sollevi, una palpebra che si chiuda.

Alle Marchesi di notte il termometro non va mai sotto i venti gradi.

Farèyne rimane di ghiaccio.

La mano di Yann raggiunge finalmente i confini della stoffa sul fondo della discesa delle cosce leggermente ripiegate, la alliscia, la fa risalire un po' e si avventura nell'inguine.

Farèyne resta ancora qualche secondo senza reagire, poi si raddrizza.

Sipario!

È già in piedi con la camicia da notte di nuovo scesa. Va verso la finestra illuminata dalla lucina esterna.

Yann vorrebbe reagire, sentirsi umiliato al punto da scoppiare, dirle in faccia che lei non lo sfiora da sei settimane, invece è lui a sentirsi in colpa.

Sa che in fondo non ha fatto quel gesto, rivelatorio della sua voglia, perché desiderava Farèyne. L'ha fatto perché la notte è calda, perché l'isola è sensuale, perché le altre lettrici sono carine, perché ha passato buona parte della giornata a guardare Eloïse che mordicchiava la matita con il blocco posato sulle gambe nude.

Farèyne è troppo intelligente per non capirlo.

In piedi davanti alla piccola scrivania di legno di rosa, unico angolo illuminato della stanza, la comandante fa girare come una trottola il sasso tatuato posato accanto ai vestiti di Pierre-Yves che Yann ha recuperato. Il gendarme ricorda bene la reazione terrorizzata della moglie quando ha visto il simbolo tracciato a pennarello bianco. Per la prima volta osa interrogarla.

«Conoscevi quel simbolo marchesiano, l'Enata? Sapevi cosa significava?».

Farèyne mette un dito sul ciottolo per bloccarne la rotazione infinita.

«Se ti interessassi un po' a me, al mio lavoro e alle mie indagini lo sapresti anche tu».

Yann deve lottare ancora contro un senso di rabbia. Ripensa alle sere trascorse ad ascoltare le storie delle interminabili giornate della moglie, i grandi casi del quindicesimo arrondissement, rapine di gioiellerie prestigiose, sottrazioni di fondi per milioni, prese di ostaggi evitate, delitti segreti commessi da celebrità di cui non poteva nemmeno rivelare il nome... mentre lui aveva rinunciato da un pezzo a raccontarle le sue banali storie di furti nei villini, automobili spaccate in un parcheggio di supermercato, ubriachi senza patente arrestati davanti a un bar, la saga senza interesse della povera gente di cui non si ha più nemmeno pietà.

Yann respinge il lenzuolo.

«Questo Enata» insiste, «è il tatuaggio che si erano fatte fare le due ragazze assassinate? È un messaggio che ti manda Pierre-Yves?».

Farèyne si gira di tre quarti. Attraverso le tende, l'illuminazione esterna crea giochi di luce sul suo volto, pieghe dolorose che le ombre allungano.

«Non lo so» risponde piano la poliziotta. «Sei tu che conduci l'inchiesta insieme alla piccola Maïma, io sono fuori gioco... È quello che vuoi, no?».

Yann si raddrizza. La rabbia viene spazzata via da un'ondata di tenerezza. Non ha mai saputo resistere a Farèyne quando si toglie l'armatura da comandante e rimane solo una bambina triste, quasi imbronciata. Una bambina a cui quel pomeriggio hanno impedito di giocare.

Si alza.

Sì, certo che prova ancora desiderio per Farèyne. Le isole della Polinesia non acuiscono i sensi, rendono solo più difficile sopportare l'astinenza dalla donna che ama.

Che crede di amare.

Che vuole amare.

Completamente nudo, si porta alle spalle di Farèyne. Nel momento in cui il suo membro le sfiora le natiche, lei fa un passo di lato.

Si è almeno accorta che il marito ha un'erezione?

«Non sei fuori gioco» risponde il gendarme alla schiena della comandante, «ma sei qui per scrivere un romanzo, sei venuta per questo...».

La schiena non dice niente. Le mani di Farèyne scorrono sul ripiano centrale, quello su cui ha riposto la valigia. Poi la sua bocca risponde all'armadio a muro, più che al marito.

«Non ti sforzare, ho capito. Hai ragione, probabilmente è meglio così» fa con una risatina di sfida un po' artificiale. «E io che avevo paura che ti annoiassi... Non mi immischierò nelle tue indagini, stai tranquillo, ti lascio al tuo party con delitto. Ma voglio darti un consiglio: sii riservato, diffida di tutti». Le sue mani frugano nervosamente nella valigia. «Diffida di Marie-Ambre, che fa un po' troppo l'oca avvinazzata, di Eloïse, con le sue arie da vedova sconsolata, di Clem, la scrittrice sfacciata, e anche della belga, la buona Martine, che sotto il suo aspetto di nonnina vestita da pagliaccio passa le giornate a ficcare il naso ovunque per nutrire di pettegolezzi i suoi social. La cara Titine è un paparazzo senza macchina fotografica».

Farèyne chiude la valigia.

Ha in mano una cartellina di cartone rigido sulla quale è disegnato un tatuaggio marchesiano.

Un Enata.

«Quanto al romanzo, caro mio... è già scritto!».

Yann legge oltre la sua spalla.

La cartellina rossa ha un nome e un titolo sopra il disegno.

Pierre-Yves François

Terra degli uomini, morte di donne

Il caso del tatuatore del quindicesimo

Un manoscritto. Dato lo spessore, si tratta di un volume di almeno trecento pagine.

«Gliel'hai... gliel'hai rubato?» chiede Yann nel panico.

Farèyne posa la cartella sul tavolo e finalmente concede un lungo sguardo al marito.

Il primo.

«Tutti ti trovano così carino... Fai un po' di gaffe, ma è la cosa di te che mi è subito piaciuta, il tuo lato maldestro. In fondo è solo che non ti sforzi. Pigrizia. Una maschera di delicatezza. Mi hai chiesto se gliel'ho rubato, ho capito bene? E vivi con me da vent'anni?».

Farèyne si siede, sposta la cartella sotto il debole alone di luce, tira fuori un foglio e si ferma.

«Ho bisogno di lavorare e qui non ci vedo. Vado fuori».

Prende il telefonino posato sulla scrivania. Modello danese, cover rossa con una grande croce bianca. Yann ha capito. Decide di rimettersi a letto. Con la mano già sulla maniglia, Farèyne gli dice un'ultima cosa.

«Solo una domanda, caro» fa con voce esageratamente dolce, «sempre che non violi il segreto professionale della tua preziosa inchiesta. Quando hai trovato il sasso sui vestiti di Pierre-Yves, da che parte era girato?».

Yann non risponde.

Non perché voglia tenere per sé il segreto.

Semplicemente perché non ne ha idea, non ci ha fatto caso.

E perché è tormentato da un'altra domanda: fino a dove si è spinta Farèyne per entrare in possesso di quei trecento fogli?

La mia bottiglia per l'oceano
Capitolo 7

Mi sveglio di soprassalto.

Capisco subito il perché. Maledetto gallo! Appollaiato proprio sopra la mia finestra e disturbato da chissà cosa.

Apro un occhio.

La prima cosa che vedo sono le tracce di birra Hinano che Marie-Ambre ha lasciato sul tavolo del bungalow prima di andarsene finalmente a dormire. La seconda sono i fogli della mia bottiglia per l'oceano sparpagliati sul comodino. La terza è la sveglia: sono le quattro del mattino! La quarta è l'ombra che si proietta sulla zanzariera della finestra.

Un'ombra all'esterno che cammina lentamente per non fare rumore, solo quanto basta a svegliare Gaston... e con l'occasione me.

Le quattro del mattino.

Chi è che fa il sonnambulo a quest'ora?

Gaston si è riaddormentato, io so che non mi riaddormenterò. Senza starci a pensare mi infilo i pantaloni, mi metto una maglietta imbevuta di antizanzara ignorando mutandine e reggiseno, prendo il cellulare e apro la porta del bungalow il più silenziosamente possibile.

Chi diavolo può aggirarsi sui sentierini del Soleil Redouté a notte fonda?

Yann? Yann ha l'abitudine di svegliarsi molto presto.

Do un'occhiata. Il pergolato è illuminato dalla lampada notturna. Il bungalow di Yann e Farèyne è il più vicino alla lampadina che rimane accesa tutta la notte. Cerco di cogliere un movimento, un rumore, ma tutto tace. Sembra che gli occupanti del Nuku Hiva dormano, come del resto tutti gli altri.

Solo che non ho sognato, e quello che è venuto a scuotere le penne di Gaston non è un fantasma. Scruto il giardino, avanzo nel sentiero e passo davanti al faré di Tanaé. Anche lì dormono tutti. La notte è illuminata solo da miriadi di stelle, da un quarto di luna e dai rari lampioni lungo la strada che costeggia la pensione. Quanto basta perché veda l'ombra svignarsela dal cancello. Non distinguo altro che una sagoma nera e affrettata che invece di scendere verso il villaggio si dirige dalla parte opposta, verso il porto di Tahauku.

Decido di seguirla!

Visto che dopotutto sono qui per scrivere un giallo ho bisogno di elementi che vadano a riempire la mia bottiglia per l'oceano, anche se è tutta una trappola montata da PYF.

Di quando in quando la sagoma scompare dietro una curva o un gruppo di alberi e ogni volta sono convinta che non ricomparirà più, risucchiata dalla foresta o da una scorciatoia non illuminata. Invece no, l'ombra rispunta sempre e continua a seguire la strada asfaltata.

Dove va? Ricapitolo mentalmente le destinazioni possibili.

Il porto di Tahauku? Non ci dorme nessuno, non ci sono yacht ormeggiati, nessuna piroga è dotata di letti. Atuona non è Bora-Bora...

La discoteca, vasto edificio di cemento che serve una volta al mese per le feste del villaggio? Nemmeno. L'ombra le passa davanti senza fermarsi. E senza fretta.

Sto attenta a camminare anch'io lentamente, per non farmi scoprire e soprattutto perché non vedo dove metto i piedi. Ovviamente non posso farmi luce con la torcia del telefonino, sarebbe come gridare "Oh-ho, chi sei?". Non ci sono più lampioni lungo la strada, ma il cielo incredibilmente stellato dà un'illusione di luminosità. Fisso la Croce del Sud sopra la mia testa come un marinaio smarrito.

L'ombra sparisce di nuovo dietro un tornante. Credo di ricordare che all'uscita dell'ultima curva prima del porto ci sia una capanna di fortuna. Tanaé mi ha detto che qui le chiamano seconde case. Quattro muri di paglia e fango e un tetto di lamiera bastano agli abitanti delle valli per venire a farsi un weekend in riva all'oceano. In teoria le costruzioni nuove sono vietate, ma le baracche sono smontabili e soprattutto condivisibili. Il sindaco concede il permesso di costruzione solo se il proprietario si impegna a lasciare le chiavi a chiunque ne faccia richiesta quando la capanna non è occupata.

Più ci penso e più mi convinco che in quel luogo è fissato un appuntamento notturno.

Scoprirò dove sta andando l'ombra? Più motivata, accelero il passo...

Oh, scusi!

Ho appena urtato qualcuno nell'oscurità.

Mi do della cretina massaggiandomi il ginocchio.

Quello che per poco non ho travolto non accenna a scusarsi!

Le mie mani lo esplorano a tentoni.

Una faccia, due grandi occhi, naso sottile, niente collo, corpo grassoccio, due grossi seni.

Un tiki!

Mi tornano in mente le spiegazioni di Maïma e Tanaé. Cinque tiki scolpiti pochi mesi fa e distribuiti intorno al Soleil Redouté. Questo quindi è l'ultimo, quello che ha il mana della sensibilità, della gentilezza, dell'emozione. Ci sono passata davanti parecchie volte nella macchina di Tanaé senza vedere altro che una grossa pietra grigia un po' in basso rispetto al bordo strada.

Le mie dita individuano i fiori di pietra che il tiki ha nei capelli e fra le venti dita delle mani.

L'ombra è sparita ormai da vari minuti. Distinguo sotto un lampione la strada che continua dopo il tornante. L'ombra non l'ha mai imboccata. O si è persa nella foresta, cosa che senza illuminazione mi pare improbabile, o si è fermata nell'unica casa possibile, la capanna prima del porto.

In entrambi i casi non può vedermi.

Incapace di resistere alla curiosità, accendo quindi la torcia del telefonino.

La punto sulla faccia della statua grigia. Tipo poliziotto che coglie il ladro in flagrante.

Eppure sono io a rimanere sorpresa. Più che sorpresa, trattengo un moto di panico. Non so se scappare o darmi un pizzicotto per essere sicura che non stia sognando.

Il tiki davanti a me, il tiki della bontà... lo riconosco!

So che è impossibile. Come potrebbe mai risorgere dal passato, una faccia del genere?

Incredula, come se sentissi uno spettro riprendere vita, passo le dita sulla pietra fredda, sulle orbite degli occhi, sul grosso petto.

Vogliono farmi diventare pazza! Vogliono tendermi una trappola!

E ci riusciranno se continuo a fissare la statua come uno specchio che mi ipnotizza, paralizzata dal suo mana.

Spengo la torcia.

Lo spettro torna a essere un blocco di pietra. Respiro.

Ho esagerato? È stata la mia immaginazione a estrapolare tutto? Com'è possibile scolpire un viso a immagine di un modello che non esiste più? Come se temessero di essere a loro volta pietrificate, le mie dita si staccano dal basalto freddo e si rifugiano sul mio petto caldo. Pollice e indice si muovono fino a stringersi su uno dei grani rossi della collana, la cui magia mi rasserena di colpo.

Devo riprendermi, non dimenticare perché sono uscita in piena notte, devo seguire quell'ombra!

Desiderosa di togliermi da lì, allungo il passo, poi rallento quando arrivo al tornante. La capanna, circondata da pini dei Caraibi, è in equilibrio sulla scogliera che sovrasta il porto. Prima ancora di vedere se sia illuminata o no capisco che l'ombra si è fermata lì.

Per la seconda volta nel giro di un minuto il mio cuore rischia di fermarsi.

Stavolta non ho riconosciuto una faccia, ma una voce.

La voce di Pierre-Yves François!

In cuor mio rido e lo maledico. Così era davvero un gioco! Quel manipolatore di scrittori non era annegato né era stato rapito o assassinato. Si nascondeva a meno di un chilometro dalla pensione. Tanto per far galoppare la nostra immaginazione.

La capanna è debolmente illuminata. Dalla finestra distinguo l'ombra di Pierre-Yves che si muove nella stanza e quella della sconosciuta scesa nottetempo dal Soleil Redouté per andare a trovarlo.

Due sagome senza volto.

Ombre cinesi, un teatro dietro uno schermo bianco dove recitano per me.

Maledico Pierre-Yves per le sue idee contorte e maledico il tiki che mi ha fatto perdere tempo: ho saltato l'inizio della conversazione! Non capisco niente di quel che sta dicendo Pierre-Yves, solo frammenti di frasi proferite con una tale forza che alcune rimbalzano fino a me.

Capisco che si sta scusando con la donna che è andata a trovarlo (dev'essere una donna, perché non ci sono uomini al Soleil Redouté, a parte Yann), dice che gli dispiace, ma che ha il dovere di dirle la verità, tutta la verità, che lui non c'entra niente, che non è colpa sua.

Vorrei che l'altra rispondesse, di sicuro ne riconoscerei la voce, invece no, non parla o, paralizzata dalle rivelazioni, parla troppo piano. Mi sembra solo di sentirla piangere.

Pierre-Yves continua a ripetere che, per quanto terribile e

crudele sia la verità, è meglio conoscerla e che «se non volevi saperla non dovevi chiedermela», non smette di fare avanti e indietro nella capanna passando e ripassando di fronte alla finestra mentre il fantasma non si muove, impietrito come un tiki.

La voce di Pierre-Yves si addolcisce. Cammina anche meno svelto. Lo sento sempre peggio, ma avvicinandomi un po', a rischio di scivolare sulle radici di pino, capisco che dopo aver tramortito il fantasma con le sue rivelazioni sta cercando di rianimarlo. «Posso aiutarti, sai».

Osservo la sua figura corpulenta fermarsi davanti a quella sottile dell'ombra muta. Lo vedo posarle una mano sul volto immobile, suppongo per asciugarle una lacrima. Lo vedo allargare le braccia nere come maglie di una catena e richiuderle. «Ho molto affetto per te». Vedo la sua testa abbassarsi e fare corpo unico con quella del fantasma, vedo la sua grossa pancia venire avanti e per un attimo il teatrino d'ombre dà l'illusione che nella stanza ci sia una persona sola, che Pierre-Yves abbia inghiottito l'imprudente andata a trovarlo...

Prima di risputarla!

L'imprudente non ha la minima intenzione di farsi divorare dall'orco.

Gli sputa in faccia.

Allora va tutto molto in fretta.

Vedo un balletto di gesti disordinati, un balletto di cui colgo solo brevi sequenze quando gli attori passano davanti alla finestra e che cerco di ricostruire.

Pierre-Yves non intende lasciarsi scappare la preda, ma la preda è più rapida e si divincola, sento oggetti che cadono, mobili che tremano, «Calmati, calmati», è sempre lui che parla, qualcosa di vetro si rompe, piovono colpi.

Mi avvicino ancora, non posso non intervenire. Sono a meno di due metri dalla casa quando vedo due mani sollevarsi stringendo in pugno una forma stretta e allungata: un randello delle Marchesi? Una pagaia di piroga? Un manico di scopa? Non ho il tempo di capirlo, l'oggetto ha già frustato l'aria colpendo Pierre-Yves sulla faccia.

Il suo grido lacera la notte.

Seguito dal mio.

Non sono riuscita a trattenerlo.

Lo spettacolo sembra essersi fermato di colpo, come un film di cui si sia rotta la pellicola. Non c'è più un rumore, a parte l'urlo mio e di Pierre-Yves che continuano a vibrarmi dentro come un'eco.

Il fantasma si avvicina alla finestra. A destra della sua testa si vede spuntare l'oggetto allungato, come un fucile a tracolla pronto a essere imbracciato, sparare e uccidere.

Ho smesso di riflettere. Devo scappare! Corro. Scivolo sulle radici. Finisco con le mani a terra, mi pungo con gli aghi di pino. Sono sicura che il randello stia per abbattersi sul mio cranio. Nessun rumore. Mi rialzo più svelta che posso e mi metto a correre nella notte. Non credevo che le mie gambe potessero essere così rapide, che il cuore potesse battermi così forte.

Raggiungo la strada.

Credo di scorgere una luce in lontananza, sopra la capanna, non abbastanza potente da essere i fari di una macchina e troppo alta per essere una torcia.

Sono inseguita?

Sono stata riconosciuta?

Pierre-Yves è stato ucciso?

Sono una testimone da eliminare?

Non riesco più a correre, la salita è troppo ripida, mi limito a camminare più veloce che posso.

Devo tornare indietro? Chiamare aiuto?

Ripasso davanti al tiki maledetto, solo un'ombra grigia che mi guardo bene dall'illuminare.

Cerco di convincermi che è solo un incubo, che domani ritroverò tutti.

Arrivo al Soleil Redouté immerso nel sonno, Gaston compreso.

So quello che dovrei fare, svegliare tutti quanti, farli uscire dai bungalow e vedere chi manca all'appello. O almeno svegliare Yann. Yann e la moglie sono poliziotti, sapranno cosa fare. Oppure avvertire solo Maïma, è l'unica di cui mi fido, ma è impossibile, dorme nello stesso bungalow della madre.

So quello che dovrei fare, invece corro a barricarmi nel mio bungalow.

Le parole che ha detto Pierre-Yves ieri a pranzo mi perseguitano, mi sembra che sia passata un'eternità.

"Qualunque cosa succeda nelle prossime ore, nei prossimi giorni, nei cinque giorni che mancano prima che riprendiate l'aereo, continuate a scrivere. Annotate tutto! Scrivete tutto! Impressioni, emozioni. Fatelo il più immediatamente e sinceramente possibile".

E se ancora una volta avessi assistito a una mera messinscena? Se tutto ciò facesse parte di un copione scritto in anticipo? Se di nuovo, come nei suoi libri, Pierre-Yves stesse cercando di manipolarci?

Ho troppi dubbi per svegliare tutti e troppa paura per uscire da sola.

Rimango a letto.

So che non mi addormenterò più.

Ubbidirò a Pierre-Yves.

Scriverò il mio romanzo.

LA MIA BOTTIGLIA PER L'OCEANO.

Servane Astine

«Pronto! Pronto! C'è qualcuno? Mi vedete? Siete stati tutti inghiottiti da uno tsunami?».

Servane Astine dà le spalle alla webcam e si rivolge a qualcuno fuoricampo.

«Sei sicuro che funzioni il tuo cavolo di Skype? Vedo solo polli!».

«Laggiù sono le sei del mattino» risponde la voce maschile di un tecnico invisibile. «Forse i polli sono gli unici svegli...».

«Bravo, prendimi in giro!». Servane Astine si volta di nuovo verso lo schermo. «Pronto pronto, repubblica delle banane, mi sentite? Le vogliamo muovere quelle chiappette abbronzate grazie ai miei soldi? Attivatevi! Qui a Parigi sono le sei di sera, ho un cocktail ai Deux-Magots fra un'ora, quindi scrollatevi di dosso le pulci o non so quali insetti vi stiano succhiando il sangue nella pampa, carine... Ah, ecco».

Davanti all'editrice appaiono tre visi: Eloïse con gli occhi gonfi, Farèyne a stento pettinata e Marie-Ambre troppo truccata.

«Ah, ecco» ripete Servane. «Siete appena uscite dalla discoteca o cosa? Dove sono le altre?».

Marie-Ambre sembra la più sveglia delle tre.

«Clémence Novelle e Martine Van Ghal stanno ancora dormendo» spiega.

«Mi prendono in giro?».

Il telefonino che riprende le tre lettrici è posato sul tavolo esterno della pensione in posizione instabile contro un vasetto di marmellata di pompelmo. Farèyne cerca di raddrizzarlo, l'immagine spazia dalla montagna al cielo all'oceano prima di stabilizzarsi di nuovo.

«Volete farmi rosicare?» esplode l'editrice. «Volete che anch'io vi faccia lo show del drone e vi mostri il cielo di Parigi, questo schifo di nuvole grigie, traffico e persone che corrono come formiche? Vi ricordo che vi state godendo la laguna blu grazie alla mia carta dello stesso colore... e che dovreste sfornarmi un bestseller!».

Marie-Ambre, paralizzata, è incapace di rispondere. Eloïse oscilla da un profilo all'altro, fiore di tiarè, fiore di ibisco, come un'alunna sgridata che non abbia il coraggio di guardare in faccia le avversità. Farèyne sospira, il suo braccio esce dallo schermo e ricompare miracolosamente con una tazza di caffè in mano.

Servane Astine si alza di scatto. Per una frazione di secondo la webcam inquadra la scollatura del vestito da sera con un pendente a forma di piuma d'oro che dondola in primo piano, poi riappare il suo viso incollato allo schermo, gigantesco.

«Be', state tutte smaltendo la sbornia? PYF mi aveva detto che non c'erano bar ad Atuona. Biglietto aereo da quindicimila chilometri, ma eremo perfetto! Un'isola di monaci! Meglio del monte Athos o delle Meteore, neanche una goccia d'alcol, solo inchiostro e sudore... A proposito, dov'è PYF?».

«...».

Servane Astine si avvicina ancora di più allo schermo, sembra che lo annusi.

«Gli alisei vi hanno insabbiato? Ho chiesto dov'è PYF».

Farèyne posa il caffè e risponde con voce annoiata.

«Non lo sappiamo. È sparito. Crediamo che la sua scomparsa faccia parte del laboratorio di scrittura, che sia... una specie di gioco».

L'editrice si lascia ricadere sulla sedia. Esterrefatta.

«Un gioco? Lo sapete quanto mi costa la vostra scappatella

sotto le palme? L'aereo, l'ospitalità da Tatayè? Mi costa un braccio, e non il sinistro! Quindi, ragazze care, vedete di impegnarvi a far sognare le sfortunate lettrici rimaste nella madrepatria, le trentaduemila scalognate che non sono state selezionate e le altre decine di migliaia che stanno appiccicate a Instagram e alle nostre newsletter. Voglio selfie di PYF a torso nudo chino sul manoscritto e tu, Eloïse, incolla un bel sorriso papaya sul tuo visino da polinesiana e posta qualche foto di te in bikini, dobbiamo accalappiare i papà che leggono, tesoro. Diamoci da fare, sorelle Brontë. Pubblicate foto, video, la danza dell'uccello o l'haka del cazzo, me ne sbatto, ma dovete far sbavare di invidia le lettrici impastoiate qui... Andate a svegliare Clémentine e la belga! Che fine ha fatto la regina dei social network? Aveva promesso di bombardare di notizie il pianeta francofono, da Saint-Pierre-et-Miquelon fino alle isole Kerguelen... e da ieri non c'è nemmeno un post!».

«Sta dormendo».

«E che aspettate a svegliarla?».

Diario di Maïma
Solo silenzio

Ho sentito tutto.

Servane Astine ha riattaccato, il taxi la aspettava. Richiamerà domattina presto, cioè quando qui è notte, e stavolta Pierre-Yves François farà bene a rispondere!

Che tipa, l'editrice! Di fronte all'espressione attonita delle lettrici non ho esitazioni, attraverso il pergolato e corro tra i bungalow scansando i polli spaventati per andare a svegliare Clem e Titine.

Per motivare la mia amica tiratardi e la belga dormigliona Tanaé ha scelto un disco di Brel. Avanti il prossimo, ordina il grande Jacques, avanti il prossimo, canta ritmando l'andirivieni dell'albergatrice fra la cucina e il pergolato. Biscotti alla vaniglia, frittelle alla banana, pane al cocco, tè e caffè, il tutto senza le figlie a darle una mano.

Come ogni mattina Poe e Moana sono andate nel campo sotto la pensione a occuparsi dei tre cavalli Miri, Fetia e Avaé Nui[8] che, per quanto la corda al collo lo permette, si avvicinano al pergolato per elemosinare i resti della colazione. Io nella mia prossima vita preferirei reincarnarmi in un galletto o in un gatto che in uno di quegli animali! Pensate un po'... Importati sull'isola un secolo fa per galoppare in libertà e costretti oggi a vivere come una trottola intorno a un paletto!

Corro tra i bungalow. Incrocio Yann, che ha i capelli bagnati

[8] Carezza, Stella e Grosso Piede.

sgocciolanti sulla maglietta degli Spurs con il numero 9 e tiene in mano un kumquat rubato dal tavolo della colazione. Dev'essere appena uscito dalla doccia del bungalow Nuku Hiva, che la comandante Farèyne si affretta a occupare.

Bel ragazzo, il capitano! Si merita il mio sorriso lampo.

Dovrà accontentarsi di quello, le altre ospiti non sembrano molto sensibili al fascino del gendarme. Eloïse sta contemplando se stessa nel riflesso del caffè nero e mamma si sta guardando inorridita in uno dei due specchi veri attaccati sopra i divani beige della sala Maeva canticchiando Brel.

Da quando in qua mamma canta Jacques Brel? Busso alle porte di Clémence e Martine.

«Clem, sveglia!».

«Titine, sveglia!».

Tornata alla sala Maeva per poco non travolgo mamma, faccio una deviazione senza rallentare la corsa e prendo al volo una fetta di papaya.

«Sono sicura che Clem ha scritto tutta la notte. Ma Titine» mi stupisco, «di solito va a dormire presto ed è sempre la prima ad alzarsi!».

Yann si è seduto accanto a Eloïse al tavolo della colazione. La bella gli rivolge un mezzo sorriso educato, si sistema un ciuffo dietro l'orecchio, prende il telefonino e cerca di connettersi. Il gendarme prova a raggiungere il thermos del caffè senza disturbarla, sennonché è lei a girarsi verso di lui.

«Martine non ha salutato i gatti».

Sorpreso, il capitano blocca il gesto a mezz'aria. Interessata, mi avvicino.

«Se sei amico di Martine, intendo dire su Instagram, puoi seguire la sua vita in diretta» spiega Eloïse. «Da quando è a Hiva Oa non c'è stata mattina che non abbia augurato la buonanotte ai gatti. Quando la sua vicina di casa a Bruxelles va a dar da mangiare alle bestiole le fotografa e Titine manda loro paroline gentili. Stamattina niente! Niente più messaggi da quando ieri sera ha avvertito i gatti che si lavava i denti e andava a dormire».

«Non sono neanche le sette» si tranquillizza Yann riuscendo finalmente a riempirsi una tazza di caffè.

Agitata, non gli do neanche il tempo di bagnarsi le labbra.

«Non è normale! Vieni, presto!».

Tre secondi dopo siamo davanti alla porta del bungalow Ua Pou.

«Martine! Martine!».

Nessuna risposta.

«Martine!» grida Yann, più forte.

Solo silenzio.

So quel che Yann ha in testa: un brutto presentimento. Dev'essersi trovato spesso in situazioni del genere, partire dalla gendarmeria a sirene spiegate per poi urlare davanti a una porta chiusa perché i vicini hanno sentito grida, spari, o magari neanche un rumore per giorni. Ogni volta deve aver temuto per quello che avrebbe scoperto. Probabilmente spesso lui o i suoi uomini hanno dovuto sfondarla.

Il capitano posa la mano sulla maniglia, che gira.

Se non altro non ci sarà bisogno di fare danno alle strutture del Soleil Redouté.

Yann entra. Sto dietro di lui, sulla soglia, tra Eloïse e Tanaé. Cerco di dare un'occhiata. Ah, se il mio capitano non fosse così ben piantato... Lo guardo andare avanti. Di colpo gli tremano le gambe.

Lancio un grido, il primo che mi viene, e stranamente non è "Mamma".

«Clem!».

Martine è stesa sul letto.

Morta. Fredda. Strangolata.

«Tanaé, porta fuori Maïma» dice subito Yann.

Tanaé esegue.

Protesto, ma lei non sente ragioni e mi ordina di tornare da Poe e Moana nella sala Maeva.

Ubbidisco anche se il mio corpo sembra ammutinarsi, a cominciare dai piedi che si rifiutano di portarmi. Ma non hanno scelta.

Yann

Una collana di sangue scende dal collo di Martine fino alle lenzuola bianche, come se fosse stata strangolata con una sottile corda rossa.

Yann si avvicina. Eloïse, dietro di lui, si rifugia tra le braccia di Tanaé.

Martine non è stata strangolata, è stata pugnalata! Più volte. Con una decina di colpi di punteruolo: l'arma del delitto, una punta d'acciaio, è piantata nel punto dell'ultimo impatto, all'altezza della carotide.

«È... è un ago da dermografo» fa la voce tremante di Tanaé alle sue spalle. «L'attrezzo dei tatuatori».

Yann si trattiene dall'appoggiarsi alla testiera del letto, crollare su una sedia, prendere un bicchiere e buttarsi dell'acqua in faccia.

Sente la voce di Farèyne risuonargli in testa: "Non toccare niente!".

«Non toccate niente!» ordina con voce malferma. «Mi raccomando, non toccate niente. Eloïse, il tuo cellulare fa le foto?».

Si è scordato il suo nel bungalow. Lo usa solo per telefonare, quindi alle Marchesi mai.

Eloïse gli porge il cellulare come se pesasse una tonnellata, Yann la alleggerisce con un gesto rapido, ne studia per qualche secondo il funzionamento e fotografa la scena del crimine da tutte le angolazioni.

«Non toccate niente» si ostina a ripetere benché Tanaé ed Eloïse siano impietrite.

Ciò che vede all'interno del bungalow Ua Pou lo spaventa ancora di più dell'ago piantato nel collo della settantenne.

Il sangue coagulato permette di desumere che la morte risalga a qualche ora prima. Eppure quella notte Martine non ha gridato, sennò si sarebbero svegliati tutti. Non ci sono tracce di lotta. Il viso della belga è sereno, come se non avesse sofferto, come se, per quanto incredibile possa sembrare, avesse permesso che le mettessero le mani addosso, avesse accettato di farsi piantare aghi mortali nella carotide senza battere ciglio.

Sul tavolino in legno di rosa sono posati due bicchieri.

Quindi Martine conosceva l'aggressore. Non è stata assassinata nel sonno, non è stata colta di sorpresa da un malvivente, ha fatto entrare l'assassino, gli ha offerto da bere, ci ha parlato prima che lui la facesse fuori.

Yann presume che Tanaé ed Eloïse siano giunte alle stesse conclusioni.

Perché?

Chi?

Chi poteva conoscere Martine alle Marchesi, a parte gli ospiti del Soleil Redouté?

Nessuno! Nessuno se non Tanaé, le figlie, lui, Maïma e le altre quattro lettrici.

Si impone un'evidenza, una certezza alla quale non ci sono alternative: la colpevole non può che essere una di loro!

Gli si annebbiano gli occhi, si sforza di staccarli da quell'ago da tatuatore piantato nella gola di Martine.

Sembra vecchia, vecchissima.

La prima cosa da fare è abbassarle le palpebre, poi coprire quel collo insanguinato con una sciarpa o qualunque cosa che nasconda il filo scarlatto che va dalla gola al letto. Gli occhi del gendarme sono attratti da un dettaglio, un cordoncino grigio che esce dalle pieghe del lenzuolo all'altezza della mano bianca di Martine.

Si china.

«Dobbiamo chiamare la polizia» mormora Tanaé dietro di lui. «Per i delitti vengono da Papeete in quattro ore. Bisogna chiamarli subito».

«Ora lo faccio» promette Yann voltandosi un attimo.

Eloïse tira su col naso, si asciuga le lacrime nei lunghi capelli e il naso con fazzoletti di carta. Yann se ne fa dare uno e si china sul letto. Con il fazzoletto tra le dita solleva il lenzuolo e vede il pendente che Marine portava al collo: una perla nera perfettamente sferica attaccata a una catenina d'argento.

Ripensa al disegno di quella stessa collana con la perla tracciato sul testamento di Martine.

Prima di morire vorrei

Salutare ognuno dei miei dieci gatti

Rivedere una volta, una volta sola, l'unico uomo che abbia amato in vita mia.

Una bile acida gli brucia la gola. Sa già la domanda che tutti si faranno. Chi poteva avercela con quell'adorabile nonnina belga innamorata dei gatti, dei libri e del suo paese piatto?

Cosa ha visto? Cosa ha fatto?

E l'ago da tatuatore?

«C'è... c'è qualcos'altro» fa la voce timida di Eloïse posando una mano sulla spalla del gendarme e indicando un altro angolo del lenzuolo.

Yann ha un brivido.

Scorge l'angolo di un foglio di carta che spunta da sotto la stoffa. Sempre con l'aiuto del fazzoletto solleva il lenzuolo.

Il cuore gli si accelera ancora di più.

Un sasso.

Un ciottolo nero su cui è disegnato lo stesso Enata. Rovesciato, stavolta ne è sicuro.

Sotto il sasso c'è un foglio di carta. Yann lo prende con precauzione. Ha già riconosciuto la scrittura.

Non può fare a meno di tenerlo tra le dita.

Non può fare a meno di leggerlo, anche se immagina che Tanaé ed Eloïse lo stiano leggendo a loro volta da dietro la sua spalla.

Perché sono le parole di sua moglie.

La mia bottiglia per l'oceano

Parte III

Racconto di Farèyne Mörssen

P*rima di morire vorrei*
Rivedere un'aurora boreale. Pare che ne abbia vista una quando avevo tre anni, mamma me lo raccontava spesso.

Prima di morire vorrei
Passare dal quindicesimo arrondissement al diciassettesimo e salire tutti i piani del Bastion.
Diventare la prima poliziotta di Francia, la boss, la DRPJ[9], comandare centinaia di uomini, salvare vite, evitare crimini, arrestare farabutti e farlo per anni, poi riavvolgere il nastro.

Prima di morire vorrei
Non essere mai entrata in polizia.
Avere un figlio.
Molti figli.
Passare tempo con mio marito.
Ridere, scrivere, viaggiare, amare.
In realtà vorrei vivere una seconda vita.
Perché in questa non rinuncerei mai a indagare, braccare gli assassini e impedire loro di uccidere.

Prima di morire vorrei
Non lasciarmi dietro casi irrisolti.
Prima di morire vorrei
Che Laetitia e Audrey fossero vendicate.

[9] Direttrice regionale della polizia giudiziaria, la cui sede è al numero 36 di rue du Bastion.

La mia bottiglia per l'oceano
Capitolo 8

«Clem!».

Ho sentito l'urlo da sotto la doccia.

Un urlo inorridito che veniva dal bungalow Ua Pou, quello di Martine. Però non era la voce di Martine, era la voce di Maïma. Perché quel grido disperato?

Chiudo l'acqua ed esco dalla doccia senza asciugarmi, lasciando orme umide sul parquet di bambù.

Quello strillo non ha niente a che vedere con il grido allegro di Maïma di pochi minuti fa, quando bussava alle porte.

«Clem, sveglia! Titine, sveglia!».

Okay Maïma, avevo imprecato in cuor mio, calma, sono in piedi e ho mal di testa.

Ho dormito male.

Talmente male che ho passato la notte a scrivere.

Notte di cui mi tornano in mente le immagini... Ho fatto centinaia di ipotesi nella mia testa prima di prendere una decisione.

Devo indagare! Da sola, per conto mio, senza fidarmi di nessuno, senza parlarne con Yann. Il gendarme condurrà la sua indagine ufficiale, si è già scelto Maïma come aiutante. Meglio così, sarò più libera di riempire la mia bottiglia per l'oceano.

Mi muovo nuda nel bungalow, ascolto i rumori fuori ma non sento più grida, nessun "Clem!" urlato a pieni polmoni. A quanto pare non c'è fretta... Se è importante Maïma, Yann o qualcuno verrà a bussarmi alla porta.

Mi scompiglio i capelli lisci davanti allo specchio. C'è poco da fare, mi trovo sempre altrettanto brutta! Cerco di elencare mentalmente le domande alle quali devo dare una risposta. Ne vedo tre. Tre piste per alimentare i capitoli del mio romanzo?

Prima di tutto ritrovare Pierre-Yves! Lo spettacolo della sua scomparsa, ieri pomeriggio, è effettivamente una messinscena o PYF è stato davvero aggredito, magari ucciso?

Poi devo saperne di più sui tatuaggi. Ad Atuona c'è un solo tatuatore, almeno ufficialmente. Il suo negozio, Tat'tout, è sulla strada del vecchio cimitero di Teivitete. Riceverà una mia visita, e non per farmi tatuare una croce marchesiana sul sedere.

Infine farmi una cultura sui tiki. Sono convinta che Tanaé ne sappia molto più di quel che dice sulle cinque statue erette misteriosamente intorno alla sua pensione. A Hiva Oa si conoscono tutti, non vorrà certo farmi credere che un marchesiano le ha scolpite in casa ed è venuto a montarle qui senza che nessuno sappia chi è! Perché ne ha messe quattro nella foresta, di cui due su un me'ae sacro, e una sola ben visibile a bordo strada, il tiki dall'aspetto gentile con i fiori tra i capelli e nelle mani?

Non le ho contate, ma temo che siano più di tre domande. La mia bottiglia per l'oceano è formato magnum. Mi infilo un due pezzi, ci metto sopra shorts kaki e camicia sahariana, tanto per mascherare le mie forme sotto una tenuta da commando. Devo stare attenta a non diventare paranoica! Tanto più se comincio a ripassarmi a ciclo continuo la successione degli eventi a partire da ieri pomeriggio, l'Enata sul sasso lasciato da Pierre-Yves, la messinscena della sua scomparsa, i rumori di passi all'esterno stanotte e la mia lunga veglia sotto le stelle prima di tornare a cercare di dormire.

Apro la porta del mio bungalow, che è attiguo al Ua Pou di Martine, esattamente come le corrispondenti isole dell'arcipelago.

La porta è aperta.

Riconosco la larga schiena di Tanaé e le natiche a pompelmo

di quella santarellina di Eloïse. Arriva anche Marie-Ambre uscita dal suo bungalow truccata, in minigonna, unghie dei piedi smaltate dello stesso colore dei sandali, perla nera che dondola tra i lembi della camicia Versace sbottonata e annodata all'altezza dell'ombelico, perché sia chiaro che non porta reggiseno e perché tutti possano godersi la sua scollatura da Barbie polinesiana.

È il mio ultimo pensiero cattivo.

Chino davanti a me, con un gesto molto esplicito, Yann passa la mano sulle palpebre di Martine per chiuderle.

Martine è morta?

Con voce tremante ci riassume la scena che hanno appena scoperto.

Una scena del crimine.

«Chiamo la polizia» dice mettendosi in tasca un foglio di carta piegato. «A Papeete c'è un servizio di polizia giudiziaria, saranno qui in giornata».

Lo dice senza smettere di fissarmi, come se sospettasse di me.

Di che?

Di aver ucciso Martine?

Capisco. Non c'è bisogno di essere poliziotti per capire: da stamattina siamo tutte potenziali colpevoli. Io sono stata sveglia tutta la notte, non ho sentito un rumore, quindi Martine conosceva l'assassino, l'ha fatto entrare e lui l'ha uccisa cogliendola di sorpresa.

I miei occhi sono calamitati dall'ago che Yann ha posato su un fazzolettino di carta.

È l'arma del delitto?

Istintivamente penso che un omicidio così sordido non possa essere stato commesso da una donna. E neppure può essere stato Yann. Chi rimane? Pierre-Yves?

Per un attimo ripenso alla notte di ieri e mi viene in mente che l'assassino si sia sbagliato, che fossi io la testimone scomoda da eliminare, solo che non sta in piedi, come avrebbe potuto confondermi con Martine?

L'ago del dermografo mi ipnotizza.

E mi conferma nella decisione che ho preso. Devo indagare in solitaria. Tutto ruota intorno alla faccenda del tatuaggio, ma che c'entra Martine? Per quanto ne so non aveva tatuaggi, neanche una zampina di gatto...

«Da oggi in poi nessuno dovrà più rimanere solo» annuncia Yann. «Non si tratta di controllarci tutti, nessuno è sospettato, ma di proteggerci. Se nessuno si isola, anche se c'è un assassino fra... ehm, nei dintorni, non potrà succederci niente».

Yann mi fissa di nuovo, con più insistenza di quanto guardi le altre. Mi piacerebbe pensare che lo fa perché vuole proteggere me per prima... ma intuisco che riserva questo privilegio alla bella Eloïse e che io sono la prima nella lista dei sospettati. Resisto a una voglia quasi malsana di toccare i grani rossi della mia collana.

Sono tentata di prendere la parola, di immischiarmi, poi seguo l'esempio delle altre e sto zitta.

Ma non per questo smetto di pensare...

Vai, capitano, in attesa che la polizia di Tahiti prenda in mano il caso hai qualche ora per sbalordire le ragazze, rilevare impronte, apporre sigilli.

Io, come stanotte, indago per conto mio! E scrivo tutto... Senza tralasciare niente.

Vediamo chi troverà il colpevole per primo.

Un'idea folle mi attraversa la mente. Forse Pierre-Yves François voleva proprio questo, che la mia bottiglia per l'oceano fosse un racconto in cui sono la sospettata agli occhi di tutti, anche dei lettori, in cui sono obbligata a dimostrare la mia innocenza, a garantirvi che non sto mentendo.

Forse vuole che ogni lettrice scriva questa stessa cosa.

È arrivato a uccidere per ottenere questo spaventoso risultato?

Diario di Maïma
La prossima della lista

Yann è seduto sotto il pergolato del Soleil Redouté davanti al suo computer. Accanto ha il cellulare di Eloïse. Sta cercando di collegarli per trasferire le foto della scena del crimine sull'hard disk. Mi piazzo dietro di lui, guardo il telefonino e le foto che scorrono.

Impietrita.

Poi Yann si accorge di me. Chiude con gesto brusco il computer, si alza di scatto e mi abbraccia. Sto tremando.

Non aspettavo altro, capitano.

Mi lascio andare tra le sue braccia, tremo, singhiozzo, lacrimo, una pioggia equatoriale breve e violenta.

Poi mi sciolgo, prendo uno strofinaccio e mi asciugo la faccia.

«Troverai il bastardo che l'ha ammazzata, vero? Ti aiuterò io! Lo troveremo!».

La mia voce è più rauca del solito, come se fosse stata amputata di una parte dell'innocenza dell'adolescenza.

«Stavolta non è un gioco, Maïma».

Non rispondo. Faccio un passo avanti e osservo la porta chiusa del bungalow di Martine.

«Lasci Titine in camera sua?».

«No, la portiamo sotto il faré di Tanaé. C'è una cantina dove Tanaé mette tutto ciò che deve stare al fresco. Ha chiamato qualcuno del villaggio perché ci aiutino a trasportarla. Passerà anche il prete. Sarebbe stato meglio lasciare tutto com'è in attesa che arrivi la scientifica, ma con questo caldo... Tanaé mi ha assicurato che insieme a Poe e Moana diranno le preghiere tradizionali. Il luogo in cui metteremo Martine a riposare sarà tabù, un luogo sacro, capisci, nessuno potrà entrarci».

Yann non aggiunge altro. Le parole che ha detto sembrano avergli prosciugato completamente la gola. Tanaé ha posato una caraffa di limonata sul tavolo. Lui si riempie il bicchiere, io non ho sete.

«E le altre?».

La testa del capitano oscilla allo stesso ritmo lento dei rami di buganvillea del giardino. Gli occhietti gialli dei fiori, asciugati da fazzoletti di petali rosa, sembrano partecipare al nostro dolore.

«Ognuna è in camera sua con l'obbligo di lasciare la porta aperta. E nessuno può allontanarsi dalla pensione se non è accompagnato».

«Neanch'io?».

«Soprattutto tu!».

«Hai avvertito la polizia, allora?».

Yann esita un secondo facendo tintinnare i cubetti di ghiaccio nel bicchiere di limonata.

«Sì».

Aspetto che nel bicchiere la banchisa si stabilizzi, un breve silenzio, poi insisto.

«Speriamo che i rinforzi arrivino presto, perché tua moglie sarà la prossima della lista!».

Per poco il gendarme non rovescia metà limonata su computer e telefonino.

«Farèyne? La prossima? Quale lista?».

Devo esporgli la mia idea anche se mi prende per matta.

«Ragiona! Ieri pomeriggio, sulla spiaggia di Atuona, sotto il ciottolo c'era il racconto di Martine *Prima di morire vorrei*, una specie di testamento, e poche ore dopo è stata assassinata! Tanaé mi ha detto che sotto il ciottolo in camera di Titine c'era il testamento di tua moglie...».

Incapace di tenere in mano il bicchiere senza rovesciarlo, Yann lo posa sul tavolo. Ci pensa un attimo, poi mi porge il foglio che ha in tasca.

Racconto di Farèyne Mörssen
Prima di morire vorrei

Lo leggo in silenzio.

La comandante Farèyne non fa mai il nome di Yann nel testamento, parla soltanto di riavvolgere il nastro, di vivere una seconda vita con un marito, mettere su famiglia con lui, avere un figlio, molti figli, un marito per non aver più voglia di passare sessanta ore alla settimana al commissariato del quindicesimo, vuole tornare a casa, ridere, viaggiare, amare. Sta parlando di un altro marito? Uno che non sarebbe un modesto capitano di gendarmeria?

Capisco che tutto si mescola nella testa di Yann, il racconto-testamento della moglie, il simbolo Enata sul sasso, l'ago del dermografo piantato nella gola di Martine...

Gli spunta qualche lacrima agli angoli degli occhi. Pazzesco quanto mi commuova il capitano! Gli passo lo strofinaccio bagnato con cui mi sono asciugata. Odora di mango, cocco e guano di pollo. Yann si tampona delicatamente gli occhi senza farci caso. Cerco di sdrammatizzare la situazione come posso.

«Sei parecchio sentimentale per essere un gendarme».

Per tutta risposta mi sorride.

«Il che non vuol dire che tu non sia un superpoliziotto» aggiungo. «Ancora nessuna traccia di Pierre-Yves François?».

«No».

«A rigor di logica è lui a uccidere, visto che ha in mano i testamenti delle sue lettrici!».

«Logica» ripete. Sono contenta di avergli strappato un altro sorriso. «Sei piuttosto utile come aiutante».

«Non ne troverai una migliore in tutto il Pacifico!».

«Non sei con Clem stamattina?».

Ripenso ai capelli scompigliati di Clem quando è uscita dalla doccia, al suo modo un po' distante di mettermi da parte, alle sue raccomandazioni ancora peggiori di quelle di mamma, «Lascia fare la polizia, topolina, non correre rischi».

«Sono passata a trovarla... Vuole proteggermi, e soprattutto vuole continuare a scrivere il suo maledetto romanzo, la sua versione degli eventi. Secondo me vuole indagare da sola, per conto suo, senza fidarsi della gendarmeria. Del resto anche tu potresti fare parte dei sospettati».

«Lo so. Siamo tutti sospettabili».

«Anche Eloïse?».

Do un'occhiata allo schermo nero e alla cover dai colori selvaggi del telefonino posato sul tavolo.

«Certo, anche Eloïse! Anche tua madre!».

Sussulto.

«Mamma? Perché avrebbe dovuto uccidere Titine?».

Yann esita, ma non a lungo.

«Per esempio per la storia della perla nera! Ieri a tavola tua madre ha detto a Martine che la sua perla non valeva un accidente... Secondo Tanaé, invece, la perla che abbiamo trovato nel letto di Martine è una gemma di alta qualità, vale un piccolo patrimonio».

Incasso il colpo senza lasciar trapelare niente.

«E l'assassino l'ha lasciata lì?».

«Sì. C'è da credere che non avesse bisogno di soldi, o che non conoscesse il valore della perla, o forse semplicemente non l'ha vista. Invece è stupefacente che tua madre, sposata con uno dei più grossi proprietari di vivai perliferi della Polinesia, si sia sbagliata».

Secondo scossone. La risposta. Stavolta sono preparata.

«Sai, mamma si sbaglia un po' su tutto».

Yann sembra poco convinto. Svuota il bicchiere, spegne il computer e si alza.

«Scusa, devo andare a lavorare in camera di Martine. Non ho niente per fare un test del DNA, come puoi immaginare, ma arrangiandomi un po' credo di poter riuscire a rilevare delle impronte».

Il capitano fa un passo sul pergolato e si ferma.

«Un'ultima domanda, Maïma».

«Che, fai come il tenente Colombo?».

«Sono serio. Mi serve il tuo aiuto. Hai presente il sasso che abbiamo trovato insieme sui vestiti di PYF tra gli scogli della spiaggia di Atuona?».

«L'Enata?».

«Sì, l'Enata. Era posato dritto o rovesciato?».

Non capisco.

«Perché?».

«Rispondimi».

«Non lo so, mi pare rovesciato...».

Il capitano non ha l'aria di capire più di me l'importanza di quello strano particolare. Insisto.

«Perché?».

«Non lo so. È... è una domanda che mi ha fatto Farèyne».

La comandante Farèyne sa cosa significhi quell'Enata. L'avevo capito subito. Rimango cogitabonda qualche secondo. Yann non osa andarsene.

«A che pensi?».

Non rispondo. Il mio sguardo si perde lontano nell'oceano, molto oltre l'isola di Tahuata.

«Chi si occuperà dei gatti di Titine?» dico.

Sento che le lacrime spingono per ricominciare a uscire. Mi dispiace, capitano, la tua aiutante è ancora più sentimentale di te! Non mi va di tornare da mamma. Neanche da Clem. Voglio venire con te a prendere le impronte digitali.

Tanaé, uscita dalla cucina in silenzio, arriva alle nostre spalle. Si rivolge a Yann come se io non esistessi.

«Mi ha chiamato Kamai, un pescatore di Tahauku. Stamattina ha trovato qualcosa un po' sopra il porto. Vorrebbe che... che andaste a vedere direttamente sul posto».

Capisco subito che il capitano sta pensando a un cadavere risputato dalle onde. Un cadavere per niente difficile da identificare, anche se è in acqua da ieri.

L'unico che manca all'appello è Pierre-Yves François.

«Maïma, volevi renderti utile?» mi fa Yann. «Vai a chiamare Farèyne, Eloïse, tua madre e Clem. Andiamo a trovare questo pescatore tutti insieme. Non ci separiamo! Tu resterai qui con Poe e Moana e ubbidirai a Tanaé».

LA MIA BOTTIGLIA PER L'OCEANO
Capitolo 9

Kamai è piuttosto magro per essere un marchesiano, oppure è dimagrito molto. I suoi tatuaggi sembrano un erbario di fiori appassiti, neri quanto la folta barba e i capelli a spazzola sono grigi. Si raddrizza con fierezza. Che acchiappo! In vent'anni di mestiere passati a pescare tonni, palamite e razze velenose mai le sue reti avevano fatto una pesca del genere. Davanti a lui, nella capanna che sovrasta il porto, ci sono un poliziotto in pantaloncini e quattro pupe niente male, ognuna nel proprio genere: la borghese, l'autoritaria, la romantica e l'energica. Un bel gruppetto, e tutti pendono dalle sue labbra, sia il poliziotto che le ragazze, così Kamai non si fa pregare per raccontare loro ciò che ha visto, o meglio sentito.

Come ogni mattina si è alzato presto, verso le quattro, per andare a tirare le reti. Fa lo stesso tragitto tutti i giorni, dalla montagna al porto di Tahauku, due orette di camminata nella foresta che si diverte a esplorare con una torcia frontale intorno al cranio. A metà strada, all'altezza della capanna del sindaco, deve attraversare la strada asfaltata e tagliare per il ripido sentiero che scende al porto. La capanna è sempre vuota, soprattutto a quell'ora. C'è stato un tempo in cui il sindaco ci portava l'amichetta, ma ha smesso da quando si è fatto beccare e per poco non è scoppiata una guerra civile, dato che grazie al gioco delle alleanze non ci sono più di due famiglie sull'isola. Sarebbe molto più semplice se si potessero fare le corna alla moglie con una cugina! ridacchia il pescatore.

Insomma, da allora la capanna è praticamente abbandonata, per non dire maledetta, così la notte scorsa Kamai si è stupito sentendo i rumori che ne provenivano: una voce maschile e mormorii di donna appena udibili, poi il grido dell'uomo, poi più niente.

Kamai ha riconosciuto la voce, ne è sicuro. È quella dello scrittore che alloggia da Tanaé. Due giorni prima l'aveva visto aggirarsi nel porto di Tahauku per tutto il giorno, come se cercasse di noleggiare una barca. Aveva parlato con vari pescatori, ma non con lui. Forse la sua bagnarola era troppo piccola.

Scrittore o non scrittore, Kamai è passato oltre senza rallentare. Non è il tipo che si impiccia delle questioni amorose dei popa'a. Però non si è tappato le orecchie... Lo scrittore diceva cose tipo «Volevi sapere la verità, ora la sai». L'atmosfera aveva l'aria di scaldarsi. Il tipo di litigi che si concludono a letto, ha pensato lui. Solo che stamattina al porto non si parlava d'altro che della turista belga assassinata al Soleil Redouté e dello scrittore volatilizzato, e senza pensarci due volte Kamai ha chiamato Tanaé.

Ascolto il racconto del pescatore insieme a Yann e alle altre lettrici. Anche se non stiamo stretti come sardine, nella capanna il caldo è soffocante. Il sole riscalda il tetto di lamiera tipo piastra, al disotto stiamo friggendo come calamari. Un sudore acre mi cola sulla schiena e tra i seni, bagna i grani della collana rossa, incolla il cotone della sahariana al pezzo di sopra del costume, sgocciola fino agli shorts kaki, ma non mi muovo e non dico una parola.

Dentro di me ringrazio Kamai. Tramite lui una parte del mistero è stata svelata agli altri sollevandomi dal dover raccontare o dare spiegazioni di sorta.

Anzi, la sua storia conferma la mia idea che Pierre-Yves si diverta a giocare con i nostri nervi! Si aggirava al porto alla ricerca di una barca, è sparito da quella garçonnière equatoriale quando fino alla notte scorsa vi si nascondeva vivo e vegeto.

Quel bastardo è da qualche parte, ci spia e ci obbliga a giocare il gioco di cui ci ha esposto le regole.

"Scrivete, qualsiasi cosa succeda scrivete!".

Con licenza di uccidere?

Dopo aver preso qualche appunto e chiuso il taccuino Yann ci dice di stringerci contro il muro d'argilla perché possa scattare più fotografie possibile. Io sono attaccata a Marie-Ambre. Anche lei puzza di sudore, ma un sudore rancido, freddo, come se ci avesse passato la notte insieme. Sembra che stamattina Amber abbia trovato il tempo di truccarsi, ma non di lavarsi.

Eloïse si incolla a Yann con la scusa di tenere d'occhio il cellulare che gli ha di nuovo prestato perché il gendarme possa immortalare il sordido interno della capanna: un materasso sporco, un lavandino scheggiato con i rubinetti arrugginiti, grandi teli marchesiani rossi e bianchi per coprire le finestre, altri teli sgualciti sul materasso, scatole di cartone sventrate da cui traboccano piatti, scodelle, bicchieri, bottiglie e posate. Accanto al letto di fortuna ci sono due valigie nelle quali PYF ha ammassato le sue cose: vestiti, libri e alcuni degli esercizi che gli abbiamo consegnato ieri.

Ho fiducia in Yann, tornerà qui a cercare eventuali impronte, capelli, tracce di sangue, di sperma...

Malgrado l'arredamento rudimentale non ho dubbi sull'utilizzo della capanna.

Pierre-Yves François dormiva qui. Con una donna! Tutte l'abbiamo capito... e tutte ci guardiamo in tralice.

Quattro femmine che si sfiorano, si annusano, quasi si toccano.

Quale delle quattro è andata a letto con il maschio dominante? Che tanto dominante non è. Più maschio beta che maschio alfa.

No, pensandoci bene non è poi così beta, Pierre-Yves.

Yann va un po' avanti per fotografare l'interno degli armadi a muro, fa spostare Eloïse e ne approfitta per darle una palpatina. Quell'imbrattacarte depressa che fa la finta tonta con l'unico uomo della pensione sta cominciando a innervosirmi. Marie-Ambre, dietro di me, distoglie lo sguardo come se non vedesse i loro giochini. Ipocrita. Come se le dispiacesse per la povera Farèyne!

Devo rimanere concentrata, osservare tutto per poi scrivere ogni indizio e ogni sensazione nella mia bottiglia per l'oceano. Chissà se sarà letta da milioni di persone o da una sola, un giudice istruttore... Entrambe le cose, capitano?

Yann apre i cassetti dei pochi mobili della capanna. Quale delle tre aveva appuntamento qui con Pierre-Yves? Marie-Ambre? Elo... Un'ipotesi repentina interrompe di colpo il filo dei miei pensieri.

E se non fosse nessuna delle tre?

Se la donna venuta qui fosse... Martine?

Se non si trattasse di un appuntamento amoroso? Martine si allontana dal Soleil Redouté nottetempo, va da PYF nella capanna, litigano per chissà quale motivo, lei prova a tramortirlo, sbaglia il colpo, lui grida ma non sbaglia, la uccide! Poi la riporta in silenzio alla pensione e organizza la messinscena, i due bicchieri sul tavolo e l'ago del dermografo, una decina di fori perché si notino bene. Il che spiega perché Martine non abbia l'aria di aver sofferto. L'inganno starà in piedi... finché non arriva un medico legale.

La prima ispezione della scena del crimine, stavolta senza cadavere, sembra finita. Kamai si spazientisce: non vorremo aspettare la prossima marea! Marie-Ambre è uscita, Eloïse pure. Io per niente, sono sempre all'erta.

Yann crede di essere solo. Con gesto rapido infila la mano nell'ultimo cassetto, prende un foglio di carta e se lo mette in tasca. Decisamente una mania, la sua! In quel momento si accorge che non sono uscita, mi fissa un istante e abbassa gli occhi come un ladro colto con le mani nel sacco.

Perché? Tuttavia non glielo chiedo. Lo farò dopo. Le altre ci aspettano fuori. Esco anch'io.

Passo davanti alla tenda sporca, quella dietro la quale Pierre-Yves e la sua ospite litigavano stanotte prima di cercare di fare pace e poi di uccidersi.

Ho subito l'impressione che qualcosa di quella scena mi sfugga, qualcosa che non si vede, ma che è qui intorno a me, vicinissimo. Mentre lascio la stanza mi guardo intorno a tutta velocità.

Forse non avrò più l'occasione di tornare qui. Cosa mi sfugge? Yann è l'ultimo a uscire e passando fa muovere il telo marchesiano.

Allora capisco. Non si trattava di vedere o di sentire, ma di odorare.

Un profumo! Attaccato alla tenda c'è un profumo. L'odore è appena percepibile, ma sono sicura di non sbagliarmi.

È il *24 Faubourg* di Hermès, un profumo che costa un patrimonio e che di certo a Hiva Oa non si trova. È quello che si è messa Marie-Ambre ieri e tutti gli altri giorni da quando è arrivata, ma non stamattina!

Yann l'ha sentito? Aveva intuìto qualcosa? È per questo che ha insistito a voler tenere Maïma lontano, perché avrebbe potuto riconoscere il profumo della madre? Ripenso alla rabbia di Maïma quando lui le ha intimato di restare alla pensione, "Rimani nella sala Maeva con Poe e Moana", e alla madre che una volta tanto non gliel'ha data vinta.

E a me stessa che ho guardato da un'altra parte accarezzandomi la collana rossa.

Mi dispiace, Maïma, non è più un gioco, hai solo sedici anni, dobbiamo proteggerti. Qualcuno di noi ha ucciso. E non è detto che non lo rifaccia.

Diario di Maïma
Tapu

Faccio avanti e indietro nella cucina. Furiosa!

Mi hanno abbandonato tutti, neanche Clem mi ha difeso. In tenuta da combattimento, si è limitata a guardare da un'altra parte e giocherellare con la collana rossa.

Non ti preoccupare, Clem, sono abbastanza telepatica da capire il messaggio: un assassino si aggira per Hiva Oa, sei solo una bambina, mi sento responsabile di te tanto quanto Yann e tua madre eccetera eccetera.

Davanti a me, concentratissime, Poe e Moana preparano i firi firi, le frittelle al latte di cocco, rispettando scrupolosamente le istruzioni di Tanaé. Sedute una accanto all'altra, sembrano quattro mani guidate da un unico cervello che impastano farina e zucchero, tagliano i baccelli di vaniglia, grattugiano il cocco. Che non contino sulla mia partecipazione, non ho nessuna voglia di infilare le mani nella pasta, mani che del resto mi sono già state legate.

Invidio i polli che scorrazzano dietro la finestra più liberi di me. E pensare che avevo davvero creduto di essere diventata l'aiutante del capitano. Macché... Al primo minimo pericolo mi ha estromesso!

Faccio due passi e mi fermo davanti alla lavagna.

Prima di morire vorrei...

Leggo distrattamente le parole lasciate dagli ultimi ospiti, ormai lontani da Hiva Oa.

Vincere 120 milioni (di anni) alla lotteria.

Trovare la biglietteria per il paradiso... e comprare un biglietto di andata e ritorno.

Avere diciotto figli e settantatré nipoti.

Scrittura maschile, ovviamente.

Un po' più in là, incorniciato insieme a Maddly, la sua ultima fiamma, Brel sorride con tutti i denti in fuori, un sorriso da pony, non stupisce che qui si sia ambientato così bene. Secondo lui gli uomini prudenti sono degli invalidi. E le donne, vecchio misogino? Neanche stupisce che la terra degli uomini ti sia piaciuta! È facile parlare dell'infanzia con parole da poeta o pennello da pittore lasciando tua moglie a occuparsi dei bambini nel paese piatto a quindicimila chilometri da qui! Brel e Gauguin, stessa battaglia! Quest'arcipelago non avrebbe dovuto chiamarsi le Marchesi, ma i Marchesi, i duchi, i reucci del cavolo del principato delle palme da cocco.

Ho i nervi. Non ne posso più di aggirarmi in mezzo all'odore di cocco e vaniglia. Penso a Yann e alla sua corte di lettrici che mordicchiano la penna senza scrivere una parola, al corpo di Titine pugnalata nel suo letto, alle indagini a cui potrei contribuire.

Tanaé mi guarda girare in tondo come un pony attaccato al paletto, si preoccupa, improvvisa un compromesso.

«Maïma, fammi un piacere, vai a prendermi un po' di copra sull'essiccatoio del giardino. Ma non ti allontanare, eh!».

La copra è la noce di cocco essiccata, il tesoro dell'isola, ci sono essiccatoi in ogni casa di ogni valle, il cocco serve a tutto, a lavarsi, spalmarsi, profumarsi. Non rispondo. Non sono un gatto a cui si apre la porta del balcone perché non si affili le unghie sul tappeto. Mi lascio cadere sul divano davanti a uno dei due grandi specchi e prendo il dépliant del Festival delle arti delle isole Marchesi.

«Grazie del piacere» sospira Tanaé. «Ci vado da sola».

Appena Tanaé esce col paniere salto giù dal divano.

«Dove vai?» chiede Poe.

«A fare un giro».

«Ma non puoi!».

Poe ha un anno più di me e potrebbe essere mia madre.

«Vado solo in cantina a salutare Titine. Questo posso, no?».

«No che non puoi» risponde Moana. «Lì sotto è tapu».

Moana ha due anni più di me e potrebbe essere mia nonna.

Tapu significa tabù. Sono stati i marchesiani a inventare la parola che definisce ciò che è vietato e sacro, persone, luoghi, addirittura oggetti. In pratica i tabù sono regole che impediscono agli adulti di vivere, regole passate di moda che i giovani hanno il dovere di distruggere!

«Tabù, tabù, taci tu» dico mettendomi un dito sulle labbra.

E mi chiudo la porta della sala Maeva alle spalle.

Occhiata a destra, occhiata a sinistra, Tanaé è indaffarata sotto le buganvillee. Parto di corsa, il faré di Tanaé è cinquanta metri più avanti sul vialetto.

Mi hanno detto di restare alla pensione, non sto disubbidendo!

La scala che porta in cantina è buia e ripida. Mi appresto a scendere, al buio ci vedo meglio di un gatto, quando sento... dei passi.

Passi che salgono dalla cantina! Passi che escono dal luogo... tabù?

Mi costringo a rimanere ferma. Chi può venire da un luogo tabù? Non credo che Titine sia resuscitata! Che sia il prete? Tanaé?

Sono passi pesanti, passi maschili...

Poi il debole chiarore in fondo alla scala sparisce. Una corporatura imponente, che continua a salire, blocca ogni luminosità.

Un uomo.

Tatuato dalla testa ai piedi.

È vecchio, direi più di sessant'anni. Ha baffetti bianchi da dittatore, capelli crespi grigi e una camicia marchesiana a maniche corte da cui escono due mani da strangolatore, di cui una stretta sul bastone a cui si appoggia. Sembra imbarazzato di essersi fatto sorprendere, appena mi vede abbassa gli occhi e si allontana rapidamente.

Chi diavolo è quel tipo?

Lo seguo con lo sguardo finché posso. Zoppica un po', ha le gambe arcuate, un'andatura alla Charlie Chaplin. Poi scendo la scala della cantina a quattro gradini per volta.

Titine sta dormendo.

È stesa a terra su un materasso coperto da un grande telo bianco ornato da croci marchesiane azzurre, vestita come quando l'hanno trovata, con una camicia al ginocchio stampata a margherite giganti, enormi, roba da far ingelosire i mazzi di strelitzia che Tanaé ha messo intorno al letto perché veglino sul suo ultimo sonno come farfalle arancioni immobili.

Mi faccio una domanda. Titine non sarà seppellita qui. Spediranno la salma in aereo a Bruxelles via Papeete e Parigi? Il percorso inverso del suo amato Jacques, nato a Parigi e sepolto qui.

Una domanda, poi mille. Chi si occuperà del suo ultimo viaggio? Che fine faranno i suoi gatti? Quindi Titine non vedrà mai Venezia, quella vera, né vedrà il Belgio vincere il campionato mondiale di calcio, non diventerà francese né sarà onorata per il premio Nobel vinto da un fumettista geniale.

Non rivedrà mai l'unico uomo che abbia amato in vita sua.

Ripenso al pendente, la perla nera che portava al collo, un gioiello di prima categoria, una gemma dal valore inestimabile, a quanto pare. Era un ricordo del suo innamorato? Tanaé ha coperto il collo di Titine con un foulard leggero lasciandole addosso il pendente. Sarà seppellito insieme a Titine?

Strizzo gli occhi... Guardo il foulard annodato come una sciarpa, ma non vedo nessun gioiello.

Il cuore mi si accelera di colpo. Piano, cuoricino mio, piano. Tanaé mi ha detto di aver messo la perla al collo di Titine. Da allora nessuno è entrato nel luogo tabù a parte il prete, Tanaé, Poe, Moana, me... e quel tipo tatuato!

L'uomo che ha risalito le scale appoggiato al bastone, quello che ha evitato di guardarmi negli occhi, che è rimasto a testa bassa come un ladro!

Rifaccio le scale di corsa. Sono fuori di me.

Bisogna essere la merda della merda di Hiva Oa per violare un luogo tabù e derubare una morta, anche per una perla che vale più di duecentomila franchi del Pacifico.

In meno di cinque secondi sono sul vialetto del Soleil Redouté, davanti al faré. Ripasso mentalmente le raccomandazioni di Yann e Tanaé, non rimanere sola e non allontanarmi... solo che neanche il ladro di perle ha avuto il tempo di andare tanto lontano. Spicco la corsa verso il fondo del giardino. La strada passa davanti alla pensione, ci sono solo due direzioni, verso il porto a destra o verso il villaggio a sinistra. Se lo zoppo non ha accelerato...

Ci arrivo con la lingua di fuori.

Avevo ragione, il ladro non ha fretta. Sta ancora camminando un centinaio di metri più avanti, sulla destra, apparentemente senza pesi sulla coscienza, appoggiandosi al bastone con la sua strana andatura da anatra zoppa, o forse da maiale che ha avuto per troppo tempo una zampa legata a una corda.

Lo seguo?

La risposta viene da sé: non posso certo lasciarlo scappare!

Varco il cancello del Soleil Redouté, allungo il passo per avvicinarmi.

Non troppo, ma comunque abbastanza.

Metro dopo metro recupero il distacco, come un cane randagio che segua uno sconosciuto scambiandolo per il padrone. Proprio come nel film di Charlot! Sono a cinquanta metri dietro di lui, a stento nascosta dai banani.

Se Chaplin si volta sono fregata...

So che Yann e le altre sono andati alla capanna del sindaco, nella stessa direzione, ma ne sono ancora lontana, manca più di un chilometro e una decina di tornanti.

Il cuore mi si ferma di colpo.

Sono abbastanza vicina da vedere i tatuaggi che fuoriescono dalla camicia di Charlie, squame sul collo, serpenti che gli scendono come un sudore nero lungo le braccia fino alle mani, fino alle dita e finiscono in una goccia d'inchiostro nera e rotonda...

La perla! Il tipo va in giro con il pendente di Titine stretto in pugno. La perla gli dondola dalla mano come se fosse sua!

Di colpo mi rendo conto del pericolo. Non per questo rinuncerò. Non ora. Devo solo stare più attenta, procedere a scatti nascondendomi dietro i tronchi dei banani, degli alberi di caffè, di papaya... Tipo un due tre stella: corsetta di dieci metri e mi immobilizzo, mi nascondo, poi lo rifaccio.

Un due tre stella!

Come possono venirmi in mente dei paragoni così cretini?

Un due tre...

Charlie Chaplin si è voltato!

Rimango piantata sulla strada asfaltata a trenta metri da lui.

Ci sfidiamo con lo sguardo come due gatti sullo stesso territorio.

È un giochino in cui so bene di non avere speranze. I miei occhi devono luccicare come quelli di una bambina paralizzata dalla paura, mentre quelli dell'uomo di fronte a me hanno la freddezza dell'assenza di rimorsi mista alla febbrilità degli occhi sporgenti degli attori dei film muti in bianco e nero. Sembra quasi che non veda i colori, il blu del Pacifico e il verde delle palme. Sembra quasi che non veda me, come se per lui non contassi, come se fossi solo un elemento perturbatore nella sua scena, un rumore di motore, un'eco ai suoi passi, un ronzio da far cessare. Sguardo da pazzo. O meglio, sguardo da fiu, la maledetta malinconia polinesiana, il blues del Pacifico, quella depressione che tanto spesso ho letto negli occhi di mamma.

Sono tentata di gridare. Se fa un passo urlo! Chiamo aiuto e scappo. Sono rapida, più snella e agile dello zoppo, se taglio dritto per il bananeto non ha la minima possibilità di prendermi.

La perla nera si è immobilizzata tra le dita di Charlie. Mi sembra di vedere altre due perle trasparenti agli angoli dei suoi occhi. Senza dire una parola il vecchio marchesiano mi lascia lì e continua a camminare lento e zoppicante.

Non voglio tuttavia lasciarmelo scappare! Se crede di avermi spaventato con il suo sguardo da morto vivente... Devo solo essere più prudente, lasciare un po' più di distanza, un centinaio di metri, una curva.

Lo perdo di vista per qualche secondo. I miei pensieri ritmano i miei passi: non accelerare, Maïma, potrebbe essere una trappola, non accelerare.

Ben fatto! Lo rivedo un po' più avanti, all'uscita di una curva che domina l'oceano. Ha continuato a camminare allo stesso passo, né preoccupato né inquieto. Ha un bel coraggio! Basterebbe che chiamassi aiuto, che gridassi "Al ladro!" e un pastore o un abitante del luogo accorrerebbero... Con quel bastone e le gambe storte Charlie non mi sembra in grado di mettersi a correre. Come osa andare in giro in pieno giorno con la perla rubata in pugno?

Ho la risposta nel momento stesso in cui mi pongo la domanda.

Charlie non ha più il pendente!

Non ha più niente in mano. Il vecchio furfante ha approfittato del breve momento in cui l'ho perso di vista per sbarazzarsi della perla! Magari fa anche finta di zoppicare. Maledico la mia ingenuità. Che credevo, che si sarebbe lasciato prendere con le mani nel sacco? Con quell'aria da attore del muto che si muove al rallentatore mi ha abbindolato! È chiaro, ha paura di essere denunciato, avrà mollato il pendente da qualche parte, attaccato a un ramo di pistacchio o nascosto sotto una foglia di banano, e tornerà a riprenderlo più tardi, chissà quando. Anche in dieci non riusciremmo mai a trovarlo, è come cercare un seme di litchi in un palmeto.

L'uomo continua ad arrancare come se non si fosse mai fermato. Arrivato in cima alla lunga salita può scegliere se scendere verso il porto, e quindi passare davanti al tiki coi fiori e alla capanna del sindaco, o continuare dritto verso l'aeroporto. Non prende nessuna delle due direzioni, taglia direttamente per la discesa e sparisce nella foresta.

Qualche ramo si muove al suo passaggio, poi torna immobile.

Non ci credo! Non c'è niente di là! Charlie dev'essere un vecchio eremita che ha piantato la tenda su un me'ae di una valle e vive cacciando maiali selvatici, cogliendo bacche e rubacchiando nelle case isolate per pagarsi da bere.

Mmm... L'attimo dopo ho cambiato idea. Non sta in piedi, Charlie non aveva l'aria ubriaca, anche se camminava barcollando.

Senza rendermene conto vado avanti anch'io. Arrivo all'altezza del tiki coi fiori. Dall'altra parte della strada una cavalla che se ne frega sta piluccando foglie di ceiba. Istintivamente mi chino sui fiori selvatici del fosso, frugo con gli occhi tra le stelle bianche delle liane di cera e i peli rosa dell'acalifa casomai notassi il riflesso di una perla nera... poi maledico per l'ennesima volta la mia stupidità. Charlie potrebbe semplicemente essersi messo la collana in tasca. E se fosse acquattato dietro un tronco, pronto a saltarmi addosso appena passo? Perché continuare ad andare avanti?

Mi blocco.

Senza averlo previsto mi ritrovo faccia a faccia con il tiki dei fiori, mezzo infilato nel fosso. Il quinto, stando all'ordine con cui li ho presentati a Clem, il tiki che possiede il mana della gentilezza e della sensibilità. L'unico che non avevo mai visto.

Oh Gesù...

Non credo ai miei occhi.

La perla nera è al collo della statua. Pende tranquilla sull'opulento petto di pietra. Non c'è dubbio, è quella di Titine, la gemma preziosa, la riconosco. Ipnotizzata dalla sferetta nera allungo la mano.

Almeno così credo.

Senza che possa opporre resistenza, come se un mana più potente della mia volontà me lo imponesse, i miei occhi trascurano il gioiello e risalgono verso il viso del tiki.

Lo conosco! L'ho già visto. Non saprei dire dove, ma sono sicura di aver già visto quella faccia con gli occhi smisurati, la fronte alta e i capelli fioriti.

Chi è?

Dove l'ho vista?

Devo scoprirlo.

Devo riportare il pendente a Tanaé.

Devo...

La foresta si apre davanti a me nel momento stesso in cui le mie dita toccano la perla.

La mia bottiglia per l'oceano
Capitolo 10

Sono uscita per ultima dalla capanna del sindaco, ma arrivo per prima al Soleil Redouté. Non avevo nessuna voglia di camminare con gli altri a un'andatura da funerale, anche se Yann si è raccomandato che procedessimo incolonnati o quanto meno due a due, come scolaretti in gita. Mi dispiace, capitano, siamo in cinque, cifra dispari! Non vi insegnano a contare in gendarmeria?

Ho anticipato il gruppo di qualche centinaio di metri e ho trovato Tanaé sotto il pergolato all'ombra delle buganvillee. Aveva messo Poe e Moana a fabbricare le collane di conchiglie o di semi che serviranno ad accogliere i prossimi ospiti nell'atrio dell'aeroporto Jacques Brel. La maggior parte dei turisti resta poche notti, il che significa regalare più o meno cento collane al mese!

Noto subito l'assenza.

La topolina non c'è!

Nel panico, afferro Tanaé per le spalle.

«Dov'è Maïma?».

La collana rossa dondola tintinnando sul cotone della sahariana. Tanaé è sorpresa dal mio gesto, il vestito le scivola leggermente dalle spalle, se lo riaggiusta precipitosamente, come se le sue scapole temessero il sole. Lì per lì non ci faccio caso, penso solo a Maïma, a quanto quella ragazza possa essere ancora più disubbidiente di me.

Lo sguardo spaventato di Tanaé non mi tranquillizza. Non sa dove sia Maïma. Si scusa con voce tremante. Come faceva a trattenerla? Non poteva mica metterle una corda al collo come

Miri, Fetia e Avaé Nui, i suoi tre cavalli. Le dici di rimanere in casa e quella scappa dalla finestra...

«L'hai... l'hai fatta usci...».

Non faccio in tempo a finire la frase, Tanaé non fa in tempo a mettersi a piangere, Poe e Moana rimangono con l'ago a mezz'aria e le collane che pendono. Una voce spompata è risuonata in giardino.

«Clem!».

La voce di Maïma! Tiro un sospiro di sollievo. A quanto pare la piccola fuggiasca ha qualcosa da dire alla sua confidente preferita. Rincuorata, mi volto nel momento in cui Maïma arriva al pergolato. Si ferma e fissa me e Tanaé, timorosa della nostra reazione. La tranquillizzo subito.

«Yann e mamma stanno arrivando, cara. Ci sono io. Che succede?».

Ignoro dove sia andata, ma non tocca a me farle la lezione. Gliela farà Yann se ne ha voglia. O Marie-Ambre se si ricorda di avere una figlia. L'adolescente riprende fiato e racconta tutto senza fermarsi, la visita a Martine nella cantina sotto il faré, il tipo che ha soprannominato Charlie in fuga con la perla nera, il gioiello al collo del tiki, un puledro che sbuca dalla foresta per tornare dalla madre nel momento esatto in cui lei prende il gioiello...

«È proprio lei» conclude con fierezza. «È la perla di Titine».

Mette il pendente nelle mani di Tanaé.

«Così glielo restituisci» aggiunge.

Tanaé attacca il pendente allo stesso chiodo che regge la cornice di Jacques e Maddly.

«Tu lo conosci questo Charlie?» insiste Maïma rivolgendosi alla marchesiana. «Aveva l'aria di sentirsi a casa. Che ci faceva qui?».

Poi fa una breve descrizione dell'uomo, il bastone, i baffetti da vecchio gatto, i capelli da pecora e la camminata da pinguino. Poe e Moana sorridono e si rimettono a infilare conchiglie. Tanaé cerca di annodare una collana.

«Si chiama Pito, non Charlie» spiega distrattamente. «È il

giardiniere che cura gli alberi e i fiori della pensione. È stato lui ad aiutarmi a portare Martine in cantina».

Maïma sbotta. Sento che ha una voglia matta di far volare le scatole di conchiglie variopinte che si trovano sul tavolo.

«E mentre portava il corpo di Titine ha adocchiato quella perla che vale una fortuna ed è tornato a rubarla! In un luogo tabù, ti rendi conto, Tanaé?».

Non mi perdo niente della rabbia di Maïma e non mi perdo niente delle reazioni di Tanaé. Fin dall'inizio la storia della perla nera mi intriga quasi quanto l'Enata tatuato o la scomparsa di Pierre-Yves.

Tanaé annoda la collana con un gesto troppo secco. Il filo trasparente le resta tra le mani, spezzato di netto. Le conchiglie fuggono come altrettanti insetti spillati e improvvisamente resuscitati.

«Fatti gli affari tuoi, Maïma!».

La risposta non ammette repliche. Tanaé afferra la scopa, quella con cui di solito scaccia Gaston, Oscar e gli altri galletti. Scommetto che Maïma reagirà... ma una voce maschile mette fine alla discussione.

È arrivato Yann insieme alle altre! Marie-Ambre dà a stento un'occhiata alla figlia e fila in cucina a prendere una Hinano dal frigo. Tanaé, mentre spazza, guarda Maïma in tralice.

Capisco.

Un accordo muto.

Do ut des.

Tanaé tiene la bocca chiusa sulla scappata di Maïma fino al tiki, evitandole di essere punita, e Maïma si scorda la storia della perla. D'altronde nessuno nota il gioiello sulla cornice, roba da far luccicare gli occhi a Jacques e Maddly.

Yann mi rivolge uno sguardo carico di rimprovero. Lo so, aveva ordinato che restassimo insieme, avrei dovuto aspettarli. Dovrai abituarti, capitano, sono almeno altrettanto indomabile della tua aiutante sedicenne!

Il gendarme continua a distribuire raccomandazioni: la BRJ[10] di Tahiti arriverà presto, fino a quel momento nessuno deve lasciare la pensione. Lui tornerà nel bungalow di Martine per passare al setaccio la scena del crimine.

Tutti si sparpagliano senza perdersi di vista. Io vado nel mio bungalow. Solo un secondo, a prendere lo zainetto.

Non ho mai ubbidito a un gendarme in vita mia!

Chiudo la porta a chiave.

Non posso rimanere con le braccia conserte a descrivere le cinquanta sfumature del colore del cielo nella mia bottiglia per l'oceano, ho bisogno di sapere, di capire, di scoprire la verità, di chiudere le indagini per poter scrivere il mio giallo. Un bravo scrittore deve sapere il prima possibile come andrà a finire.

Guardo di fronte a me la baia dei Traditori e il villaggio di Atuona. Il prossimo capitolo si scriverà lì.

[10] Brigata di ricerca giudiziaria.

Diario di Maïma
Csi Tahiti

Sono a capotavola imbronciata.

Tutti mi trattano da bambina! Ovviamente mamma, poi Yann che mi tiene in disparte e ora pure Clem, che fa l'Hercule Poirot in solitaria e si è chiusa nel suo bungalow.

Infilo semi di poniu, quei piccoli fagioli rossi che si raccolgono sulle liane di abro e che servono a fare collane, braccialetti e altri gioiellini che si somigliano tutti. Un compito che odio! Guardo Poe e Moana sedute accanto: quel lavoro sembra appassionarle, eppure sono più grandi di me.

Io mi sento in galera! Devono essere questi i lavori del cavolo che i carcerati sono obbligati a fare, infilare perle, dividere bulloni, dipingere bottoni. È il motivo per cui considero quest'isola una prigione, anche se mi piace tanto. Si finisce sempre per fare cose da detenuti, ogni giorno gli stessi gesti, lo stesso cibo, le stesse passeggiate... Per apprezzare le Marchesi bisogna passarci rapidamente, oppure essere costretti a restarci per sempre.

Dalla cucina Brel canta in onore di Martine. La voce dell'idolo dei vecchi esce dal CD che Tanaé ha voluto mettere per forza.

Mi fermo con l'ago a mezz'aria. Ho infilato due semi nel tempo che Moana e Poe ne hanno infilati venti. Con le loro quattro mani sincronizzate potrebbero mettere su una fabbrica di collane e produrre più di dieci operai.

«Vieni con me».

La voce profonda mi fa sobbalzare.

È Yann!

«Dài, vieni» ripete il capitano. «Ho bisogno di una mano».

Non sono una donna poliziotto facile, faccio un po' la ritrosa.

«Ora? Non mi dai il tempo di finire la collana?» chiedo con un'ultima esitazione diplomatica. Poi non riesco più a trattenere la curiosità. «Che dobbiamo fare?».

«Sei la mia aiutante, no? Voglio insegnarti a rilevare le impronte digitali!».

Contenta, mi alzo di scatto con una tale vivacità che il tavolo trema e per poco non si rovesciano tutte le scatole di conchiglie e semi pazientemente selezionati.

* * *

Yann ha portato nel bungalow Ua Pou di Martine tutto l'occorrente del detective fai da te. Ha svuotato in una ciotola le cartucce di toner della stampante di Tanaé, si è fatto dare dei pennelli da Eloïse e ha rimediato fogli bianchi, un rotolo di scotch e guanti da cucina di gomma.

«In attesa della scientifica ci arrangiamo con quel che c'è a bordo» spiega il capitano.

Non mi lamento certo di giocare a Sherlock Holmes, ma c'è una cosa che mi stupisce: Yann ha avvertito la polizia di Papeete più di tre ore fa, quindi non dovrebbero tardare... Temo che i CSI Tahiti si incavoleranno di brutto scoprendo che un capitano di gendarmeria ha imbrattato la scena del crimine con lo scotch e l'inchiostro della stampante.

Torno a concentrarmi. Dopotutto sono affari suoi, non voglio certo rovinarmi il divertimento...

Yann mi dà istruzioni precise: prendere un pennello, un po' di polvere nera e passarla con attenzione su ogni punto che potrebbe essere stato toccato, la maniglia di una porta, il pomello di un armadio, il bordo di uno specchio, nonché sui vari oggetti, bicchieri, tazze, libri, bottiglie d'acqua, flaconi di profumo.

Ci vuole un sacco di tempo! Anche perché Yann è molto più meticoloso di me. Dopo un quarto d'ora comincio a pensare che pure questo è un lavoro da carcerato.

Alla fine, guardie o ladri fa poca differenza, ci si annoia sempre altrettanto.

Fermo il pennello al disopra del lavandino del bagno.

«Senti un po', McGarrett, vogliamo fare il punto della situazione mentre giochiamo a Gauguin?».

«Se ti va» risponde il capitano spargendo un velo di polvere sul ripiano del comodino. «Ma continuo a fidarmi del mio istinto, secondo me la sospettata numero uno resta Clémence».

Alzo gli occhi. Sulle pareti del bungalow Martine aveva incollato una quantità di post-it fluorescenti rosa, gialli, arancioni e verde mela decorati da piccole orme di gatto sui quali, con la sua scrittura sottile e rotonda, aveva annotato alcuni versi del suo amato Jacques. Depongo un po' di polvere sul post-it rosa appiccicato davanti al mio naso.

«Scusa tanto, capitano, mi spieghi perché Clem avrebbe dovuto ammazzare una nonnina romantica come Titine?».

«Non lo so... Non ancora. Forse qualcosa che ha a che fare con la sua ossessione, il romanzo, la sua bottiglia per l'oceano. Non fa che prendere appunti!».

E ti pare un movente?

«Nel caso non te ne fossi accorto, tutte le partecipanti al laboratorio di scrittura sognano di scrivere un romanzo. Anche tua moglie, non te lo scordare! E, pure se non me l'hai chiesto, io continuo a essere convinta che l'assassina sia Eloïse! Hai visto i disegni che faceva ieri sera a tavola? Una scena inquietante, corvi, alberi smembrati, nuvole sfondate, due bambini scheletrici stesi sulla sabbia e un mare nero che arriva a divorarli. Sono sicura che li ha uccisi lei. E che Titine l'avesse capito!».

Yann ricopre di polvere le maniglie del comodino.

«Per te sarebbe la soluzione perfetta! Accusando Eloïse salvi Clem e tua madre! Non ne abbiamo più parlato, ma è comunque strana la faccenda del ladro della perla nera, il giardiniere che hai soprannominato Charlie. Se la morte di Martine ha a che fare con il pendente...».

La sua risposta mi coglie di sorpresa. Non l'avevo prevista. Dallo stupore faccio cadere un po' di polvere nera nel lavandino. Quindi Yann è al corrente! Tanaé gli ha raccontato tutto? Leggo distrattamente un post-it azzurro incollato alla porta, poi raggiungo Yann nella stanza principale del bungalow cercando di avere l'aria sicura di me.

«Non vedo che c'entri mia madre con la perla! È l'ultima a cui verrebbe in mente di rubarla, può averne quante ne vuole! Inoltre ti segnalo che l'assassino di Martine ha lasciato il pendente sul letto anche se poteva benissimo portarselo via...». Cerco con gli occhi un punto che il capitano non abbia già coperto di polvere mentre preparo deliziata la mia replica. «Invece credo di aver capito perché accusi Clem...».

«Ah sì? E perché?».

«Procedi per esclusione! Le sospettate sono quattro. Vai a scalare: la bella Eloïse ti piace troppo, non te la senti di prendertela con mia madre e sei comunque obbligato a proteggere tua moglie... Resta solo Clem!».

Ben detto, eh? Mi aspetto una risposta, invece Yann si siede di peso sul letto, come se le gambe gli avessero ceduto di colpo. Vado a sedermi accanto a lui.

«A proposito, dov'è la comandante Farèyne?».

«Non lo so».

Probabilmente nel bungalow qui accanto. Il capitano ha abbassato ancora il tono di voce. Poi non dice più niente, rimane lì immobile.

«Ora che facciamo?».

Credevo che l'esplorazione accurata di una scena del crimine fosse più divertente. Avrei fatto meglio ad andare da Clem e continuare le indagini con lei. Sono sicura che non è rimasta con le mani in mano a leggere e scrivere sotto la zanzariera del suo bungalow, che anche lei sta indagando per conto suo. Alla Lara Croft, senza tanti pennellini.

Insisto.

«Capitano, ora che abbiamo messo polvere dappertutto che facciamo?».

«Aspettiamo che si asciughi».

La mia bottiglia per l'oceano
Capitolo 11

Scendo da sola al villaggio in tenuta kaki da commando e zainetto US Army sulle spalle. Non so se qualcuno abbia notato la mia assenza. Forse Maïma. Le sarebbe sicuramente piaciuto venire con me, ma Yann troverà il modo di tenerla occupata. Meglio così, sarà più al sicuro al Soleil Redouté. Eppure andando da sola al villaggio ho la sensazione che non ci sia niente di cui aver paura: sono le dieci del mattino, il sentiero costeggia la strada, ci sono pick-up che passano ogni trenta secondi, i negozi di Atuona sono tutti aperti (cioè un parrucchiere, una farmacia, un alimentari e l'ufficio postale) e sono circondata da marchesiani che vanno e vengono come ogni giorno della settimana, come ogni settimana dell'anno. Che dovrebbe succedermi?

In più, lo confesso, ho sempre desiderato indagare così, da sola, come la protagonista di un romanzo che va sempre a cacciarsi nella tana del lupo, ma alla fine lo cattura o, ancora meglio, lo addomestica.

Diventare detective è stato il mio sogno fin da bambina.

Un doppio sogno: diventare detective e scriverci sopra un libro! La mia bottiglia per l'oceano, che forse diverrà un romanzo fiume di cui non devo trascurare alcun meandro.

Persa nelle mie riflessioni, per poco non inciampo in una radice di ylang-ylang. Mi riprendo afferrandomi come posso a un ramo. Dal villaggio salgono effluvi misti di sandalo, ananas selvatico e pakalolo, la cannabis locale, odori che mi spingono di nuovo a divagare.

A dire la verità, a parte il sogno da bambina e il libro, sono comunque costretta a indagare. Per difendermi! Ho visto il modo in cui mi ha fissato Yann arrivando al Soleil Redouté. So riconoscere quell'aria in un poliziotto. Non mi ha guardato soltanto come una sospettata, mi ha guardato come una colpevole. Perché?

La lenta discesa verso Atuona mi ha dato il tempo di riordinare le idee, o almeno di provarci. Ho l'impressione che le piste partano in tutti i sensi, un po' come dall'unica rotatoria di Hiva Oa, prima dell'aeroporto, dove si incrociano tutte le strade e stradine dell'isola senza il minimo cartello indicatore.

Dove porta per esempio la nuova pista tirata fuori da Maïma pochi minuti fa, il giardiniere ladro di perle? A Marie-Ambre, forse? Amber vive con i soldi del marito, il padre di Maïma, uno dei più ricchi coltivatori di perle nere della Polinesia. Nella capanna del sindaco aleggiava il suo profumo, quindi era lei che la notte scorsa stava con Pierre-Yves, non Martine. È la sua amante? Perché una donna ricca e sexy come lei, e visibilmente poco appassionata di letteratura, dovrebbe andare a letto con quel grasso scrittore? Va bene, ammettiamo che Marie-Ambre e Pierre-Yves siano amanti... Si danno un appuntamento notturno, PYF rivela a Marie-Ambre una verità crudele, litigano e la situazione sfugge di mano. A quel punto la pista si biforca, ci sono due direzioni possibili.

La prima è che Marie-Ambre, in un attacco di rabbia, uccide Pierre-Yves e subito dopo Martine perché conosceva una parte di quella verità. La seconda è che Pierre-Yves e Marie-Ambre litigano, fanno pace quando il pescatore Kamai si è già allontanato e decidono insieme di far tacere Martine...

Raggiungo le prime case del villaggio. Sotto le finestre della gendarmeria abbandonata dormicchia qualche gatto, magro tanto quanto i marchesiani sono corpulenti.

Pierre-Yves e Marie-Ambre complici? È la più ampia di

tutte le piste, una strada asfaltata che però non riesco a imboccare. Un bell'ingranaggio privo di olio, senza neanche un accenno di movente. Dev'esserci dell'altro...

I tiki?

I tatuaggi?

Di fronte all'ufficio postale vedo due innamorati che si baciano sotto un mango. Lui è venuto in motorino, lei in bicicletta. Alle Marchesi sono sempre le donne a faticare! Come tutte le ragazze di qui ha lunghi capelli neri, un fiore bianco di tiarè sull'orecchio per creare il contrasto e una graziosa pancia arrotondata che il motociclista non osa accarezzare in pubblico.

Due innamorati...

Ripenso al testamento di Martine.

Rivedere una volta, una volta sola, l'unico uomo che abbia amato in vita mia.

È morta senza rivederlo, senza salutarlo, a meno di non immaginare che l'uomo tanto agognato sia tornato... per ucciderla!

Ridicolo. Mi rendo conto che sto elaborando contorti scenari passionali di ogni genere. Lo faccio per evitare di guardare in faccia la realtà? La mia pietosa vita sentimentale? Poche chiacchiere, devo indagare e scrivere un romanzo poliziesco, la mia vita privata la racconterò un'altra volta.

Attraverso il villaggio. Passo davanti alla sbarra abbassata e alle finestre chiuse dell'ex gendarmeria, poi davanti alla porta aperta dell'ufficio del turismo la cui impiegata ha un solo incarico, che non è dare mappe o dépliant, ma consigliare ai turisti di rivolgersi a una guida! Qualche metro più avanti, accanto all'unica roulotte del villaggio, una macchina a noleggio è stata imprudentemente lasciata sotto una palma da cocco.

Annoto tutto, rifletto. Ho deciso di lasciar perdere per il momento la pista degli amanti diabolici, la bionda svampita e lo scrittore geniale. Metto da parte anche la pista dei cinque tiki misteriosi e mi concentro sull'unica che secondo me può spiegare tutto: il tatuaggio!

Oltrepasso il monumento ai caduti sorvegliato da due tiki rosa sul quale sono incisi solo due nomi, uno per ogni grande guerra, tanto per non dimenticare che erano mondiali. Muovo nella mia testa altri pezzi del puzzle, i ciottoli con il disegno dell'Enata, il primo lasciato sui vestiti di Pierre-Yves e il secondo sul letto di Martine. Che legame ci può essere tra quei disegni e quelli tatuati sul corpo delle vittime del killer del quindicesimo?

Diciannove anni fa...

Arrivo a un incrocio. Alcuni giovani sono in attesa seduti su sedie di plastica. Uno di loro ha un ukulele. La bottega in cui sto andando, Tat'tout, sorge cinquanta metri più avanti in mezzo a un giardino bianco dalle sottili sfumature di gelsomino, tiarè e frangipani. È il laboratorio ufficiale di tatuaggi di Hiva Oa, l'unico a disposizione dei turisti, che per ripartire con un grazioso souvenir delle Marchesi inciso sulla pelle dovranno fare a meno di tuffarsi per una settimana.

Entro. Oggi non ci sono folle di volontari. Sono sola in una stanzetta quadrata, una via di mezzo tra lo studio di un dentista e il salotto di uno psicanalista. Almeno me la immagino così. Da una parte l'apparato medico, lettino rialzato, dermografi d'acciaio, siringhe, garze, bottigliette di inchiostri colorati e altre che puzzano di disinfettante... Dall'altra il subliminale, motivi marchesiani neri dipinti ovunque sulle pareti bianche, sole, luna, tartarughe, lucertole, ragni, corna di bufalo, punte di lancia e una miriade di simboli esoterici. Sto cercando invano i famosi Enata quando si apre la porta del retrobottega.

«Kahoa»[11].

Rimango a bocca aperta.

[11] Buongiorno.

«Desidera?».

Mi aspettavo di trovare un tatuatore marchesiano con l'aria da chinesiterapista, uno di quei colossi che si vedono alla guida di un fuoristrada Toyota, con braccia come tronchi di baniano, invece ho di fronte un uomo sorridente di un metro e ottanta slanciato come un purosangue e con i muscoli sottili come liane. Camice bianco. Sorriso alla dottor House. Occhi felini. Tatuaggio elegante e non appariscente sul lucido cranio rasato.

Uno schianto!

Il tipo melanesiano incrociato con ciò che di meglio si fa su ogni isola del Pacifico: rilassatezza hawaiana, eleganza australiana, aura dell'Isola di Pasqua e virilità delle Marchesi.

«Ehm...». Sono colta alla sprovvista, che oca! «Sono... sono una scrittrice...». Insisto stupidamente sulla parola, che gallina! «Io... Scrivo racconti di viaggio... devo fare un capitolo sull'arte del tatuaggio, così ho pensato che...».

Mister Arcipelago continua a scrutarmi dalla testa ai piedi. Rimpiango di non essermi coperta di più. Di colpo gli shorts mi sembrano troppo corti e la sahariana troppo trasparente. Mi convinco che da bravo professionista sta solo valutando la mia pelle come una pergamena su cui lavorare. Mi passa davanti sprigionando un profumo di zenzero, poi chiude la porta della bottega.

A chiave.

All'improvviso ho paura.

Nessuno mi ha visto entrare, nessuno sa che sono qui. Una conversazione, informazioni che mi scorrono nel cervello come titoloni di giornale cancellando ogni altra immagine.

2001. Parigi. Quindicesimo arrondissement. Due ragazze tatuate violentate e uccise. Accusato un tatuatore di origine marchesiana, un certo Métani Kouaki, poi scomparso nel nulla.

Cerco di calcolare a tutta velocità quanti anni possa avere il tatuatore davanti a me.

Una quarantina?

Senza dire una parola, lui chiude le persiane dell'unica finestra.

La stanza è immersa nel buio, tranne che per il filo di luce che filtra dalla porta dell'altra stanza, quella da cui è arrivato il tatuatore in camice bianco.

Una cinquantina?

Mio malgrado contraggo le dita sui grani rossi della collana che dovrebbe proteggermi. So che dovrei comportarmi da detective determinata, con la sicurezza della professionista certa che se la caverà, ma non riesco a impedire che il panico si impadronisca di me.

Con una pressione delicata ma ferma sulle mie reni il tatuatore mi costringe ad andare verso l'altra stanza. L'oscurità gli deforma i lineamenti mentre si volta verso i dermografi, i bisturi, le pinze, i tradizionali pettini di madreperla, denti di squali, scaglie di tartaruga, battitoi d'ebano... La sua espressione da bel professionista si è trasformata in una smorfia da psicopatico indispettito.

Mi sento il cuore come una pietra che abbia smesso di rotolare, il corpo come un blocco di carne congelata, la pelle un relitto di legno morto punteggiato da migliaia di insetti che rosicchiano la corteccia.

E se fosse lui l'assassino?

Diario di Maïma
Métani Kouaki

Aspetto che si asciughi...

Alla fine preferivo infilare conchiglie.

Da quando ho fatto il nome della comandante Farèyne sembra che il capitano sia diventato muto. Eppure non ho detto niente che potesse ferirlo, ho solo specificato, mie testuali parole, "sei comunque obbligato a proteggere tua moglie".

Sarebbe quello il problema? Proteggere Farèyne?

A pensarci bene in effetti è strano come la comandante di polizia si sia completamente chiamata fuori dalle indagini. È possibile che una poliziotta così autoritaria ed esperta lasci tutto in mano al marito? Lo fa solo perché rientra nell'elenco delle sospettate? Quasi non ha protestato! Eppure nel letto di Titine c'era il suo testamento.

Mi volto verso Yann.

«Capitano, non credi che sia arrivato il momento di mettermi al corrente? Di parlarmi di tua moglie?».

Sono pronta a una lunga trattativa. Invece no! A quanto pare Yann ha bisogno di liberarsi da un peso.

«Va bene. Basta che non mi interrompi, però. Che mi lasci arrivare fino in fondo. Me lo prometti?».

«Promesso».

Il gendarme si appoggia alla testiera del letto, si mette un cuscino dietro la schiena e comincia a raccontare.

«Era il 2001. Tu sei troppo giovane ed eri troppo lontana per ricordarti di questo caso. Tutto è cominciato con la scoperta del cadavere di una ragazza di diciott'anni, Audrey Lemonnier, in rue Lakanal, nel quindicesimo arrondissement di Parigi. La studentessa era stata violentata e poi strangolata. Poche settimane dopo è stato trovato un altro corpo in rue des Favorites, a meno di cinquecento metri dalla prima vittima: si trattava di Laetitia Sciarra, vent'anni, anche lei violentata e strangolata. Ovviamente gli inquirenti hanno fatto l'accostamento tra i due casi, ma senza certezze. A Parigi la polizia deve occuparsi di circa cento omicidi all'anno, uno ogni tre giorni, e di oltre duecento denunce per stupro. Niente dimostrava che potesse trattarsi dello stesso assassino, né impronte digitali né DNA né testimoni. Le due vittime non si conoscevano, Audrey seguiva un corso di formazione per infermiera alla Sup Santé, Laetitia lavorava come cameriera in un ristorante di boulevard de Grenelle. Incrociando le varie testimonianze sembrava proprio che non si fossero mai viste».

Nonostante la promessa mi spazientisco.

«Vieni al sodo, capitano. Qual era il legame?».

«Ci arrivo, ci arrivo. Gli inquirenti avevano trovato un solo punto in comune tra le due povere ragazze, entrambe si erano fatte fare un tatuaggio di recente, meno di sei mesi prima: Audrey Lemonnier una croce marchesiana sulla spalla, Laetitia Sciarra una piccola tartaruga sul braccio. Il che, ancora una volta, non dimostrava niente. Un francese su cinque è tatuato e né Audrey né Laetitia avevano detto a nessuno il nome del tatuatore che dovevano aver pagato in contanti, visto che non c'era traccia di una transazione del genere sugli estratti conto delle loro carte bancarie. Niente permetteva di affermare che si fossero rivolte allo stesso tatuatore se non un particolare...».

«L'Enata?».

Yann mi guarda ammirato.

«Esatto, l'Enata! Un simbolo marchesiano poco appariscente, tre o quattro tratti, quasi una firma. Era sotto la croce di Audrey e la tartaruga di Laetitia».

«Capovolto?».

«Sì, capovolto, ma questo l'ho saputo solo ieri. L'inchiesta sull'omicidio di Audrey Lemonnier e Laetitia Sciarra, che i poliziotti chiamavano il caso del tatuatore del quindicesimo, ristagnava e i media se n'erano disinteressati da un pezzo. Si avviava a essere archiviato come caso irrisolto quando il 29 novembre 2004 un'altra ragazza ha subìto un'aggressione sessuale, la ventunenne Jennifer Caradec, verso mezzanotte, mentre tornava a casa in rue de la Croix-Nivert. Si divincola, strilla. Alle finestre della via cominciano ad accendersi le luci, l'aggressore scappa... ma capita su una pattuglia della polizia che lo blocca in rue Mademoiselle, ai piedi del giardinetto Saint-Lambert. Colto in flagrante delitto! L'uomo si chiama Métani Kouaki e fa il tatuatore a Montparnasse. Era nell'elenco dei professionisti che la polizia aveva interrogato dopo gli omicidi di Audrey e Laetitia, insieme a decine di altri...».

Il capitano fa una pausa, come se avesse sete per aver parlato troppo. Non starà pensando di mollarmi per andare a prendere un bicchiere d'acqua? Gli tiro la manica per farlo proseguire.

«Questa Jennifer lo conosceva? Era andata a farsi tatuare da lui? Anche lei un Enata?».

Per fortuna riparte.

«No... Jennifer non aveva Enata. Anzi, non aveva proprio tatuaggi. Non è stato trovato nessun collegamento tra Métani Kouaki e il duplice omicidio. È stato condannato a quattro anni per tentativo di aggressione sessuale. Li ha scontati a Fresnes, poi è tornato a vivere nell'isola in cui era nato, a Hiva Oa, alle Marchesi».

Alle Marchesi? A Hiva Oa? Anch'io sono nata qui! Mentre osservo dalla finestra del bungalow la cima del monte Temetiu mi sforzo di avere il tono calmo dell'inquirente esperta e domando:

«Ed è tutto?».

Yann annuisce come una marionetta.

«È tutto. Per spiegare il suo gesto Métani Kouaki ha detto

che soffriva di depressione acuta da quando la sua ragazza l'aveva piantato, cosa confermata dagli psicologi».

«E tua moglie in tutto ciò che c'entra?».

«Te lo immagini, no? È stata lei a condurre l'inchiesta fin dal primo giorno, l'omicidio di Audrey Lemonnier, poi quello di Laetitia Sciarra, poi l'aggressione a Jennifer Caradec. Farèyne era arrivata alla conclusione che Métani Kouaki fosse l'assassino di Audrey Lemonnier e Laetitia Sciarra. Ti risparmio i dettagli, si tratta di quasi vent'anni d'indagini, decine di faldoni d'archivio che non ho mai letto, del caso so soltanto quello che Farèyne poteva dirmi. E me ne parlava, credimi, quel caso era diventato un'ossessione per lei. "È stato lui" diceva ogni sera abbassando il volume del telegiornale perché fossi più concentrato, "è stato lui, lo so". Non aveva prove concrete, ma un fascio di convinzioni: il referto psicologico che lo descriveva come uno psicopatico maniaco-depressivo il cui equilibrio psichico si era degradato dopo che l'amichetta l'aveva mollato, la mancanza di alibi per le sere degli omicidi di Audrey e Laetitia, la vicinanza dei luoghi sulla riva sinistra della città e naturalmente i tatuaggi marchesiani».

«Kouaki firmava tutti i suoi tatuaggi con un Enata rovesciato?».

«Ovviamente no, sennò il collegamento con le vittime sarebbe stato evidente. Era impossibile affermare con certezza che Audrey Lemonnier e Laetitia Sciarra fossero andate da lui a farsi tatuare. Ti risparmio le perizie, peraltro contraddittorie, sugli inchiostri utilizzati e i segni lasciati dagli aghi. Farèyne si ritrovava sempre a sbattere sullo stesso muro: tutto accusava Métani Kouaki, la somma delle coincidenze non lasciava dubbi, ma non c'erano prove a sostegno. Alla fine gli omicidi di Audrey e Laetitia sono stati archiviati, ma non per questo Farèyne ha abbandonato il caso. Ha continuato le indagini convinta che appena Kouaki fosse stato liberato ci saremmo ritrovati con uno stupratore psicopatico in libertà. Amici e parenti delle ragazze la appoggiavano. Audrey divideva la casa con una studentessa della sua età, un'amica d'infanzia, che aveva messo su un comitato di sostegno, non ricordo più come si chiamava. C'erano anche il padre e la madre di Laetitia, gente del Nord, di Malo-les-Bains, mi pare».

Continuo a guardare la montagna dalla finestra. Il monte Temetiu somiglia a una piramide egiziana, o forse parigina, teletrasportata nella giungla.

«Ma Métani Kouaki è tornato alle Marchesi...».

«Sì, e Farèyne si è un po' calmata, ma una domanda continuava a tormentarla: chi era la famosa ragazza di Kouaki? Aveva abitato qualche mese a casa sua, lui non aveva mai voluto dire come si chiamasse e lei non si è mai fatta viva. A casa del marchesiano avevano trovato solo qualche oggetto dimenticato, vestiti, un rossetto, alcuni capelli bruni, ma l'analisi del DNA non aveva dato risultati. Ovviamente gli inquirenti hanno sospettato che Kouaki avesse ucciso anche lei, ma di nuovo non c'era la minima prova. Pensavo che il chiodo fisso di Farèyne si sarebbe stemperato col tempo, ma tutto ha subìto un'accelerata sei anni fa, quando Métani Kouaki è scomparso».

Di colpo ho l'impressione che mi abbiano infilato un ago nella pelle.

«Come, scomparso?».

«Il commissariato centrale del quindicesimo, in collaborazione con la BRJ di Tahiti, teneva Kouaki sotto sorveglianza. Un po' come gli individui schedati S, che sta per "sicurezza"... o forse "stupro" nel caso di Kouaki. Ognuno era consapevole del pericolo che rappresentava. Ufficialmente si era rimesso a fare il tatuatore a Hiva Oa, dove non erano stati segnalati stupri né sparizioni. Poi una mattina si è volatilizzato! Più nessuna traccia di lui. "È la prova della sua colpevolezza" mi ha ripetuto Farèyne per settimane, "non ne poteva più di essere sorvegliato e se n'è andato. Ricomincerà a fare le sue schifezze altrove, su un'altra isola, con un'identità diversa". Ma ormai, a parte l'amica di Audrey Lemonnier e i genitori di Laetitia Sciarra, o quanto meno la madre perché credo che nel frattempo il padre fosse morto, tutti se ne fregavano. È stato in quel momento che a Farèyne è venuta l'idea del libro».

Altro ago nella pelle.

«Del libro?».

«Sì... Capita spesso, pare, che i poliziotti abbiano voglia di raccontare la propria vita e lo facciano. Farèyne si è messa in testa di scrivere il racconto di questo caso, *Terra degli uomini, morte di donne. Il caso del tatuatore del quindicesimo*. Ogni sera, per mesi, si è messa davanti alla tastiera. Ne è venuto fuori un manoscritto di trecento pagine che ha fatto leggere a qualche amico, tra cui me, e il nostro commento è stato unanime. La storia stava in piedi, come puoi immaginare, ma lo stile proprio no, lasciava troppo a desiderare».

Ci sono, ora capisco!

«Allora ha contattato Pierre-Yves François?».

«Esatto. Dietro consiglio di un amico libraio. Questo libraio sosteneva che la maggior parte degli scrittori non ha la minima immaginazione, sanno solo scrivere bene e sono sempre in cerca di storie già fatte che devono soltanto raccontare, come la vita romanzesca di un personaggio misconosciuto o, ancora meglio, un fatto di cronaca a fosche tinte non risolto. Il caso del tatuatore del quindicesimo era manna dal cielo per lui, Farèyne gli ha spedito il manoscritto e Pierre-Yves François non le ha mai risposto. Faccenda archiviata...».

«Solo che la comandante Farèyne ha una certa difficoltà ad archiviare le cose, vero?».

«Ancora esatto! Una semplice funzione di Google le permetteva di seguire passo passo le mosse di Pierre-Yves François e alcuni dettagli hanno cominciato ad attrarre la sua attenzione. Negli incontri televisivi lo scrittore parlava del suo prossimo romanzo lasciando intendere che si sarebbe trattato di un fatto di cronaca mai risolto e nelle interviste è saltata fuori due o tre volte la parola "tatuaggio". Poi Farèyne ha scoperto questo concorso sulla sua pagina Facebook, una settimana di laboratorio di scrittura in palio per cinque lettrici sull'isola di Hiva Oa, alle Marchesi. Le candidate dovevano solo mandare una lettera di motivazioni il più originale possibile. Stava davvero esagerando!».

«Allora la comandante Farèyne si è iscritta al concorso e come per caso è stata scelta fra trentaduemila lettrici, giusto?».

Yann fa un sorriso disincantato, come divertito dalla mia ingenuità.

«No, Farèyne non lascia niente al caso. Ha scritto a Pierre-Yves François e gli ha detto le cose come stavano. Lui si è profuso in scuse, ha parlato di un malinteso, ha detto che non era proprio il caso di mettere di mezzo gli avvocati e l'ha generosamente invitata a far parte del club delle cinque lettrici selezionate per Hiva Oa. Il suo manoscritto era tutt'altro che finito, PYF si recava alle Marchesi per questo, per ritrovare le tracce di Métani Kouaki e della sua amichetta. Farèyne gli sarebbe stata molto utile se accettava di collaborare. Potevano mettersi d'accordo... sia da un punto di vista letterario che finanziario».

«E tua moglie ha accettato».

«Di corsa! Posso dirti che covava un rancore tenace verso PYF e che lui non se la sarebbe cavata con una battuta e un assegno se mai il suo romanzo fosse stato un copia-incolla vagamente migliorato del manoscritto che gli aveva mandato lei... Ma l'occasione di riprendere in mano il caso del tatuatore del quindicesimo era troppo ghiotta».

«È per questo che sei venuto con lei? Per tenerla d'occhio?».

Il capitano si concede finalmente un vero sorriso.

«Sì, soprattutto per tenerla d'occhio... E un po' anche per vedere la Polinesia».

In effetti non è certo con lo stipendio di gendarme che ti paghi un soggiorno in paradiso...

«E insomma? Cos'ha scoperto tua moglie da quando siete arrivati?».

«A quanto pare niente. Secondo lei qui nessuno ha niente da dire su Métani Kouaki, nativo del luogo. Non sapevano neppure che fosse stato in prigione in Francia. Nessuno ha sentito parlare della sua ragazza, nessuno sa che fine abbia fatto. Dicono che qui ci si interessa a quelli che restano e a quelli che ritornano, non a quelli che se ne vanno».

«E con PYF?».

«Con PYF cosa?».

«Si sono spiegati, lui e tua moglie?».

«Non... non so se ne abbiano avuto il tempo. Come sai, Pierre-Yves è molto... occupato».

Yann si alza di scatto e si infila con attenzione i guanti di gomma.

«Dev'essere asciutto» annuncia bruscamente. «Passiamo alla seconda fase, lo scotch e la carta!».

Rimango seduta. Rifletto.

«Quindi, se ho capito bene, tua moglie non ha vinto il concorso, l'ha scelta Pierre-Yves senza che l'editrice ne fosse al corrente».

Mi alzo anch'io prendendomela comoda, mi fermo a leggere il post-it giallo attaccato sopra il letto, poi continuo a seguire il filo del mio ragionamento ad alta voce.

«Neanche Titine è stata estratta a sorte. È una delle blogger più influenti del Belgio, è stata invitata solo per spingere le vendite nel paese piatto. E so perché mia madre è qui, quindi» continuo prima che Yann mi chieda di spiegarmi, «restano solo Clem ed Eloïse... Sembrerebbe che entrambe abbiano un talento autentico, sempre che non siano qui per qualche torbido fatto di cronaca che ha ispirato PYF. Per esempio Eloïse potrebbe aver provocato la morte dei due bambini che disegna in continuazione, ce la vedo bene, magari per sbaglio. Un bel soggetto per un romanzo, no?».

Yann srotola con cura un pezzetto di scotch di quattro centimetri. È talmente concentrato che sembra non aver ascoltato niente di quel che ho detto.

«Vieni, Maïma, ti faccio vedere. Posi il nastro adesivo sulla polvere, ben steso, e spingi forte, poi lo incolli su un foglio di carta e annoti il punto preciso in cui è stata rilevata l'impronta».

Se crede che qualche attività manuale basti a farmi star zitta si sbaglia di grosso!

«Sto pensando una cosa, capitano. Quindi il ciottolo Enata rovesciato che Pierre-Yves ha posato ben in vista sui vestiti è un messaggio personale rivolto a tua moglie. Forse aveva dato appuntamento a lei ieri notte nella capanna del sindaco sopra il porto. Scusa la domanda indiscreta, ma sei sicuro di aver dormito con lei tutta la notte?».

Il capitano incolla un pezzo di scotch su uno dei due bicchieri posati sul tavolino basso e lo stringe con il pugno.

«Sì, è una domanda decisamente indiscreta».

Non penserà di cavarsela così!

«È anche una risposta indispensabile all'inchiesta! Ti ricordo che un altro ciottolo con lo stesso Enata era sul letto di Martine. Che c'entra Titine con questa storia?».

«Non ne ho idea. Dammi una mano, su. Ti insegno una cosa da poliziotti: cominciare sempre dagli indizi, poi formulare ipotesi. Mai il contrario!».

Sospiro. Non caverò nient'altro dal mio caro gendarme. Prendo un guanto trasparente troppo grande per me, ma non rinuncio a sottolineare il mio stupore.

«Cercare impronte digitali dovrebbe essere compito dei CSI Tahiti, no? Non dovrebbero essere già qui? Che stanno facendo, vengono da Papeete in piroga?».

Yann ha già collezionato una decina di impronte un po' ovunque nella stanza. Io ne ho prese un paio, sullo specchio e su un libro. Devo riconoscere che il metodo dello scotch funziona, le impronte sono leggibili come se il proprietario avesse posato i polpastrelli su un tampone inchiostrato.

Mi tolgo i guanti con ostentazione.

«Ne abbiamo abbastanza, no? Passiamo al momento della verità?».

Yann mi guarda senza capire. Ho la mia idea e gliela spiego!

«Quando sei entrato qui e hai scoperto la scena del crimine hai raccomandato a tutti di non toccare niente. Quindi dovremmo trovare solo le impronte di Titine e del suo assassino, giusto?».

Il capitano annuisce fiaccamente, ma non ha niente da obiettare al mio ragionamento.

Intingo il pollice nella ciotola di polvere nera e lo premo con forza su un foglio bianco, poi soffio con attenzione e ci incollo sopra un pezzo di scotch.

«Ecco la mia impronta. Confronta, dài!».

Yann sembra divertito. Si avvicina al letto e allinea la quindicina di fogli su cui sono state incollate le impronte digitali rilevate da noi.

«Guarda, Maïma» mi spiega, «abbiamo due tipi di impronte, soltanto due. Le prime le ho prese dagli effetti personali di Martine, la spazzola, il tubetto di dentifricio, i libri, le scarpe, e sono sicuramente sue. Le seconde, ce ne sono cinque tutte uguali, le ho trovate sull'altro bicchiere, ma anche sul portafoglio infilato nella valigia, sul computer che sta sulla mensola, sul telefonino e sulla maniglia di un cassetto, e appartengono con tutta probabilità alla persona che era qui ieri notte». Il capitano confronta i fogli con quello che gli ho dato io. «Una cosa è certa: non sei tu!».

Faccio un sospiro di sollievo esagerato, come se fossi appena sfuggita alla più terribile delle minacce, poi ribatto:

«Ora tocca a te!».

Yann storce un po' il naso, ma si toglie il guanto ed esegue. Dita nella polvere, dita sul foglio, scotch sulla polvere. Controllo io.

«Bene, non sei neppure tu! Continuiamo?».

Sorpresa!

Davanti agli occhi sbigottiti del gendarme tiro fuori di tasca un accendino avvolto in un fazzoletto di carta.

«È l'accendino di mamma. Stava sul tavolo del nostro bungalow».

Senza chiedere la sua opinione spargo la polvere con il pennello sullo Zippo, ci metto sopra lo scotch, poi lo incollo su un foglio bianco.

«Guardiamo insieme?».

Cerco di avere un'aria rilassata sperando che Yann non si accorga che mi trema la mano. Ho addirittura la forza di contare.

«Dài, uno, due, tre...».

Osserviamo entrambi il disegno delle curve nere, che somigliano in modo stupefacente a tatuaggi marchesiani. Ci soffermiamo, lo confrontiamo con ogni foglio, anche se il risultato balza agli occhi.

«Non è lei» conclude Yann. «Tua madre non è tipo da rifiutare un bicchiere, ma non è lei che ha bevuto con Martine ieri notte».

Ah ah ah, se crede che mi faccia smontare da quell'umorismo da poliziotto... Replico in tono secco:

«Tocca a te. Hai un oggetto personale di tua moglie?».

Yann sembra colto di sorpresa dall'attacco.

«Ehm... No... nessuno...».

«Be', il vostro bungalow è qui accanto. Vai a prenderne uno, no?».

Il capitano si appoggia al muro e non si muove. Sembra di nuovo paralizzato dal peso che lo opprimeva la prima volta che ho parlato della moglie. Guarda l'orologio come se potesse aiutarlo.

«Lo farò appena...».

Mi avvicino. Sono quasi imbarazzata nel vederlo così turbato.

«Okay, capitano, non c'è fretta, era solo per controllare.

Non credo che una comandante di polizia si diverta a pugnalare una vecchia blogger belga con aghi da tatuatore». Gli afferro il polso e guardo che ore sono. «È mezzogiorno, fra poco suona la tromba! Ti propongo un piano infallibile, Dopo pranzo, al momento di sparecchiare, faccio in modo di prendere un coltello, una forchetta o un cucchiaio di tutte. E hop, becchiamo l'assassina! Se preferisci posso anche entrare nei diversi bungalow. Sul tetto, tra le foglie di pandano e il lucernario, c'è un buco da cui ci si può infilare, Poe e Moana mi hanno fatto vedere come».

Yann mi prende la mano e assume un tono molto serio.

«Questo non è un gioco, Maïma. Qualcuno ha ucciso Martine, qualcuno che mangia con noi, dorme con noi, parla con noi».

Mi libero. Nella mia vita precedente ero un'anguilla.

Sulla parete a destra del letto leggo un post-it rosa con gli ennesimi versi di Brel e mio malgrado ho un brivido. L'ossessione di Titine a vivere circondata da canzoni del cantautore che parlano tutte d'amore mi commuove. Mi volto verso Yann per non mettermi a piangere. Ho deciso di giocare a carte scoperte.

«Capitano, vuoi sapere una cosa?».

«...».

«Tocca a me farti una confidenza. Prima ho fatto cantare Poe e Moana».

«E?».

«Sono più sveglie di quel che sembra. Mi hanno raccontato tutto». Non resisto a fare una pausa di mezzo secondo per aumentare la suspense. «So cosa significa l'Enata capovolto».

La mia bottiglia per l'oceano
Capitolo 12

Sono in piedi sulla lastra di basalto. Immobile. È una pietra del sacrificio, fatta per inginocchiarsi con la testa poggiata sulla pietra accanto, quella del boia. È ancora rosa, imbevuta del sangue di centinaia di marchesiani decapitati qui nel corso dei secoli. Mi chiedo se i grani rossi che porto intorno al collo siano nati in una terra che ne è intrisa.

Il tatuatore è accanto a me, più alto di me di una testa. I rami di un gigantesco baniano centenario sembrano cercare di avvolgersi intorno alle sue braccia e al suo collo per impedirgli di commettere un gesto folle.

La natura ha ripreso il controllo del me'ae, gli ha restituito il suo carattere sacro e segreto. Non c'è più nessuno intorno a noi, come se le liane del baniano si fossero aperte per farci passare e richiuse subito dopo. Sono impietrita, tremo, non oso fare un passo di più in quel luogo tabù riservato ai tupapa'u, i fantasmi delle Marchesi. So che era un luogo vietato alle donne, quelle che lo profanavano erano punite con la morte.

Succedeva parecchi anni fa, un secolo abbondante, calcolo mentalmente per tranquillizzarmi. Forse il bisnonno del tatuatore ha sacrificato agli dèi il sangue di qualche donna o di qualche neonato, ma è un'eredità che non riguarda più il bisnipote. Quanto alla femminilità, non indosso né i vestitini a fiori di Eloïse né i top e le gonne attillate di Marie-Ambre. In pantaloncini e sahariana da esploratrice detective potrei pure essere scambiata per un ragazzo!

Le gambe mi tremano come foglie di palma agitate dagli

alisei, ma devo ammettere che sono meno nel panico di pochi minuti fa, quando il tatuatore, che si chiama Manuarii, ha chiuso porte e finestre e mi ha spinto nella stanza accanto.

«Vieni con me» ha detto poi. «Ho il tempo di fare una passeggiata con te e rispondere alle tue domande. Ho dovuto annullare gli appuntamenti di oggi, perché ieri qualcuno mi ha rubato la metà degli aghi. Può essere stato chiunque, di solito non chiudo mai a chiave».

Ha subìto un furto? Ieri? L'assassino di Martine è quindi venuto a servirsi in questa bottega?

Manuarii mi ha fatto uscire dalla porta sul retro che dà direttamente sul sentiero del vecchio cimitero di Teivitete. Mi precede centellinando le parole. Io gli ho scodellato la mia storiella, sono una scrittrice specializzata in racconti di viaggio, Nuova Zelanda, Islanda, Somaliland, tutti luoghi in cui non ho mai messo piede...

«Tutti luoghi che somigliano alle Marchesi» ho affermato con sicurezza. «Belli e spaventosi insieme, inferno e paradiso riuniti. Si parla della morte come di un frutto, si guarda il mare come fosse un pozzo, non c'è l'inverno ma non è estate, mi capisce, Manuarii?».

In pratica il sole temuto.

«Ti capisco» si è limitato a mormorare Manuarii.

Del resto anche lui, con i denti bianchissimi, la corporatura da giocatore di beach volley e un mana più potente di un litro di dopobarba, è l'incarnazione assoluta di quel paesaggio bello e spaventoso.

Dopo tre metri sul sentiero del vecchio cimitero mi ha invitato a cambiare strada. Dritti nella foresta. Siamo passati davanti al tiki ciclope con la testa grossa. La statua che dovrebbe rappresentare la saggezza mi ha osservato con il suo unico occhio, ma non ho avuto il tempo di sentire il mana dell'intelligenza stimolarmi il cervello, Manuarii mi ha fatto segno di continuare.

Un po' in piedi e un po' rannicchiati siamo arrivati al me'ae.

Su quel lastricato il tatuatore è di colpo diventato loquace, come se fosse stato raggiunto dal mana dell'eloquenza.

«Alle Marchesi non troverai una pietra che non sia stata scolpita da un antenato, che non segni il confine di un luogo tapu, che non sia stata portata giù dalla montagna per delimitare un paepae, il lastricato sacro su cui si costruiscono le abitazioni. Sembrano semplici rocce da scavalcare o aggirare, ma hanno tutte una storia».

Scettica, mi siedo su una pietra rotonda ricoperta di muschio e prendo diligentemente nota, come farebbe la scrittrice specializzata in racconti di viaggio che dovrei essere. Motivo per cui Manuarii mi sciorina convinto tutta una serie di cifre. Del resto gli ho mentito soltanto a metà, sto davvero scrivendo un libro e tutti questi dettagli troveranno posto nella mia bottiglia per l'oceano.

«Per darti un'idea» spiega, «i navigatori ritengono che verso il 1800, quando hanno scoperto queste isole, nell'arcipelago vivessero centomila marchesiani. Ogni valle era popolata da centinaia di sacerdoti, guerrieri, contadini, scultori, danzatori, me'ae per ogni tribù e paepae per ogni famiglia. Un secolo dopo erano ridotti a duemila...».

Il tatuatore continua a raccontare con passione, come se gli porgessi il microfono di una trasmissione diffusa in mondovisione.

«Ti rendi conto? Dopo cent'anni di colonizzazione era sopravvissuto solo il due percento della popolazione ammassata nei rari villaggi in riva al mare. Qui lo consideriamo un genocidio! La civiltà marchesiana ha rischiato, molto semplicemente, di sparire... Tutto è cominciato all'arrivo dei primi stranieri con il saccheggio sistematico dei due maggiori tesori delle Marchesi, le balene e il legno di sandalo, accompagnato dal massacro delle popolazioni locali. Poi si sono diffuse malattie fino ad allora sconosciute, tubercolosi, lebbra, vaiolo, sifilide... Ma la cosa peggiore è che con la presenza dei preti e dei funzionari francesi i marchesiani hanno perso ogni ragione di vivere. Divieto di cantare, di danzare, di parlare la propria lingua, di portare collane di frutta, di fare il bagno nudi nei fiumi, di spalmarsi il corpo di cocco, zafferano o qualunque altro profumo, di tatuarsi, di onorare i morti... In nessun'altra colonia francese l'amministrazione e il clero si sono dati tanto da fare per distruggere una civiltà. E non una qualsiasi: la più antica delle civiltà polinesiane, una delle più ricche del mondo, quella da cui è partito il popolamento della Nuova Zelanda, delle Hawaii, dell'isola di Pasqua, delle Samoa, quella che ha inventato il tatuaggio, l'haka, le piroghe...».

Ho pietà di lui. Al tatuatore muto trasformato in guida esaltata mancherà presto il respiro. Approfitto del momento in cui riprende fiato per interromperlo.

«Wow, avete inventato tutto! Anche il surf e il bikini?».

Sono riuscita a strappargli una risata. Mi rendo conto di non avere più nessuna paura. È una trappola? Manuarii posa la mano su una pietra e ce la lascia a lungo per farsi penetrare dal mana.

«Abbiamo dovuto aspettare gli anni Ottanta per assistere alla nostra rinascita, incrementare la popolazione, ricominciare a danzare, cantare, parlare marchesiano, tatuarci, organizzare qualche festival, accogliere i turisti. Oggi siamo diecimila, di cui duemila a Hiva Oa, ed è ancora dieci volte meno di prima che arrivassero gli europei. Dell'isola che hanno scoperto loro non è rimasto niente, tutto è tornato alla natura, i luoghi tapu, le pietre sacre su ogni montagna e in ogni valle... È come un minerale raro sepolto, una fonte dimenticata potente come l'Eywa del pianeta Pandora, tanto per darti un'idea della forza del mana. Energia pura! Ai turisti non ne viene mostrata neanche la centesima parte, puoi dirlo nel tuo romanzo. Guarda su cosa sei seduta».

Mi alzo di scatto.

Manuarii mi indica delle graffiature sulla pietra coperta di muschio. Osservandola con attenzione vedo che c'è inciso un uccello.

«È un petroglifo! Ce ne sono migliaia sull'isola se si sa dove trovarle...».

Petroglifi. Pietre tatuate! Eccellente transizione. Do prudenti strattoni all'amo a cui ha abboccato la mia appassionata guida.

«I marchesiani hanno davvero inventato il tatuaggio?».

Ampio sorriso dei suoi denti immacolati.

«Credo che i preistorici si tatuassero già nel neolitico, molto prima di noi. Ma i marchesiani hanno inventato la parola: tatu. Da nessuna parte al mondo troverai disegni così raffinati... Poi, dal 1860 al 1970, la pratica del tatuaggio è stata vietata. Tutti i motivi tradizionali avrebbero potuto andare persi per sempre con la scomparsa degli ultimi anziani tatuati. È quanto si è creduto per un secolo, prima che saltasse fuori uno strano libro, *Die Marquesas und ihre Kunst*, scritto da Karl von den Steinen, un tedesco che durante un soggiorno alle Marchesi nel 1897 aveva inventariato, disegnato e fotografato centinaia di simboli presi da tutte le isole e tutte le valli. Il seguito della storia lo conosci: negli anni Ottanta è scoppiata la moda dei tatuaggi marchesiani. Oggi i motivi marchesiani sono i tatuaggi più conosciuti al mondo e vengono usati come logo ovunque sul pianeta».

«Danke schön, Herr Steinen!».

Ho voluto fare una battuta. Che deficiente...

Manuarii mi guarda come se avessi perso la ragione.

«Non credo. Forse sarebbe stato meglio che tutto fosse sparito con gli ultimi vecchi. Il tatuaggio non è un segno di riconoscimento per rapper urbani o per personalizzare una maglietta da triatleta, una tavola da surf o una marca di scarpe da ginnastica. Il tatuaggio è un atto sacro, sessuale, è un rito sociale completo. Il tatuaggio è il mana! È ciò che propongo io nel mio laboratorio: un'esperienza, non un souvenir...».

Manuarii finalmente si interrompe e mi guarda di nuovo le

gambe nude, le braccia nude, il collo, le guance... Non colgo nel suo sguardo nessuna attrazione per la mia ipotetica femminilità, mi scruta come una banale pelle vergine da incidere.

«Sei tentata?».

Scusa un attimo, dottor House, non avevi detto che oggi la bottega era chiusa? Ricordo anche che l'amministrazione francese aveva vietato il tatuaggio in quanto associato ai sacrifici umani... Guardo con discrezione l'orologio. È quasi mezzogiorno, devo tornare al Soleil Redouté per il pranzo o Yann mi proibirà di uscire per il resto della settimana. D'altronde forse sono già arrivati i poliziotti di Papeete... Peccato, avrei volentieri approfondito la conversazione mangiando popoi con il tatuatore, ma devo sbrigarmi. Rispondo con un sorriso da oca.

«Perché no. Mi piace molto il simbolo dell'Enata».

La reazione di Manuarii è immediata.

«Da solo non vuol dire granché. Il tatuaggio è un racconto, un alfabeto, come gli ideogrammi cinesi. L'Enata è come una lettera o una nota, ha senso solo associato a qualcosa, a seconda di come e dove è collocato...».

Mi butto.

«Ne vorrei uno capovolto».

Di colpo il suo sguardo elettrico da guida ciarliera si trasforma in una maschera di violenza trattenuta. Ha la faccia del cacciatore, gli mancano solo la lancia e i denti di maiale che gli dondolano sul torace.

Bello e spaventoso.

Che ho detto?

«Non so se è una buona idea. L'Enata capovolto ha un significato ben preciso. Indica... indica il nemico».

Il nemico?

Che nemico?

La sua risposta non mi fa fare il minimo passo avanti. In che cosa le vittime di Métani Kouaki, lo stupratore del quindicesimo, potevano essere nemiche dell'uomo che le ha aggredite e uccise? Sono sicura che c'è dell'altro, un altro significato. Un significato che Pierre-Yves, seminando ciottoli come Pollicino, ha capito.

Quello stronzo!

Mezzogiorno meno cinque.

Non ho più tempo di ricorrere a sotterfugi se voglio che mi confessi qualcosa.

«A proposito di tatuaggi, ho un'amica che si è fatta tatuare un Enata qui, anni fa. Il tatuatore si chiamava...». Faccio finta di frugare nella memoria. «Ehm, Métani... Métani Kouaki... Lei l'ha conosciuto?».

Ho indugiato un po' a pronunciare il nome, Métani Kouaki. Mi rendo subito conto di aver detto troppo.

Capisco che Manuarii lo conosce, ma che non dirà niente.

Oltre a tatu, qui hanno inventato pure la parola tapu.

Che cretina, che detective fallita! La mia prima indagine in solitaria si risolve in un fiasco! Mi dispiace, questo capitolo della mia bottiglia per l'oceano terminerà con un grande punto interrogativo.

Manuarii ha già fatto dietrofront, educato ma fermo. Ha un bel sedere e non saprò mai se è tatuato.

Almeno arriverò puntuale a pranzo.

Diario di Maïma
Silenzio radio

«Ma che fa la polizia?».

«Dovrebbero già essere qui!».

«È pazzesco, abbiamo trovato il corpo di Titine più di cinque ore fa».

Non è difficile descrivere le conversazioni a tavola, ruotano tutte intorno a un'unica domanda: perché i poliziotti della BRJ di Papeete non sono ancora arrivati? L'ultimo volo è atterrato all'una e a bordo non c'erano passeggeri in divisa.

Se devo dire la verità sono stupita anch'io. Ognuno, o meglio ognuna, dice la sua. Mamma per prima.

«Yann, hai notizie? Li hai richiamati? Ti hanno detto quando sarebbero atterrati?».

Il capitano ha una breve esitazione prima di rispondere.

«Sì, sì, non faccio che chiamarli. Mi hanno detto che l'ACJ-318 della polizia è andato a Mangareva, alle isole Gambier, dove un pazzo ha preso in ostaggio metà della propria famiglia. Ritengono che sia prioritario rispetto a una settantenne che non potrà resuscitare».

Mamma alza gli occhi al cielo piegando la testa all'indietro e spingendo il petto in fuori, come se gli dèi potessero farsi influenzare dalla sua scollatura. Eloïse scarabocchia ragnatele sul tovagliolo di carta. Clem tira a sé la sedia e si mette seduta. È arrivata in ritardo, con il fiatone. Farèyne è arrivata nello stesso momento. Yann non ha detto niente. Intorno al tavolo tutti, compresa Tanaé e le due figlie, devono aver pensato che fossero insieme, nel rispetto della regola secondo la quale non bisogna mai restare soli. Io so che non è così.

Clem era andata a scrivere, forse è scesa al villaggio a indagare, anche se si ostinerà a sostenere che sta solo cercando informazioni per documentare il suo famoso romanzo e che ha preso tutte le precauzioni del caso. Almeno credo, perché non ho parlato con lei, abbiamo avuto appena il tempo di scambiarci un sorriso complice per segnalarci che va tutto bene. Quanto alla comandante Farèyne, anche lei ha dichiarato che aveva bisogno di tranquillità. Sta leggendo e rileggendo il manoscritto preso "in prestito" a PYF, *Terra degli uomini, morte di donne*, per trovare nuovi indizi?

Mistero, silenzio radio e noci di cocco.

Dopo la spiegazione di Yann sul ritardo della polizia quasi più nessuno parla intorno al tavolo. Il vassoio di curry di mahi-mahi, un orrido pesce verde con la cresta blu, circola senza che qualcuno apra bocca. Nessuno lo assaggia e Tanaé non osa insistere.

C'è un'atmosfera da ultima cena prima di finire tutti avvelenati.

Allontano la sedia con troppa energia, mi alzo cercando di apparire naturale e prendo la ciotola di riso bianco per portarla in cucina dando un'ultima occhiata a Clem, poi a Yann.

Quando mamma ti ha chiesto della BRJ di Papeete ci hai pensato troppo prima di rispondere.

Che ti frulla per la testa, capitano?

Yann

Yann segue Maïma con gli occhi fino a quando non la vede sparire in cucina. Conosce il suo piano: impossessarsi di una posata di ognuno in modo da avere impronte digitali belle e chiare di tutte le commensali.

Tra le quali una, seduta intorno al tavolo, è necessariamente l'assassina.

Maïma non ha dubbi!

È una ragazza rapida, intrepida, impertinente. Yann ripensa all'ultima sua domanda, la più indiscreta di tutte: «Scusa, sei sicuro di aver dormito con lei tutta la notte?». Non le ha risposto. Le ha già detto troppo.

Sì, ieri notte è stato con Farèyne, ma verso le due lei è uscita per andare sotto il pergolato a leggere il famoso manoscritto. Lui è rimasto un po' sveglio, poi si è riaddormentato. Quando si è svegliato Farèyne era a letto, ma potrebbe aver avuto tutto il tempo di andare da Pierre-Yves alla capanna del sindaco... Più si rigira in testa le varie ipotesi e più arriva alla stessa conclusione. Il sasso con l'Enata capovolto poteva essere indirizzato solo a Farèyne. Era un gioco? Una sfida? Una minaccia di cui soltanto Pierre-Yves e Farèyne, che si litigavano lo stesso manoscritto, potevano capire il significato?

Le cose sono semplici, in fondo. Farèyne sottrae il manoscritto di Pierre-Yves, tensioni, intimidazioni, lo scrittore le dà un appuntamento discreto per ieri notte, il pescatore Kamai è testimone del litigio, «Volevi sapere la verità, ora la sai». Lo scrittore si riferisce al caso o al romanzo che ha plagiato? Che è successo poi?

Maïma torna dalla cucina portando un cestino di frutta. Accelera attraversando la sala Maeva, poi rallenta davanti alla perla nera di Martine ancora appesa al chiodo della foto di Brel. Un gioiello da duecentomila franchi abbandonato lì come una volgare collana di conchiglie, una fortuna a portata di mano alla quale nessuno sembra fare caso in quell'atmosfera pesante. Strano... Che posto ha nel puzzle quell'ennesimo tassello?

La frutta ha lo stesso scarso successo del mahi-mahi o del po'e alla papaya. Yann osserva le manovre di Maïma. La sua giovane aiutante offre con insistenza una seconda porzione a tutti, che almeno assaggino, che almeno ne prendano una forchettata.

Nessuno sembra averne voglia.

Eloïse sta disegnando sul tovagliolo piccole sagome ai piedi di un vulcano gigantesco che di colpo la sua penna nervosa fa eruttare. Yann vede solo una metà di lei, la metà decorata da un fiore di tiarè posato sull'orecchio libero, accarezzato soltanto dai ciuffi che scappano dallo chignon affrettato. Qualche capello scende a solleticarle gli occhi chiari, che lei protegge abbassando le palpebre.

Gli occhi di Clem invece sono spalancati, persi verso l'oceano. Persi nel futuro romanzo? Yann trova carina anche lei, con quei capelli corti da toporagno vivace e spaurito e la tenuta da safari che nasconde un corpo da sportiva, anche se inspiegabilmente continua a pensare che dietro la sua ossessione per la prosa si celi una nevrosi. Dissimulata molto meglio di quella di Eloïse, ma forse, proprio per questo, molto più pericolosa.

«Mamma, non vuoi niente per dessert?» insiste Maïma.

Concentrata sullo schermo del telefonino, Marie-Ambre non risponde. Farèyne prende un ananas dal cestino.

Yann la guarda con attenzione, incapace di non pensare alla profezia di Maïma: "Tua moglie sarà la prossima della lista".

Perché l'assassino ha lasciato il testamento di Farèyne sul letto di Martine? Al momento quel testamento è piegato nella tasca di Yann.

Istintivamente il gendarme si infila la mano in tasca, non per controllare se il testamento di Farèyne sia ancora lì, ma per essere sicuro che ci sia anche l'altro foglio, quello che ha trovato in un cassetto della capanna del sindaco e che lui solo ha letto quando tutti erano usciti. Neppure Farèyne se n'è accorta.

L'ha letto e riletto da solo. Non era difficile riconoscere la scrittura della moglie, e ancora meno capire a chi fosse indirizzato.

Brutto scrittore di merda,

non dovevamo indagare tutti e due sul posto?

Non sono venuta per imparare a scrivere un romanzo, ne ho già scritto uno!

Ti do ventiquattr'ore di tempo per spiegarti, ho in mano il tuo manoscritto. O meglio, il mio.

In un modo o nell'altro sarò io a scrivere la parola fine!

Una lettera di minaccia rivolta a Pierre-Yves François colto in flagrante delitto di plagio! Come ha reagito lui? Yann conosce la moglie, la comandante Farèyne Mörssen non è tipo da lasciare la preda. La profezia di Maïma continua a ronzargli in testa: "Tua moglie sarà la prossima della lista".

Yann guarda Farèyne tagliare l'ananas con calma e metodo. Dà prova di una meticolosità quasi chirurgica nel dividere il frutto in otto parti. Come immaginarla nel ruolo della futura vittima? La moglie non ha mai lasciato niente al caso, nessuna crepa, nessun errore, nessuna rinuncia. Mai. Non riusciva a chiudere il caso di Laetitia Sciarra e Audrey Lemonnier finché non fosse stato risolto e ancora meno accettava un potenziale assassino a piede libero. Era talmente ossessionata da scriverci un romanzo, che poi le hanno rubato. Ossessionata al punto da andare a terminare l'inchiesta e recuperare il suo manoscritto a quindicimila chilometri da Parigi!

"Tua moglie sarà la prossima della lista".

A meno che non sia stata Farèyne stessa a compilare la lista.

In un modo o nell'altro sarò io a scrivere la parola fine!

Yann osserva i lineamenti severi della moglie, le rughe precoci come altrettanti segni di un'intelligenza profonda, la precisione clinica dello sguardo, la forza che emana, un laser capace di curare o giustiziare con la stessa facilità.

È una forza che lui non possiede, che ha ammirato e che alla fine ha odiato...

Sa quello che pensano tutti: che anche la comandante Farèyne potrebbe essere l'assassina.

E lui? Un uomo, addirittura gendarme, può pensare una cosa del genere della moglie?

Può pensarlo se la ama ancora?

La ama ancora?

"Tua moglie sarà la prossima della lista".

Si sofferma sugli occhi azzurro lago di Farèyne, sui solchi della fronte, sulla collina quasi invisibile del petto.

Sì, ama ancora sua moglie, almeno abbastanza da proteggerla.

Anche se è una sospettata, a maggior ragione se è una sospettata.

Tanto da condurre lui le indagini.

Tanto da non aver chiamato la polizia di Papeete.

DIARIO DI MAÏMA
Che liberazione!

Bum!

Mamma ha posato il telefonino sul tavolo. O meglio, l'ha lasciato cadere per spezzare il silenzio e scuotere un po' i presenti. Tutti vengono strappati bruscamente alle proprie riflessioni.

Adoro quando mamma fa il suo show!

«Allora» comincia, «se ho ben capito i poliziotti di Tahiti ci manderanno un messaggio quando decolleranno da Papeete e da quel momento dovremo girarci i pollici per altre quattro ore in attesa che arrivino. Che proponete? Torneo di briscola? Tombola pomeridiana? O restiamo come monache ognuna nella propria cella a scrivere e pregare san Pierre-Yves François d'Assisi? Io ho un'altra idea!».

Tutti gli sguardi convergono su di lei tranne quello di Yann, che continua a puntare gli occhi sulla comandante Farèyne. Troppo divertente, Amber!

«Ho appena prenotato un fuoristrada pick-up» continua quella milionaria di mia madre. «Un Toyota Tacoma. Per andare a Puamau e cambiare un po' aria. Sarebbe un peccato perderci la spiaggia più bella e il sito archeologico più famoso dell'isola. Chi vuole è invitato, io ci vado comunque...». Svuota d'un fiato la sua birra di annona e seguita prima che qualcuno abbia il tempo di fare commenti. «È circa un'ora di strada. Alle sei di stasera dobbiamo stare qui per l'appuntamento con Servane Astine, quindi vediamo di darci una mossa!».

Tutti si alzano. Tutti sembrano vogliosi di andare in gita.

L'atmosfera si è fatta di colpo distesa, come se un aliseo inaspettato si fosse messo a soffiare sotto il pergolato del Soleil Redouté.

Bella pensata, mamma!

«Sparecchiamo noi» dice Tanaé.

Poe e Moana cominciano a raccogliere i piatti, ma io sono più rapida, prendo un cestino di vimini e un tovagliolo di carta e mi accingo a mettere quattro forchette nel cestino, una per lettrice, anche quella di mamma e di...

La mano di mamma mi afferra il braccio.

«Tu no!».

Che vuole?

Cerco di resistere, come se ci tenessi particolarmente a sparecchiare, ma lei mi trascina a un metro dal tavolo.

«Stai ferma un attimo! Sai contare? Quattro ragazze più un marito significa che non c'è posto per te nella macchina» dice mentre ascolto il fracasso delle posate che Poe e Moana rovesciano tutte insieme nell'acquaio. «Comunque starai meglio con ragazze della tua età. Mi prometti che non ti allontanerai dal Soleil Redouté?».

Smetto di colpo di divincolarmi. Peggio che se mi avesse dato uno schiaffo.

Ho ricevuto il messaggio. Se mamma vuole prometto, prometto così come piango di vergogna e di rabbia, prometto di essere buona, di restare con Tanaé, di non allontanarmi, di leggere, di infilare perle e conchiglie, di sbucciare uru, di spennare un pollo, prometto tutto, me ne frego, basta che se ne vada in fretta, che carichi sul retro del pick-up qualche confezione di birra e corra a sbronzarsi all'altro capo dell'isola.

Prometto, prometto tutto quello che vuole.

«Ora lasciami!».

Il tavolo è vuoto.

Non ci crederete, ma non è mai stato sparecchiato tanto velocemente.

* * *

Mamma mi libera i polsi. Non mi muovo, stringo i pugni, mi sento umiliata.

Ho capito. Sono solo una bambina e mamma ha provveduto a ricordarmelo. Del resto, dopo il suo piccolo sfoggio di autorità già si disinteressa di me. Ancheggia là fuori come una cretina.

«Il Tacoma sarà qui tra mezz'ora» fa con un risolino. «Abbiamo il tempo di prendere le Hinano dal frigo. Non vi scordate i costumi da bagno!».

La guardo e stringo i denti tipo cane addestrato senza museruola.

La seguo con gli occhi mentre scende a passettini le scale di pietra diretta al nostro bungalow Fatu Hiva, gambe scoperte e sedere imprigionato nella gonna a tubino Sonia Rykiel.

Mi fa quasi pena. Per chi è che vuole fare tanto la bella?

Ho bisogno di sfogarmi. Sento Poe e Moana in cucina che stanno lavando i piatti. Devo parlare con Yann, dirgli che il mio piano è fallito, che non sono riuscita a prendere le posate di tutte, ma che ho un piano B: visto che tutte vanno dall'altra parte dell'isola ne approfitterò per fare le mie indagini, senza correre rischi, non ti preoccupare, capitano, voglio solo ficcare il naso qua e là rimanendo al Soleil Redouté. Sentivo il bisogno di dirtelo, capitano, di fare il punto della situazione, sono la tua aiutante, puoi contare su di me. Entro nella sala Maeva.

Yann è già lì, ma non sta aspettando me.

È in piena conversazione con Eloïse. La bella bruna si è fermata davanti alla copia di un quadro di Gauguin, *Arearea*, appesa sopra la reception. Sembra che il capitano noti per la prima volta quella riproduzione davanti alla quale passa ogni dieci minuti da tre giorni e che solo in quel momento scopra in se stesso una passione per i cani rossi e gli alberi blu.

Anche lui mi fa un po' pena. Interpreta il ruolo del marito fedele con la comandante e del cavaliere senza cervello con la regina degli scarabocchi.

Delusa, torno fuori. Chiamo: «Clem! Clem!». Spero almeno di parlare con lei, chiederle a che punto è con le sue indagini, se ha scoperto qualcosa al villaggio... Sennonché la mia confidente non è più disponibile. La vedo parlare con Farèyne nel campo del Soleil Redouté in cui Miri, Fetia e Avaé Nui pascolano tra i fili per stendere il bucato. Entrambe stanno raccogliendo i propri abiti.

Poco male, vado avanti. Mi obbligherò a pazientare finché non vedo Clem da sola. La pazienza non è il mio forte, lo ammetto! Tanto più che le rivelazioni stanno cominciando a creare un ingorgo nella mia testa: le vittime del killer del quindicesimo Audrey e Laetitia, il manoscritto plagiato da PYF, l'Enata capovolto, la passione improvvisa di Yann per i quadri di Gauguin, tutte informazioni delle quali anch'io sarei curiosa di discutere con Farèyne Mörssen.

La mia bottiglia per l'oceano
Capitolo 13

«Portatevi i costumi da bagno!».

Marie-Ambre deve averne un'intera collezione, è arrivata alle Marchesi con tre valigie! Io mi sono portata più penne che costumi... Ho pensato che all'equatore non c'è bisogno di un guardaroba, si va in giro senza niente addosso! Il problema è che le cose non si asciugano mai completamente, tutto rimane sempre umido a Hiva Oa, i vestiti, la pelle, l'aria.

Finisco di staccare dal filo mutandine, magliette e calzoncini sotto lo sguardo indifferente di Avaé Nui e quello invece impaziente di Maïma.

Dopo la discussione con la madre l'ho sentita gridare «Clem! Clem!».

Aspetta due secondi, piccola...

Tocco le lenzuola che Tanaé ha steso sul filo accanto. Sembrano finalmente asciutte. Ho ritirato anche i miei tre bikini, ma tanto vale approfittare dell'occasione per dare una mano a Tanaé. E visto che la topolina marchesiana è qui...

La chiamo.

«Maïma, mi dai una mano?».

L'adolescente non si fa pregare e trotterella giù per il campo. Le do un lenzuolo bianco, afferriamo due angoli ciascuna, ci allontaniamo di tre passi e lo scuotiamo senza mollarlo, cosa che spaventa Miri e Fetia e li spinge ad allontanarsi di venti metri, avviciniamo le nostre mani sovrapponendole, i quattro angoli diventano due, la superficie del lenzuolo si divide a metà e di nuovo la prendiamo per i quattro angoli.

Maïma continua ad avere l'aria immusonita. Capisco che il suo cervello sta producendo frasi, ma che le parole le restano bloccate dentro. Rischiano di trasformarsi in un'inondazione quando la diga cederà, a meno che non le dia una mano a fessurarsi poco a poco.

«È un bel po' che non ci facciamo una chiacchierata. Preferisci indagare con il tuo gendarme da quando sei diventata la sua assistente?».

Maïma lascia uscire un rivolo di parole.

«Non sono l'assistente, sono l'apprendista! Al limite la stagista, che non è autorizzata a fare niente... Stamattina non mi avete fatto venire alla capanna del sindaco e oggi pomeriggio ve ne andate senza di me!».

«Per oggi pomeriggio non è colpa del capitano, piccola. È stata tua madre a porre il veto!».

«Mia madre? Ti ricordo che non è mia madre!».

Metto nella cesta il lenzuolo piegato in otto e ne prendo un altro sotto il quale Maïma sparisce per un attimo come un fantasma istantaneo.

«È tua madre quando ti conviene! È comodo, il fa'amu. Quando tua madre non ti piace più la cambi!».

Maïma tira troppo forte il lenzuolo, mi sfugge un angolo che recupero in extremis prima che cada sullo sterco dei cavalli.

«Ti segnalo che la cosa funziona in tutti e due i sensi. Qui sono più spesso i genitori che cambiano figli...».

«Raccontami» dico in tono pacato.

«Be', quando li mandano in collegio su un'altra isola perché sono disubbidienti o perché hanno troppi figli e non abbastanza soldi, o...».

«Di te, voglio sapere di te, Maïma».

«Di me?».

«Sì, di te... di tuo padre, di tua madre... cioè, delle tue madri».

Piego di nuovo il lenzuolo, le nostre mani si toccano, quasi anche le nostre facce, come nelle antiche danze, tre passi avanti e due indietro.

Non ne sono fiera.

Ma voglio che Maïma mi parli della madre.

Ripenso al profumo *24 Faubourg* di Marie-Ambre che aleggiava nella capanna del sindaco, alla mia convinzione che sia l'amante di Pierre-Yves. Devo saperne di più sulle perle nere e sul tatuaggio.

«Te l'ho già detto» si difende Maïma. «Che vuoi che ti racconti?».

Prendo il terzo lenzuolo, l'ultimo.

«Delle isole, le altre isole...».

Balliamo di nuovo la danza del lenzuolo, stavolta più lentamente. Avaé Nui, ormai abituato, si è avvicinato quanto la corda glielo permette. Anche lui ascolta con le orecchie dritte.

«Di Tahiti mi ricordo poco, avevo otto anni, ci sono rimasta solo qualche mese. Vivevamo in un appartamento in una specie di zona popolare, mi pare a Mamao. Aveva un'aria da periferia, più che da Polinesia. Per darci un tono dicevamo che abitavamo nella banlieue. Poi siamo partiti per Bora-Bora. Mezz'ora di volo, eppure era come se fosse ad anni luce... Non sai cos'è stato l'atterraggio su un motu[12] in mezzo alla laguna, con il mare turchese tutto intorno!».

Lo sguardo di Maïma vaga sulle onde grigie del Pacifico prima di infrangersi sulla spiaggia nera.

«È dove tuo padre ha incontrato Marie-Ambre?» chiedo prudentemente. «Come l'ha conosciuta?».

«In un albergo extralusso, il St Regis. Novanta palafitte dotate di tutti i comfort! Centomila franchi del Pacifico a notte».

«Tuo padre era già così ricco?».

Maïma scoppia a ridere.

[12] Isolotto di un atollo.

«Scherzi? Raccattava sabbia!».

«Che faceva?».

«Raccattava sabbia, era il suo lavoro. Passava la notte su una chiatta a scavare il fondo della laguna per prendere sabbia che poi rovesciava sulle spiagge degli alberghi e rastrellava prima che sorgesse il sole, in modo che i clienti si svegliassero in paradiso! Non devi credere alle cartoline, a Bora-Bora nessun albergo ha una spiaggia naturale, ci sono solo scogli. Ogni granello di sabbia viene portato dagli uomini, ogni giorno il mare se la mangia e ogni giorno persone come papà la riportano...».

Mi soffermo un attimo a pensare alle parole di Maïma. Nessuna destinazione da sogno è naturale, tutte conservano la propria bellezza a colpi di chirurgia geografica. Lo sguardo mi scivola verso la spiaggia nera di Atuona. Forse un giorno troveranno il modo di far diventare bianca la sabbia.

«E così la bella cliente si innamorò del giardiniere che rastrellava la spiaggia» continua Maïma. «Questo mi hanno raccontato. Lì papà ha cominciato a interessarsi di perle nere, che rendevano più della sabbia... del resto Amber non sarebbe rimasta innamorata a lungo di un tipo senza un soldo. Allora siamo partiti per gli atolli delle Tuamotu, dove si produce il novanta percento delle perle nere del Pacifico. Siamo rimasti a Fakarava quasi due anni. Sai cos'è Fakarava? Un circuito lungo quaranta chilometri e largo meno di cento metri. Una strada, nient'altro che una strada che ho fatto cento volte in bicicletta col vento in faccia o alle spalle, un villaggio e una chiesa al chilometro 0, una drogheria al chilometro 6, casa nostra al chilometro 7,6, una spiaggia al chilometro 9. Meno di mille abitanti, quasi nessun bambino... Un atollo, insomma, un paradiso piatto. Se il livello del mare sale di due metri, addio Fakarava! Non sai quanto si annoiava Amber, a parte sbirciare i sub americani venuti a vedere gli squali... Allora ci siamo trasferiti a Huahine, a meno di duecento chilometri da Tahiti. L'isola autentica, a quanto dicono. Mio padre aveva sempre avuto l'ambizione di fare fortuna con una fattoria perlifera, e quella volta ha funzionato oltre ogni speranza».

Percepisco un'emozione strana nella voce di Maïma. Sento il suo sguardo posarsi sulla collana di semi rossi che indosso, una paccottiglia che viene regalata ai turisti, niente a che vedere con le perle di categoria superiore prodotte dal padre.

«Oggi dov'è il tuo papà?».

Maïma non risponde.

Credo di capire cosa provi. L'abbandono. Tutti i bambini della Polinesia un giorno si sentono abbandonati, quando a dieci anni lasciano la loro isola per andare in una scuola più grande, abitare in una nuova famiglia e voler bene a nuovi genitori mentre a casa loro vengono sostituiti da nuovi neonati.

«Deve volerti molto bene. E deve aver lavorato sodo per offrirti la vita che avete tu e la mamma, la tua nuova mamma. Probabilmente continua a lavorare sodo ancora oggi...».

Maïma fa una lunga carezza alla criniera di Avaé Nui. Miri e Fetia si avvicinano per reclamare la loro dose di coccole.

«Sai, qui ai bambini non sta tanto simpatico Jacques Brel».

Non vedo bene che rapporto ci sia con le cose che ha detto. Lascio che continui.

«Probabilmente perché a scuola ci fanno imparare le sue canzoni a memoria. Un giorno però ha detto una cosa che mi è piaciuta, un giorno che gli hanno chiesto cosa facesse il padre. "Era cercatore d'oro" ha risposto».

Capisco.

«Come il tuo, Maïma, come il tuo».

«Sì, ma poi ha aggiunto una cosa vera. "Il problema è che l'ha trovato" ha detto».

Quando un clacson risuona nel vialetto Miri, Fetia e Avaé Nui sobbalzano e scappano al galoppo evitando per un pelo di travolgere le lenzuola piegate.

«Siamo pronti!» grida Marie-Ambre.

Mi rendo conto che non ho preparato lo zainetto. Ho solo i

tre bikini che ho staccato dal filo, nessun asciugamano e nessuna crema.

«Devo andare, Maïma».

«Non hai avuto il tempo di dirmi niente».

«Recuperiamo stasera, vedrai».

Tanaé esce dalla cucina con Poe e Moana. Maïma, senza che nessuno le chieda niente, raccoglie la pila di lenzuola. Interpreta a meraviglia il ruolo della donnina giudiziosa.

«Farai la brava? Resti con Tanaé, me lo prometti?».

«Promesso» risponde l'adolescente senza voltarsi.

Vado verso il fuoristrada, dove Yann e le altre ragazze mi stanno aspettando.

Promesso...

So che Maïma mi ha mentito.

E non solo quando mi ha giurato che avrebbe fatto la brava.

Ripenso a tutta velocità al racconto della sua vita.

Sono sicura che non ha detto la verità.

Diario di Maïma
Fiu

Il Toyota Tacoma sparisce alla fine del vialetto di ghiaia portandosi via Clem, mamma e gli altri, lasciandomi solo un'effimera nuvoletta di polvere e la sensazione immediata di essere sola al mondo.

È ciò che provo. Qui lo chiamano fiu, sarebbe la malinconia che si impossessa di ogni polinesiano quando ha smesso di lottare, quando ha perso ogni speranza di andarsene o almeno di fare un viaggio, quando ha capito che la sua vita finirà qui, a migliaia di chilometri da ogni altro continente.

È quello che Tanaé ha accettato e che Moana e Poe accetteranno.

Io no!

Tanaé mi guarda mordere il freno già cinque minuti dopo che il pick-up se n'è andato.

«Sai, Maïma, prima era molto peggio...».

Dopo aver finito di pulire la cucina Poe e Moana si sono messe sul divano a guardare una serie poliziesca americana in televisione.

«La solitudine» specifica Tanaé, «l'isolamento, la sensazione di essere soli sulla terra. La televisione è arrivata alle Marchesi nel 1988, ci pensi? Prima non avevamo informazioni provenienti dal mondo esterno. Anzi sì, dieci anni prima c'era una cosa che si chiamava "televillaggio", videocassette di telegiornali che arrivavano per nave tre mesi dopo».

Non riesco a immaginarlo, Tanaé. Probabilmente neppure Poe e Moana. E se mi sforzo ugualmente di immaginarlo mi dico che era meglio prima, senza Internet né televisione satellitare che mostrino ai marchesiani tutto ciò a cui non avranno mai accesso.

Alla televisione scoppia una sparatoria tra due motociclisti in un centro commerciale. Vetrine che esplodono, ululati di sirene, gente che si butta ventre a terra. Poe e Moana sono affascinate, hanno le loro quattro mani contratte sullo stesso telecomando.

«Tanaé, posso andare nel mio bungalow?» chiedo timidamente.

Lei mi guarda sospettosa.

«Mi prometti di non uscire dal Soleil Redouté? Sennò stavolta...».

Taglio corto, ho vinto.

«Te lo prometto, non sono scema».

* * *

Te lo prometto, Tanaé, mi ripeto mentalmente, ti prometto che non esco dal Soleil Redouté.

Controllo di avere ancora in tasca i guanti di gomma presi in cucina e guardo il primo bungalow.

Nuku Hiva.

Quello del capitano Yann e della comandante Farèyne.

Inutile andare a rovistare nel bungalow di Titine o nel mio, che è anche quello di mamma, ho già controllato le sue impronte sull'accendino. Restano gli altri tre, quindi per l'appunto il Nuku Hiva, l'Ua Huka di Eloïse e il Tahuata di Clem.

Entrare non sarà un problema, anche senza la chiave. Ho individuato lo spazio fra il tetto di pandano e le travi. Non ci metto niente ad arrampicarmi lungo la parete, sospendermi alla travatura e lasciarmi cadere dentro. Semmai sarà più difficile tornare indietro. Dovrò salire su una sedia per aggrapparmi alla trave, quindi lascerò per forza una traccia del mio passaggio, ma Farèyne, Clem ed Eloïse potranno sempre credere che Tanaé, Poe o Moana siano venute a fare le pulizie.

Sento gli spari che giungono dalla televisione della sala Maeva, le imprecazioni di Tanaé contro i polli che cercano di avvicinarsi alle insalatiere posate sulla finestra, poi, tipo Catwoman, con pochi movimenti ginnici scalo la facciata e mi infilo nell'apertura. Mi graffio un po' la pancia sulle foglie taglienti di pandano, poco male, poi striscio sulla trave di legno ferro, mi sospendo come uno scimpanzé e cado in piedi tra il letto e il tavolino.

Sono nel bungalow di Yann e Farèyne.

Yann non sarebbe contento. Yann non sarà contento quando lo saprà, ma non posso fare altro, dobbiamo confrontare le impronte di tutte con quelle prese nel bungalow di Titine, senza eccezioni. Io ho avuto il coraggio di verificare quelle di mamma, lui dovrà avere il coraggio di verificare quelle della moglie.

Mi muovo il più silenziosamente possibile, mi infilo i guanti, apro lo zainetto. Ho deciso di prendere gli oggetti più personali di ognuna, un tubetto di dentifricio, uno spazzolino da denti, un flacone di profumo o un rossetto, per essere sicura di non sbagliarmi.

Vado nel bagno e subito mi tranquillizzo, perché non corro il rischio di commettere errori: le cose di Yann sono a sinistra, rasoio, schiuma da barba, dopobarba, quelle di Farèyne a destra. Ognuno ha il proprio angolo.

Riempio lo zaino e torno nella stanza principale. Non resisto alla tentazione di aprire le ante dell'armadio a muro, identico a quello del mio bungalow.

Anche qui ognuno ha il proprio lato. I vestiti di Yann sono a sinistra, quelli di Farèyne a destra. La stessa cosa a terra: scarpe da ginnastica e sandali di Yann a sinistra, infradito e scarpe da ginnastica di Farèyne a destra.

Mi volto. Ognuno ha il proprio lato di letto e il proprio

comodino. Rivista di automobilismo per Yann, parole crociate per Farèyne.

Wow, vedere l'intimità del mio capitano mi scombussola. Così finiscono le coppie? Senza condividere più niente, senza mischiare più niente? Tutti gli innamorati finiscono per accontentarsi di una convivenza purché sia pacifica e i territori vengano rispettati?

Io non lo farò mai! E non rinuncerò a scavalcare il confine invisibile tra il capitano e la comandante.

Mi occupo prima della destra. Sollevo la piccola pila di vestiti di Farèyne sulla mensola e non ho bisogno di cercare molto, il manoscritto è lì, neanche troppo nascosto! Il cartone rosso della cartellina chiusa dagli elastici spunta da sotto le camicie.

Sulla copertina è scritto il titolo.

Terra degli uomini, morte di donne

Sono troppo forte! Eccitatissima la prendo. Viene via facilmente, troppo facilmente. E mi pare un po' piatta...

Cavolo!

Tolgo gli elastici. La cartellina rossa è vuota, dentro non c'è niente, neanche una pagina.

Cavolo!

Mentre delusa la rimetto sotto i vestiti elaboro varie ipotesi. Qualcuno mi ha preceduto e ha preso il manoscritto per restituirlo a PYF? O è stato PYF stesso a riprenderselo? Più probabilmente Farèyne, sospettosa di tutto e di tutti, se l'è portato dietro nello zainetto. È prudente, la comandante...

Mi trattengo ancora un po', resisto alla tentazione di mischiare tutto, vestiti e spazzolini da denti, profumi e mocassini, calzini e occhiali, poi salgo su una sedia, afferro la trave e sguscio di nuovo nell'apertura. Tutto è tornato calmo al Soleil Redouté, nessun rumore proveniente dall'interno, niente ronzii o nitriti o schiamazzare di polli, perfino i poliziotti della televisione sembrano essersi tutti ammazzati fra loro.

Mi dirigo a Ua Huka.

*

Conosco la strada. Meno di un minuto dopo sono nella stanza di Eloïse.

L'arredamento è identico in ogni bungalow, stesso letto, stesso armadio, stessa doccia, stesso gabinetto, eppure tutto mi sembra diverso, a cominciare dal profumo di incenso che aleggia nell'aria.

Prima di mettermi a rovistare scaccio il senso di colpa che poco a poco mi sta opprimendo. Mi ripeto tutte le buone ragioni che mi spingono a comportarmi da ladra e che nessuno può contraddire: agisco per una buona causa, sto cercando di smascherare un assassino, la polizia farebbe la stessa cosa, le sto solo dando una mano. Più veloce che posso infilo in un altro sacchetto di plastica un dentifricio, uno spazzolino da denti, una spazzola per capelli e una pinzetta.

Basterà.

O quasi...

Non resisto, apro l'armadio pronta a cogliere qualunque indizio che mi dica di più sulla personalità della più misteriosa delle cinque lettrici.

Il guardaroba di Eloïse non rivela niente.

O quasi...

Sulla mensola sono ordinati gli abitini leggeri, i pareo colorati, le gonne etniche e i top in lycra, tutti vestiti che diventano sexy solo se indossati da una bella ragazza che riesce a far credere di averli scovati sotto il mucchio di una bancarella. È così anche per la biancheria intima e i babydoll di pizzo che trovo nella tasca laterale della valigia? Roba che fa impazzire gli uomini, presumo.

Eloïse nasconde il proprio gioco? Depressa di giorno e scatenata di notte?

Registro tutto, passo rapidamente in rassegna il materiale da pittura posato su un'altra mensola, tubetti di colore, pastelli, matite a cera, pennelli (ne infilo uno nello zaino insieme a un tubetto di terra di Siena), e vado verso il letto.

Sul comodino c'è un solo libro.

Lontano dalle città sottomesse di Pierre-Yves François, edizioni Servane Astine.

Ricordo vagamente che è il libro più famoso di PYF, un romanzo che ha vinto parecchi premi, o forse uno solo ma importante. Le pagine sono arricciate, non come se il libro fosse caduto in piscina, ma abbastanza per capire che sono state voltate centinaia di volte, lette e rilette fino a sformarsi.

Incuriosita, mi siedo sul letto e apro il romanzo. Certe pagine hanno l'orecchio, certe frasi sono sottolineate, certi paragrafi cerchiati. Non posso fare a meno di pensare al grosso Pierre-Yves, al suo appetito da maiale selvatico, ai suoi noiosi discorsi da professore... Eppure una bella ragazza come Eloïse, e probabilmente migliaia di altre in Francia e nel mondo, passano le ore e le notti a fantasticare sulla sinfonia di parole che quel tizio ha saputo comporre.

Sorrido figurandomi il momento in cui Eloïse si è trovata per la prima volta di fronte a Pierre-Yves François, sfoglio il libro a caso, poi le mie dita si fermano da sole.

A pagina 123 c'è un segnalibro.

Lo guardo da vicino. Non è un segnalibro, è la fotografia di due bambini, a occhio direi di sei e otto anni, un maschio e una femmina, ben pettinati, ben vestiti, composti, troppo composti. Più che bambini veri sembrano immagini, come in effetti sono. La osservo meglio e capisco: è una foto di classe, i due bambini sono in posa seduti a un banco davanti alla lavagna, il che spiega probabilmente il loro sorriso troppo serio.

Giro la foto.

Mi mancate troppo

Vi voglio bene

Vi voglio tanto bene

Leggere quelle parole mi fa subito venire la tremarella.

Mi affretto a girare di nuovo la foto. Ho l'impressione che, se li guardo troppo, i due bambini si cancelleranno, come nei film dell'orrore. Con quelle facce bianche e quelle mani pallide non sembrano bambini veri... Sembrano fantasmi!

Mi mancate troppo

Sembrerebbe che siano morti. A tutta velocità rimetto la foto tra le pagine e il libro sul comodino, aggiusto il lenzuolo ed esco dal bungalow Ua Huka lasciandomi dietro una sedia in mezzo alla stanza.

* * *

Stessa facciata, stesso tetto, stessa apertura, stessa trave.

Bungalow Tahuata.

Quello di Clem.

Stavolta riesco meno a scacciare il maledetto senso di colpa. È vero, Yann mette Clem al primo posto della lista dei sospettati, ma io no, per me è l'ultima. È mia amica. Se gliel'avessi chiesto Clem mi avrebbe fornito le sue impronte su un foglio, non avevo bisogno di violare la sua intimità. Infilo automaticamente in un sacchetto un terzo dentifricio, una bottiglia di plastica quasi vuota, un bicchiere di plastica e un tubetto d'aspirina.

Non resisto a dare un'occhiata ai ripiani dell'armadio, che ha le ante spalancate. Da Clem c'è il bordello! Se un giorno si metterà con qualcuno sarà dura convertirla alla convivenza pacifica...

Un po' come me, spero. Mi insegnerai tu, Clem?

Le mensole sono affollate da decine di libri, la valigia di Clem doveva pesare una tonnellata! E non ci sono mutandine di pizzo o gonne leggere a fare da contraltare, solo cose comode che sembrano comprate su un sito dell'usato da un legionario di ritorno da un trekking nel Sahara.

Do una rapida occhiata ai titoli dei libri messi alla rinfusa e identifico alcuni classici, molti romanzi di PYF, antologie di poeti, dizionari dei sinonimi, rimari e una decina di taccuini sul cui dorso Clem ha scritto il titolo.

Fiabe d'infanzia e altri racconti meravigliosi 1996-2006
Novelle e poesie adolescenti 2007-2012
Soggetti cinema, serie e fumetti volume 1
Soggetti cinema, serie e fumetti volume 2
Romanzi finiti e incompiuti volumi I, II *e* III *2013-...*

Sono impressionata. A leggere tutto ci vorrebbero ore, notti intere... Non sono così idiota da voler cominciare.

Sto già spostando una sedia al centro della stanza per squagliarmela al più presto e unirmi a Poe e Moana davanti alla televisione come se niente fosse, quando vedo il cassetto semiaperto di uno dei due comodini.

Mi vergogno, giuro che mi vergogno, ma ancora una volta la curiosità è troppo forte. Lascio la sedia e apro del tutto il cassetto. La mia mano inguantata trova un'altra fotografia. Stavolta riconosco la persona.

È Titine!

Titine molto più giovane. Sulla foto, scattata da qualche parte in Belgio, deve avere una trentina d'anni. Sembra che faccia un freddo cane. Ha un berretto bianco e le guance bluastre. Titine da giovane è meno carina di quel che pensavo, una tombolotta con faccia rotonda e seni rotondi, ma ha un sorriso imbattibile, un sorriso da puffetta e due occhi che brillano di desiderio rivolti al fotografo che la sta immortalando. È il suo famoso innamorato, quello che non ha più rivisto?

Un'altra equazione a trentasei incognite!

Stringo tra le dita l'immagine.

Perché Clem ha una foto di Titine?

Che legame segreto può esserci fra loro? Martine doveva avere settant'anni, Clem ne ha di sicuro un po' più di trenta.

Madre e figlia?

Potrebbe essere, anche se non credo, non si somigliano affatto.

Guardo di nuovo la foto cercando di cogliere ogni minimo particolare. Poco a poco arrivo a una certezza che tento invano di respingere, tanto mi sembra stupida.

La foto è stata scattata una quarantina d'anni fa sulla piazza di una città belga.

Quarant'anni fa non ero nata, non ho mai messo piede in Belgio, eppure... sono sicura di aver già visto quella faccia.

La faccia di Titine a trent'anni!

La mia bottiglia per l'oceano
Capitolo 14

«Alè!» grida Marie-Ambre nel Tacoma.

Yann ha appena lasciato l'unica strada asfaltata dell'isola e imboccato la pista per Puamau.

Venti chilometri. Tre quarti d'ora di strada sterrata.

Yann guida con calma. Seduta dietro di lui, mi sorprendo ad apprezzare la forza tranquilla che emana mentre accanto a me le ragazze sono estasiate dal paesaggio. Marie-Ambre si è già scolata la terza birra, le bottiglie vuote rotolano sul retro del pick-up rischiando di rompersi a ogni buca. Eloïse ha preteso di sedersi davanti per fotografare a raffica tutto ciò che le passa davanti agli occhi, i bananeti, i picchi vulcanici in equilibrio sul Pacifico, gli acrobatici cavalli selvaggi, i viluppi di giungla equatoriale accerchiati dalle file invasive di pini dei Caraibi. Com'è possibile essere immersi in un luogo così sublime, senza la minima traccia umana a trecentosessanta gradi, solo il fronteggiarsi millenario di montagna e oceano, e accontentarsi di ammirarlo in un obiettivo di neanche un centimetro quadrato?

Ogni tanto Eloïse stacca gli occhi dal mirino e rivolge il suo profilo verso i sedili posteriori. Lo fa per stuzzicarmi?

Tipo: "Hai visto, Clem? Sono seduta sul trono della regina al posto di Farèyne!".

Cerca chiaramente di vedere la mia reazione. Se sapesse quanto me ne frego! Ho altro da pensare che la gelosia. Quale gelosia, poi?

Anch'io scruto le facce nel Toyota. Rivolte verso l'oceano e Moho Tani, l'isola che emerge dall'orizzonte blu come una balena addormentata, le passeggere sono perse nei propri pensieri. Credo che siamo tutte più preoccupate per l'omicidio di Titine che per un posto al sole accanto all'unico uomo finito con noi in questa bottiglia per l'oceano, per quanto sexy.

Non riesco a concentrarmi, né sul paesaggio né sulle facce. Continuo a pensare alla conversazione con Maïma di pochi minuti fa, mentre piegavamo le lenzuola al Soleil Redouté. Si è confidata come mai prima, ma non abbiamo avuto il tempo di parlare degli ultimi sviluppi. A che punto è con le sue ricerche? Sono sicura che approfitta della nostra assenza per indagare su ognuna di noi in tutta tranquillità. Come darle torto? Ci assomigliamo, in fondo! Due topoline alla ricerca della verità. Certo, sarebbe meglio se collaborassimo invece di muoverci ognuna per conto proprio proteggendo i nostri piccoli segreti... Ma fra noi c'è Yann. Le storie poliziesche sono come le storie d'amore, in tre è tutto più complicato.

Tornanti, discese ripide, salite ancora più ripide. Qualche bulldozer fermo a bordo pista fa sperare che, un metro dopo l'altro, un giorno la strada sarà asfaltata. Costeggiamo palmeti da cocco, ogni tanto avvistiamo una casa isolata e rigorosamente dotata di un essiccatoio da copra, l'oro bianco di Hiva Oa! Eloïse mitraglia di scatti le grandi pedane di legno sulle quali è messa a seccare la polpa bianca delle noci di cocco, che partirà poi alla volta delle profumerie di Tahiti per combinarsi con i fiori di tiarè e trasformarsi in olio sacro, il monoi!

«Oh, pare gli ammutinati del *Bounty*!» è l'elegante commento di Marie-Ambre.

Palmeti da cocco, bananeti e piantagioni di pompelmo degradano verso la costa in lunghe e gigantesche lingue verdi. Gli alberi si ergono come un esercito pronto a fronteggiare uno sbarco nemico. Se i tronchi delle prime file cadono, gli altri sono pronti a sostituirli.

Vedo una prima spiaggia. Motuua. Un primo villaggio. Stavolta la bellezza della scena domina ogni altro pensiero. Tre piroghe, due amache tese tra le palme, un'altalena, quattro bambini che scorrazzano. Provo la strana sensazione di essere a casa di qualcuno. Prato rasato e verde, muretti in pietra all'altezza del ginocchio, aiuole traboccanti di fiori, pioggia di ibisco sotto un pergolato di frangipani. Qui ogni villaggio è un giardino. La cura dell'esterno è l'orgoglio dei marchesiani. L'interno delle case di tavole e lamiera conta poco, è solo il luogo in cui si dorme, la cosa importante è il fuori.

Siamo già usciti dal villaggio. Di nuovo è una successione di discese vertiginose, salite ripidissime e scorci di calette inaccessibili. Il chiarore del pomeriggio esalta i colori. Alla fine di uno stretto pianoro un branco di capre selvatiche ci sbarra la strada. Yann rallenta e ci indica col dito, a valle della strada panoramica, una collana di case perse a bordo spiaggia in uno scrigno di palme.

«Puamau!».

Ancora qualche chilometro di pista e si ferma davanti a una chiesetta bianca. Marie-Ambre è la prima a balzare giù dal Tacoma.

«Puamau» ripete la milionaria. «Il più bel sito dell'isola, a quanto dicono».

Rimane per un attimo zitta ad ammirare fra i tronchi la lunga spiaggia deserta. In lontananza l'isola-tartaruga di Fatu Huku sporge la testa fuori dal carapace. Si sentono risate di bambini. Marie-Ambre si rivolge a Eloïse.

«Sapevi che quando è morto Gauguin la sua vedova è tornata ad abitare qui? Aveva quattordici anni e portava in grembo suo figlio. I suoi discendenti vivono qui. Il villaggio dev'essere pieno di bambini in cui scorre sangue di genio». Dà un'occhiata al microscopico parco giochi costituito da uno scivolo arrugginito e da uno pneumatico appeso a un ramo di baniano. «Piccoli geni che vivono a un'ora di pista dal negozio più vicino. Mettici quattro ore di aereo per Tahiti e altre ventiquattro per Parigi, significa che mai in vita loro vedranno il pelo di un pennello o la fila d'attesa di un museo, e meno che mai un quadro del bisnonno».

Eloïse non risponde. Siamo tutte scese dalla macchina. Marie-Ambre, con una bottiglia di Hinano in mano, guarda vogliosa la spiaggia, mentre io mi volto dal lato opposto, verso la valle. La baia di Puamau viene citata in tutte le guide turistiche perché vi si trova il sito archeologico di Te l'Ipona, uno dei più grandi del Pacifico. È a due passi da noi.

Mi avvicino. I pannelli esplicativi sono complessi e densi, il sito è magico, i tiki spaventosi, anche se meno dei cinque disposti intorno al Soleil Redouté. Tutti quanti ci aggiriamo a lungo sul me'ae interamente ricostruito. Mi lascio impregnare dalla storia dei luoghi, secoli di cerimonie, canti, danze, esecuzioni e nascite officiate dai tahu'a, sacerdoti o sacerdotesse con diritto di vita o di morte. Chissà se l'assassino di Martine possedeva questo mana, il mana dei tahu'a...

Il silenzio delle pietre è impressionante. Mi attardo davanti a uno strano tiki femminile dalla forma allungata, con gli occhi sporgenti, che dovrebbe rappresentare una partoriente, poi mi fermo ai piedi del tiki rosso, un gigante di due metri e sessanta, il più grande della Polinesia. Emana una forza ancestrale, animale. Che stia cominciando anch'io a percepire il mio mana?...

«Oh-ho!».

L'incanto si spezza di colpo.

«Oh-ho!» grida di nuovo Amber inerpicata su un muretto di pietre scolpite, «non vorremo passarci la giornata! Per me l'esperienza emozioni tra i cannibali va bene così. Forza, ragazze, in acqua! Ho sete e fame, ma prima tutte nude!».

Marie-Ambre corre verso i tavoli da picnic allineati di fronte al mare. Il sole calante trasforma le palme da cocco in ombre cinesi. Le onde bianche vengono a mordere la spiaggia deserta come zanne in attesa di gambe, braccia o pance. Mentre quelle che raggiungono la spiaggia sono timide lingue spumose, pochi metri più al largo la schiuma mostra le sue zanne aguzze.

La milionaria si volta verso di noi, valuta il nostro grado di determinazione e ci legge negli occhi che, seppur bellissimo, troviamo il luogo un po' pericoloso.

«Su, non ci saremo fatte un'ora di pista per poi avere paura».

Per farsi coraggio posa sul tavolino di legno un litro di rum Noa Noa e se ne versa tre dita abbondanti. Yann è avanzato sulla sabbia e, a piedi nudi e gambe divaricate, sta guardando l'oceano.

«Nessun timore» dice ancora Marie-Ambre fissando l'ombra nera del gendarme. «Abbiamo pure il bagnino. Forza, ragazze, con me!».

Svuota il bicchiere e si sfila la maglietta Levi's, poi fa cadere la gonna sulla sabbia e si ritrova in bikini. Sarebbe considerata magrissima alle Marchesi e un po' troppo in carne in Europa, troppi seni, troppi fianchi, troppe natiche. La ricca bionda carnosa conosce e gestisce bene le proprie carte. Beve un altro sorso di rum, stavolta direttamente dalla bottiglia, e si toglie il reggiseno.

«Venite!» insiste subito prima di entrare in acqua.

Di noi tre Eloïse è l'unica che si fa tentare.

Si spoglia molto più timidamente, piegando i vestiti e posandoli sul tavolo, e rimane con un minicostume da bagno a fascia intrecciata.

«Wow» commenta Marie-Ambre apparentemente senza invidia, «sei una bomba, piccola Gauguin!».

Eloïse arrossisce. Devo ammettere, con una certa invidia, lo confesso, che Eloïse è proprio carina. Vita snella, sedere rotondo, bei seni. Passa davanti a Yann, sempre al suo posto d'osservazione, che non le stacca gli occhi di dosso fino a quando non sparisce tra le onde.

Prima di annerire il quadro per una notte il sole satura i colori della baia, il verde smeraldo delle palme da cocco, l'azzurro zaffiro dell'oceano...

«Eddai!» risorge Marie-Ambre con i seni bianchi e la pelle dorata. «Dài, Clem! Dài, Farèyne! Non fate le intellettuali, venite a farvi un bagno!».

Mi rendo conto che siamo rimaste tutte e due davanti al pannello esplicativo del sito archeologico. Ci scambiamo uno sguardo complice, brevi secondi di solidarietà fra intellettuali, ma siamo riuscite a leggere tutto quello che c'è da sapere, io due volte, in francese e in inglese. Non vedo altra soluzione che lasciarmi tentare dalla proposta.

Mi spoglio. Sahariana, shorts e collana rossa vanno a raggiungere alla rinfusa i vestiti di Eloïse e Marie-Ambre.

Le altre mi spronano, mi guardano, mi valutano... Il verdetto è senza appello: non leggo la minima invidia nei loro occhi. Stronze! Me ne frego, spicco la corsa, sono anni che non faccio un bagno in mare. Le prime onde provvedono a spazzare via le ultime apprensioni.

Non credo di aver mai nuotato in un'acqua così calda. Mi tornano i vecchi riflessi da piscina, che devono risalire al liceo. Metto la testa sott'acqua, chiudo gli occhi, li apro, li brucio al sole del tramonto, li lavo nell'oceano, sto bene, è come una rinascita, come se già la temperatura esterna, più fresca di quella dell'acqua, mi impedisse di uscire.

Quanto tempo sono rimasta così?

Sento solo la voce di Marie-Ambre diventata sorprendentemente ragionevole.

«Fine dei giochi, ragazze, bisogna andare! Servane Astine chiama la pensione appena si alza, ovvero appena qui tramonta. Diamoci una mossa, soprattutto se vogliamo avere il tempo di un ultimo bicchiere».

Corre a rivestirsi. Vedo che anche Eloïse è uscita, sono l'unica ancora in acqua. Yann continua a sorvegliare l'orizzonte, le onde e me. Sono andata un po' alla deriva, scorgo a stento il tetto del Tacoma. Yann mi ha seguito camminando sulla spiaggia.

Che fa ancora lì? Mi aspettavo che da bravo capitano premuroso fosse andato a reggere l'asciugamano di Eloïse.

Mi lascio galleggiare. Panoramica dal basso verso l'alto sulle montagne e le palme da cocco.

Yann mi sorride, sento in lontananza le risate delle ragazze presso il sito archeologico. Spero che Marie-Ambre non abbia steso i suoi vestiti sui tiki.

Senza dire una parola Yann si spoglia, si toglie bermuda e maglietta lentamente con lo sguardo fisso nella mia direzione, come se non volesse perdersi un'eventuale onda capace di portarmi via. Per un attimo lo vedo di fronte a me in shorts, muscoloso quanto basta, è di quegli uomini che non hanno mai esagerato con lo sport, ma che allo stesso tempo non hanno mai smesso. Bello. Mio malgrado gli occhi mi scendono fino al punto preciso in cui non dovrebbero.

Un gonfiore esplicito gli ingrossa l'inguine in neoprene.

L'acqua salata mi entra in bocca facendomi fare una disgustosa bevuta di oceano Pacifico. Mentre Yann senza dire una parola viene avanti e ha l'acqua alle caviglie io non riesco a staccare lo sguardo dal rigonfiamento del suo costume che un'onda arriva già a lambire.

Chissà se le ragazze alle sue spalle si sono spostate per guardargli il culo. Direi di no, non sento gridolini isterici.

Yann si avvicina, l'acqua gli arriva all'altezza del pube, continua a camminare anche se le onde tentano di respingerlo. E di portarmi via.

Non capisco. Non capisco più.

Credevo che gli piacesse Eloïse.

Prima di questo bagno mi lanciava un'occhiataccia ogni volta che mi incrociava. Ero convinta che sospettasse di me, che fossi la prima della sua lista, che vedesse in me solo una pericolosa assassina.

Le onde non sono abbastanza forti da proteggermi, Yann le solca come se tagliasse un nastro.

È a un metro da me. Ancora non ha detto una parola.

Che vuole fare? Accusarmi? Strangolarmi? Violentarmi?

Non si muove.

Le onde mi frustano la schiena, una qualunque potrebbe sollevarmi e lanciarmi tra le sue braccia.

Non ne hanno il tempo.

Yann fa un passo avanti, sento il suo torace contro il mio petto, il suo membro contro la mia pancia. Impietrita, sbigottita, non reagisco.

Lui piega piano la testa e posa le sue labbra sulle mie. E lì rimane.

Gli do uno schiaffo.

Lui fa un passo indietro, mi guarda a lungo, poi se ne va.

Nessuno ha visto niente, credo.

Diario di Maïma
Déjà-vu

Tiro Tanaé per un braccio.

«Vieni!».

«È quasi buio» protesta lei, «e hai promesso a tua madre di non uscire dal Soleil Redouté».

«Con te posso! Vieni, dài».

Tanaé sospira. Smette di passare lo strofinaccio con cui sta lucidando alcuni piccoli tiki in noce. Yann le ha mandato un messaggio. Non saranno di ritorno prima di un quarto d'ora. Servane Astine può chiamare da un momento all'altro e lei ha la missione di farla aspettare.

«Devo restare qui, Maïma, devo...».

Che rabbia quando non mi ascolta! Contorcendomi, prendo la foto che ho in tasca e gliela sbatto sotto il naso.

«La riconosci?».

Tanaé rimane con lo strofinaccio a mezz'aria e la bocca aperta, muta.

Mi spiego, casomai non avesse capito.

«È Titine a trent'anni! Anche tu hai già visto questa faccia, vero?».

Con un riflesso stupido Tanaé si porta alla bocca il pezzo di stoffa intriso di cera.

«No... forse... ma...».

So che non può rifiutarsi di venire con me.

«Seguimi, te la faccio vedere, è vicinissima!».

Servane Astine

«Pronto? Pronto, paradiso? Siete già tutti a letto?».

«No» risponde una voce timida.

«Chi è?».

«Sono Poe».

«Po?».

«La figlia di Tanaé, la proprietaria del Soleil Redouté».

«E non sei ancora a letto? Credevo che nella tua isola si andasse a dormire con le galline e ci si svegliasse con i galli! Il mio galletto si chiama Samsung Galaxy S10 e ha cantato alle cinque del mattino di qui. Passami il dream team!».

«Qui non c'è nessuno, signora».

«...».

«A parte mia sorella Moana. Accanto a me».

«...».

«...».

«Che mi richiamino! Che mi richiamino appena tornano, prima che faccia saltare in aria Hiva Oa come Mururoa o Fukushima!».

Diario di Maïma
Tufo modello

«Allora?» dico sventolando di nuovo la foto sotto gli occhi di Tanaé. «Allora, non è lei?».

Uscendo dalla pensione abbiamo fatto poche centinaia di metri in direzione del porto, entrambe con una torcia elettrica in mano.

«In effetti... la somiglianza è notevole» riconosce la proprietaria del Soleil Redouté.

Che malafede!

Mi innervosisco e alzo la voce.

«Altro che somiglianza, è lei! Guarda gli occhi, la bocca, la forma del viso, non c'è dubbio. È Titine da giovane!».

Tanaé si concentra di nuovo. Un vento leggero soffia sul porto di Tahauku, si sente in basso lo sciabordio dei pescherecci ormeggiati. Rare macchine, di cui si vedono soltanto i fari, illuminano per una manciata di secondi il bordo strada prima di continuare verso il villaggio.

Le nostre due torce accecano la statua di pietra.

«Hai ragione» finisce per ammettere Tanaé. «È lei. Martine è servita da modello».

Le nostre lampade tremano un po', ma non il tiki grigio, che ci fissa con sguardo freddo. Sembra la stele per una tomba commissionata da una donna quarant'anni prima della sua morte, quand'era ancora bella.

I fiori di pietra sono una corona funebre.

E la domanda rimane.

Com'è possibile che quel tiki scolpito due mesi fa abbia la

faccia di una Martine di più di quarant'anni fa? Clem aveva la foto di Martine giovane nel cassetto del comodino. Clem è passata più volte davanti al tiki, deve per forza averla riconosciuta anche lei...

La mia bottiglia per l'oceano
Capitolo 15

Appena arrivati alla pensione Marie-Ambre si è precipitata ad accendere il computer portatile sotto il pergolato e a connettersi a Skype. Non capisco tutta quella premura, anche se so che abbiamo l'appuntamento con Servane Astine. Un altro piccolo mistero... Credevo che, cullata dalla mezza bottiglia di rum che si è scolata, avrebbe dormito per tutto il tragitto di ritorno, invece era pimpante come non mai, non faceva che chiedere a Yann di accelerare malgrado la pista disseminata di pietre e buche mal illuminate dai fari del fuoristrada.

Aveva ordinato a Eloïse di lasciarle il posto davanti. Nessuno ha protestato, tantomeno io. Sarei stata troppo imbarazzata sedendomi accanto a Yann. Ero già abbastanza turbata di cogliere il suo sguardo nello specchietto retrovisore. Quando i nostri occhi si incrociavano non potevo non pensarci.

Il suo corpo nudo. Le sue labbra sulle mie. Lo schiaffo.

Perché l'ha fatto? Agli occhi di tutti Yann è un marito perfetto.

Con che coraggio può sostenere di desiderarmi? Per riaccendere la fiamma della passione ha Eloïse, molto più bella di me. Eloïse che non chiede altro...

«Pronto?» fa la voce di Servane Astine appena Marie-Ambre clicca su "chiama".

Il secondo dopo appare la faccia dell'editrice. Naso peninsulare a pochi millimetri dallo schermo, occhi senza trucco, labbra senza rossetto e tazza di caffè lontana sullo sfondo di un appartamento borghese con parquet lucido e soffitti stuccati.

«Come va?» chiede spazientita. «Siete stanche? La giornata è stata lunga? La giovane Po mi ha detto che eravate andate in spiaggia a fare il bagno. Magnifico, ragazze, io invece non ho ancora fatto la doccia. A parte questo tutto bene, principessine? Mi farebbe piacere avere qualche notizia visto che, ingenua come sono, credevo che sarei stata inondata da lettere, cartoline, poesie, qualunque cosa contenga parole messe in fila, tanto per far rosicare le coglione come me che si riscaldano col climatizzatore e che a settembre hanno già tirato fuori sciarpa e berretto. Invece niente... Niente su Facebook, niente su Instagram, niente su Twitter, niente di niente... Spero che abbia una buona scusa, la belga!».

Yann si sacrifica a rispondere.

«È morta».

«Ah...».

Il naso indietreggia, Servane beve un sorso di caffè, il naso si riavvicina, è quasi incollato allo schermo.

«Be', alla sua età... Un viaggio così lungo...».

«È stata assassinata» specifica Yann. «Pugnalata. Ieri notte».

«Ah...».

Ancora una volta sono ammirata dalla calma di Yann, la stessa di quando guidava e di quando mi ha baciato. Mai avrei immaginato che quel modesto gendarme potesse avere tali nervi d'acciaio.

«Stiamo aspettando la BRJ da Tahiti. Nel frattempo me ne occupo io e...».

«Perfetto, ispettore Clouseau, perfetto. Ma vorrei leggere qualcosa che non sia un referto d'autopsia... Mi passi Pierre-Yves».

«...».

Stavolta si fa coraggio Marie-Ambre.

«Non sappiamo dove sia. Sappiamo soltanto dove si era nascosto ieri notte... da allora niente».

Servane è sul punto di esplodere. Il suo naso in primo piano sembra quello di un cane che stia cercando di annusare l'odore della gente al di là dello schermo. Tuttavia si limita a posare con tutta calma il caffè e chiede:

«Sapete cosa diceva Melville?». Prima di continuare dà il tempo alla domanda di fare il suo piccolo effetto. «Melville ha scritto alle Marchesi il suo primo bestseller, *Taipi*, peraltro l'unico che abbia avuto successo finché era in vita. Diceva che il vero cannibale è l'isola, non i suoi abitanti, perché l'isola ti divora l'anima. Pensateci sopra, ragazze, e sfornatemi un bestseller da far passare Jack London, Stevenson e Pierre Loti per redattori di Lonely Planet. Uno scrittore che gioca a nascondino, un assassino di vecchie che si aggira sull'isola: non venite a dirmi che non avete materiale da leccarsi i baffi!».

Ci guardiamo costernate.

«Oh, non fate quella faccia. Se il vostro ritiro spirituale l'avessimo organizzato all'isola di Ré vi avrei già fatto tornare a casa, quindi approfittatene! E scrivete! Una questione pratica, Ambre cara: controlla che la padrona del club esclusivo non mi metta in conto la pensione completa di Martine Van Ghal per l'intera settimana. Questa pazzia mi sta costando quanto corrompere metà dell'accademia Goncourt».

Apro la bocca per protestare, ma Marie-Ambre, di colpo sobria, è più rapida di me.

«Forse è arrivato il momento di mettere i puntini sulle I, Servane. Questo laboratorio di scrittura non le sta costando niente! Sono io a finanziare tutto, non se lo scordi. I voli, le camere, i pasti, i...».

«Lo so, bellezza» la interrompe l'editrice. «Pierre-Yves ha talmente insistito: un laboratorio di scrittura all'altro capo del mondo, non ti costerà neanche il mio biglietto aereo, cara Servane... Come potevo dirgli di no? Era così fiero di aver scovato una bella e ricchissima mecenate polinesiana... Altrimenti che cavolo sarebbe andato a fare a Hiva Oa?».

Rivoltante!

Tutte ci giriamo verso Marie-Ambre. Un'altra maschera è caduta. Così è lei che finanzia il laboratorio di scrittura! Ragiono a tutta velocità. Pierre-Yves François voleva venire alle Marchesi per finire il suo manoscritto, quello del tatuatore marchesiano del quindicesimo arrondissement, ma a quanto pare Servane Astine non lo sa. Per convincere l'editrice fa sponsorizzare l'operazione da Marie-Ambre... perché è la sua amante? Ci sono altre spiegazioni? A meno che Marie-Ambre non abbia un qualche rapporto con il tatuatore e abbia teso una trappola allo scrittore e a tutti quelli coinvolti in un modo o nell'altro nel caso...

Marie-Ambre cerca di difendersi, Servane non gliene dà il tempo.

«D'altronde, visto che parliamo di biglietti aerei, ti faccio presente che sono stata io ad anticipare tutto, quindi sei pregata di farmi avere il rimborso, possibilmente non per bimotore». Di colpo Servane Astine ritrova il sorriso. «Ma vi stiamo annoiando con i nostri piccoli problemi di cassa, ragazze... Non so chi di voi andrà a letto con Pierre-Yves stasera, ma che gli dia un grosso bacio da parte della sua cara editrice e gli raccomandi di aver cura del suo futuro manoscritto!».

Vedo che Yann vorrebbe parlare di nuovo, di sicuro farle domande a proposito di Martine o PYF o del caso del tatuatore di cui l'editrice non sembra essere al corrente, ma in quel momento lo schermo viene coperto da una palla di pelo grigio, impossibile capire se si tratti di un gatto, un cagnolino o un coniglio. Sentiamo Servane parlare con una voce dolce di cui non la credevamo capace, una voce che prega più che gridare: attento Bibi attento non mettere le zampine sulla tastiera.

Poi la comunicazione si interrompe.

Diario di Maïma
Ti chi?

Cammino accanto a Tanaé verso il Soleil Redouté. L'ho bombardata di domande.

Chi ha scolpito il tiki con i fiori?

O meglio, chi ha scolpito i cinque tiki?

Devi saperlo, conosci tutti sull'isola, non ce n'è uno che non sia tuo cugino!

Tanaé ha negato. Non sa niente, non ha visto niente, non aveva mai sentito parlare di quei tiki prima che una mattina spuntassero come funghi né aveva mai visto Martine prima che arrivasse insieme alle altre lettrici all'aeroporto Jacques Brel, tre giorni fa.

Figuriamoci!

Non ti credo, Tanaé, non ti credo per niente!

Vedo il Toyota Tacoma sul vialetto della pensione. Allora sono tornati. Probabilmente sono già in collegamento con l'editrice matta. Rallento, voglio ancora pensare. Il tiki fiorito dimostra che Titine aveva un legame con le Marchesi. Come Farèyne, che indagava sul killer del quindicesimo. E come mamma, che ha sposato un marchesiano. Restano Eloïse e Clem... Ma Clem ha un legame con Martine, visto che ha una sua foto.

Che legame?

Madre e figlia? Ripercorro a ritroso la storia di Yann, l'assassino tatuatore tornato alle Marchesi, la sua ragazza a Parigi di cui non si conosce l'identità, le vittime Audrey e Laetitia. Yann ha citato brevemente i genitori di Laetitia Sciarra, la madre rimasta sola, e anche la migliore amica di Audrey Lemonnier. La madre di Laetitia avrebbe un po' meno di settant'anni... L'amica di Audrey una trentina...

Potrebbero essere loro? Martine e Clem? Sarebbe questo il legame?

Ed Eloïse? C'entrano qualcosa i due bambini di cui sembra portare il lutto anche a Hiva Oa? Non hanno papà?

Un allarme si accende da qualche parte nella mia testa.

Una parola, una sola, papà.

La faccio volare lontano, al di là degli alisei, non è il momento di mettersi a piangere.

C'è solo una persona a cui potrei raccontare tutto.

Clem.

La mia bottiglia per l'oceano
Capitolo 16

Per accompagnare la cena Marie-Ambre ha tirato fuori una bottiglia di vino d'ananas. Come gli altri ospiti del Soleil Redouté osservo ogni suo gesto. Anche Maïma, in piedi accanto a me, fissa la madre con sguardo assente.

«Be', che c'è?» si difende la milionaria polinesiana. «D'accordo, sono io che pago il viaggio, il soggiorno, il coperto, il tonno crudo, le aragoste, le marmellate di papaya e le ciotoline di pistacchi. È un accordo che ho fatto con PYF e la sua editrice, che avete da lamentarvi? Fornisco pure l'alcol!».

E parte alla ricerca di un cavatappi.

Vorrei risponderle "Nessuno si lamenta, Marie-Ambre, ma ci sarebbe piaciuto esserne informati...".

Pop!

Amber ha trovato il cavatappi e ci riempie i bicchieri di vino giallo.

«Dài, brindiamo alle Marchesi!».

Ne versa un dito anche a Maïma, che rifiuta, come del resto Eloïse.

Io bevo raramente alcolici, ma stasera mi lascio tentare. È colpa dell'accumulo di eventi drammatici? È così che si diventa alcolizzati? Quando l'intensità della vita aumenta di parecchi gradi?

Beviamo senza allegria. Mi chiedo se solo l'alcol, l'amore e la morte avvicinino gli esseri malinconici.

Tanaé, aiutata da Poe e Moana, sta già portando il cibo. Ci mettiamo tutti a tavola, Maïma si siede vicino a me, Yann vicino a Eloïse. Intuisco quello che tutti stanno pensando.

Povera Farèyne! Seduta in silenzio a capotavola a giocherellare con il telefonino dai colori della Danimarca davanti al bicchiere di vino d'ananas, ossessionata dalla storia del killer stupratore che risale a vent'anni fa, presto avrà sulla testa tante corna quanto le capre di Puamau. In confronto alla bella Eloïse, la povera Farèyne è battuta in partenza!

Ripenso al bacio di Yann, ai suoi muscoli salati, al suo membro dritto contro la mia pancia, allo schiaffo che gli ho dato, più violento di un'onda.

Si sbagliano tutti!

Rivedo i suoi occhi turbati che da ieri mi guardano, sia per sospettarmi che per desiderarmi. Ho capito. Yann fa la commedia con Eloïse per ingannare le altre e far ingelosire me. Anche se sono solo un'avventurosa romanziera che non si mette una gonna da quando ha dieci anni, anche se ho il chiodo fisso della mia bottiglia per l'oceano che di sicuro non sarà mai pubblicata, Yann verrà a letto con me, se voglio. Con i suoi vestitini a fiori e le sue arie da diva, è Eloïse a essere battuta in partenza!

Nel bel mezzo della cena si mette a piovere, una pioggia improvvisa, brutale e assordante che colpisce il tetto di plastica del pergolato e rimbalza sulle foglie di banano come fossero lastre metalliche. Viene da chiedersi come sia possibile che domattina, quando il temporale sarà finito, fiori e frutti siano ancora appesi agli alberi.

Per vari minuti non riusciamo quasi a sentire le nostre voci, poi l'acquazzone equatoriale si calma e si trasforma in pioggerella tenace.

Tanaé sembra decisa a non permettere che la pioggia sia l'unica a riempire il silenzio né che le nostre scarne conversazioni ruotino solo intorno all'omicidio, allo scomparso e all'attesa dei poliziotti di Papeete, che non arriveranno prima di domattina. Così ha detto Yann. L'aeroporto Jacques Brel non è dotato di illuminazione notturna, quindi la polizia non si muoverebbe prima del sorgere del sole neanche se un serial killer facesse fuori metà degli abitanti dell'isola.

«Be', com'è andata la gita a Puamau? La spiaggia, il sito di Ipona, il grande tiki...». Dice di esserci stata l'ultima volta due anni fa. «Insomma, com'era?».

Rispondiamo tutte sinceramente entusiaste. Almeno io, ma credo pure le altre. Non si può rimanere indifferenti di fronte a un tale paradiso! Tanaé esprime i suoi dubbi.

«Sapete, a forza di vedere solo palme da cocco viene da chiedersi cosa ci trovino i turisti di tanto originale nei nostri paesaggi. Del resto la metà di quelli che viaggiano per la Polinesia e fanno un salto qui rimane delusa dalle Marchesi. Non c'è una laguna, non ci sono hotel club, niente ristoranti, quasi non c'è Internet, c'è solo una banda di selvaggi tatuati». Dà un'occhiata alla lavagna con la scritta *Prima di morire vorrei...* «L'altra metà invece non vorrebbe più andarsene! Le Marchesi si odiano o si amano, disgustano o incantano. Alcuni le considerano uno degli ultimi paradisi terrestri, altri le vedono come il giardino maledetto del Tiaporo, il diavolo della Polinesia».

Confermo.

Sulla lavagna un cliente su due ha scritto:

Prima di morire vorrei...

Tornare qui un giorno

Restare qui per sempre

Essere sepolta qui...

«Come Brel e Gauguin» commenta timidamente Eloïse.

Marie-Ambre solleva il bicchiere, svuotato e subito riempito, per bere alla salute delle due celebrità. La imitiamo e brindiamo con lei, pur senza aver finito il primo bicchiere. Anche Tanaé brinda, ma senza entusiasmo.

«Avete ragione, alla salute di Paul e Jacques, benché qui molti vi diranno che le Marchesi non sono soltanto gli stranieri venuti a farsi seppellire, che ci sono anche marchesiani, morti o vivi, che meritano di essere ricordati. Ma è così, noi non ci lamentiamo e non ributtiamo in mare quelli che vengono in pellegrinaggio».

Poe, Moana e Maïma vanno e vengono dalla cucina, sparecchiano i piatti freddi e portano la frutta. Hanno l'aria di conoscere a memoria il discorso che Tanaé propina ogni tre giorni a ogni nuovo ospite.

«Ci sarebbe tanto da fare qui!» continua la proprietaria del Soleil Redouté. «Ricreare un villaggio marchesiano su paepae, sentieri, musei... Bisognerebbe che non fossimo un arcipelago dimenticato anche dall'Unesco. Ci vorrebbero un po' di soldi. I pochi che arrivano dalla Francia si fermano a Papeete! Ecco, vorrei proprio che il Fenua[13] chiedesse l'indipendenza e che noi restassimo francesi. Parigi ci tratterebbe meglio senza passare da Tahiti...». Beve un sorso di vino d'ananas e conclude: «Il che dimostra che non porto rancore!».

«Perché?» chiedo. «Cosa rimprovera alla Francia?».

Rimpiango subito la mia domanda, temo che, come il belloccio del Tat'tout, Tanaé mi snoccioli il racconto del secolare etnocidio della cultura marchesiana perpetrato dalle forze congiunte delle istituzioni repubblicane e cristiane. Invece risponde con una sola parola.

«Mururoa».

Cala il gelo.

Un gelo che tento goffamente di sciogliere.

«Parla dei soldi dei test nucleari? I milioni che la Francia ha versato come indennizzo sono stati accaparrati da Tahiti, è questo che intende dire?».

Tanaé beve un altro sorso di vino dolce, poi le sue parole scendono lentamente su di noi come gocce di pioggia, come una fatalità bagnata.

«Non è una questione di soldi. Tutte le valli hanno avuto uomini e anche intere famiglie che hanno lasciato le Marchesi

[13] Nome corrente della Polinesia francese.

per andare a lavorare a Mururoa. Quasi duecento test nucleari in trent'anni. Mio marito era uno di loro, si chiamava Tumatai, che in polinesiano significa vento. Non aveva mai fumato in vita sua, ma è morto a quarantasette anni di cancro ai polmoni, Moana aveva solo quattro anni, e come lui decine di altri marchesiani. Ma di questo la Repubblica non parla mai».

Capisco di aver fatto una gaffe gigantesca. Tanaé non se la prende e brinda di nuovo con me.

«Lavoratori e abitanti avevano un tasso di radioattività folle, adesso lo sappiamo. Il numero di tumori anomali è stato calcolato in migliaia, ma siccome l'esercito ha coperto la vicenda con il massimo riserbo, ed è tutto top secret ancora oggi, nessuno dice niente e la cosa finisce nell'oblio. È così... Qualche anno di vita in meno per un po' di marchesiani in fondo non è granché in confronto ai morti che ci sono stati da centocinquant'anni a questa parte, alle decine di danze e haka dimenticati, alle centinaia di motivi di tatuaggi spariti per sempre, alle migliaia di petroglifi, pietre piatte e tiki abbandonati... Una civiltà sacrificata. Le belle menti francesi erano troppo lontane per darsene pensiero. Abbiamo rischiato di estinguerci, ma stiamo rinascendo poco a poco alla nostra maniera, lottando con tutte le nostre forze contro i grandi alberghi e le crociere di lusso. È il lato positivo dell'aver perso tutto, non c'è più niente da saccheggiare. Quel che resta lo nascondiamo. Per trovarlo bisogna avere l'educazione di chiedercelo».

La pioggia continua a cadere a gocce sottili sul tetto del pergolato. Capisco cosa vuol dire Tanaé. Anch'io sono rimasta sorpresa arrivando a Hiva Oa in tenuta da combattente. Non c'è un solo cartello indicatore sull'isola, non c'è una mappa delle escursioni né un sentiero segnalato né un sito archeologico indicato. Se non lo trovi chiedi a qualcuno, rispondono i marchesiani, o ancora meglio ti prendi una guida. Lo fanno per proteggere i loro segreti? Per evitare che i turisti vengano a rubarli senza pagare? O tutte e due le cose?

Pop!

Marie-Ambre ha stappato la seconda bottiglia di vino d'ananas.

Tutti porgiamo il bicchiere, anche Tanaé, ma non Eloïse.

L'alcol, l'amore, la morte.

Non Eloïse né Maïma, beninteso. La mia piccola confidente si è bloccata nella sala Maeva con il vassoio di popoi in mano. Da principio ho creduto che leggesse per l'ennesima volta la lavagna del *Prima di morire vorrei...*, invece no, è concentrata sulla cornice accanto, il ritratto di Brel e Maddly davanti all'*Askoy*, la barca a vela del cantautore, con la perla di Martine appesa al chiodo.

Sta tremando come una topolina, non riesco a staccarle gli occhi di dosso. Vedo le sue braccia abbassarsi lentamente, il vassoio inclinarsi. Lei non se ne accorge. I suoi piedi si ritrovano dapprima immersi in una chiazza di latte di cocco, poi la poltiglia bianca si rovescia di colpo, tipo sterco di pony albino. Lancia un grido.

«Questa non è la perla di Martine!».

Sussulto. Tanaé si alza, osserva i danni, non dice niente e va verso la cucina a prendere uno straccio. Maïma la intercetta quando le passa davanti.

«Non è la perla di Martine!».

«Ma sì che lo è!» risponde secca Tanaé. «Mica ci sono ladri qui».

Strana risposta, penso fra me. Non ci sono ladri, ma c'è un assassino! Mi torna in mente, ossessiva, l'immagine di Martine stesa sul letto, sadicamente uccisa durante la notte.

Maïma insiste, gli occhi le brillano come la perla nera che sta continuando a fissare, luccicano di lacrime trattenute. Posa violentemente la zuppiera sul tavolo.

«La perla di Martine era una top di gamma! Questa è una categoria B o C. Guarda le inclusioni nella madreperla, i vuoti. Qui, qui e qui» indica col dito. «L'ho tenuta in mano, stamattina non c'erano».

Maïma si volta verso il nostro tavolo e cerca sostegno negli occhi della madre che, bicchiere in mano, non dice niente. Cerco di farle un sorriso, mi tocco come una scema la collana di grani rossi né top di gamma né categoria B o C. Da quando siamo tornati da Puamau non c'è stato un momento di calma per fare due chiacchiere in pace, so che le piacerebbe parlare con me di quello che ha scoperto su Titine, ma Tanaé sta già tornando armata di straccio e ramazza. Infastidita, spinge Maïma di lato, che però si sposta di pochi centimetri, come se il purè di popoi fosse diventato un blocco di cemento. Mentre la ramazza aggira i piedi nudi dell'adolescente Maïma afferra Tanaé per le spalle.

«Non sono pazza! È stata sostituita! Credevo che il gioiello di una persona morta fosse tapu».

Le sue mani si contraggono sulle spalle di Tanaé, che cerca di respingerla.

«Lasciami, fatti in là».

Maïma non la molla, si limita a fare un passo indietro, scivola sul pavimento imbrattato, si aggrappa.

Il vestito di Tanaé si abbassa scoprendole la spalla.

Lo vedo, lo vediamo tutti. Per la prima volta.

Un minuscolo tatuaggio sulla scapola di Tanaé.

Lo conoscono tutti.

È un Enata. Capovolto.

Diario di Maïma
Un, due, tre

Nessuno ha osato fare commenti sul tatuaggio di Tanaé. In fondo non c'è niente di pazzesco, l'Enata è uno dei motivi marchesiani più frequenti.

Ciò non toglie che faccio fatica a digerire la coincidenza... Devo assolutamente parlare con Clem... Del tatuaggio e di Titine. Tutti mi prendono per pazza, ma io so che la vera perla di Martine, quella che vale una fortuna, è stata sostituita! Devo anche chiedere a Clem perché abbia una vecchia foto di Titine nel comodino. Passando davanti al tiki fiorito deve per forza essersi accorta che somiglia a Martine con qualche decennio di meno.

Ma prima c'è una cosa più urgente, devo far vedere al capitano il mio tesoro, spazzolini da denti, tubetti di dentifricio, bicchierini di plastica e bottiglie che ho raccolto oggi pomeriggio, se vogliamo conoscere il nome dell'assassino entro il sorgere del sole.

Prima che tutti si alzino da tavola per dare una mano a sparecchiare, andare a leggere, scrivere o dormire, Yann prende la parola con voce sicura, come se volesse far credere che tiene ancora il timone della nostra isola alla deriva.

«Nessuno dovrà rimanere solo stanotte».

A ben pensarci la raccomandazione riguarda solo Eloïse e Clem. Io dormo nello stesso bungalow di mamma, lui dorme con Farèyne. Clem ed Eloïse si guardano a lungo, poi si trovano d'accordo sulla mancanza di logica dell'ordine del gendarme: l'assassino può essere una qualunque di loro e dormire con qualcuno è più pericoloso che barricarsi dentro e non aprire a nessuno. Yann, a malincuore, riconosce che è vero.

«Per maggior sicurezza» annuncia mamma arrivando dalla sala Maeva, «propongo che rimaniamo il più possibile qua fuori. Dovremmo potercela cavare con i prodotti locali, ananas e noce di cocco».

Posa sul tavolo una bottiglia di piña colada appena presa dal frigo. A parte Marie-Ambre, nessuno sotto il pergolato sembra avere fretta di continuare a bere, ma neanche di tornare da solo al bungalow nel buio. Neanche Clem!

Grazie, mamma, l'occasione è troppo ghiotta.

Tiro Yann per la manica.

«Vieni con me, devo farti vedere una cosa».

Per fortuna non mi fa domande, come se avesse già capito tutto. Scendiamo con attenzione le scale rese scivolose dalla pioggia e ci dirigiamo al bungalow Nuku Hiva di Yann e Farèyne. Do appena un'occhiata alle stelle slavate. Il capitano apre la porta, fa per chiudersela alle spalle, ma io, al riparo sotto il tetto di pandano, gli trattengo il braccio.

«Aspetta!».

Tra le gocce che rimbalzano di foglia in foglia tendo l'orecchio per cercare di sentire il seguito della conversazione sotto il pergolato. Riconosco la voce della comandante Farèyne. Se non altro, finché la moglie del capitano si tratterrà a chiacchierare potremo stare in santa pace nel suo bungalow a fare il punto della situazione. La domanda della comandante risuona diretta e secca nell'oscurità umida.

«Tanaé, dov'è sepolto tuo marito Tumatai?».

Poi sento solo lo sgocciolio della notte. Ripenso alle parole di Tanaé, i turisti stranieri che vengono alle Marchesi solo per visitare un cimitero. Anzi, solo due tombe del cimitero. Questo basta a spiegare la strana domanda della comandante?

«Al vecchio cimitero di Teivitete» risponde Tanaé come se la domanda della poliziotta non avesse niente di strano.

Il vecchio cimitero? So dov'è, a due chilometri da qui, in fondo alla strada che esce dal villaggio tagliando dritto per la foresta. Ricordo una specie di radura abitata dagli spiriti, quasi introvabile, dove i turisti vanno di rado anche se il cimitero è indicato su qualche guida.

Farèyne continua a parlare, come se l'assenza del marito gendarme l'avesse liberata. Trova incredibile che la BRJ di Tahiti non sia ancora arrivata, poi rivela che non l'ha aspettata e che senza dire niente ha svolto un'indagine parallela nella massima riservatezza.

Tendo ancora di più le orecchie. Di colpo la comandante abbassa la voce. Non riesco più a capire a chi si rivolga, chi sia ancora intorno al tavolo. Mi perdo una parte di frase, sento distintamente solo le ultime parole.

«So dove si nasconde l'assassino, mi manca solo un'ultima prova».

Sbigottita, me lo ripeto mentalmente.

"So dove si nasconde l'assassino".

Di che assassino parla? Quello di Martine? No, non parlerebbe con tanta leggerezza di un omicida che stando a tutti gli indizi sembra essere un ospite del Soleil Redouté. Deve per forza riferirsi allo stupratore killer, quel Métani Kouaki che è venuta a cercare. Ma come ha potuto trovarlo senza allontanarsi praticamente mai dalla pensione?

Vorrei sapere il seguito, ma sento ormai solo frammenti incomprensibili di conversazione, sempre più lontani.

Aspetto ancora un po', poi mi rassegno ed entro nel bungalow Nuku Hiva.

Yann chiude la porta dietro di me.

* * *

Fierissima, espongo i tre sacchetti di plastica sul letto di Yann e Farèyne.

«Ecco, capitano. La tua assistente non ha perso tempo oggi pomeriggio mentre facevi il galletto con quelle quattro galline all'altro capo dell'isola».

Yann guarda i sacchetti trasparenti e nel primo riconosce dentifricio, spazzolino da denti, rossetto e profumo di Farèyne. Protesta per principio.

«Non avevi bisogno di venire a rovistare a casa mia, bastava che me lo chiedessi».

Ho avuto il tempo di consolidare la mia linea di difesa.

«Dobbiamo seguire lo stesso protocollo per tutti, capitano. Ma non ti preoccupare, non ho fatto casino, tutto è talmente in ordine da voi, ognuno dal proprio lato, ognuno i propri...».

«Okay, dacci un taglio» fa lui, infastidito. «Quindi in questi tre sacchetti ci sono oggetti personali di Farèyne, Clem ed Eloïse».

«Esatto! Dobbiamo solo confrontare le impronte. Ma prima, se ti va, ho un sacco di cose da raccontarti. E dobbiamo fare il punto della situazione».

Prendo dalla tasca un taccuino. Le parole della comandante, "So dove si nasconde l'assassino, mi manca solo un'ultima prova", mi hanno motivato più che mai. Yann si avvicina.

«Correggimi se sbaglio, capitano, ma mi pare che le domande a cui rispondere siano fondamentalmente due».

Scrivo rapidamente sulla prima pagina bianca.

1. Dov'è PYF?
2. Chi ha ucciso Martine?

Volto pagina e continuo a ragionare ad alta voce.

«Secondo me abbiamo a disposizione tre serie di indizi: i tatuaggi, le perle nere e i tiki. Cominciamo dai tiki?».

Gli racconto la mia scoperta: il viso di Martine è servito da modello per una delle cinque statue, quella con i fiori che sta sul bordo della strada per il porto. Non la faccia di oggi, quella di quarant'anni fa che ho visto su una foto trovata nel bungalow di Clem.

Yann fischia tra i denti senza fare commenti. Gli leggo nella mente: sta pensando che Clem nasconda qualcosa, che lui l'aveva subodorato fin dall'inizio.

«Il che ci porta a un altro gruppo di domande».

Altra pagina.

3. Chi ha scolpito i cinque tiki?
4. Perché sono stati messi tutto intorno alla pensione?
5. Perché Martine è stata presa a modello per uno dei tiki?
6. Che collegamento c'è tra Clem e Martine?
7. Che rappresentano i cinque tiki?

Mi raddrizzo come se stessi affrontando l'esame orale per l'ammissione alla scuola superiore dei detective privati.

«Sull'ultimo punto forse ho un'idea» dico quasi senza respirare.

Colpito, il capitano si siede sul letto.

«Dimmela, mi pare che tu sia partita bene...».

«Cinque lettrici, cinque tiki, cinque mana. Possiamo pensare che ogni tiki rappresenti il presunto mana di una lettrice. Martine associata al tiki della bontà e della sensibilità, le si addice!».

«Continua».

«Mamma potrebbe essere il tiki dei soldi e del successo, con i gioielli e la corona, e tua moglie quello dell'intelligenza, con la testa grossa e un occhio solo».

«Grazie da parte sua!».

Di niente, capitano.

E non hai ancora sentito tutto... Vado avanti.

«Restano gli ultimi due, il mana del talento e quello della morte. E restano Clem ed Eloïse. Chi è chi?».

«Sai già come la penso».

«Sì... ma possiamo concepire anche un'altra teoria, i cinque tiki potrebbero rappresentare un solo e unico mana, quello che una donna dovrebbe possedere per essere perfetta, un po' come i supercattivi che devono procurarsi vari talismani per ottenere il potere assoluto».

Yann mi fissa ammirato. Per la prima volta mi sento turbata dal suo complimento muto. Mi affretto a continuare.

Altro foglio.

«Passiamo alle perle nere?».

8. Perché Martine aveva al collo una perla top di gamma che vale quanto un diamante?

9. Perché il losco giardiniere Pito (cancello e scrivo Charlie) *è entrato in un luogo tapu per rubargliela?*

10. Chi ha rubato per la seconda volta la perla, o meglio l'ha sostituita con una senza valore, mentre era appesa nella sala Maeva?

Sollevo la matita e la mordicchio. È così che fanno le donne sexy?

«Se permetti» dice Yann, palesemente indifferente alle mie pose da Lolita, «aggiungerei un'undicesima domanda».

Prende la matita e scrive a tutta velocità con una grafia appena leggibile.

11. Che rapporto c'è tra questo maneggio di perle nere e Marie-Ambre?

Sorrido, mi riprendo la matita e inserisco due parole tra *Marie-Ambre* e il punto interrogativo.

e Maïma

Logico, no? Glielo spiego perché tutto sia chiaro.

«Conosco le perle nere almeno quanto mamma. Quindi

niente favoritismi, devi chiederti anche se ci sia un rapporto con me! C'è altro? Passiamo ai tatuaggi?».

Il capitano annuisce. Volto pagina e scrivo un po' più piccolo.

12. Dov'è finito Métani Kouaki, il killer-stupratore-tatuatore del quindicesimo? È ancora a Hiva Oa?

13. Chi era la sua ragazza?

Yann si appassiona al gioco e mi detta il seguito.

14. Che significa il simbolo Enata capovolto trovato sui corpi delle due vittime? Che nemici indica?

Accetto la partita di ping-pong e continuo io.

15. PYF è venuto a Hiva Oa per scoprire la verità sul duplice delitto e terminare il suo romanzo. Che ha scoperto?

Tocca a Yann.

16. Qualcosa che ha a che fare con il sasso trovato sui suoi vestiti e in camera di Titine?

Tocca a me.

17. L'ha rivelato alla donna che stava con lui nella capanna del sindaco? Chi è questa donna?

Poi Yann, dopo un breve silenzio.

18. È un caso che Tanaé abbia lo stesso tatuaggio?

Ben detto! Io, euforica.

19. Martine e Clem appartengono alle famiglie delle vittime?

Yann.

20. La soluzione si trova nel manoscritto di PYF? Dov'è finito quel manoscritto?

Ripenso alla cartellina rossa vuota riposta nell'armadio di fronte a noi sotto le camicie di cotone. Era l'ultima domanda. Mi alzo e vado alla finestra.

«Questo dovresti chiederlo a tua moglie!». Asciugo il vetro con il dorso della mano come se potessi allontanare la pioggia, poi aggiungo in tono allegro: «Ah no, troppo tardi!».

Anche Yann ha sentito un rumore. Colpi forti e ripetuti, sempre più rapidi, troppo sonori per essere quelli delle gocce sul tetto del pergolato.

Il capitano non prova nemmeno a cercare di scorgere qualcosa dalla finestra, spalanca la porta del bungalow Nuku Hiva.

Non sono martellate, è un rumore di zoccoli.

Di un cavallo al galoppo.

Tra le gocce di pioggia che cade in diagonale, sotto i lampioni posti all'ingresso del Soleil Redouté, faccio appena in tempo a cacciare un'esclamazione di sorpresa vedendo Farèyne che sparisce in groppa ad Avaé Nui.

* * *

Yann scruta ancora un momento l'oscurità, poi guarda il telefonino per vedere se Farèyne gli ha lasciato un messaggio.

Ho la faccia tosta di fare dell'ironia.

«Certo che per essere un gendarme non hai molta autorità su tua moglie!».

Il capitano sembra perso nei suoi pensieri. Insisto, più per consolarlo che per prenderlo in giro.

«L'hai sentita anche tu, ha detto che sapeva dov'era nascosto l'assassino. È andata a cercare l'ultima prova. Siete sempre così, voi due? Gendarme e poliziotta che giocano a chi arresta i cattivi per primo?».

Non riesco a strappargli neanche un sorriso. Sembra preoccupato, fissa nella penombra la pioggia che continua a scendere.

«Non dovevate riconciliarvi?» dico piano, in segno di distensione.

Finalmente risponde.

«Ci provo, ti giuro, ma...».

Non finisce la frase. Davanti a noi due ombre scendono le scale nella notte. Riconosco Clem ed Eloïse solo quando sono a pochi metri. Eloïse non mi vede, si protegge dalla pioggia con l'ombrello dell'Air Nui che Tanaé mette a disposizione degli ospiti. Clem invece sembra infischiarsene della pioggia che le scorre a rivoli sui capelli penne di corvo, rallenta e mi sorride. Si separano pochi metri dopo, ognuna diretta al proprio bungalow.

Anche loro disubbidiscono al capitano...

Prima che Clem sparisca le grido:

«Passo da te dopo, giuro!».

Non è detto che mi abbia sentito.

Yann guarda ancora il telefonino sperando probabilmente in un messaggio di spiegazioni della moglie, poi se lo rimette nervosamente in tasca.

«Dài, procediamo! Rileviamo queste maledette impronte!».

Sbatte la porta del bungalow Nuku Hiva e indica con gli occhi i tre sacchetti trasparenti posati sul letto. Ognuno ha un'etichetta: *Farèyne*, *Clem*, *Eloïse*.

«Sei sicura di non esserti sbagliata?».

Mi prendi proprio per una sempliciotta!

«Sicurissima» confermo. «E ho anche qualcosa di meglio!».

Trionfante, tiro fuori dalla tasca tre cucchiai avvolti in tre tovaglioli di carta.

«Stavolta non mi sono fatta battere in velocità. Li ho presi subito dopo cena. Non ho staccato gli occhi dalle ragazze, le impronte sono garantite al cento percento».

Impressionato, il capitano rimane un attimo senza reagire. Non si è accorto minimamente del mio gioco di prestigio sotto il pergolato. Sfrutto il vantaggio.

«Cominciamo da tua moglie!».

Yann non protesta. Prende tutto il materiale necessario, l'inchiostro nero, i fogli bianchi, i pennelli e lo scotch. Allinea con cura le impronte prese stamattina in camera di Martine, quelle della settantenne belga e quelle della persona sconosciuta che era con lei. Nel frattempo io mi infilo i guanti di gomma.

«Andrà tutto bene» gli dico dandogli un cucchiaio, uno spazzolino e un dentifricio. Esito a continuare, poi mi butto, è troppo tempo che me lo tengo dentro. «So bene che hai paura, temi che tua moglie l'abbia fatta grossa, che abbia rapito quel ciccione di PYF per vendetta o per rabbia e abbia chiuso per sempre la bocca a Titine perché sapeva troppo. Non sarei troppo sorpresa se per proteggere la tua mogliettina finché non hai fatto chiarezza tu non avessi nemmeno chiamato la polizia di Tahiti, sbaglio?». Anche se Yann non dice una parola colgo di nuovo una luce ammirata nei suoi occhi. «Ma stai tranquillo, neanche per un attimo credo che Farèyne sia colpevole. Una comandante di polizia, figuriamoci! Solo nei film succede che alla fine sono stati i poliziotti corrotti ad aver fatto il colpo».

Il capitano non risponde niente, né "Chiudi il becco" né "Grazie, Maïma". Si concentra sui preparativi.

Polvere nera, pennello, scotch, foglio bianco.

Ripetiamo la procedura più volte, su ogni oggetto. Noto che durante tutta l'operazione la mano di Yann non ha mai smesso di tremare. Confesso che nonostante le mie teorie neanch'io sono tanto tranquilla.

Superando l'apprensione, entrambi abbassiamo gli occhi sui prelievi delle impronte e li confrontiamo.

Non abbiamo scelta, dobbiamo sapere...

Il verdetto è senza appello.

Le impronte non corrispondono! La comandante Farèyne non era da Martine la sera del delitto.

Yeessssss!

Sento Yann emettere un lungo sospiro di sollievo. Capisco che deve sentirsi molto stupido. Come ha potuto pensare, anche per un attimo, che sua moglie fosse da Titine, che le avesse infilato un ago in gola?

Stavolta, capitano mio, chiami la BRJ di Tahiti come prima cosa domattina, vero? Anche se da qui ad allora spero che avremo identificato il colpevole.

Rompo il silenzio con voce quasi allegra.

«Sono rimaste le due finaliste. Le impronte hanno scagionato noi due nonché mia madre e tua moglie. Restano Clem ed Eloïse. Continuo a scommettere su Eloïse, ancora di più dopo che nel libro posato sul comodino ho trovato la foto dei suoi due piccoli fantasmi. Tu resti della tua opinione? L'assassina è Clem? L'istinto di poliziotto non demorde, eh?».

Yann ci pensa un attimo, come se valutasse le probabilità di entrambe, ma non mi contraddice.

«L'istinto, come dici tu. Da chi cominciamo?».

«Da tutte e due!».

Di comune accordo, senza aggiungere una parola, procediamo a rilevare le impronte sui due gruppi di oggetti, quelli di Eloïse da una parte e quelli di Clem dall'altra.

In silenzio, con metodo, incolliamo su due fogli bianchi i pezzi di nastro adesivo trasparente tatuati di polvere nera.

Su uno scrivo *Eloïse*, sull'altro *Clémence.*

«Li guardiamo nello stesso momento?» propongo.

Ci pieghiamo insieme sui fogli.

Un

Due

Tre.

La mia bottiglia per l'oceano
Capitolo 17

Guardo le gocce di pioggia infrangersi sulle foglie di palma, colare in rivoli lungo i gambi e cascare a terra come da tetti senza grondaie. Un diluvio! Ho l'impressione che con questa doccia calda e continua la giungla crescerà di un metro in una notte. Resto così sotto la pioggia equatoriale, non c'è pericolo che i miei capelli dritti crescano alla stessa velocità.

Piego indietro la testa, l'acqua mi scorre sul viso e mi incolla i capelli alla nuca, rigidi e corti come peluria. Me li alliscio con la mano. Mi piace la sensazione di pioggia tiepida sulla pelle, i vestiti che si appiccicano alle braccia, alle gambe, al seno. Quando sono uscita da sotto il pergolato Tanaé mi ha offerto un ombrello dell'Air Nui come quello di Eloïse.

Grazie, Tanaé, non per me!

Ho visto Yann e Maïma nel bungalow Nuku Hiva. Ho sentito Maïma gridarmi qualcosa, parole indistinte affogate dalla pioggia, ma non mi sono fermata.

Dopo, avrò tempo dopo. Lascio che facciano le loro indagini. So cosa stanno tramando quei due... L'ho capito quando sono entrata nel mio bungalow, prima di cena: c'era una sedia in mezzo alla stanza, sotto il lucernario di legno. Il visitatore non si è nemmeno preso la briga di rimetterla a posto. La porta era chiusa a chiave, solo Tanaé e le figlie ne hanno un doppione, ma se Poe o Moana fossero venute a rubacchiare prodotti per l'igiene nel mio bagno perché avrebbero dovuto spostare la sedia? È chiaro che il visitatore è passato dal tetto e mi ha preso lo spazzolino da denti, il profumo e il dentifricio.

Non sono stupida. Il furto, o prestito che sia, è firmato!

Chi può essere così magra e agile da infilarsi dal tetto? Chi può voler prendere oggetti personali senza valore? Una topolina, è chiaro! Maïma! Per confrontare le mie impronte digitali con quelle trovate nel bungalow di Martine e forse, se Yann ha avuto il tempo di prenderle, anche con quelle della capanna del sindaco. La sua piccola aiutante scaltra era incaricata di portare gli oggetti al capitano, di sicuro ha approfittato del pomeriggio per rovistare in ogni bungalow.

Continuo ad avanzare sotto la pioggia. L'acqua del cielo mi lava la fronte, i pensieri, le idee.

Mossa intelligente, piccola streghetta marchesiana, ma se me li avessi chiesti te li avrei dati io, i miei oggetti personali, te li avrei fatti scegliere, ti avrei anche dato una bella impronta del mio indice premendolo su un tampone inchiostrato, anche di tutte e cinque le dita, se necessario!

Nessun problema, visto che non sono stata da Martine ieri sera, non avevo mai messo piede nel suo bungalow prima che fosse trovato il suo cadavere e stamattina, come richiesto da Yann, non ho toccato niente. Ai tuoi ordini, capitano!

La pioggia, dispettosa, raddoppia d'intensità. Anche se la adoro, stavolta devo mettermi al riparo. Ho un romanzo da scrivere, una bottiglia per l'oceano da riempire.

Suppongo che in questo momento Yann e Maïma siano all'asciutto nel bungalow Nuku Hiva e abbiano il risultato del confronto. Sono comunque un po' offesa che abbiano dubitato di me.

Tranquillizzatemi: voi almeno non avete dubbi, spero.

Voi mi credete, vi fidate di me, vero? Non state immaginando spiegazioni indegne di un romanzo poliziesco, tipo che la narratrice è schizofrenica, bipolare o semplicemente impazzita!

Ricordate, è la regola numero uno di Pierre-Yves François:

la persona che racconta non deve mai mentire! Può solo non dire tutto o ritardare un po' la comunicazione degli eventi.

Per esempio, nel momento in cui scrivo "La pioggia raddoppia d'intensità, devo mettermi al riparo" è ovvio che non posso fare le due cose insieme, farmi bagnare dalla pioggia e scriverlo. Prima lo vivo, poi, appena trovo un po' di tempo, un foglio e una penna, racconto le mie azioni e le mie emozioni.

Ma senza mentire mai né far passare per realtà un sogno, un'allucinazione o un delirio.

È una regola d'oro!

Altrimenti tradirei il lettore.

Non lo tradisco, credetemi. Non ho ucciso Martine né ho rapito PYF, accettate soltanto che rimandi a fra un po' alcune informazioni sulla mia vita sentimentale... Non ho niente da rimproverarmi, lo giuro, non sono quella che state cercando.

Sento l'acqua accumulata nei capelli colarmi goccia a goccia sulla schiena e scivolare fino alla curva delle reni, una sensazione naturale e selvaggia che mi piace. Questa terra è così, naturale e selvaggia. Capisco Brel e Gauguin, è un bel posto per morire.

Sarà quello che ha pensato l'assassino? Che commettere un delitto alle Marchesi, così vicine al paradiso, fosse meno grave che altrove?

Chi potrebbe credere a una follia del genere?

Chi?

Probabilmente in questo stesso momento Yann e Maïma lo sanno. Se hanno preso le impronte di tutte le ospiti del Soleil Redouté devono conoscere l'identità della persona che si trovava in camera di Martine, quindi di quella che l'ha uccisa.

Sono entrambi in pericolo?

Continuo a guardar cadere la pioggia, gocce così grosse che le zanzare sono scappate tutte. Stavolta lo sto facendo mentre lo scrivo. Ripenso al bacio di Yann sulla spiaggia di Puamau, al suo costume bagnato contro la mia pancia. Al suo solo desiderio l'ho sentito diventare duro.

Sorrido. Giocherello con i grani della collana rossa.

La mia vita sentimentale...

È ancora più complicata da sbrogliare di questa storia di omicidio.

Diario di Maïma
Impossibile!

Un
Due
Tre

I miei occhi e quelli del capitano passano da un foglio agli altri due, da quello con le impronte della sconosciuta prese in camera di Martine a quello di Eloïse e a quello di Clem.

Non ci sono dubbi, due di quei fogli sono identici!

Ormai sappiamo chi era in camera di Martine la notte in cui è stata uccisa, sappiamo a chi Martine ha aperto la porta e offerto da bere, sappiamo chi è stata l'ultima e la sola ospite con cui Martine abbia parlato prima di essere trucidata.

Costei ha lasciato le sue impronte ovunque nel bungalow.

Le impronte sono di Clem!

Non riesco a crederci. Sono seduta sul letto, i fogli si annebbiano, si confondono, si mischiano davanti a miei occhi. Cerco di capire dove ho sbagliato, chi abbia potuto ingannarmi. Ho preso a casaccio dentifricio, bicchierino, bottiglia e tubetto d'aspirina nel bagno del bungalow Tahuata, non possono che appartenere a Clem, e del resto le impronte corrispondono a quelle rilevate sul cucchiaio da me preso pochi secondi dopo che aveva finito di mangiare il popoi.

Nessun altro ha toccato quel cucchiaio, sono sicurissima.

Non ci sono errori nel protocollo che ho seguito, sono proprio le impronte di Clem!

Identiche a quelle trovate su porte, cassetti, armadi ed effetti personali di Titine.

Yann si è alzato e sta mettendo in una cartellina di plastica i fogli bianchi anneriti soltanto dai pezzetti di scotch con le impronte. Non lascia trapelare niente, è modesto nel suo trionfo.

E io devo riconoscere di aver perso.

Mi rivolgo a lui senza alzarmi dal letto.

«Ti dirò la verità, capitano, da ieri credevo che odiassi Clem perché in realtà ti piaceva e capivi che una ragazza come lei non avrebbe saputo che farsene di un gendarme come te. Sai, la gelosia del maschio di fronte alla donna emancipata... Invece no, avevi ragione, devo dedurne che Clem mi ha manipolato fin dall'inizio come... come una bambina! Non riesco a crederci... Che facciamo adesso?».

Yann chiude ermeticamente le cartelline di plastica che proteggono i corpi del reato. Improvviso un sigillo facendo sciogliere la cera di una candela con un fiammifero.

«Avvertiamo la BRJ di Tahiti» si limita a rispondere il gendarme. «Subito. Se necessario illumineremo l'aeroporto con le torce... E finché non arrivano non stacchiamo gli occhi da Clem».

Impallidisco.

«Avvertiamo la BRJ? Allora è vero che prima non l'avevi fat...».

In quel momento suona il telefono di Yann.

Si precipita a rispondere. Ha riconosciuto la suoneria.

Gli a-ha, *Take on Me*.

È Farèyne.

«Pronto, Farèyne?».

Lei parla talmente forte che sento tutto quello che dice.

«Yann. Non interrompermi, Yann. Ascolta. Io... Mi dispiace, mi dispiace per tutto. Mi conosci, non sono riuscita a stare senza fare niente. Ho indagato per conto mio e... e stasera ho capito tutto! Era evidente, non so come non mi sia venuto in mente in tutti questi anni. Ho ritrovato la pista di Métani Kouaki. Più che la pista, ho ritrovato lui! È qui, vicinissimo. Vieni subito, Yann. Ti aspetto al vecchio cimitero di Teivitete, risali la valle per un chilometro dopo Atuona. Ti aspetto».

La comandante è sfiatata. Yann sente il rumore della pioggia in sottofondo. Vorrebbe farle qualche domanda, decine di domande, ma Farèyne ha già riattaccato.

«Devo andare» dice soltanto.

Prima ancora che io mi alzi prende la borsa in cui ha messo le sue carte.

«Maïma, non rimanere qui da sola. Vai da Tanaé e le sue figlie e mi raccomando, resta con loro!».

Non ho il tempo di protestare, Yann è già uscito. Vedo le chiavi del fuoristrada Tacoma noleggiato da Marie-Ambre dondolare dalla sua mano. La pioggia gli frusta il viso scavato dalla preoccupazione.

Seguo con gli occhi l'uomo che va in aiuto della moglie, una moglie a cui non è capace di offrire parole d'amore, fiori o addirittura il suo cuore, ma per la quale è pronto a dare la vita.

Yann

Sollevata dal vento, la pioggia forma più un'onda che una cascata. La maglietta di Yann è zuppa prima ancora che sia arrivato al Tacoma parcheggiato sul vialetto di ghiaia. Girando intorno al pergolato del Soleil Redouté, debolmente illuminato da un lampioncino sgocciolante, non può fare a meno di guardare in basso, verso il campo da cui ha visto sparire la moglie al galoppo in groppa ad Avaé Nui. Nella notte bagnata gli sembra di vedere due ombre che si muovono, due sagome esili, probabilmente quelle di Poe e Moana, e anche quella di un cavallo, uno solo.

Non ha il tempo di soffermarsi a chiedersi cosa stiano combinando le due ragazzine sotto il diluvio, fa scattare l'apertura automatica del pick-up e si infila dentro.

I fari spazzano le raffiche di pioggia, i tergicristalli respingono rigagnoli d'acqua. Yann parte senza neanche allacciarsi la cintura. Quasi subito la condensa gli impedisce di vedere la strada sulla discesa verso Atuona. La asciuga rabbiosamente con la mano, cosa che peggiora ancora di più la visibilità. Ha l'impressione di essere rinchiuso in una gabbia di vetro affumicato.

A mali estremi...

Preme il comando elettrico per abbassare il finestrino e accelera.

Secchiate d'acqua si riversano nell'abitacolo, il vento gli fa svolazzare la maglietta e gli frusta la pelle. Se ne frega, anzi sporge fuori la testa prendendosi la pioggia in faccia pur di cogliere un qualche punto di riferimento nonostante i vetri infangati del parabrezza e degli altri finestrini.

Entra ad Atuona.

Ostacolato dalle case, al livello del suolo il vento è meno impetuoso. I tergicristalli trovano un proprio ritmo, guadagnano in efficacia, sembrano uscire vincitori dalla battaglia contro l'esercito delle gocce kamikaze. Dopo l'ex gendarmeria, all'altezza della bottega del tatuatore, Yann frena di colpo.

Sente le ruote slittare per qualche metro: la strada asfaltata della valle è diventata un torrente. Controsterza. Gli pneumatici si alleano con i tergicristalli per vincere l'acquazzone equatoriale. La strada continua in salita, sempre più in pendenza. Percepisce le ombre dei banani chiudersi su di lui man mano che si restringe fino a diventare una pista fangosa in cui ogni pozzanghera può celare un pozzo. I rami degli alberi sembrano aggrapparsi gli uni agli altri su entrambi i lati della strada per non essere strappati via, proteggendolo momentaneamente dalla pioggia. La visibilità è un po' migliorata, ma Yann non è tranquillo: la salita di fronte a lui è troppo ripida, impraticabile con la macchina. È in un vicolo cieco!

Il suo primo riflesso è guardare il contachilometri: ha fatto un chilometro e mezzo dal Soleil Redouté a lì. Gli restano cinquecento metri da percorrere, anche se ignora il grado del dislivello. Non ci pensa due volte, non si dà neanche la pena di chiudere il finestrino della portiera. I sedili si asciugheranno l'indomani come tutto il resto, prima che la pioggia stizzita si vendichi e si rimetta a cadere. I fari illuminano un centinaio di metri davanti a sé. Lascia il motore acceso. Quei riflettori improvvisati lo guideranno per un po', farà il resto del tragitto alla luce della torcia del telefonino.

Dopo pochi passi i sandali gli pesano una tonnellata, fango e buche ovunque, ma cerca comunque di guardare dove mette i piedi, nella terra rigurgitante d'acqua individua distintamente orme di ferri di cavallo. Almeno non si è perso! Non troverà certo qualcuno che gli possa indicare la direzione, ma la strada è una sola.

Quando raggiunge la radura gli sembra di aver camminato meno di cinque minuti, di aver fatto una salita meno ripida di quella del Soleil Redouté. Illumina con la torcia un cartello di legno malmesso.

Vecchio cimitero di Teivitete.

«Farèyne!» urla, «Farèyne!».

Il cono della torcia illumina un luogo terrificante. Pietre tombali in tufo color sangue sono vegliate da piccoli tiki rossi e lucidi. Ogni pietra sembra incisa con motivi strani, come tanti marchesiani tatuati e pietrificati. Croci fatiscenti vengono scosse dalla pioggia, ogni goccia strappa loro nuovi granelli di ruggine.

«Farèyne? Farèyne?».

Si volta, cerca da un'altra parte, aggira tombe che distingue male dalle rocce rotolate lì dalla montagna. Davanti a lui si erge un enorme tronco d'albero scolpito.

«Farèyne! Sono Yann!».

In basso, due chilometri più a sud, scorge le luci di Atuona e immagina gli abitanti del villaggio barricati in casa davanti alla televisione, al riparo dalla collera degli elementi.

La natura si vendica su Yann. L'acqua gli cola fin dentro i pantaloni, gli scorre come un torrente sulla schiena, lo bagna in profondità. Il vento spinge le gocce quasi in orizzontale, il gendarme le riceve in faccia come altrettante pallottole.

«Far...».

Ha sentito un nitrito. Punta la torcia sulla sinistra, verso la foresta. Stoico, Avaé Nui è lì in attesa sfidando le intemperie, proteggendosi come può sotto le foglie di un gigantesco baniano e mangiucchiando l'erba bagnata ai suoi piedi. Il gendarme si avvicina al cavallo cercando di respingere il presentimento che lo assilla.

Gli torna in mente tutto, la voce di Maïma, il testamento sul letto di Martine nel bungalow Ua Pou.

"Tua moglie è la prossima".

La lettera di minacce che Farèyne ha mandato a Pierre-Yves François.

In un modo o nell'altro sarò io a scrivere la parola fine!

Le sue ultime parole, pochi minuti prima.

"Ho ritrovato la pista di Métani Kouaki. Più che la pista, ho ritrovato lui!".

Il raggio di luce del telefonino fruga l'oscurità illuminando via via manghi e pompelmi fino a fermarsi, al di là delle liane del baniano, su un ammasso di bambù e foglie di pandano, un viluppo troppo stretto e troppo ordinato perché l'uomo non abbia aiutato rami e radici a organizzarsi.

Una capanna!

È la prima cosa che pensa Yann, una specie di capannina perfettamente nascosta. Farèyne è lì dentro? Perché non ha risposto?

Scavalca una tomba, si appoggia su un tiki rosso senza scusarsi. L'unico mana che si sente addosso è quello della paura, un terrore che rende l'acquazzone equatoriale più gelido di una pioggia norvegese.

È proprio una capanna! Avaé Nui si è allontanato di due metri dal baniano mettendo allo scoperto la porta di foglie di pandano intrecciate che dà accesso alla piccola grotta di verzura. Il cuore di Yann batte all'impazzata.

«Farèyne?» urla con quanto fiato ha in corpo.

Nessuna risposta.

Il gendarme si ferma con entrambi i piedi immersi nella palude di fango che si è formata sotto gli alberi, un misto di terra bruna e acqua intrappolata da una serie di pietre verticali, sinistre vestigia di antiche sepolture. Per poco il telefono bagnato non gli scivola dalle mani. Riprende l'equilibrio aggrappandosi a una liana del baniano. Non ha più il tempo di farsi domande.

Estrae il piede destro dalla melma ocra e lo scaglia in avanti colpendo in pieno la porta, che cede di colpo liberando un'apertura scura in cui subito si infila il vento.

La sua prima impressione è che una nidiata di uccelli si sia rifugiata nella grotta di rami e che tutti prendano il volo contemporaneamente appena arriva lui. Decine di ali bianche nel panico...

Poi capisce.

Sono fogli di carta, centinaia di fogli di carta sollevati dagli alisei che gli volteggiano intorno, ricoprono le pietre tombali, si posano sulla testa dei tiki, finiscono nel fango, si aggrappano alle croci o spariscono in lontananza verso Atuona e il Pacifico. Yann ne prende uno che gli si è incollato al torace bagnato e lo legge, anche se ha già capito.

Quella notte del 29 giugno 2001 in rue Lakanal nessuno ha sentito niente. Bisognerà attendere le 6.27 del mattino perché il corpo senza vita di Audrey Lemonnier sia...

È il manoscritto.

Terra di uomini, morte di donne.

Non si può morire per delle parole, grida Yann nella propria testa. Se ne frega del romanzo. Contano solo le persone. Vive.

Illumina l'interno della capanna.

Se i suoi piedi non avessero calpestato un tappeto di fogli bianchi, se fossero soltanto scivolati sul fango rosso, probabilmente il gendarme avrebbe perso l'equilibrio.

Si limita a vacillare.

Un corpo. Nella capanna è steso un corpo.

Yann capisce subito chi è morto.

La postura da pupazzo disarticolato, l'odore portato dagli alisei.

Odore di cadavere.

Non sa se ridere o piangere, se ringraziare il cielo o maledirlo.

La torcia illumina il corpo di Pierre-Yves François.

Rannicchiato nella capanna come un sacco troppo pesante che si è deciso di abbandonare lì, raccolto su se stesso, fino a quando smetterà di muoversi.

Pierre-Yves François non si muove più da un pezzo. La sua pelle è di un pallore spaventoso che la torcia accecante rende ancora più livido. Solo il collo ha un aspetto più roseo, è picchiettato di punti rossi in cui il sangue si è coagulato, come un tubo bucato.

«Farèyne?» prova ancora a gridare Yann.

Ma la sua gola lascia passare solo un sottile filo di voce.

Sua moglie non c'è.

Attento a non toccare niente, il gendarme si china e osserva. Un ematoma violaceo deforma la tempia destra dello scrittore. Un foglio solitario è incastrato sotto il braccio, troppo isolato per fare parte del manoscritto volato via. Qualcuno l'ha messo lì perché venga trovato con il cadavere, perché venga letto.

Con infinita attenzione Yann si passa il telefono nell'altra mano e con la destra tira un angolo del foglio.

Abbassa gli occhi nel momento in cui risuona un campanellino.

Un messaggio! Gli si apre sullo schermo in tempo reale. Un messaggio di Farèyne, pensa prima di leggerlo.

Finora te la sei cavata egregiamente da solo.

Continua così, non chiamare la polizia.

Se vuoi rivedere tua moglie viva.

Un messaggio che qualcuno gli ha mandato dal cellulare della moglie.

Yann dondola qualche secondo come un birillo che stia per cadere, poi si appoggia al tronco del baniano. I nodi del legno e i rami aguzzi gli si infilano nella schiena anestetizzando il dolore, la paura, la rabbia, la sete di vendetta e di giustizia. Il messaggio sparisce di colpo quando il telefonino va in stand-by, ma non la torcia, sempre puntata sul foglio bianco che stupidamente tiene ancora in mano.

Suo malgrado lo legge.

Poche righe. Un altro testamento.

La mia bottiglia per l'oceano

Parte IV

Racconto di Marie-Ambre Lantana

P*rima di morire vorrei*
Restare bella fino alla fine, essere di quelle donne che non appassiscono, che non fanno pena, di cui la gente non guarda con ironia le foto del passato.

Essere una di quelle donne che non si lasciano.

Prima di morire vorrei
Che un uomo mi dicesse "Ti amo". Non "ti desidero", non "Sei la più bella", solo "Ti amo".

Prima di morire vorrei
Andare via da Tahiti.

Prima di morire vorrei
Invecchiare in buona salute come una cara nonnina o suicidarmi appena qualcosa comincia a sciuparsi. L'uno o l'altro, senza compromessi.

Prima di morire vorrei
Confessare tutti i miei peccati.

Prima di morire vorrei
Essere posseduta da un uomo di talento (ma dato che questo testo è destinato solo a te sai già che questo desiderio è stato esaudito, mio caro... e più volte per notte). Essere la tua musa, ispirarti un romanzo, conservare in segreto le tue confessioni

piccanti e pubblicarle dopo la tua morte, far fantasticare le gelose, diventare immortale grazie alle tue parole, mio poeta.

Prima di morire vorrei
Essere madre per davvero.

Prima di morire vorrei
Essere chi sono per davvero.

LA MIA BOTTIGLIA PER L'OCEANO
Capitolo 18

Ci siamo andate in piena notte, appena Yann ha telefonato al Soleil Redouté.

«No, Tanaé, non c'è un minuto da perdere. Sì, devi chiamare tutte».

Yann ci stava aspettando sotto la pioggia al vecchio cimitero di Teivitete.

Mi sono svegliata quando Tanaé ha bussato alle porte.

«Sveglia, Clem!».

Non capivo cosa stesse succedendo.

«Sveglia, Eloïse!».

Non riuscivo a credere a una parola delle sue spiegazioni, frasi smozzicate lasciate in sospeso.

«Il corpo di PYF trovato al vecchio cimitero. Morto. Yann già sul posto, andato stanotte. Anche Farèyne, poi scomparsa».

Tanaé ci ha stipato tutte nel suo vecchio Toyota Hilux. Tre lettrici, tre adolescenti e lei. L'abbiamo seguita senza discutere in un'atmosfera da incubo, come bambini svegliati in piena notte dopo una serata da amici e trasportati dai genitori fino alla macchina mezzo addormentati.

In quella specie di dormiveglia ho cercato di ricordare la sera prima: il diluvio, io che cammino tra le palme sotto la pioggia, bagnata fino al midollo, io che aspetto la visita di Maïma prima che vada a letto, avevo bisogno di parlare con lei di Titine e del resto, di tutto ciò che non ho ancora osato rivelarle, ma lei non è venuta, è rimasta a guardare la televisione con Tanaé e le figlie, come se all'improvviso non avesse più voglia di parlare con nessuno, né con la sua vecchia amica Clem né con la madre. Perché? Che le hanno detto? Che ha scoperto?

Tanaé si è fermata a cinquecento metri dal vecchio cimitero, dietro il Tacoma a noleggio con i finestrini aperti che bloccava la strada.

L'acquazzone si era calmato, era diventato una pioggerella sottile. Sembrava che le gocce, prese nel turbine degli alisei, non dovessero mai toccare terra. Svegliate dal vapore delle goccioline tiepide sul viso ci siamo avviate su per il sentiero trasformato in uno scivolo di fango da risalire. Arrivate al cimitero è stata la torcia di Yann a guidarci. Fogli di carta svolazzavano nella notte come un nugolo di fregate dietro un peschereccio. Fogli dattiloscritti. Pagine di un manoscritto, ho subito pensato.

Pierre-Yves... morto?

Un manoscritto... inedito?

È stato ucciso per questo?

Una per volta siamo entrate nella capanna sotto il baniano tra le pareti di pandano, con la sensazione di essere in fila davanti a un mausoleo. Io e Tanaé ci siamo incaricate di badare a Maïma, Poe e Moana, le uniche a non partecipare alla processione funebre. Poi siamo uscite. Tutto a sud in lontananza, verso l'isola di Tahuata, il cielo cominciava a schiarirsi, una luminosità quasi impossibile da distinguere nel buio, ma alla quale mi aggrappavo.

La notte finirà, le ombre sfumeranno. Quest'atmosfera da luogo infestato, le pietre sacrificali, i tiki ghignanti e le croci cigolanti presto torneranno a essere una radura bagnata dal sole che turisti coraggiosi verranno a fotografare.

Anche se i morti resteranno morti.

Anche se Pierre-Yves non si sveglierà.

Per riflesso mi tocco i grani rossi della collana. Dovrebbe portare fortuna, forse bisogna insistere molto, accompagnare il gesto con lunghe preghiere, come si fa con il rosario. Mi appoggio a una croce di ferro del cimitero, mi sostiene le reni, la nuca e le spalle, nient'altro, sono troppo alta per essere crocifissa.

Piango.

Svegliata in piena notte ho avuto giusto il tempo di afferrare un paio di pantaloni e un golf. Troppo caldo, troppo grosso, mi fa l'effetto di indossare un accappatoio fradicio.

Delle mie lacrime.

Pierre-Yves è morto.

Pensavo che giocasse, che si nascondesse, che dopo l'alterco notturno con una sconosciuta nella capanna del sindaco avesse trovato un altro nascondiglio. Pensavo che fin dall'inizio avesse la situazione sotto controllo, in fondo speravo addirittura che l'omicidio di Martine non fosse davvero tale, che Titine avesse una malattia incurabile e avesse accettato di interpretare un ruolo macabro in un party con delitto, che l'inchiesta che ci spingeva a condurre fosse solo una storia a più voci concepita da lui.

Aspetto con ansia i primi raggi di sole che come laser perforino la spessa vegetazione. La foresta, appena sveglia, già profuma. La terra bagnata odora di sandalo e noce moscata.

Devo confessarvi una cosa. Credo che sia arrivato il momento, anche se è difficile e di sicuro vi indignerete.

Sono stata fedele alla promessa, non vi ho mai mentito... ma non vi ho detto tutto.

Era il mio segreto. Nessuno lo sapeva, a parte me e lui.

Pierre-Yves era il mio amante.

Ecco, ora lo sapete anche voi.

Ignoro tutto il resto. Non so nemmeno se fossi la sua unica amante.

Non so chi l'ha ucciso né chi ha ucciso Martine né chi ha rapito Farèyne.

So solo che il dispiacere mi spezza il cuore.

Pierre-Yves assassinato.

Non ho avuto il tempo di amarlo.

Certo, se non fosse stato un famoso scrittore di talento non sarei mai andata a letto con lui. Certo, accettando di condividere il letto con quel grosso corpo da genio amavo me, non lui. Probabilmente lui sperava di rubarmi un po' della mia cosiddetta bellezza e io un po' del suo talento per far rilucere il mio romanzo, la mia ridicola bottiglia per l'oceano. In mancanza dell'amore ci facevamo i complimenti.

Ci siamo visti poco, e ogni volta brevemente, ma so che la nostra storia sarebbe durata. O almeno ce l'avrei messa tutta perché durasse.

Smettiamo di amare l'altro il giorno in cui smettiamo di ammirarlo, e io non avrei mai smesso di ammirarlo.

Osservo le sette figure tremanti sotto la pioggia sottile: due lettrici, un gendarme, un'adolescente, un'albergatrice e le sue due figlie. Una di loro deve per forza aver ucciso Pierre-Yves.

Quale? Voi su chi scommettereste e quanto?

Ero la sua amante, l'ho confessato, e di sicuro sono salita molto in alto nella vostra lista dei sospettati. Ammettete che puntereste su di me e tanto.

Sbrigatevi, le quotazioni si fanno sempre più basse man mano che l'elenco dei colpevoli si assottiglia.

Gli innocenti moriranno tutti?

Vi confesso anche che ho paura.

Nel vecchio cimitero di Teivitete risuonano voci ovattate, sussurrate e poi smorzate dalla nebbiolina umida. Tanaé mormora che bisogna chiamare il prete e rendere la capanna tapu. Eloïse, con i capelli raccolti in una coda di cavallo fatta in fretta, insiste con un'esile vocina che bisogna richiamare la polizia anche in piena notte, a Tahiti o, se non rispondono, da un'altra parte, alle Tuamotu, alle Hawaii o all'isola di Pasqua. Yann tergiversa ancora e non capisco perché.

Eloïse fa tre passi per accarezzare Avaé Nui, il cavallo rifugiato sotto un albero del corallo.

Io rimango in silenzio, sempre appoggiata alla croce. Il segno del ferro arrugginito deve essersi impresso sul mio golf color sabbia disegnandoci sopra l'emblema di una nuova setta satanica.

È ciò che sta fissando Maïma? La croce sulla mia schiena?

Da ieri sera si tiene a distanza da me, come se mi sfuggisse, come se... avesse paura di me.

È andata insieme a Poe e Moana a rifugiarsi tra le braccia di Tanaé.

Non sono gelosa.

Provo solo un fastidio, è uno sgarbo che mi disturba.

Stavolta, in queste circostanze, avrebbe dovuto rifugiarsi tra le braccia della madre.

Diario di Maïma
Per davvero

Si è fatto giorno.

Ha smesso di piovere.

Il cielo sembra essere stato lavato. Più bianche che mai, le nuvole sono stese ad asciugare sul filo dell'orizzonte. Sono seduta sul frangiflutti accanto a Yann. Alcuni pescherecci si staccano dal porto di Tahauku diretti a Tahuata. Qualche cavallo corre sulla spiaggia con la bassa marea. Abbagliata dalla luce del sole nascente ne vedo solo le sagome nere. Una scenografia da cinema. Li seguo con gli occhi in una lunga carrellata, come se ne potessi filmare il galoppo selvaggio al rallentatore.

La spiaggia è deserta, il campo di calcio vuoto, lo spazio Jacques Brel silenzioso. Solo le onde, instancabili scavatrici, portano avanti e indietro i ciottoli neri.

Appena apparsa, la palla di fuoco va già a nascondersi dietro lo scoglio di Hanakee dandogli un aspetto da vulcano risvegliato. Alzo gli occhi cercando tra le nuvole una minima cicatrice bianca che laceri il cielo equatoriale.

«È giorno, ormai i poliziotti di Tahiti non dovrebbero tardare».

Sto ancora fissando il cielo quando Yann mi risponde con voce strascicata.

«Non arriveranno, Maïma, non li ho chiamati».

Soffoco un grido.

Non arriveranno?

Ero convinta che alle prime luci dell'alba l'incubo sarebbe finito. Le ragazze sono tornate con Tanaé al Soleil Redouté.

Solo Yann ha insistito per fermarsi qui, sulla spiaggia di Atuona, per fare il punto della situazione con la sua assistente, ha detto. Mamma ha protestato un po', ha menzionato il pericolo e l'assassino in libertà, poi ha acconsentito. Il villaggio è forse il luogo più sicuro di tutti. Neanche Clem sembrava contenta. Forse perché da ieri sera la sfuggo? O perché anche lei vuole proteggermi? Continuo a non capacitarmi delle impronte che la accusano, non riesco a credere che sia la colpevole.

E la polizia non arriverà!

Mi accingo a sbattergli in faccia quello che penso, "Non sei Bruce Willis, capitano, non puoi salvare il pianeta da solo, hai bisogno della polizia, pensa a tua moglie che...", quando Yann porta il telefono all'altezza dei miei occhi obbligandomi a leggere il messaggio su fondo azzurro.

Finora te la sei cavata egregiamente da solo.

Continua così, non chiamare la polizia.

Se vuoi rivedere tua moglie viva.

Stavolta non trattengo l'esclamazione.

«Oh merda!».

Rileggo ogni parola, ogni dettaglio, vedo l'ora in cui è stato inviato, le 23.29 di ieri notte, e il nome del mittente...

«Te l'ha mandato con il cellulare di tua moglie?».

Yann annuisce. Rimango qualche secondo in silenzio a riflettere sulla situazione e arrivo alla conclusione che quella minaccia avrebbe dovuto spingerlo a chiedere rinforzi con ancora più urgenza, è chiaro che l'assassino sta cercando di guadagnare tempo.

«Maïma» dice piano Yann, «ho un'altra cosa da farti leggere. L'ho trovato al vecchio cimitero, l'ha lasciato l'assassino» aggiunge tirando fuori dalla tasca dei jeans, ancora bagnati di pioggia, un foglio di carta.

Lo apre con cautela sperando che l'inchiostro non sia troppo colato.

Mi avvicino.

Racconto di Marie-Ambre.

Prima di morire vorrei

Le lettere hanno un po' stinto sulla carta sgualcita, ma sono ben leggibili. Leggo lentamente, in silenzio.

Prima di morire vorrei

Restare bella fino alla fine, essere di quelle donne che non appassiscono.

Essere una di quelle donne che non si lasciano.

Confessare tutti i miei peccati.

Essere posseduta da un uomo di talento (ma dato che questo testo è destinato solo a te sai già che questo desiderio è stato esaudito, mio caro... e più volte per notte).

Mi trema la mano. So che Yann mi sta guardando. Sono scossa da una risatina nervosa, troppo leggera per essere naturale.

«È il testamento di mamma? Andava a letto con quel maiale di PYF? Voleva diventare la sua musa?».

Ma quando mai! A PYF interessavano solo i suoi soldi. I soldi e il culo! E sono sicura che mamma non era la sola a candidarsi al ruolo. Il Casanova di Hiva Oa doveva distribuire poesie d'amore col copia-incolla!

Mi volto verso Yann sputando veleno.

«Quante altre ce ne sono? Tutte? Clem, Eloïse e magari Farèyne? PYF ha portato tutte le sue amanti sull'isola perché si ammazzassero fra loro?».

Il capitano posa una mano sulla mia. Lo fa molto bene.

Due lacrime mi spuntano agli angoli degli occhi, troppo grosse per non essere naturali.

«Scusa... Sono una cretina a dire una cosa del genere di tua moglie mentre lei...».

I miei occhi umidi continuano a posarsi sul foglio bagnato.

Prima di morire vorrei

Essere madre per davvero

Contraggo la mano sul foglio. Yann lo recupera delicatamente facendomelo scorrere tra le dita prima che diventi una pallina di carta pronta a essere lanciata tra le onde nere.

Gli isolotti intorno allo scoglio di Hanakee sono annebbiati dai singhiozzi.

«Essere madre per davvero?» ripeto ad alta voce. «Perché io non sono sua figlia, vero?». Mi manca il respiro, così urlo all'oceano. «Sai una cosa? Me ne frego, mamma! Me ne frego, mi senti? Tanto sei la prossima sulla lista!».

Raccolgo un sasso. Yann mi interroga con lo sguardo senza dire una parola.

Sono talmente avvelenata che esagero.

«Non guardi le serie televisive? È il metodo dell'assassino, il suo modus operandi, non te l'hanno insegnato? Prima il testamento, poi la morte. Come Titine, come tua moglie!».

Tiro in acqua la pietra.

«Farèyne non è morta!» replica Yann.

La pietra va a picco senza il minimo rimbalzo.

«Che ne sai? Magari l'assassino ti sta ingannando per non farti chiamare la polizia, per farci fuori tutti in santa pace, come in *Dieci piccoli indiani*».

Prendo un altro sasso.

«Sappiamo chi è l'assassino, Maïma» ribatte calmo Yann. «È Clémence... La tengo d'occhio, la perquisirò, scoprirò il come e il perché. Approfitterò del vantaggio per incastrarla, lei non sa che l'abbiamo identificata».

Sembri molto sicuro di te, capitano...

«Se lo dici tu... Ma stai attento, in *Dieci piccoli indiani* l'assassino non è così stupido da lasciare impronte, si fa passare per morto e...».

Sto per lanciare la pietra. Con la mano libera Yann mi trattiene il braccio.

«Martine è morta, Maïma! Per davvero. E anche Pierre-Yves François, non c'è dubbio. Non si sta facendo passare per morto, il cadavere è già rigido. Molto rigido. Troppo per essere stato ucciso stanotte, del resto. È stato di sicuro ammazzato la notte prima, nella capanna del sindaco».

Ragiono. Irrigidisco ancora di più il braccio.

«Due notti fa? Nella capanna del sindaco? C'era mamma con lui! Normale, visto che ci andava a letto, no? Quindi è stata mamma a ucciderlo! Meglio così. A questo punto meglio lei che Clem!».

Il capitano mi serra il polso con forza. Stringo il pugno sul sasso come se volessi frantumarlo.

«Non metterti in testa strane idee. Forse Marie-Ambre non sarà la tua madre naturale, ma ti vuole bene, ci tiene a te, si occupa di te, è fiera di te, è...».

«Non ha detto una parola su di me nel testamento! Neanche una. Non ha citato né me né papà».

Libero il braccio dalla presa di Yann e mi alzo. Troppo bruscamente. Scivolo sulle pietre bagnate, lascio il sasso, impreco e recupero l'equilibrio.

«Ho fame, vado a fare colazione».

Anche Yann si alza. La sua ombra fa scappare i granchi neri che occupano gli scogli.

«Promettimi di non rimanere sola con Clem».

«Non hai detto che volevi tenerla d'occhio senza che lei se ne accorgesse? Se non ci parlo sospetterà qualcosa! Comunque la tua teoria non sta in piedi. Come avrebbe fatto Clem a ritrovarsi nella capanna del sindaco? E al vecchio cimitero?».

«D'accordo» concede Yann, «non cambiamo niente, continua a chiacchierare con lei, ma sempre al Soleil Redouté e sempre con un adulto nei paraggi. Ciò detto, hai ragione su un punto. Sono trascorsi solo pochi minuti tra la telefonata di Farèyne e il mio arrivo al vecchio cimitero di Teivitete. Se l'assassino dormiva al Soleil Redouté, come avrebbe fatto ad arrivare prima di me?».

Cominciamo a salire verso la pensione. Dopo il temporale della notte le scogliere coperte di palme brillano di un verde così puro da rendere il paesaggio quasi irreale, come una fotografia dai contrasti esagerati. Gli do la soluzione con una voce che non esprime fierezza.

«È semplice!».

«Che cosa è semplice?».

Continuo a parlare senza affannarmi e senza voltarmi.

«Al Soleil Redouté ci sono tre cavalli. Farèyne ne ha preso uno, Avaé Nui. Quando sei andato sotto la pioggia a prendere il fuoristrada, se ci hai fatto caso avrai notato che nel campo era rimasta solo Fetia. Te lo ripeto, è semplice! Per seguire tua moglie l'assassino ha preso il terzo cavallo, Miri!».

La mia bottiglia per l'oceano
Capitolo 19

Ho guardato con sollievo la figura di Maïma spuntare sul vialetto della pensione. Yann camminava due passi dietro di lei, come lo scalatore di una tappa di montagna incapace di fare la volata al traguardo.

Siamo già tutte a tavola. Tanaé, Poe e Moana attraversano la sala Maeva dalla cucina al pergolato cariche di pietanze per la colazione che nessuno toccherà. Io forse prenderò un caffè. Nessuna apre bocca. Ogni tanto qualcuna scruta il cielo chiedendosi perché la polizia non sia ancora arrivata. Nessuna se l'è sentita di chiederlo di nuovo a Yann, che stanotte ci ha fatto un quadro preciso della situazione – l'omicidio di Pierre-Yves, commesso presumibilmente la stessa notte di quello di Martine, e la scomparsa di Farèyne – assicurandoci che un aereo della BRJ di Tahiti sarebbe atterrato a Hiva Oa appena sorto il sole.

Il sole è sorto.

Ma non ci sono poliziotti, solo un assassino.

Faccio un sorriso a Maïma. Le ho tenuto un posto accanto a me, ma lei passa senza guardarmi, va a sedersi all'altro capo del tavolo e si mette a mangiare un firi firi senza degnarmi di un'occhiata.

Tutte fissiamo le nostre tazze, strani specchi vuoti o neri. Non c'è Brel a farci piangere, Tanaé non ha avuto il coraggio di mettere un CD di sottofondo come le altre mattine. Solo gli strazianti chicchirichì di Oscar e Gaston lacerano il silenzio.

Non demordo, tento di captare lo sguardo di Maïma.

Lei cerca di apparire naturale, per quanto possa esserlo un'adolescente in un momento simile, dopo essersi imbattuta nella morte e aver affrontato per la prima volta qualcosa di veramente grave. Conosco Maïma. I suoi occhi non sono soltanto turbati da un velo inedito di serietà e da una compassione da adulta per il dolore, vi percepisco anche un misto di rabbia e paura.

Nei miei confronti.

Perché?

La colazione si conclude in fretta. Poe e Moana hanno sparecchiato in modo negligente e nessuno respinge Gaston e il suo harem piumato quando salgono sul tavolo per finire le frittelle al cocco e i rimasugli di pudding alla banana. Ci alziamo tutti, ognuno fa due passi, nessuno si allontana, a parte Yann che, telefono in pugno, si dirige verso il faré di Tanaé sul vialetto della pensione.

Tutti tengono d'occhio tutti, come nel peggior film dell'orrore. Mi sento nei panni di quella che sta per morire come le altre innocenti.

Ma non è per me che ho più paura.

«Maïma?».

Maïma è l'unica rimasta a tavola. Giocherella con il pane, fa pallottoline di mollica. Mi siedo accanto a lei e le metto una mano sulla spalla.

Non la respinge, ma si mette a tremare come se il solo contatto con me la paralizzasse.

«Maïma... Se hai bisogno di qualcosa... se ti va di parlare... io ci sono».

Non rifiuta il mio aiuto, si chiude in un silenzio ostinato.

Che nervi!

«È stato Yann a metterti in testa certe idee? A dirti di diffidare di tutti, anche di me, soprattutto di me? Ti fa credere che sia io la criminale? Ti tiene come assistente per convincerti di questo?».

Mi accorgo di aver alzato un po' la voce. Tanaé si è voltata. Sento le altre parlare nella sala Maeva, ma non le vedo. Maïma non risponde. La conosco, so che sta trattenendo le lacrime, come se avessi tradito la sua fiducia.

Ma perché? Per quella storia delle impronte digitali? Non possono essere le mie!

Non capisco più niente di quel che succede sull'isola, Pierre-Yves e Martine assassinati, Farèyne scomparsa. Non riesco più a combinare gli altri indizi, i tatuaggi, i tiki, il manoscritto, mi limito a constatare che Yann passa molto tempo con Maïma e che stanotte era il primo sul luogo del delitto, il vecchio cimitero di Teivitete. Potrebbe benissimo averci lasciato il corpo di Pierre-Yves dopo essersi sbarazzato della moglie, mi ha dimostrato chiaramente di non essere un modello di fedeltà, e i poliziotti che sostiene di aver chiamato continuano a non arrivare...

«Passi troppo tempo con quel gendarme» dico.

Per la prima volta Maïma mi guarda negli occhi.

«È un poliziotto, abbiamo bisogno di un poliziotto».

«Preferirei che ce ne fosse più d'uno. E venuti da un'altra isola, se capisci cosa intendo. Non mi fido di lui».

«Perché, di te ci si può fidare?».

Incasso il colpo. Mi fa male. Eloïse, con uno chignon tenuto insieme da una matita nera, passa alle nostre spalle uscendo dalla sala Maeva con fogli bianchi e pastelli a cera sottobraccio. Ha sentito?

Deglutisco. Abbasso la voce, quasi mormoro.

«Tutti abbiamo dei segreti, Maïma, tutti gli adulti li hanno».

Penso alle ore rubate tra le braccia di Pierre-Yves, penso al debito inconfessabile che ho con Titine, tutti segreti che credevo ben nascosti, al sicuro nella mia bottiglia per l'oceano.

Maïma alza ancora la voce.

«Tu più degli altri, mi pare».

«Forse. Ma questo non fa di me un'assassina».

Maïma mi crede. So che mi crede. Deve credermi. Il vero

assassino è ancora a spasso, se Maïma concentra i sospetti su di me diventerà una preda, non vedrà da dove arriva il vero pericolo.

«Non ho ucciso nessuno, Maïma, te lo giuro. E voglio proteggerti».

Lo farò, Maïma, prometto che lo farò! Ma devo agire in fretta, ragionare, riprendere in mano tutti gli elementi, tutte le domande fin dall'inizio, e disporli in un ordine diverso, devo scoprire chi mente, chi fa la commedia, smascherare il mostro nell'ombra che ci sta rubando le nostre vite una per una.

Maïma si alza, va verso la sala Maeva dove Poe e Moana hanno acceso la televisione a volume basso, un canale musicale che trasmette K-pop. Rallenta davanti alla lavagna.

Prima di morire vorrei...

Avere almeno sette figli, venti nipoti, cinquanta bisnipoti, cento bis-bisnipoti...

e conoscere almeno uno dei cento

So che si precipiterà tra le braccia del gendarme. Ho l'impressione che Yann abbia fatto di lei il suo strumento. Con quale scopo? È lui il cervello machiavellico che ha pianificato tutto da quando siamo arrivati a Hiva Oa? O, come me, è solo una vittima che sta cercando di sbrogliare la matassa? Ripeto più forte:

«Voglio proteggerti, Maïma!».

Lei non si ferma neppure, si accontenta di voltarsi e rispondermi:

«Lascia perdere, non sei mia madre!».

Yann

«Servane Astine?».

«...».

«Sono Yann Moreau, il marito di Farèyne Mörssen, una delle cinque lettrici del laboratorio di scrittura di Hiva Oa».

«Ah, il gendarme? Aspetti un attimo».

Yann sente un brusio di conversazioni in sottofondo. Nella madrepatria sono le sette di sera, con tutta probabilità ha pescato Servane nel bel mezzo di un cocktail parigino. I rumori di disturbo sfumano poco a poco. Si è fermato davanti al faré di Tanaé, abbastanza lontano dal pergolato perché nessuno lo senta parlare.

«È ancora lì, Clouseau? Mi scusi, sono nel buco del culo del mondo, ancora peggio che da voi. Lo chiamano paese d'Ouche. Mi trovo su un treno fra Boulay e La Pichotière, non scherzo, le stazioni si chiamano davvero così! Sto andando a proporre un contratto a un piccolo genio prima che finisca tra le grinfie di altre case editrici, uno che ha ottenuto il punteggio massimo del nostro comitato di lettura. Avrei solo preferito che il nuovo Mbappé della letteratura fosse un professore del liceo Henri-IV e abitasse tra la Sorbona e il Lussemburgo, non è possibile avere talento e fare il postino a Magny-le-Désert!».

La comunicazione è disturbata. Le parole taglienti di Servane Astine sono spezzate e coperte continuamente dallo sferragliare del treno. Yann ne deduce che l'editrice dev'essersi spostata nel passaggio fra due vagoni. Cerca di tagliare corto.

«Signora Astine, ho bisogno di sapere come sono state selezionate le cinque lettrici».

«E io ho bisogno di sapere se avete ritrovato PYF!».

Ricezione ottima, nessuna interferenza, un cazzotto in pieno stomaco.

Yann esita. Se dice all'editrice che Pierre-Yves François è morto con la carotide perforata da un ago da tatuatore dopo essere stato tramortito, l'attimo dopo la stampa nazionale non parlerà d'altro. Il mondo se ne frega dell'omicidio di Martine Van Ghal, a parte i quarantamila follower del suo blog, e anche quello è tutto da vedere, ma la morte di PYF, anche se non era Johnny Hallyday né Jean d'Ormesson, farà l'effetto di una bomba nel piccolo mondo dell'editoria e non solo. Ripensa al messaggio ricevuto, *Non chiamare la polizia se vuoi rivedere tua moglie viva*, deve guadagnare tempo, almeno qualche ora.

«No, nessuna traccia».

Servane Astine incassa la risposta in silenzio. Yann sente che il treno sta entrando nella stazione di Sainte-Gauburge. Ulteriore momento di silenzio. Le parole dell'editrice diventano più udibili man mano che il treno rallenta.

«Per rispondere alla tua domanda, Navarro, sui sette privilegiati a cui ho generosamente offerto il viaggio alle Marchesi abbiamo avuto cura di scegliere due poliziotti, tu e tua moglie. Due su sette è una bella percentuale, no? Dovrebbero bastare a ritrovare le tracce del mio scrittore e l'assassino della vecchia belga! Inoltre presumo che nel frattempo sia arrivata la brigata tropicale. Hanno qualche pista?».

Yann si appoggia al muro bianco del faré di Tanaé. Farfuglia spiegazioni che nessuna interferenza aiuta a spezzettare.

«Mi... mi hanno affidato la responsabilità del caso. A me e mia moglie... Abbiamo già... come dire... varie ipotesi».

Il treno riparte. L'editrice alza il tono di voce.

«Sentimi bene, tenente Colombo, e riferisci alla signora: lasciate perdere tutto e ritrovatemi lo scrittore. PYF è scaltro, siamo d'accordo, ma conosco il tipo e quanto a immaginazione non ha certo inventato il mistero della camera gialla!».

Yann cerca a sua volta di dare prova d'autorità.

«Possiamo tornare alla domanda di partenza, signora Astine? Le candidate dovevano inviare una lettera di motivazioni originale e manoscritta. Ha parlato di più di trentamila risposte. Come è stata fatta la scelta? C'era una giuria? Un comitato di selezione?».

Yann sente l'editrice ridere all'altro capo del filo, poi esclamare:

«Ehi, Callaghan, non ci crederai, ma ci sono mucche lungo la ferrovia! Mucche vere, in libertà! Cioè, in un campo, ovviamente, dietro il filo spinato, ma neanche legate!».

Yann insiste.

«Pierre-Yves François faceva parte della giuria? Era lui solo a leggere tutte quelle lettere o...».

«PYF non ha letto un accidente» specifica subito l'editrice. «Credi che abbia il tempo di decifrare i geroglifici di trentaduemila lettrici? Qualcun altro ha scelto per lui. Sull'insieme delle risposte alcune stagiste della casa editrice hanno selezionato otto lettrici e due lettori particolarmente dotati. PYF ha dovuto solo scegliere cinque dei dieci genietti».

Yann si morde le labbra. Quindi le lettrici del Soleil Redouté sono state effettivamente scelte a partire da una selezione anonima, in funzione del loro presunto talento letterario... Tutte tranne Farèyne!

Il treno ha l'aria di essersi fermato di nuovo. Viene annunciata la stazione di Le Merlerault.

«Così doveva essere» continua Servane, «ma di dieci quel cocciuto di PYF ne ha tenuta una sola. E porca miseria, questo treno si ferma davvero dappertutto!».

Yann ha il cuore a duemila. Una su dieci? Questo cambia tutto! Ciò significa che tra le cinque lettrici invitate a Hiva Oa una sola è stata scelta perché aveva una scrittura promettente. Tutte le altre sono state volute da PYF personalmente per altre ragioni. Chi delle cinque è la talentuosa? Non Farèyne, sa bene che fa parte del viaggio solo perché ha minacciato Pierre-Yves François di denunciarlo per plagio. Marie-Ambre si è di sicuro guadagnata il posto andando a letto con lui e pagando il soggiorno alle altre quattro. Titine serviva alla promozione sui social... Come sempre restano Clem ed Eloïse...

«Sei ancora lì, Serpico? Io non mi muovo, ho tutto il tempo di contare i meli. E dire che ci scassano le palle con le linee ferroviarie di campagna che chiudono una dopo l'altra! Ma quando mai! Non c'è borgo di provincia in cui il treno non si fermi! Comunque, non chiedermi in base a quale criterio Pierre-Yves abbia selezionato le altre, ivi compresa tua moglie comandante, lui solo lo sa, così come il capriccio di darsi al romanzo poliziesco, che secondo me non è stata una grande idea... È molto più bravo nelle trame psicologiche, in particolare femminili».

Stazione di Nonant-le-Pin.

«Ricorda il nome dell'unica lettrice scelta da PYF per il suo talento?» domanda Yann.

«Ullallà, non è facile darti una risposta tra Les Pâtures e Saint-Symphorien-des-Bruyères... Non sono neanche sicura che riusciamo a ritrovarlo. Trentaduemila lettere, renditi conto, mi sa che abbiamo buttato tutto».

Yann tira un calcio rabbioso alla ghiaia del vialetto del Soleil Redouté.

«Grazie lo stesso. Se per caso lo trova...».

«Di niente, Poirot. Ora devo lasciarti, a Magny-le-Désert scendo. Quanto a voi, se non riuscite a trovare lo scrittore cercate almeno di scovare il suo manoscritto e tutti quelli che le cinque lettrici dovrebbero aver scritto. Una blogger assassinata, un autore di bestseller sparito nel nulla, un'isola di cannibali tatuati, un poliziotto mancato... Firmato o non firmato da PYF, sarà un successone!».

DIARIO DI MAÏMA
Il diavolo tatuato

«A chi stavi telefonando?».

«A Servane Astine, l'editrice di PYF».

«Be'?».

«Be' niente. Niente di niente».

Sono dietro Yann. Mi sono avvicinata a passettini da topo. Dopo la telefonata il capitano è andato direttamente nella sala Maeva e ha requisito d'autorità il computer della reception montato accanto alla Livebox, quindi l'unico della pensione più o meno connesso a Internet.

Lui invece ha l'aria sempre meno connessa, almeno con me. È come se non avesse più tempo da perdere con una ragazzina ora che è convinto di sapere chi ha commesso i delitti. E che è convinto di aver convinto me.

"L'assassina è Clem".

I consigli che pochi minuti fa non ho voluto ascoltare tornano a bussarmi in testa.

"Passi troppo tempo con quel gendarme. Non mi fido di lui".

Dovrei fidarmi di Clem?

Mi fido a metà di tutti e due. In fondo Yann avrebbe potuto benissimo truccare le impronte o scambiare quelle che ha rilevato per farla accusare.

A chi devo credere? Uno dei due mente per forza.

Forse l'unica persona di cui posso fidarmi è molto semplicemente... mamma.

Yann sembra infastidito dal fatto che stia in piedi alle sue spalle a rimuginare senza dire una parola.

«Hai altro da chiedermi?» mormora senza staccare gli occhi dallo schermo.

«Sì... Ci sono novità? L'hanno trovato?».

«Chi?» sobbalza il capitano voltandosi.

Un bagliore di speranza gli brilla negli occhi. Stupita che non abbia capito subito, gli chiarisco la domanda.

«Miri! Il terzo cavallo».

Il bagliore si spegne rapido come si era acceso.

«Ah, quello che era scappato. Sì, è tornato alla stalla. Sta sgambettando nel campo con Fetia e Avaé Nui».

Mi fa venire i nervi quando risponde fuori tema.

«Lo so! Mi riferivo a stanotte!».

Yann fa un sorriso triste massaggiandosi le tempie, stanco e paziente insieme, come se i suoi pensieri girassero al rallentatore o, troppo numerosi, gli formassero un ingorgo nella mente.

«Ho capito, Maïma. Ci ho pensato, hai ragione, l'assassino è sicuramente andato al vecchio cimitero con Miri e poi l'ha riportato qui tra il momento in cui ho preso il Tacoma e quello in cui ho chiamato Tanaé perché svegliasse tutti. Può essere chiunque... Parlerò con Poe e Moana appena si saranno vestite. Erano nel campo sotto l'acquazzone a un certo punto della notte».

Fa ruotare la sedia verso lo schermo e si rimette a digitare sulla tastiera.

«Che stai cercando?».

Stavolta risponde senza girarci intorno.

«Métani Kouaki. È l'ultima cosa che Farèyne mi ha detto ieri al telefono, che l'ha ritrovato ed è vicinissimo. Stava indagando da sola ed è saltato fuori un elemento determinante».

Le parole scorrono sullo schermo. Grazie al motore di ricerca Yann sta provando tutte le combinazioni possibili.

Métani Kouaki Hiva Oa Tatuatore Atuona Delitto Stupro Strangolamento Serial Killer Audrey Lemonnier Laetitia Sciarra Enata Marchesi Quindicesimo arrondissement

Mi trattengo un po' a leggere i risultati da dietro la sua spalla. Il capitano non mi scaccia, sembra che si sia dimenticato della mia presenza. Comunque le sue ricerche non approdano a niente. Ricapita sempre sugli stessi articoli che riciclano la storia del duplice omicidio di vent'anni fa, ma nessuno dà la minima indicazione su che fine abbia fatto Métani Kouaki.

Yann si innervosisce da solo.

«Eppure Farèyne aveva scoperto qualcosa! Qua vicinissimo, ha detto. Kouaki è di sicuro in zona».

Continua a fissare lo schermo, ma ho l'impressione che si stia rivolgendo a me.

«E di sicuro ha cambiato nome» borbotta. «Come facciamo a scoprire sotto quale identità si nasconde? Non sappiamo niente di lui, a parte che deve avere una sessantina d'anni».

Yann prova un'altra combinazione più ampia con le sole parole *Marchesi* e *Tatuaggio*. Escono centinaia di risultati. Decide di aprire solo quelli che corrispondono a una pagina Facebook, cominciando dai profili di donne che abitano a Hiva Oa. Una volta entrato nella pagina guarda le foto e legge i vari commenti. Naviga così da una vita all'altra entrando nell'intimità di decine di marchesiane tatuate, pronto a cogliere ogni minimo indizio sulla loro pelle.

Resto un po' a guardar scorrere fotografie di spalle, schiene, cosce e natiche ricoperte di arabeschi neri, poi vado lentamente in cucina.

* * *

«Tanaé?».

«Dimmi, cara».

La proprietaria del Soleil Redouté è seduta al tavolo di cucina davanti a una pila di carte in cui si mischiano lettere ufficiali con la stampigliatura *Repubblica francese* o *Polinesia francese*, bollette, preventivi e richieste di prenotazioni.

Aspetto in silenzio, incerta sul modo in cui formulare la prima domanda.

Tanaé ha sul naso inconsueti occhialini e indossa un tradizionale vestito lungo marchesiano. Percepisce la mia presenza senza alzare la testa e mi anticipa.

«Ti do un consiglio, piccola, non aprire mai un albergo! Passi più tempo a riempire scartoffie che a conversare con gli ospiti».

Vabbè, mi butto.

«Tanaé, hai mai sentito parlare di Métani Kouaki?».

Raddrizza la testa, gli occhiali le si aggrappano alla punta del naso, gli occhi si agitano come zanzare chiuse dietro una finestra.

«No. No, mai».

Ci ha pensato. Sono sicura che Tanaé ci ha pensato! Una frazione di secondo di troppo. Quanto basta a darmi il coraggio di insistere.

«Cosa rappresenta per te il tatuaggio dell'Enata che hai sulla spalla?».

Tanaé si blocca con la penna a mezz'aria, gli occhiali a mezz'aria e il naso a mezz'aria, imbarazzata come se le avessi chiesto di che colore erano le sue mutandine. Capisco subito di aver aperto una crepa in cui ho la possibilità di intrufolarmi. La stessa crepa in cui si è infilata Farèyne ieri sera, quando per caso Tanaé si è scoperta la spalla. Per la comandante tutto è diventato chiaro appena ha visto il tatuaggio.

Cerco di ragionare il più in fretta possibile, ma non sono abbastanza rapida e penso troppo forte, i miei pensieri hanno dovuto fare rumore, non ho sentito i passi alle mie spalle...

Un'ombra scherma i pochi raggi di sole che filtrano in cucina.

Mi volto troppo tardi.

Il diavolo. Il diavolo è tornato. È di fronte a me.

Yann

Yann ne ha abbastanza di tartarughe tatuate su natiche tornite, serpenti neri avvolti intorno a capezzoli marroni e gechi arrotondati su pance piatte. Anche se dietro i commenti entusiasti, beffardi o salaci di ammiratori anonimi si celasse Métani Kouaki, come potrebbe mai identificarlo? Come c'è riuscita Farèyne? Comincia a dubitare di tutto. Pensandoci bene, siamo davvero sicuri che Métani Kouaki sia il serial killer? Farèyne ne è convinta, ma il tatuatore non ha mai confessato. Tutta l'accusa si basava sull'unica testimonianza di quella Jennifer Caradec che da allora è stata dimenticata da tutti...

Abbandona temporaneamente i social network. Gli è venuta un'altra idea. Ripensa alla lista delle domande che ha stilato con Maïma, una lista organizzata intorno a tre misteri: i tatuaggi, i tiki e le perle nere.

Senza starci troppo a pensare digita alcune parole chiave alla velocità massima che gli consentono i due indici.

Perla nera Marie-Ambre Lantana

Fa partire il motore di ricerca. Il risultato arriva pochi secondi dopo che ha sollevato il dito.

Parola non trovata: *Marie-Ambre*

Una decina abbondante di articoli contengono le altre parole.

Perla nera Lantana

Il gendarme non riesce a credere a ciò che legge. Era tutto lì, a portata di clic, sotto i loro occhi, e a nessuno è venuto in mente di controllare. La soluzione appare evidente come una cruda verità dietro un sipario strappato.

Fin dall'inizio del laboratorio di scrittura tutti, compresa Servane Astine, sono stati manipolati.

Diario di Maïma
Il camion dei vampiri

Il diavolo porta baffetti grigi, ha i capelli crespi e si muove appoggiandosi al bastone.

Charlie!

Scatto.

Che ci fa qui?

Tanaé approfitta del diversivo. Posa la penna, si lascia pendere sull'ampio petto gli occhiali fissati a una catenina, si aggiusta il vestito sulle spalle e sorride all'uomo appena entrato.

«Allora, hai trovato qualcuno che ti aiuti?».

«Sì» risponde Charlie. «Dovrebbe darmi una mano Manuarii, il tatuatore, e il falegname Noa mi presta il suo furgone nero. È più adatto come carro funebre».

Tanaé annuisce e si volta verso di me, che con un ulteriore balzo da pantera mi sono avvicinata alla sala Maeva e alla foto di Brel.

«Ho chiesto a Pito di occuparsi del corpo di Pierre-Yves» mi spiega. «In attesa che arrivi la polizia lo metteremo in cantina accanto a quello di Martine. Chiederò al prete di fare un salto».

«Credi che sia il caso?» domanda stranamente Charlie.

Sento la sua voce per la prima volta. È bella e profonda come quella dei cantanti neri.

Ragione di più per stare in guardia! Non devo lasciarmi incantare.

«Visto che è morto in un cimitero tanto valeva che ci restasse per essere seppellito» dice ancora il marchesiano tatuato.

Non riesco a capire se la frase abbia un secondo livello di lettura o se sia solo l'espressione del senso pratico di un giardiniere becchino.

Mi sforzo di rimanere concentrata sui miei pensieri.

Il tatuaggio di Tanaé.

L'Enata capovolto.

Lo stesso che avevano Audrey e Laetitia, le vittime di Kouaki.

Il simbolo del nemico.

Farèyne ha capito tutto ieri, l'ha detto a Yann, l'ha detto anche sotto il pergolato, ricordo le parole che ho captato con difficoltà mentre pioveva, "So dove si nasconde l'assassino, mi manca solo un'ultima prova", e la domanda che la comandante aveva fatto un attimo prima, una domanda a cui non avevo ripensato, ma che in effetti suonava strana, "Tanaé, dov'è sepolto tuo marito Tumatai?".

Al vecchio cimitero di Teivitete, ha risposto Tanaé, e Farèyne c'è andata subito dopo, sotto la pioggia, lanciando Avaé Nui al galoppo.

"Tanaé, dov'è sepolto tuo marito Tumatai?".

Un Enata rovesciato e uno dritto.

"Stasera ho capito tutto!" ha urlato Farèyne al telefono. "Era evidente".

Che hai capito, comandante? Avevi a disposizione gli stessi indizi che ho io. Devo scoprirlo! Non sono più stupida di te...

Charlie è sparito nel vialetto del Soleil Redouté. Tanaé si è rimessa a smarcare caselle e firmare fogli, come se la mia domanda sul significato del suo tatuaggio fosse stata dimenticata.

Sono sicura che finge! Tanaé conosce il nome di Métani Kouaki.

Métani Kouaki. Il nemico. Il tatuatore di Enata.

Poi caccio un grido. Mi trattengo in extremis dal mettermi a ballare sul posto o tentare un passo di haka.

Ho capito!

Avevi ragione, comandante! La soluzione era evidente! Avevamo tutti gli indizi sotto il naso. Un gioco da ragazzi, è proprio il caso di dirlo!

Il mio grido deve aver incuriosito Tanaé. Scappo dalla cucina prima che abbia il tempo di alzare gli occhi e aggiustarsi gli occhiali.

* * *

Faccio di corsa la discesa fino ad Atuona. Attraverso il villaggio a tutta velocità e a piedi nudi, dopo essermi tolta più sopra i sandaletti con i quali scivolavo. Avrei dovuto fare come la comandante ieri, prendere un cavallo... Poco male, il vecchio cimitero di Teivitete è solo a due chilometri, ci arrivo in un quarto d'ora. Supero i pick-up fermi davanti all'emporio Gauguin. I marchesiani mi guardano sfrecciare come se fuggissi da uno tsunami, ma la cosa non ha l'aria di preoccuparli.

Passo davanti al monumento ai due caduti, faccio una curva stretta tagliando per il fossato sotto una palma da cocco e sto attenta a non rallentare casomai una noce si staccasse dall'albero, da quando sono nata mi raccontano che le noci di cocco fanno più morti degli squali, poi accelero più che posso sul rettilineo.

Mi prendo giusto il tempo di dare un'occhiata sulla destra per controllare se la bottega Tat'tout sia aperta, ma il giardino è deserto, le persiane chiuse, non si vede nessuno, così continuo senza rallentare anche se la pendenza della salita comincia a crescere. Il cuore mi batte sempre più forte, le gambe colpiscono il suolo con sempre maggior pesantezza, mi sforzo di mantenere il ritmo, ma quando mi fa male la milza sono costretta a fermarmi.

Un paio di secondi per riprendere fiato.

Solo allora mi rendo conto di essere sola sulla stretta strada asfaltata che più avanti diventa un sentiero in mezzo alla foresta e di non aver avvertito nessuno perché non posso fidarmi di nessuno.

Capisco che sarebbe più ragionevole fare dietrofront e venire al vecchio cimitero solo quando sarò in compagnia di qualcuno, tornare al villaggio che vedo in basso, dove sarei al sicuro in mezzo ai negozianti, agli abitanti, alle macchine che circolano o sono ferme davanti all'emporio Gauguin, salgono a vedere la tomba di Brel, girano dopo il monumento ai due caduti...

Una macchina sta puntando dritta verso di me!

La vedo, qualche centinaio di metri più in basso, imboccare questa stessa strada che termina in ripida salita nella giungla. Che viene a fare in una strada senza uscita se non...

Non ho più tempo di farmi domande. Parto di corsa!

Calpesto le gardenie a bordo strada. I petali bianchi mi svolazzano intorno ai piedi. Devo raggiungere la fine della strada prima che la macchina raggiunga me, poi nessuno potrà più prendermi. Sento il motore ruggire alle mie spalle, una belva dal respiro sempre più rapido, che si fa sempre più vicina. Ho pochi secondi di vantaggio, non abbastanza per sfuggire al mostro d'acciaio.

In un lampo capisco che devo buttarmi di lato. La foresta è un muro fitto di rami di felci arborescenti tra i banani, ma se resto sull'asfalto... Mi sposto un secondo prima che la macchina mi superi e mi tuffo fra i tronchi.

La foresta sarà il mio rifugio!

Mi alzo, sparirò tra gli alberi, sono salva, sono un animale selvaggio inafferrabile, sono...

Una stupida!

Non mi accorgo che i miei piedi sono avvolti in una liana. Cado lunga distesa tra le felci come la più cretina delle cittadine che non abbia mai messo piede nella giungla. Cerco di rialzarmi, ma la maledetta liana mi avvinghia le caviglie.

Sento il rumore delle portiere che si aprono. Vedo quattro gambe nere. Alzo gli occhi nel panico, piango, prego.

L'ultima cosa che vedo dietro uno schermo di lacrime è un furgone fermo in mezzo alla strada, nero, dello stesso colore dei camion dei vampiri che raccolgono bambine sperdute lungo i sentieri, bambine che nessuno ritrova più.

La mia bottiglia per l'oceano

Capitolo 20

Mi sono isolata, sono andata a sedermi su una panchina in mezzo al villaggio proprio di fronte alla Casa del Piacere di Gauguin, lontano dal Soleil Redouté. Isolata dagli altri ospiti della pensione, ma non sola. Un giardiniere armato di decespugliatore sta tagliando il prato dietro di me, rari turisti passano dal museo alla casa del pittore, donne delle pulizie lucidano le boiserie.

Ripenso alla conversazione di pochi minuti fa con Maïma sotto il pergolato, al suo strano cambio di comportamento, alle sue parole taglienti: "Perché, di te ci si può fidare? Tutti abbiamo dei segreti, ma tu più degli altri".

Vedendo lo sguardo di Maïma mi sono resa conto che secondo Yann sono l'assassina. Ne serviva una, è toccato a me! Che sia una piccola vendetta meschina da maschio frustrato perché ha capito che preferivo andare a letto con uno scrittore panciuto anziché con un belloccio come lui?

Ha costruito prove, oppure ha interpretato quelle che c'erano come gli conveniva. Continuo a riflettere. Di sicuro ha fatto parlare le impronte digitali trovate sulla scena del crimine: il suo show da poliziotto della scientifica, ieri sera, corrisponde al cambio di comportamento di Maïma.

"Lascia perdere, non sei mia madre".

No, Maïma, non ti lascerò perdere!

Per quello che tua madre si occupa di te...

Quanto ai sospetti di Yann, me ne frego, non temo niente, mi spiegherò con la polizia come mi sto spiegando con voi mentre verso tutti gli elementi nella mia bottiglia per l'oceano.

Sono scesa qui proprio per sfuggire a quelle accuse mute. Al centro del villaggio mi sento al sicuro. Al Soleil Redouté invece mi sentivo continuamente spiata, seguita, accompagnata, come se Yann avesse dato ordine alle altre di starmi incollate, di seguirmi a turno, tipo poliziotti che si danno il cambio durante un pedinamento.

Dal capannone dello spazio Brel giungono i versi del cantante e le note del pianoforte. Ogni anno, da vent'anni, si riversano sul villaggio di Atuona come una radio locale che trasmetta un solo artista, con gli alisei che ne regolano il volume.

Stamattina è a volume medio.

Ero scesa al villaggio per scrivere, per continuare il romanzo, aggrapparmi alla mia bottiglia per l'oceano come a una boa. Ho cambiato idea, preferisco leggere, forse per un ultimo omaggio a Pierre-Yves. Rileggo *Lontano dalle città sottomesse*, ovviamente, il suo libro migliore.

Tanto vale immergermi nella lettura. Non ho più la forza di indagare, di pensare ai tatuaggi, ai tiki e alle perle nere, di mettere insieme i pezzi del puzzle. Ho solo la forza di aspettare la polizia vera, quella di Papeete, prima o poi arriveranno a Hiva Oa, il mondo finirà pure per essere messo al corrente! Non si muore né si uccide impunemente, nemmeno sull'arcipelago più isolato del mondo.

Appena comincio a sfogliare le pagine vengo subito ghermita dalle frasi di Pierre-Yves. PYF era un mago. Un mago pericoloso. So che buona parte della critica letteraria lo considera uno scrittore senza interesse, un abile cuciniere di buoni sentimenti, un ciarlatano. Si sbagliano. Io ne sono la prova, il suo potere agiva su di me. Almeno su di me. Scriveva talmente bene, quello stronzo, talmente meglio di me...

Toh, ecco Eloïse.

Che sia il suo turno di pedinamento?

Forse è in servizio dalle nove a mezzogiorno, nel caso avessi pensato di scappare in piroga a Tahuata.

La bella brunetta si limita a sorridermi e farmi un cenno con la mano, poi apre il cavalletto e ci posa sopra foglio bianco e pastelli, concentrata sulle forme opulente delle marchesiane scolpite sulle pareti di legno della Casa del Piacere. I loro profili primitivi fanno uno strano contrasto con quello tanto fragile della delicata Eloïse. Fiore di tiarè sull'orecchio e treccia zingaresca adagiata sulla spalla abbronzata, ha l'aria di disinteressarsi completamente di me.

Non ti sforzare, bellezza!

Rimaniamo lì tutte e due, io col mio libro, lei con i suoi pastelli a cera. Ogni tanto, mentre leggo, intuisco che mi spia. Quando invece aggrotta le sopracciglia, si rimette un ciuffo dietro l'orecchio fiorito e si mordicchia le labbra stendendo il colore, sono io a spiarla. Il suo quadro raffigura sempre la stessa cosa, due bambini cancellati, senza il minimo rapporto con l'affresco sensuale della Casa del Piacere, quello che Gauguin stesso ha chiamato *Siate innamorate, sarete felici.*

Giochiamo al gatto e al topo per un bel po', mi viene la buffa idea che ci stiamo comportando come due innamorati che si ronzano intorno. Inaspettatamente è Eloïse a fare il primo passo. Non guarda me, i suoi occhi si soffermano sul libro che ho in mano.

«Anch'io l'ho letto».

Lontano dalle città sottomesse.

«Non ne dubito» rispondo con una punta d'ironia. «Faceva parte delle letture obbligatorie per essere ammesse all'accademia di Hiva Oa, no?».

Ho vinto un sorriso! Rigioco.

«Faccio la zelante, lo sto rileggendo per la quarta volta. È di gran lunga il migliore che ha scritto».

Eloïse conferma con un delicato movimento della testa. I suoi occhi chiari fissano un punto al disopra del libro che ho sulle ginocchia, come se seguissero il volo di parole invisibili che escono dalle pagine.

«Il migliore, è vero. E in un certo senso anche il peggiore. Cioè, diciamo il più pericoloso. Non trovi?».

Non so che rispondere. Non so nemmeno se Eloïse aspetti una risposta, visto che riprende subito a parlare.

«Ti ho sentito parlare con Maïma, prima. Volevo... volevo dirti che ha ficcato il naso pure da me. Ha lasciato la sedia in mezzo alla stanza per arrampicarsi sulla trave e sgattaiolare sotto il tetto. Volevo anche dirti che non ce l'ho con lei. Abbiamo tutti i nostri segreti, no? Lei crede di far bene. Sta indagando, gioca alla poliziotta. Oddio, ovviamente non è più tanto un gioco. Ma volevo dirti che le voglio bene. Mi... mi ricorda...».

Gli occhi di Eloïse si staccano dal libro per tornare al disegno.

Due bambini grigi.

Grigio poltiglia.

Tratti di matita scuri e disordinati che formano due macabre ombre giovanili.

Momento di silenzio riempito solo dalla malinconia del maestro Jacques.

Mi immergo di nuovo nel libro, Eloïse si concentra sull'affresco di Gauguin, poi legge ad alta voce.

Siate innamorate, sarete felici.

«È facile per gli artisti tirare fuori frasi così» dice. «Le inventano, le incidono. Le parole restano e loro se ne vanno. È quasi un gioco per loro, un modo di lasciare una traccia per quando non ci saranno più. Solo che noi ci crediamo!».

Eloïse non ha mai parlato tanto. Con nessuno. Per quanto ne so, almeno. Perché oggi e perché con me? Vuole diventare mia amica?

O è perché sto leggendo questo romanzo?

«Con il libro di Pierre-Yves succede lo stesso» continua accarezzandosi la treccia zingaresca come fosse un animaletto morbido acciambellato intorno al suo collo. «Pierre-Yves ci lascia sul comodino tutte queste cose, l'inno all'amore, il fallimento delle nostre vite se non puntiamo alla luna, l'atterraggio tra le stelle, le comete che non dobbiamo lasciarci scappare. Quando un libro è ben scritto è come uno specchio della nostra vita, della nostra vita in meglio, della nostra vita se non l'avessimo mancata. E i libri di Pierre-Yves sono molto ben scritti. Sa parlare delle donne, del posto delle donne, sa parlare alle donne. Per tradirle meglio!».

Un violento sfregio nero lacera la tela bianca sottolineando le sue ultime tre parole.

«Perché lo dici?».

Gli occhi di Eloïse puntano un'altra volta il libro, poi risalgono su di me.

«In fondo io e te ci assomigliamo. Pierre-Yves ha spezzato il cuore a tutte e due con le sue false promesse. Abbiamo perso tutto a causa sua, eppure non ce l'abbiamo con lui. Non è colpa sua. Non è mai colpa dello specchio... Nessuno ci obbliga a guardarci dentro».

Cerco di bloccare le mie emozioni nel legno di sequoia. Pierre-Yves ti ha spezzato il cuore, carina? Allora anche tu andavi a letto con lui! Devo capire questo? Un'amante di più? Vorresti farmi credere questo? Un'amante molto più desiderabile di me?

Ripenso ai giuramenti di PYF dopo aver fatto l'amore, sempre dopo aver fatto l'amore. Ero il suo tesoro più prezioso, la sua fidanzata segreta che sognava la più bella bottiglia per l'oceano, la sua bibbia in un solo esemplare, l'unica via d'uscita dal labirinto di una vita torturata... Chissà se faceva le stesse dichiarazioni a tutte le sue amanti.

Improvvisamente ho sete. Come se avessi previsto le confidenze di Eloïse, mi sono portata dietro due birre Hinano.

«Vuoi?».

So che Eloïse non la prenderà. Ne stappo una. Da ieri, da stamattina, devo lottare contro la voglia di bere. Comincia così la dipendenza dall'alcol? Per compensare la dipendenza da un uomo?

«No, grazie» risponde piano.

Ed Eloïse da cosa è dipendente? Dai due fantasmini neri?

Bevo un sorso dalla bottiglia prima di continuare.

«Invece sì, Eloïse, siamo obbligate a guardarci allo specchio. Siamo programmate così, dobbiamo essere perfette. Secondo te Pierre-Yves ci ha riunito qui per questo, ha messo insieme cinque lettrici per comporre la donna perfetta? Sarebbe da lui, no? Tutte ci siamo sentite la donna ideale, la fidanzatina preferita, la favorita, la privilegiata, o sbaglio? Tu non hai sentito che scriveva per te, solo per te?».

Eloïse annuisce.

Lei è tornata timida e io loquace.

«In realtà nessuna di noi era abbastanza perfetta per lui. Nessuna possedeva tutte le qualità. Pierre-Yves ha forgiato la donna ideale come se avesse fuso una lega di metalli preziosi, come se avesse composto un elisir mettendo insieme varie personalità».

«Come i tiki» mormora Eloïse.

Capisco cosa intenda. Bevo ancora.

«Esatto, come i tiki! Sono sicura che è stato lui a farli fare. Per avvertirci. Nessuna donna possiede tutte le qualità. Nessuna donna possiede tutti i mana insieme. Ma lui, egoista com'è, li vuole tutti... E ognuna di noi, egocentriche come siamo, crede di poterglieli dare...».

Eloïse giocherella nervosamente con la treccia, se la porta alle labbra, la mordicchia. Capisco che è tentata di farla salire ancora per asciugarsi gli occhi umidi. Si trattiene dallo scoppiare in lacrime.

«Secondo te Pierre-Yves ci ha ingannato? Secondo te i suoi libri mentono? Tutti i libri mentono? È stato il fantasma di Pierre-Yves a radunarci qui per possederci tutte, a modo suo?».

«Credo che sia stato il fantasma di tutti gli uomini».

Stridore di pneumatici!

Ci voltiamo con uno stesso movimento. Prima sentiamo un

motore su di giri, poi, sulla strada del villaggio sopra di noi, vediamo passare uno strano furgone nero.

A tutta velocità.

Diario di Maïma
L'haka dell'uccello

Yann mi aiuta a rialzarmi. Si è accovacciato sul bordo della strada mentre io mi libero con difficoltà le caviglie impastoiate nelle liane senza smettere di tenere d'occhio con diffidenza il furgone nero fermo.

«Ah be'» commenta il capitano, «se fossi stata inseguita da una tribù di cannibali della valle di fronte saresti andata poco lontano prima di finire sacrificata sul paepae».

Offesa, strappo via le ultime liane. Osservo, vicino al furgone, la figura zoppicante di Charlie che ha cominciato a salire lo stretto sentiero fangoso, prolungamento della strada in direzione del vecchio cimitero di Teivitete. Insieme a lui c'è un uomo più giovane, un bel ragazzo in jeans aderenti neri e camicia bianca. È Manuarii, il tatuatore che doveva aiutare il giardiniere Pito a trasportare il corpo di PYF nella cantina del faré del Soleil Redouté? Sono venuti per questo, non per me, così mi hanno detto... Ma che sarebbe successo se non fosse arrivato Yann? È stata Tanaé a mandarli e Tanaé mente! Non vuole far sapere cosa si nasconda nel vecchio cimitero, ciò che Farèyne aveva scoperto ieri.

Il sole del mattino fa il pompiere e asciuga l'asfalto ancora bagnato sollevando una nebbiolina di vapore tiepido. Afferro la mano che mi tende Yann e mi rialzo a piedi nudi sull'asfalto fumante.

«Come mi hai trovato?» gli domando.

«Tanaé mi ha avvertito subito che eri sparita».

«E mi sei corso dietro?».

«Pensavi che ti lasciassi andare in giro da sola per Hiva Oa? Avresti potuto imbatterti in chissà chi, tipi sicuramente meno cordiali di Pito e Manuarii».

I due uomini sono già scomparsi nel punto in cui il sentiero si addentra nella foresta. Hanno la missione di pulire tutto per conto di Tanaé? Non volevano investirmi mentre correvo sulla strada, solo evitarmi, almeno questa è la versione a cui il capitano ha abboccato!

Da stamattina mi fanno venire i nervi tutti quanti con la storia che vogliono proteggermi. Sono tentata di dire a Yann "Lascia perdere, non sei mio padre!", ma mi accontento di stringere i pugni e indicargli la strada.

«Bene, capitano, sono contenta che tu sia qua. Mi accompagni al vecchio cimitero?».

«Ci sono cose più urgenti, prima».

Ma non capisce niente? Gli prendo la mano.

«Ho trovato, Yann! Ho scoperto cosa significa l'Enata capovolto. La soluzione è là sopra!».

Gli tiro il braccio, mi sembra di essere una bambina impaziente di mostrare un tesoro a un adulto che non le crede.

«Dopo, Maïma».

Dopo? Ho voglia di mordergli il polso che mi stringe saldamente la mano e mi obbliga a tornare indietro. È invidioso che la sua assistente ci sia arrivata prima di lui, dopo che già ieri la moglie l'aveva superato?

«Dobbiamo parlare» aggiunge. «Tu mi hai mentito, Maïma, mi hai mentito fin dall'inizio».

Le forze mi abbandonano di colpo. Solo le mie parole combattono ancora.

«Che vai dicendo? Che...».

«Ti ricorda niente Huahine Pearl Farm, 20 maggio 2017?».

Non parlo più. Anche le parole hanno capitolato. Rimango in silenzio durante tutto il tragitto a pensarci sopra. Cos'ho da perdere, in fondo? Quando entriamo nel villaggio ho preso la mia decisione: gli racconto tutto, visto che ha capito tutto.

Giriamo a destra dopo la bottega Tat'tout, facciamo passare un pick-up carico di sacchi di iuta pieni di copra e andiamo a metterci sul tohua, la grande piazza del villaggio completamente restaurata in occasione del Festival delle arti delle Marchesi del 2003. Con il prato rasato, le gradinate di pietra rossa e i grandi tiki rosa che ne sorvegliano l'entrata, sembra uno stadio di calcio per extraterrestri.

L'ultima volta che ci ho messo piede è stata in un'altra vita. Ero in seconda elementare, mi pare, avevo sette anni. Avevo danzato l'haka dell'uccello per la festa della scuola davanti a tutto il villaggio, ovviamente anche davanti a papà e mamma, intendo la mia mamma di prima.

Sarei ancora capace di danzarlo, è una coreografia che nessuna marchesiana dimentica. Crescendo non si dimentica niente, è solo che non se ne ha più voglia. Passeranno anche tutte le cose di cui ho voglia oggi: ridere, correre, fregarmene di tutto e in particolare dei soldi, andare in giro scalza. Diventerò come mamma, la mamma di oggi, e la mattina, alzandomi, la mia unica preoccupazione sarà il colore delle scarpe e lo smalto per le unghie abbinato.

Guardo il capitano con gli occhi gonfi di lacrime.

«Non interrompermi, Yann. Per piacere non interrompermi. Comincerò dall'inizio.

«Mamma. Sto parlando di Marie-Ambre, hai capito, no? Tutti considerano Marie-Ambre un'idiota, una di quelle popa'a ricchissime che stanno in panciolle a Bora Bora a sbirciare i giovani polinesiani muscolosi, che bevono e fumano troppo, che non badano a spese, una vittima indifesa delle guide e dei maestri di immersione, una che si fa imbrogliare docilmente... Solo che si sbagliano di grosso, Marie-Ambre fa parte degli altri, di quelli che imbrogliano!

«Ma torniamo all'inizio, al punto più importante. Come hai

capito, Marie-Ambre non ha un soldo! Niente! Neanche mille franchi del Pacifico sul conto. È tutta fuffa! I vestiti di marca, la borsa Dior, gli occhiali da sole Cartier e i costumi da bagno Eres sono solo contraffazioni comprate al mercato dell'usato di Papeete. Inutile dire che anche le promesse fatte a Servane Astine non valgono una cicca! Non sarà certo mamma che rimborserà i biglietti aerei e il conto del Soleil Redouté, una settimana di pensione completa per sette persone! Mi ha fatto giurare di tenere la bocca chiusa, e comunque capisci bene che non l'avrei denunciata.

«A quanto ne so mamma ha contattato Pierre-Yves François sui social network quando lui era ancora in Francia e si interessava alle Marchesi, cercava informazioni per il suo prossimo romanzo. Lei ha fiutato il buon affare e di sicuro anche PYF, dopo aver visto le foto in costume da bagno che mamma postava sulla sua pagina Facebook con il profilo pubblico. Si è spacciata per un'ammiratrice sfegatata dei suoi libri e gli ha offerto di finanziare integralmente un laboratorio di scrittura in capo al mondo, nella cornice del suo futuro romanzo, Hiva Oa. Un modo simpatico di unire l'utile al dilettevole!

«PYF non ha avuto problemi a convincere la sua editrice a montare un'operazione che non le sarebbe costata niente. Suppongo che il piano di mamma consistesse, una volta sul posto, nel sedurre lo scrittore milionario e scapolo. Ce l'ha messa tutta, te lo assicuro. Dopo non aver mai aperto un libro in vita sua ha divorato quelli di PYF fino all'indigestione in poche settimane, prima che il gruppo arrivasse all'aeroporto Jacques Brel».

«E tuo padre?» domanda delicatamente Yann. «Dove si colloca il tuo papà in tutto ciò?».

Il mio papà? Devo raccontare anche questo?

Guardo la terra ocra del tohua davanti a me, il palco sorvegliato dai tiki rosa. Ricordo che danzavo di fronte a tutti i genitori della scuola, non soltanto papà e mamma, e che indossavo un tapa bianco, il costume tradizionale in corteccia che papà era andato a tagliare per me nella foresta da un tronco di gelso.

Un velo mi passa davanti agli occhi. Li abbasso e fisso distrattamente i sandali polverosi del capitano.

«Per quanto riguarda papà, se hai letto gli articoli sai già tutto... Oggi abita a Tahiti, divide con un altro uomo una stanza di cinque metri quadrati nella prigione di Nuutania, ha sottoscritto un contratto d'affitto che dura ancora nove anni. Almeno su una cosa Marie-Ambre non ha mentito, ha davvero fatto fortuna con la coltivazione delle perle nere! Una fortuna colossale, valutata in cento milioni di franchi del Pacifico. Ce l'ha avuta in mano per esattamente diciassette giorni.

«La sua idea era geniale, davvero! Abitavamo a Faie, un piccolo villaggio con meno di cinquanta abitanti, e io passavo le giornate a dar da mangiare alle anguille sacre con gli occhi azzurri, sotto il ponte. I turisti si divertivano e mi lasciavano buone mance, ma papà era più ambizioso. Doveva fare fortuna in fretta se voleva che la bella Ambre continuasse a guardare con occhi innamorati il suo rastrellatore di spiagge.

«A meno di un chilometro dal villaggio, in piena laguna, sorgeva l'unico allevamento perlifero dell'isola, Huahine Pearl Farm. Ci portano i turisti in piroga. Tre minuti di traversata. Vista paradisiaca. Spiegazione tutta sorrisi sull'innesto delle ostriche e la selezione delle madreperle. Palafitta con museo-negozio. I turisti comprano a occhi chiusi...

«Allora a papà è venuta un'idea. In quella fattoria sull'acqua c'erano più di cento milioni di gioielli e non una guardia, nessun sistema d'allarme o telecamere di sorveglianza, chiunque poteva noleggiare una barca, comprarsi un passamontagna e una pistola finta e venire a servirsi. È quel che ha fatto lui la notte del 20 maggio 2017. Tutto è andato liscio, è tornato indietro con un bottino di vari milioni senza aver sparato un colpo. Aveva solo trascurato un particolare, un particolare da niente, quel genio di papà!

«Huahine è un'isola! Un'isoletta di dieci chilometri per cinque, con barche piccole e un aeroporto microscopico. Impossibile lasciarla in altro modo. Come puoi immaginare, non riuscendo a trovare il rapinatore la polizia si è messa a perquisire i bagagli di ogni viaggiatore con più cura dei doganieri del JFK dopo l'11 settembre. Papà era fregato, a meno di non far uscire le perle una per una mettendosele al collo.

«Ci ha provato lo stesso. Ha riempito di perle un tubetto di dentifricio, bottiglie di shampoo, una bomboletta di schiuma da barba manomessa e ha cercato di passare. Fiasco totale! Era esattamente quello che la polizia si aspettava. Ha dovuto restituire le perle fino all'ultima. Marie-Ambre non è riuscita a tenersene neanche una, per fare la ricca a Hiva Oa ha dovuto accontentarsi di una modesta categoria C comprata al mercato. Per fortuna la polizia ha riconosciuto la sua innocenza e la mia... Il che era vero. Papà aveva organizzato il suo piano sballato tutto da solo come un bravo bambino!».

Anche il capitano si è seduto sul bordo del tohua.

«È stata tua madre a rubare la perla di Martine che era appesa nella sala Maeva?».

«Chiaro. L'ho capito subito dopo aver gridato al ladro. Mamma ha sempre sognato di indossare una perla nera d'eccezione. Forse è il motivo per cui papà ha organizzato la rapina. Forse la polizia si è sbagliata e mamma era meno innocente di quel che sembrava».

«Ce l'hai con lei?».

Bella domanda...

Mi alzo e vado avanti di qualche metro nel tohua. Accenno un passo di danza sull'erba rasata, sarei ancora capace di rifare ogni movimento del più bell'haka delle Marchesi, del più bell'haka del mondo, danzare, girare, volare, viso di profilo e collo gracile, per non smettere mai di vedere l'uccello immaginario sulla mia spalla.

Bella domanda, ma Yann aspetta una risposta.

Una risposta di due lettere, capitano.

«Sì e no!... Quando papà è finito in prigione Marie-Ambre avrebbe potuto mandarmi via, rispedirmi a mia madre che non voleva più sentir parlare di me o affidarmi a qualche cugino alle Tuamotu, alle Australi o alle Gambier, invece mi ha tenuto. Perché mi voleva bene... Almeno così credevo. In realtà aveva bisogno di me per i suoi progetti, un altro uomo da agganciare. Una piccola marchesiana era l'ideale per attirare il grosso Pierre-Yves François a Hiva Oa».

Anche Yann si alza e fa due passi sul tohua. I suoi occhi sembrano fissare l'uccello invisibile sulla mia spalla.

«Non dire così, Maïma. Sai bene che...».

Il capitano è gentile, ma non ho più l'età di credere alle principesse azzurre che raccolgono le bimbe abbandonate.

«Non mi ha citato nemmeno una volta nel suo testamento! Voleva essere mamma per davvero... come se io non esistessi! Per una popa'a il fa'amu non esiste. È pazzesco, no? Ho due mamme e nessuna delle due mi vuole».

Yann cerca ancora di replicare, ma sgattaiolo via e mi metto a saltellare sul tohua. Sono leggera, spensierata, ho sette anni.

Sorrido, muovo le mani per far volare l'uccello immaginario.

«Non ti preoccupare, sulle isole è così! E sai una cosa? Ho sedici anni, l'età di fare un figlio. Fichissimo, mi vendicherò su di lui abbandonandolo! Dài, vieni».

Mi appoggio a uno dei tiki grotteschi che sorvegliano l'entrata del tohua, scalo la gradinata di tufo e mi ritrovo nella via principale del villaggio.

«Abbiamo parlato abbastanza di me. Non vuoi sapere il segreto del famoso Enata?».

Yann cammina qualche passo dietro di me. Salgo sul muretto di pietra nera del piccolo parcheggio della banca Socredo e faccio l'equilibrista.

«Non è difficile, capitano. Se c'è riuscita una ragazzina di sedici anni... Enata capovolto...».

«Significa il nemico».

Voglio dargli una mano.

«Ti fornisco un indizio: Métani Kouaki aveva una ragazza che l'ha mollato. I rapporti degli psicologi sostengono che sia stata quella rottura a scatenare tutto, che Kouaki trasferisse sulle vittime il desiderio di lei, una ragazza introvabile di cui non sappiamo il nome, ma possiamo supporre...».

A Yann brillano gli occhi.

«Che abbia lo stesso tatuaggio?».

«Un Enata, capitano. E-Na-Ta».

Salto giù e con la punta dell'alluce scrivo le cinque lettere nella terra scura.

E-NA-TA.

Yann mi guarda senza capire. È davvero un poliziotto? Insisto.

«A rovescio! Un gioco da ragazzi».

Con la pianta del piede cancello E e NA.

Rimane TA.

Con l'alluce riscrivo le stesse lettere invertite.

NA ed E.

«Cavolo» mormora Yann, «ce l'avevamo sotto gli occhi».

Alla buon'ora!

Ripeto lentamente le tre sillabe imitando la dizione maldestra di una bambina di sette anni.

«Ta-Na-É».

* * *

Io e Yann camminiamo lentamente diretti al Soleil Redouté. Un nodo si è sciolto.

Tanaé è l'ex ragazza di Métani Kouaki.

Tentiamo di tirare i fili che si sono appena liberati.

Sappiamo che Tanaé ha frequentato una scuola alberghiera a Parigi prima di tornare alle Marchesi, probabilmente vari mesi prima che Métani commettesse il primo delitto. Lei non è quindi colpevole di niente. Nel 2005 però, dopo aver scontato la pena, Kouaki è tornato a Hiva Oa. Tanaé si era sposata, erano già nate Poe e Moana. L'ha protetto? Era al corrente del suo passato? L'ha aiutato a sparire? A cambiare nome?

La soluzione è forse nel vecchio cimitero di Teivitete, dov'è sepolto Tumatai, il marito di Tanaé? Oggi Métani Kouaki avrebbe una sessantina d'anni. È uno di quei marchesiani indolenti e sorridenti che si incontrano tutti i giorni? È stato lui a uccidere Pierre-Yves François perché si era avvicinato troppo alla verità o aveva scoperto la sua nuova identità? Così come Farèyne dopo di lui e Martine prima di tutti? Se fosse così, se la brava Tanaé ne era al corrente, come ha potuto non denunciarlo?

«Capitano! Capitano!».

Due vocine chiamano Yann a squarciagola proprio nel momento in cui costeggiamo il campo in cui Miri, Fetia e Avaé Nui stanno tranquillamente pascolando.

L'attimo dopo le due figlie di Tanaé spuntano fianco a fianco dietro i tre cavalli, Moana con la mano infilata nella tracolla di una spazzola da crine, Poe con gli stivali ai piedi e un forcone in pugno.

Yann si avvicina al filo spinato che recinta il campo.

«Volevamo dirti di stanotte» esclama Moana agitando la spazzola. «Dovevi tornare a trovarci».

«Eccomi» la rassicura Yann. «Ho fatto prima che ho potuto, la situazione è un po' precipitata».

Un po'? Bell'eufemismo!

Moana mi guarda con aria sospettosa, ma non mi dice di andarmene. Rispetto per l'autorità! Ho due anni meno di lei, ma sono l'aiutante ufficiale del capitano.

«Ieri sera, quando abbiamo sentito Avaé Nui partire al galoppo con la comandante in groppa, siamo uscite sotto la pioggia» racconta Poe. «Abbiamo cercato di tranquillizzare i cavalli. Era buio, soffiava il vento».

«Quando siamo arrivate nel campo c'era il panico» continua Moana. «Abbiamo avuto solo il tempo di vedere Miri partire a sua volta. Qualcuno l'aveva staccata e sellata, e la montava».

«Avete visto chi era?».

Poe solleva il forcone.

«Sì, anche se era buio non ho dubbi».

«Tanto più che è tornata un'ora dopo» aggiunge Moana. «Ha spinto il cancello e ha liberato Miri nella parte bassa del campo facendosi luce con la torcia del cellulare. Non poteva sapere che io e Poe ci stavamo riparando dalla pioggia dietro il fienile».

Anch'io mi avvicino al filo spinato.

«Quindi l'avete riconosciuta!» si spazientisce Yann.

«Sì» conferma Moana. «Era la torcia del cellulare della comandante, quello rosso con la croce bianca!».

So che dovrei tenere la bocca chiusa, invece intervengo.

«Deficiente, il capitano ti ha chiesto se hai riconosciuto chi ce l'aveva in mano».

Poe e Moana mi lanciano due occhiatacce.

«La persona che se n'è andata a cavallo di Miri dopo mia moglie» spiega pazientemente Yann, «e che ha riportato Miri alla pensione un'ora dopo mentre io scoprivo il cadavere dello scrittore al vecchio cimitero».

Poe e Moana sembrano annaspare fra le troppe domande. Non posso fare a meno di scuoterle.

«È la stessa?» domando alzando il tono di voce. «Quella che ha preso il cavallo, l'ha riportato e ha rubato il telefono di Farèyne?».

«Lasciale rispondere» mi calma Yann.

Per la prima volta da quando le conosco le quattro mani delle due ragazze non sembrano sincronizzate. Poe si appoggia al forcone, Moana alla criniera di Miri, che si è avvicinato per sentire le ultime novità.

«Sì» riesce finalmente a dire Poe, «è la stessa».

«L'abbiamo riconosciuta tutte e due» conferma Moana. «Non l'abbiamo detto a nessuno, neppure a mamma, volevamo prima parlare con lei, capitano».

Poe pianta il forcone nella terra con un colpo secco. Il suo movimento è così brusco che Miri fa uno scarto. Anch'io accenno a indietreggiare prima che le ultime parole di Poe mi inchiodino sul posto.

«Era Clem! È stata lei ad andare e tornare con Miri stanotte. E aveva in mano il telefonino di sua moglie, capitano».

LA MIA BOTTIGLIA PER L'OCEANO
Capitolo 21

Clem! Clem!».

Tutto si sta accelerando.

Lo sento.

È come se un vulcano mi si risvegliasse sotto i piedi o, al contrario, sprofondasse nell'oceano per lasciarsi dietro solo un buco azzurro circondato da coralli, come se le nuvole complottassero prima di piombare sulle montagne e piallarle, come se una volta tanto la quotidiana calma mattutina delle Marchesi cedesse al panico.

«Clem! Clem!».

Dopo essere risalita con Eloïse dallo spazio Gauguin al Soleil Redouté ho creduto di riconoscere la voce di Maïma che chiamava aiuto.

«Clem! Mamma! Tanaé!».

Invece no, me l'ero sognato. Nella mia testa si mischiavano paura e realtà. Il mio desiderio di proteggere Maïma cozzava contro la sua indifferenza. Peggio, contro la sua ostilità. Avrei voluto che la topolina corresse ad abbracciarmi, ma sentivo solo i suoi passi e quelli del gendarme che si allontanavano. Ho avuto appena il tempo di vedere le loro ombre correre sotto il pergolato, come se stessero scappando da un cataclisma.

O da me.

«Poe! Moana!».

Stavolta non me lo sono sognato. Era la voce energica di Tanaé che chiamava le figlie, di sicuro perché ciondolavano.

Con un riflesso stupido ho alzato gli occhi al cielo. Ho creduto che la polizia fosse finalmente arrivata, che fosse quella la causa dell'agitazione: era atterrato un aereo della BRJ di Tahiti con una decina di agenti a bordo che nel giro di un quarto d'ora sarebbero stati qui.

Per un attimo ho provato sollievo. L'incubo era finito!

Macché. Nessun poliziotto all'orizzonte.

Ho paura.

Lo confesso, ho paura.

Ho provato ad andare da Maïma, era nella sala Maeva con il capitano che le girava intorno come un cane da guardia. Si è rifiutata di parlarmi, mi ha di nuovo guardato come se fossi la peggiore delle bugiarde o, per la precisione, come se fossi l'assassina.

È quello che le hanno detto? È quello che vogliono farle credere?

Non sono stata io, Maïma! Te lo giuro! Non ho mai ucciso nessuno. Tutto ciò che ti hanno detto è una montatura.

Devi credermi. Dovete credermi.

E io devo proteggere Maïma, è la priorità assoluta.

Per la prima volta da qualche giorno mi ritrovo sola con la sensazione che tutti siano invitati nella camera dei segreti tranne me. Come fossi un'appestata, la pazza che evitano e isolano fino al momento di metterle la camicia di forza.

Sono pazza?

Vogliono farmelo credere?

Mi sento nei panni della condannata che da un momento all'altro verranno a prendere. Mi lasciano ancora qualche minuto di libertà... Libertà controllata.

Devo tentare di scappare?

Ma perché? Sarebbe come confessare crimini che non ho commesso.

Eloïse si è messa a disegnare su un divano della sala Maeva, Tanaé si sta dando da fare in cucina, Yann e Maïma sono seduti davanti al computer della reception. Io non ho voglia di stare dentro. Ho bisogno di camminare.

Esco senza allontanarmi, faccio qualche passo verso il bananeto appena sopra il Soleil Redouté. Mi inebrio al profumo dei frutti maturi, pronti per essere colti.

Capro espiatorio solitario.

Sola.

Almeno credo...

Sento dei passi alle mie spalle!

Mi volto nel panico e trovo un sorriso preoccupato che fa specchio al mio.

L'incontro tra le due ultime potenziali colpevoli!

Marie-Ambre e Clem.

Io e lei.

Sto in guardia, ho l'impressione di essere il personaggio di una commedia, di essere in un gioco di maschere e ombre in cui sono l'unica a sapere chi sono.

Si avvicina.

«Volevo parlarti, ma non qui».

Mi faccio ancora più diffidente. Fin dall'inizio è la prima nella lista dei miei possibili colpevoli. Anche lei era l'amante di Pierre-Yves. E c'era lei, non io, nella capanna del sindaco la notte in cui PYF è stato ucciso, l'ho capito subito. Tremo. Ripenso all'odore che aleggiava nella capanna alle prime luci dell'alba, il profumo *24 Faubourg* di Hermès, fin troppo facile da riconoscere. Non devo allontanarmi, devo restare vicino al Soleil Redouté, in modo da poter gridare alla prima avvisaglia di rischio.

«Che vuoi?».

«Proteggere Maïma. Con il tuo aiuto. È in pericolo con quel gendarme. Il tipo non è chiaro. Inventa complotti di sana pianta».

Sono d'accordo! Mille volte d'accordo! Se Yann non avesse qualcosa da nascondere la polizia di Tahiti sarebbe arrivata da un pezzo. D'altronde niente ci garantisce che sia davvero un gendarme, se non la sua parola e quella della moglie. E niente ci garantisce che lei sia comandante di polizia. Grazie alla loro posizione controllano tutto, hanno acquistato ascendente su di noi e su Maïma... E rimangono al disopra di ogni sospetto pur essendo gli unici a manipolare le prove. Per non parlare del suo strano gioco del seduttore appena la moglie è di spalle.

Senza accorgermene ci siamo allontanate di qualche metro dalla pensione, siamo sotto i banani.

«Che proponi?» le chiedo sforzandomi di non tremare.

«Facciamo società senza dire niente agli altri».

No, mi intima una vocina nella testa. È troppo rischioso. Forse è lei che mi manipola e Yann è un bravo capitano a cui un assassino scaltro fa trovare indizi falsi.

«La prima cosa da fare è avvertire la BRJ di Tahiti» dico. «Chiamiamoli noi e smettiamo di fidarci della mediazione di Yann».

«Buona idea, ma anche se li chiamiamo subito non arriveranno prima di almeno quattr'ore. Dobbiamo agire prima».

Ha ragione su tutta la linea, eppure sento che devo rimanere in guardia. Abbiamo continuato a camminare senza perdere di vista il Soleil Redouté. Pur non avendolo deciso ci ritroviamo davanti al tiki coronato, quello della bellezza, con gli anelli, gli orecchini e le collane. Quello che tutti chiamano il tiki di Marie-Ambre.

Ovviamente...

Si ferma davanti alla statua di pietra, controlla che nessuno ci stia spiando e parla con voce concitata.

«Dobbiamo agire in fretta. Poco fa Poe e Moana hanno detto a Tanaé che ieri notte erano fuori, che si erano riparate dietro il fienile e che hanno visto qualcuno andarsene e tornare con un altro cavallo. Ho sentito tutto, ero nella sala Maeva con

Eloïse. Vogliono parlarne solo con il gendarme e forse l'hanno già fatto».

Provo un improvviso sollievo. Se alla pensione ci sono due persone di cui mi posso fidare sono Poe e Moana. Due adolescenti senza storia. Non hanno motivo di mentire. Se hanno visto il colpevole permetteranno di smascherarlo e io sarò scagionata! Stanotte ero a letto e non ho mai rubato un cavallo. Del resto non sono mai salita su un cavallo in vita mia.

«Non ero io» dico.

«Neanch'io» assicura lei. «Ti credo. Dobbiamo fidarci l'una dell'altra e ho un buon motivo per fidarmi di te». Si appoggia al tiki coronato e mi rivolge un sorriso ingessato, uguale a quello della Marie-Ambre di pietra. «Voglio farti vedere una cosa».

Il tiki ci osserva sempre, testimone muto di una cospirazione disperata. Lei si fruga nella tasca degli shorts senza smettere di parlare.

«Sono passate più di ventiquattr'ore da quando Martine è stata assassinata e ancora non c'è nessuna inchiesta ufficiale in corso. Dobbiamo stare con gli occhi aperti, è chiaro che i presunti gendarme e comandante cercano di guadagnare tempo. Ti ricordi *Dieci piccoli indiani*? Il colpevole si fa passare per morto. Be', loro hanno leggermente modificato il copione, Farèyne fa credere di essere scomparsa per colpire dove e quando vuole. Forse è tutto collegato alla storia del killer tatuatore, Pierre-Yves voleva scrivere un romanzo sulla faccenda, quello che abbiamo trovato sparpagliato al vecchio cimitero è il suo manoscritto. Ci fanno credere che Farèyne seguisse il caso, ma è possibile che non sia più comandante di me e che stiano solo facendo in modo che non sospettiamo mai la verità. Guarda...».

Ha qualcosa in mano. Allarga lentamente le dita.

«Era nello zainetto di Yann mezz'ora fa. L'aveva lasciato nella sala comune e io... ci ho guardato dentro».

Riconosco il telefonino che ha sul palmo. Cover rossa con

una grande croce bianca. Non c'è dubbio, è il cellulare di Farèyne.

Sono confusa. La comandante dovrebbe essere stata rapita insieme al cellulare dall'assassino di Pierre-Yves mentre aspettava Yann al vecchio cimitero.

Chi possiede il cellulare è per forza il colpevole.

O è Yann o è...

«Hai sentito?».

Si è bloccata. La sua voce è un sussurro.

«Cosa?».

«Un respiro qui accanto, dietro il tiki».

Trattengo il fiato, ascolto ogni rumore della foresta. Non sento niente, a parte i fantasmi nella mia testa che chiamano aiuto con la voce di Maïma, "Clem! Mamma!".

«Là!» urla all'improvviso.

Ho solo il tempo di intuire un movimento nella penombra, solo il tempo di gridare:

«Non ci separiamo!».

Lei comincia a correre nel panico e sparisce tra i banani in direzione opposta al Soleil Redouté.

L'ultima cosa da fare!

Parto anch'io di corsa, ma verso la pensione. Devo tornare lì, e pazienza se hanno messo su un castello di prove per accusarmi, sono innocente e avrò tutto il tempo di dimostrarlo.

La collana che dovrebbe portarmi fortuna mi sbatte sul petto.

Devo rimanere viva.

Per Maïma, penso prima di mettermi a correre come una forsennata tra le foglie che mi frustano faccia e gambe.

Per Maïma.

Yann

Eloïse cerca di seguire Yann, ma il gendarme cammina troppo veloce. In realtà più che camminare corre spostando felci e liane, tagliando con un rabbioso colpo di machete quelle che si mettono sulla sua strada, balzando da una roccia all'altra senza stare a controllare se stia calpestando un petroglifo o una pietra sacra. Apre una pista nella quale Eloïse si infila per non perderlo di vista.

Hanno sentito lo sparo cinque minuti prima.

Una detonazione secca poche centinaia di metri sopra la pensione, nella foresta.

Tutti si sono immediatamente ritrovati al pergolato. Tanaé è uscita dalla cucina, Poe e Moana sono risalite di corsa dal campo. Nella sala Maeva, Eloïse ha smesso di leggere e Maïma ha spento le cuffie del lettore MP3. Yann è accorso con il telefono ancora in mano.

Mancavano solo Clem e Marie-Ambre.

«Nessun marchesiano viene a cacciare così vicino alla pensione» ha affermato Tanaé mentre Poe e Moana si rannicchiavano contro di lei.

Yann ha guardato nella direzione da cui era provenuto lo sparo. Dritto a nord.

«Vado».

Ha ordinato a Maïma di non seguirlo, di restare con Tanaé e le figlie nonostante la giovane marchesiana lo supplicasse spalancando occhi allarmati.

Tanaé. Enata al rovescio. Il nemico.

«Qui sarai più al sicuro» le ha tuttavia assicurato il gendarme.

Quando è andato in cucina a prendere il machete da tagliatore di copra appeso al muro Eloïse l'ha seguito.

«Vengo anch'io. Nessuno deve rimanere solo. Mai».

Lui non ha risposto né sì né no.

Si è messo in marcia.

Yann continua ad avanzare nella foresta. È arrivato al primo tiki, quello con la corona e i gioielli, testimone muto che il gendarme non perde tempo a interrogare. Lo sparo veniva da più in alto, qualche decina di metri più sopra, dove il pendio diventa meno ripido ed è tagliato in tre terrazze, vestigia di un antico me'ae di cui restano solo lastre di pietra vulcanica grossolanamente posate e ricoperte di muschio e dove sorgono i due tiki con venti dita, quello delle arti che accarezza la penna e quello della morte che strangola un uccello.

Il gendarme abbatte l'ultimo schermo di liane di baniano che nascondono la scena del me'ae. Davanti a lui si apre il luogo sacro riconquistato dalla natura, scuro, umido, illuminato solo da pochi raggi di luce che perforano la volta vegetale come riflettori di un teatro rigoglioso di verde.

La commedia di Hiva Oa.

Yann sale in pochi passi gli scalini delle prime due terrazze. Sulla terza si blocca.

Li vede. Vegliati dai due tiki grigi.

Stesi ai piedi delle statue.

Due corpi senza vita.

Stavolta l'assassino non ha avuto il tempo di piantar loro un ago nella gola, si è accontentato di un omicidio più spiccio, anche se altrettanto brutale.

Due fucilate.

Una ha colpito Farèyne in mezzo al petto facendole scoppiare il cuore.

L'altra ha falciato Marie-Ambre di spalle sfondandole i polmoni.

Strisce di sangue scarlatto arrossano le pietre grigie del me'ae che non ne vedevano da secoli, come se dopo esserne state private per anni reclamassero di essere nuovamente nutrite da carne sacrificale.

Eloïse ha raggiunto Yann. In piedi accanto a lui con i capelli sciolti e il fiore di tiarè volato via dall'orecchio, fissa spaventata i cadaveri di Farèyne e Marie-Ambre, vacilla, non dice niente, si impone di non fuggire, sente salirle in gola una bile acida, si trattiene dal vomitare. Istintivamente prende la mano di Yann.

Lui regge ancora il machete.

Dalla schiena di Marie-Ambre un rivolo rosso cola lentamente sulla pietra e va a finire in un solco nella lastra, un invisibile sgocciolatoio che ingegnosi sacerdoti marchesiani hanno scavato un tempo per facilitare lo smaltimento del sangue delle vittime.

«Sono... sono appena state uccise?» domanda Eloïse.

«Marie-Ambre, solo Marie-Ambre... Fa... Farèyne è morta da varie ore... Da stanotte... Sicuramente da stanotte...».

Eloïse osserva la pelle livida del volto della comandante danese, la crosta di sangue nero all'altezza del cuore, poi i suoi occhi si posano sui due tiki che fanno la guardia ai corpi con la stessa solennità. Quello di destra la ipnotizza, sente che sta assistendo alla scena con un piacere sadico, sente le ossa spezzate dell'uccello strangolato dalle venti dita di pietra, sente le squame fredde del serpente che avvolge la statua sacra dai piedi al collo.

Ne percepisce il mana. Quello della morte.

La mano di Yann si contrae sull'impugnatura del machete.

Sono tutte condannate?

Il sangue smetterà di scorrere solo quando tutte avranno pagato?

Yann fa un passo avanti. Eloïse lo segue senza lasciargli la mano. Avanzano come due amanti maledetti verso un altare sacrificale, questa almeno è l'immagine che viene in mente a Eloïse.

Una cattedrale di vegetazione con vetrate di mango e di cocco, e la vita diventata tapu. La morte come unica purificazione. Lavata di tutti i peccati.

Ripensa a Nathan e Lola.

Potranno mai perdonarla?

Yann le lascia la mano.

Si china come se pregasse, come se implorasse gli dèi delle Marchesi, come se si facesse anche lui impregnare dal mana della morte. La lama del machete tocca la pietra. È un ultimo modo di affilarla prima che fenda l'aria e tagli a sua volta la carne?

Posa delicatamente l'arma bianca sulla pietra grigia.

«Guarda».

Un foglio di carta è incastrato sotto il petto rosso di Marie-Ambre.

Anche Eloïse si china.

Barcollante.

Ha resistito alla morte, ha resistito al sangue, ma di fronte all'inchiostro crolla.

Vomita ai propri piedi.

Yann si sposta, tira il foglio prendendolo dall'unico angolo che non è intriso di sangue. Eloïse si porta un lembo della maglietta alla bocca, non ha un fazzoletto, non ha neanche una manica per asciugarsi il sapore di vomito sulle labbra, si scopre ombelico e reggiseno, se ne frega. Del resto Yann non la guarda nemmeno, è concentrato sulle parole scritte a mano.

Da lei.

Yann ha tra le mani il testamento di Eloïse.

La mia bottiglia per l'oceano
Parte V

Racconto di Eloïse Longo

Prima di morire vorrei sapere se esiste un solo cammino o molti. Se il nostro destino è già stato scritto da qualcuno o se possiamo cambiarlo, se vale la pena combattere, darsi da fare, non rinunciare, mollare tutto, se sia meglio altrove, se esista un'altra vita, se valga la pena cercarla, se sia un tesoro nascosto che possiamo trovare.

Prima di morire vorrei sapere se è solo una questione di coraggio e volontà o se sia tutta una trappola, se ci portiamo dietro sempre lo stesso fagotto di miseria e per quanto andiamo all'altro capo del mondo o su un altro pianeta ricostruiremo la stessa casa, la stessa prigione, perché è nella nostra testa, e l'altrove è soltanto un miraggio.

Prima di morire vorrei sapere se c'è qualcosa dall'altra parte della collina, dall'altra parte del mare, se c'è un uomo che mi aspetta, quello che attendevo, se l'amore funziona così, che un solo uomo al mondo è buono per te, come c'è un solo numero giusto alla lotteria, ma per vincerlo bisogna giocare, giocare e giocare, sperare, aggrapparsi, scorticarsi, sanguinare, piangere, fregarsene, continuare a giocare, giocare e giocare fino a vincere.

Prima di morire vorrei sapere se la vocina che vive dentro di me dice la verità quando mi sibila come un serpente: dài, piccola, scrivi, scrivi, hai talento, questa è la tua vita, dipingere, creare, immaginare, ma per questo devi abbandonare tutto e rischiare tutto, credi che i grandi artisti facciano le cose a metà? Guarda Gauguin, guarda Brel, hanno lasciato tutto, moglie, figli, amici, e sono morti giovani, è il prezzo dell'eternità.

Prima di morire vorrei sapere se è il diavolo a suggerirmi questa follia. Per un Gauguin, quanti sono gli artisti ossessionati, dimenticati, maledetti dai discendenti, ridicoli per aver creduto che la vita offrisse loro qualcosa di diverso dall'anonimato e dalla mediocrità?

Prima di morire vorrei
Amare un uomo per il quale valga la pena mollare tutto.

Prima di morire vorrei
Trovare un uomo che mi accetti come sono, senza giudicarmi, che mi ami come certe donne sono capaci di amare gli uomini egoisti.

Prima di morire vorrei
Che Nathan e Lola potessero un giorno perdonarmi.

La mia bottiglia per l'oceano
Capitolo 22

Sono rinchiusa insieme agli altri nella sala Maeva.

Porte chiuse, finestre chiuse, siamo tutti e sette in prigione, anche se il sole riesce a intrufolarsi tra le tavole di bambù un po' sconnesse e rischiarare la stanza con una penombra che ricorda i giorni afosi in cui si vive tappati in casa.

Tutti e sette, quindi.

Sei donne e un uomo, Yann.

Tre adolescenti, Maïma, Poe e Moana.

Una donna esperta che si occupi di loro, Tanaé.

E due giovani lettrici...

Una di fronte all'altra sui divani.

Eloïse e Clémence.

Io e lei.

Dei sette sopravvissuti murati vivi come gli ultimi esseri umani dopo l'apocalisse nucleare, almeno uno ha le mani sporche di sangue e l'obiettivo di eliminare tutti gli altri.

Chi?

Appena tornata al Soleil Redouté sono crollata senza fiato su una sedia del pergolato, ancora tremante di paura, incapace di muovermi. Così credevo.

Yann non ci ha dato tregua. In piedi! E al riparo!

I suoi ordini erano chiari. Più nessuno di noi doveva uscire. Ci barrichiamo tutti nella sala comune e aspettiamo.

Come avrebbe potuto agire altrimenti, il capitano?

Eravamo cinque lettrici, tre sono state assassinate.
Chi sarebbe stata la prossima?
Io?

Seduta sul divano di velluto beige liso, giocherello meccanicamente con i grani della collana rossa. Finora mi ha protetto. Perché io? Perché la folgore si è abbattuta su Martine, Farèyne e Marie-Ambre e non su di me? Guardo Maïma dall'altra parte della stanza, immobile sulla sedia, con gli occhi nel nulla. Non ha aperto bocca da quando Yann le ha detto che la madre era stata uccisa. Non ha rivolto la minima occhiata a nessuno, neanche un'occhiataccia.

Cosa sta provando? Io sento il bisogno morboso di scrivere, di scrivere tutto, di riempire fino all'orlo la mia bottiglia per l'oceano. Se dobbiamo morire tutti, se sarò la prossima, assassinata o giustiziata dopo essere stata accusata, resterà questo quaderno. C'è scritta tutta la verità.

La confermerete? Testimonierete? Siete la mia ultima speranza.

Yann prende la parola con le mani dietro la schiena e l'aria da secondino. La sua voce non esprime emozioni, è gelida e minerale, è la voce di un poliziotto diventato robot. Spiega che il corpo di Marie-Ambre era ancora caldo, che il sangue non si era coagulato, quindi che era appena stata uccisa, il che scagionava tutte le persone presenti al Soleil Redouté al momento dello sparo. Nel caso in cui qualcuno non avesse capito specifica:

«L'assassino di Marie-Ambre non può essere nessuna delle adolescenti né Tanaé né Eloïse».

Per una frazione di secondo ho avuto l'impressione che tutti gli sguardi si voltassero verso di me prima di continuare a sfarfallare per la stanza come insetti allarmati dal temporale senza che ancora un solo fulmine abbia solcato il cielo. Nessuno ha l'aria di guardare qualcun altro, ma tutti si tengono d'occhio, come in quei giochi in cui i partecipanti formano un cerchio cercando di cogliere il gesto con cui il colpevole si tradirà quando sarà convinto che nessuno lo sta guardando.

Ho capito, nessuno mi sta guardando.

Non ti preoccupare, Yann, il tuo messaggio è stato ben recepito.

Cinque lettrici. Tre sono morte, la quarta ha un alibi di ferro... Anche se sei stato attento a non indicarla esplicitamente, non è difficile capire quale debba essere condannata...

Eppure Yann mi sorprende. Continua a girare per la stanza con lo stesso tono di voce freddo e metallico, ma a quanto pare rifiuta di cedere alla facilità.

«Anche se i fatti ci consentono di scagionare molti di noi per l'uno o l'altro dei quattro delitti, non abbiamo nessuna prova certa che designi un'unica colpevole... solo un mucchio di indizi o testimonianze che vanno in una certa direzione».

Lo sguardo di Yann si posa su di me, o almeno questa è la mia percezione. Solo lui conosce la natura di quegli indizi e testimonianze. Lui e Maïma? Le impronte digitali che si sono procurati in ogni bungalow? La testimonianza di Poe e Moana?

Non è vero, ho voglia di gridare, non ho mai messo piede nel bungalow Ua Pou di Martine né sono mai salita a cavallo in vita mia!

«Devo anche confessarvi una cosa» annuncia il capitano senza smettere di fissarmi.

Finalmente dalla sua voce trapela un'emozione. Quale che sia la confessione deve costargli molto cara.

«A lungo...» continua Yann. «A lungo ho sospettato di mia moglie, la comandante Farèyne Mörssen, perché... perché aveva un grosso contenzioso con Pierre-Yves François. Per questo motivo dopo la morte di Martine non ho avvertito la polizia».

Tutti tacciono nella sala Maeva. Il gendarme ha smesso di girare come una trottola. La sua voce si abbassa di tono rivelando un turbamento sempre più profondo.

«Dopo la scoperta del cadavere di Pierre-Yves ho ricevuto una minaccia, un ricatto: mia moglie sarebbe stata uccisa se avessi chiamato la polizia. Questo succedeva circa dodici ore fa. In realtà era già morta, il che vuol dire che... che ho commesso un grave errore di valutazione».

Yann parla molto lentamente, ogni parola sembra pesare una tonnellata.

«Stavolta li ho chiamati, arriveranno qui fra meno di quattro ore, sono appena decollati dall'aeroporto Tahiti-Faaa di Papeete».

Sembra sincero, è sull'orlo del pianto, ha appena perso sua moglie, ma è ancora possibile fidarsi di lui? Quali prove abbiamo che stia dicendo la verità dopo averci tanto mentito? Su quali certezze possiamo basarci per essere sicure che la polizia arriverà?

«Fino a quel momento resteremo chiusi qui dentro» conclude il capitano.

Diario di Maïma
Charlie

Poe, Moana, venite a darmi una mano!».

A me non chiedono niente.

Per ammazzare il tempo, Poe e Moana stanno giocando a tombola in silenzio. Abbandonano i gettoni gialli posati sulle caselle e si alzano per andare dalla madre in cucina.

Nessuno ha più il coraggio di chiedermi qualcosa, neanche Yann. Ho rifiutato tutto e tutti da quando è tornato e mi ha dato la notizia.

Mamma. Assassinata. Sul me'ae.

Ho rifiutato che mi toccassero, che mi parlassero, che mi asciugassero il naso, che mi consolassero, che mi compiangessero, che mi spiegassero, che mi facessero domande, che mi aiutassero a farmene una ragione.

Porto sfortuna. Chi mi vuole bene muore.

La mia prima mamma se n'è andata, la seconda è stata uccisa con una fucilata e quella che avrebbe potuto diventare la terza, Clem, mi ha tradito.

Mi ha mentito come tutti gli altri. Tutti mentono su quest'isola, pure le pietre, pure le statue, pure il silenzio.

La mattinata è interminabile nella sala Maeva. Sembra l'ultimo atto di una tragedia teatrale muta, a parte i numeri della tombola sussurrati da Poe e Moana. Non ho mai capito perché ai marchesiani piaccia tanto questo gioco idiota.

Forse perché per vincere non c'è bisogno di pensare.

È questa la soluzione, smettere di pensare?

Vorrei chiudere gli occhi, ma non rispondono al mio comando. Mio malgrado osservano tutto.

Clem ed Eloïse sono sedute dall'altra parte della stanza una di fronte all'altra, ognuna su un divano. Eloïse sta disegnando sul taccuino degli schizzi una serie di simboli che somigliano vagamente a tatuaggi marchesiani, Clem cerca di concentrarsi sulla guida Lonely Planet trovata nella libreria. Intuisco che sta morendo dalla voglia di scrivere il suo maledetto romanzo, quello in cui nasconde i suoi segreti e ruba i nostri pensieri, ma non osa, non davanti a tutti. Stavolta le sarebbe impossibile isolarsi.

Guardo poi verso la cucina. Attraverso la porta aperta vedo Tanaé che sta preparando da mangiare. Ha le spalle coperte da un vestito a motivi di iris violetti. Il tatuaggio è nascosto, così come il suo passato.

Smettere di pensare? Non ci riesco! Ho un'ultima missione da compiere, mamma dev'essere vendicata.

Yann, dopo il suo bel discorsetto sulla polizia che sta per arrivare e su noi che dobbiamo rimanere chiusi qui dentro, è uscito dalla sala Maeva. Non so dove sia andato, non capisco perché ci lasci sole e abbandonate con Tanaé quando abbiamo la prova che fosse la ragazza di Métani Kouaki e che forse è sua complice fin dall'inizio.

Più ci penso e più mi convinco di avere il filo della verità. Tutto potrebbe essere spiegato così: Kouaki ha cambiato nome, si fa chiamare Pito, si è fatto assumere come giardiniere e ne approfitta per assassinare le ospiti della pensione. Tanaé lo protegge, gli fornisce le copie delle chiavi, ordina alle figlie di mentire e approfitta delle pulizie quotidiane per scambiare oggetti banali tra i bungalow, un dentifricio o uno spazzolino da denti, invertendo così le impronte digitali tra i residenti.

Questa pensione è una trappola, un albergo della morte, così isolata che nessuno potrebbe sospettarlo. Già il nome la dice lunga: "il sole temuto"...

Yann ha parlato a lungo con Tanaé prima di andarsene. L'ho visto entrare in cucina e chiudersi la porta alle spalle.

Che si sono detti?

Il capitano si è fatto infinocchiare?

È vero che a vedere Tanaé darsi da fare, dedicarsi agli ospiti, passare le giornate a trasportarli, correre dall'aeroporto alla pensione, dalla pensione al villaggio, e nel resto del tempo cucinare colazione, pranzo e cena per una tavolata di dieci affamati, nessuno potrebbe pensare che sia implicata in una serie di delitti. Tanaé l'albergatrice perfetta, Tanaé l'energica madre di Poe e Moana, Tanaé e i suoi aneddoti marchesiani, Tanaé che è l'ospitalità e il buonumore incarnati...

Si è lasciato influenzare, Yann? O è anche lui complice?

Più tiro il filo della verità e più tutto sembra farsi chiaro, illuminato da una luce mortale.

Se Tanaé era la ragazza di Kouaki, vuol dire che all'epoca abitava in Francia. Yann può averla conosciuta, incontrata, tanto più se si occupava anche lui del caso dello stupratore tatuatore. Del resto, a parte ciò che dice lui niente ci garantisce che sia davvero un gendarme. Io l'ho sempre visto in calzoncini e maglietta, mai in divisa.

«Maïma».

La voce giunge dalla cucina.

«Maïma, vieni a darmi una mano».

Mi alzo con difficoltà, come una vecchietta rattrappita dal peso dei dolori accumulati.

Né Eloïse né Clem si sono mosse, una ha la matita in mano e l'altra continua a voltare le pagine senza guardarle.

Ci vado di malavoglia. Tanaé ha tirato fuori una cassetta di verdure, Poe e Moana si sono già attrezzate con coltelli e grembiuli. Stanno preparando un altro banchetto. "Nessuno ha fame, Tanaé!" vorrei gridarle. "Nessuno riuscirà a mandare giù niente. Più che far mangiare i tuoi ospiti faresti meglio a impedire loro di morire!".

«Chiudi la porta, Maïma».

Sono titubante.

Yann ci ha raccomandato di stare tutte insieme nella sala Maeva, tra il salotto, la reception e la cucina fino a quando non siano arrivati gli agenti della BRJ di Tahiti. Sembra la cosa più ragionevole da fare, sempre che Yann non abbia mentito. Se tutti controllano tutti l'assassino non può agire.

«Chiudi la porta, ho detto».

Chiudere la porta significa spegnere il sonoro e tagliare l'immagine. Do un'altra occhiata a Eloïse e Clem, perse nei loro pensieri. Certo, tutto accusa Clem: è quella che era nel bungalow di Titine, quella che stanotte se n'è andata con Miri, quella che passeggiava nella foresta con Marie-Ambre subito prima che venisse uccisa. E la bella Eloïse, con il suo fiore di tiarè tra i capelli, è la prossima della lista, visto che sulla scena del crimine è stato trovato il suo testamento. È un delitto firmato! Manca solo il testamento di Clem!

Un bel mucchio di indizi, come ha ricordato Yann prima di lasciarci. Eppure una vocina nella mia testa continua a rifiutarsi di ammettere la colpevolezza di Clem. Mi aggrappo a un'altra spiegazione possibile, un complotto meticolosamente organizzato da Tanaé, influenzata da Métani Kouaki, nel quale sarebbero coinvolte anche Poe e Moana.

Osservo le due adolescenti pelare le patate dolci con il virtuosismo di due concertiste sedute davanti allo stesso pianoforte. Mi sento ridicola a sospettare di loro! Sono matta, mi sto facendo tutto un film per non accettare la verità, che invece è semplice, elementare: l'assassina è quella popa'a, Clem, che fino a tre giorni fa neanche conoscevo. Ci sono le prove! Tutto il resto sono solo fantasie di una ragazzina che ha guardato troppo *Totally Spies* e *Scooby-Doo*. Devo limitarmi a ubbidire agli adulti se voglio diventare vecchia. Se non voglio morire.

«Sì, Tanaé».

Chiudo la porta, spengo il sonoro, taglio l'immagine.

Di che ho paura? Tanaé è come un'altra mamma, Poe e Moana sono come sorelle per me.

Tutto succede molto in fretta.

Vedo un'ombra immensa uscire dallo sgabuzzino delle scope in cui era nascosta.

Charlie!

Mi illudo di avere il tempo di gridare, ma una sudicia mano pelosa mi tappa la bocca fino a farmi mancare l'aria.

Mi illudo di avere il tempo di divincolarmi, tirare calci e pugni, fare un macello in cucina: Eloïse, Clem o lo stesso Yann saranno allarmati dal fracasso... ma Charlie mi afferra come un sacco e mi solleva bloccandomi mani e piedi.

Mi illudo che Charlie cederà per primo. Mi dibatto con una tale energia rabbiosa che se vuole farmi star ferma dovrà uccidermi...

"Dovrà uccidermi" è l'ultima cosa che penso.

Non ho il tempo di vedere Tanaé alle mie spalle che raccoglie il bastone di Charlie e mi tramortisce con gesto deciso.

La mia bottiglia per l'oceano
Capitolo 23

Maïma?».

Ho sentito sbattere la porta della cucina nonostante Yann ci abbia raccomandato di stare tutte insieme. Ho sentito rumori dietro la porta della cucina.

«Maïma?».

Nessuna risposta.

Vorrei tanto che non si chiudesse nel silenzio, che piangesse, che urlasse, che ci insultasse, che chiedesse aiuto, ma non quel mutismo. La madre non le mancava quand'era viva. Non l'ho mai vista rifugiarsi tra le sue braccia. E non importa quale spalla sceglierà per appoggiare la testa, vorrei solo sentirla mormorare: "Ho bisogno di te, capitano, ho bisogno di te, Clem! Ho bisogno di te...".

Sono tentata di alzarmi.

«Maïma?».

Non starò andando a infilarmi in un'altra trappola?

La sala Maeva è sempre immersa in una strana penombra, porte e finestre chiuse, come se mai nome fosse stato così azzeccato, come se davvero la pensione temesse il sole, come se fosse necessario barricarsi contro i suoi raggi, sbarrare tutto, come se il sole fosse l'assassino pronto a colpire.

Una pazzia! Sappiamo tutti che l'assassino è all'interno.

Non sento più alcun rumore dietro la porta della cucina.

I miei occhi percorrono la stanza, salutano Jacques e Maddly davanti all'*Askoy*, passano sulla lavagna all'ingresso con i *Prima di morire vorrei* e tornano a fissare la porta chiusa.

Il silenzio suona falso. C'è qualcosa che mi sfugge. Perché Tanaé si chiude in cucina con Maïma e le figlie lasciando sole noi due?

Lo fa perché ci ammazziamo tra noi? Perché ne resti una sola?

Per sapere con certezza chi abbia eliminato tutte le altre?

È possibile che si sbaglino, che siamo tutte e due innocenti?

Distolgo a malincuore lo sguardo. Non riesco a concepire che Tanaé possa fare del male a Maïma, tantomeno davanti alle figlie. Impossibile!

Devo evitare di divagare. Devo concentrarmi... su di noi.

Le due finaliste della macabra lotteria di Hiva Oa.

Clem ed Eloïse.

Siamo entrambe sedute su un divano, una di fronte all'altra, divise solo da un tavolino basso, con i due grandi specchi alle nostre spalle, uno per parete.

Alzo gli occhi.

C'è uno strano effetto ottico: sembriamo sedute accanto, una sul divano e l'altra nello specchio, come due coppie gemelle che si guardano e quasi si toccano, come se entrambe avessimo creato un doppio, un avatar mandato ad ammansire il presunto nemico.

Ogni volta che stacco gli occhi dalla carta non posso fare a meno di metterci a confronto. Fa la stessa cosa anche lei?

La bruna dai capelli lunghi e la bruna dai capelli corti.

La ragazza col vestito e la ragazza in shorts.

La femminile e la mascolina.

La depressa e l'espansiva.

Tutte e due carine, a quanto pare...

Le due sopravvissute.

Forse hanno fatto fuori le altre solo perché ci affrontassimo.

Ognuna ha il suo tiki, ognuna ha il suo mana, ma gli ultimi due non sono ancora stati attribuiti.

Quello del talento e quello della morte.

Poso il libro, non riesco a smettere di tormentare il rosario di grani rossi che ho intorno al collo.

Qual è il mio mana e qual è il suo?

A pensarci bene, se Pierre-Yves François ha fatto erigere un tiki per ognuna di noi significa che considerava brava a scrivere solo una di noi... e che all'altra sarebbe rimasta la delusione, l'invidia, l'oblio.

L'invidiosa è l'assassina e quella brava sarà eliminata?

È l'unico risultato possibile dell'equazione posta in questi termini?

No, e io ne sono la dimostrazione, perché non sono né l'una né l'altra.

Né invidiosa né brava a scrivere.

Guardo ancora i nostri corpi vicini, attaccati, stretti l'uno all'altro dal miracolo degli specchi.

Esiste un altro risultato possibile all'equazione posta in questi termini?

Che siamo entrambe innocenti?

Chi sta uccidendo, allora?

Sento di nuovo rumori dietro la porta chiusa della cucina, colpi, ma niente grida. Devo darmi una calmata, non posso aggiungere anche Tanaé alla lista dei sospettati.

Chi sta uccidendo, allora?

Mi viene in mente un solo nome, quello che fin dall'inizio tira i fili dell'indagine, quello che ha cercato di sedurmi, di sedurci tutte, quello che fin dal principio ci impone regole da cui si ritiene esentato.

Yann.

Yann

Yann non ha pensato a farsi dare le chiavi da Tanaé. Resta un momento davanti alla porta del bungalow Ua Huka e osserva l'apertura tra il lucernario e il tetto di pandano, quella specie di passaggio per topi in cui Maïma riesce a intrufolarsi.

Sorride. Impensabile farci passare i suoi ottanta chili per un metro e ottanta di altezza.

Pazienza. Dà un'occhiata alla baia dei Traditori, allo scoglio di Hanakee, al monte Temetiu, poi con gesto deciso tira un calcio alla porta, che cede di colpo. Le tavole di bambù che costituiscono l'esile infisso si staccano e pendono in lunghi filamenti. Gli viene in mente un'immagine strana, quella del lupo cattivo che entra nella casa dei tre porcellini approfittando della sua fragilità. E della loro ingenuità.

Entra nella stanza. Non ha più tempo per giocare d'astuzia, procedere mascherato e cercare complicità diffidando di ogni altro inquirente che potrebbe ficcare il naso nel caso. Deve agire al più presto.

Deve giungere a una conclusione.

È stato incerto tra il bungalow Tahuata di Clémence e il bungalow Ua Huka di Eloïse, poi ha deciso di cominciare da quello di Eloïse. Cerca di concentrarsi solo sulla missione, ma ogni oggetto della stanza, ogni mazzolino di fiori raccolto intorno al Soleil Redouté e messo in vasetti di legno di sandalo lo riporta all'immagine ossessiva di Eloïse, ai fiori che crescono sui suoi capelli-liane e si imprimono sui vestiti, che le slanciano la vita e le comprimono il petto, lo riporta alla sua delicatezza da rametto, alla sua malinconia da ramoscello sterile, troppo fragile per sopportare il peso di un frutto.

Al diavolo.

Va verso il letto, toglie nervosamente le lenzuola, le appallottola a terra, rivolta il materasso. Niente! Si dirige all'armadio: vestiti, costumi, gonne, camicie e biancheria intima volano per la stanza. Gli ultimi ad atterrare mollemente sono i pareo, che ricoprono la devastazione con un velo colorato. Niente! Va in bagno. Creme, profumi, mascara e fondotinta finiscono nel lavandino. Il gendarme svuota il nécessaire senza trovare quello che cerca.

Torna a passi rapidi nella stanza principale, prende l'unico libro che è sul comodino, *Lontano dalle città sottomesse*, ne sfoglia le pagine con tale rapidità che il libro sembra poter prendere il volo. Invece finisce sul materasso rovesciato e ne sfugge una fotografia, la foto di due bambini troppo composti di circa sei e otto anni, e dieci parole scritte sul retro.

Mi mancate troppo

Vi voglio bene

Vi voglio tanto bene

Deve scoprire qualcos'altro in proposito. Eloïse deve necessariamente aver lasciato in giro un altro indizio.

Quando si vuole bene, quando si vuole tanto bene, non ci si accontenta di una fotografia.

La mia bottiglia per l'oceano
Capitolo 24

La porta della cucina si apre. Mi aspetto che spunti Maïma, mi metto a sperare che esclami in tono allegro "Dove sei finito, capitano? Devo parlarti, Clem!".

Fisso la porta aperta.

Appare solo Tanaé con un'espressione chiusa sul volto. Da quando sono arrivata al Soleil Redouté l'ho sempre vista occupata, attiva, una di quelle donne che pagaiano più forte della corrente della vita per non essere trascinate via, sempre con uno strofinaccio in mano, la scopa tra i piedi, il sorriso sulle labbra e una parola gentile per tutti, una donna che potrebbe scrivere: *Prima di morire vorrei soltanto riposarmi.*

La Tanaé che è davanti a noi non è quella che conosco. Poe e Moana sono in piedi dietro di lei, ferme e zitte.

«Ce ne andiamo» si limita a dire l'albergatrice.

Ho sentito bene?

«Ce ne andiamo» ripete Tanaé. «Abbiamo preparato il pranzo, troverete tutto in cucina. Sapete dove stanno i bicchieri, i piatti e le posate, ve la caverete».

Dov'è Maïma?

Tanaé fa un cenno a Poe e Moana, che la seguono verso la porta d'ingresso. L'espressione della proprietaria del Soleil Redouté si fa ancora più dura. Un mana di collera ereditato da trenta generazioni di guerrieri.

«Vado a mettere le mie figlie al sicuro, ci sono stati troppi morti qui. Siete rimaste solo voi due. Ammazzatevi tra voi, se vi fa piacere. Avete tre ore, stavolta il capitano non ha mentito, ha davvero chiamato la polizia di Tahiti».

Dov'è Maïma?

Tanaé apre la porta, fa passare Poe e Moana, esce anche lei e non la richiude. La luce si riversa nella stanza come un sole confuso che si sia scordato di svegliarsi, accecante, violenta.

Le ultime parole di Tanaé mi risuonano in testa.

Guardo lo specchio strizzando gli occhi. Siamo rimaste solo noi due. Faccia a faccia. Fianco a fianco.

Stringo la collana di grani rossi fino quasi a strangolarmi.

"Ammazzatevi tra voi, se vi fa piacere".

Yann

Yann continua a mettere sottosopra il bungalow Ua Huka di Eloïse. Senza ritegno. Apre porte, cassetti, ante e tira via tutto.

Ha un pensiero fisso.

Deve proteggere Eloïse. Più infila la mano nelle tasche dei vestiti, più sfoglia ogni singola pagina dell'album da disegno e più si convince che sia l'unica cosa che gli resta da salvare.

Non ha saputo proteggere gli altri. Non ha saputo proteggere neanche sua moglie.

Rivede il corpo di Farèyne steso sul me'ae, ucciso da una pallottola nel cuore. Sente e risente le sue ultime parole, "Vieni subito, Yann. Ti aspetto al vecchio cimitero di Teivitete".

C'è andato più presto che ha potuto. Non abbastanza, non abbastanza.

Forse perché già non la amava più abbastanza da salvarla?

Ha sbagliato tutto. Avrebbe dovuto prima prendersi cura di Farèyne e dopo, solamente dopo, annunciarle che era tutto finito. Come si fa a lasciare qualcuno che se n'è andato? Come si fa a confessare di non provare più niente a qualcuno che non è più vivo?

Il capitano fruga ancora per vari minuti, sfoglia libri e taccuini, rivolta ogni vestito. Ha raccolto indizi a sufficienza per dimostrare la colpevolezza di Clémence, i poliziotti di Tahiti arriveranno alle sue stesse conclusioni. Sta a lui dimostrare che non aveva complici, che Eloïse non ha niente da rimproverarsi, ma deve penetrare il suo segreto.

Trova la lettera nella tasca interna della valigia, infilata dietro una cucitura strappata. Ha dovuto passarci sopra la mano più volte prima di sentire la carta ed estrarla delicatamente con due dita. È una lunga lettera piegata in quattro in una busta bianca.

Nathan e Lola Longo
29, sente du Petit-Bois
78260 Achères

Una lettera mai spedita.

Spiaggia nera di Atuona, isole Marchesi

Amori miei,

potrete mai perdonarmi? Potrete mai perdonare vostra madre? Che ricordo avrete di lei, angioletti miei? Evidentemente non ricorderete niente della donna che vi ha portato in grembo, che vi ha dato il seno, che in tutti questi anni vi ha lavato, nutrito e vestito, che ha messo a posto i vostri giocattoli, che ha tenuto in ordine la casa perché fosse allegra e pulita per quando papà rientrava.

Ricorderete forse una mamma che la sera vi metteva a letto e vi raccontava una storia, che cercava in tutti i modi di tenervi lontani dai malefici schermi, una mamma che vi metteva sempre un libro in mano, che proiettava su di voi un futuro colorato e meraviglioso: avreste amato quelle storie come le avevo amate io, le avreste lette, ne avreste scritte.

Amori miei, quanto dovete maledire quei libri oggi!

So quello che probabilmente ne pensate, papà ve l'avrà detto e ridetto.

Vi hanno rubato la mamma. Ed è proprio così.

Ho sempre letto fin da quando avevo la vostra età e anche prima, di sicuro migliaia di libri, ma nessuno mi ha colpito quanto

Lontano dalle città sottomesse. *Non è un libro migliore di altri né Pierre-Yves François è uno scrittore più bravo di altri, tutti i critici del mondo possono dire quello che vogliono e stigmatizzarlo con disprezzo, ma è un libro che in un certo momento della mia vita mi ha parlato, ha aperto una breccia in me. I libri sono pericolosi, allora non lo sapevo ancora.*

Parla di ciò di cui parlano gli altri libri, sogni abortiti, vite fallite per mancanza di volontà, tempo perduto per mancanza di audacia, destini che si subiscono, desideri che si respingono, doni che bisogna coltivare, donne sottomesse mentre i mariti si realizzano, vite sciupate, figli che ti attaccano, parla di arte, pittura e letteratura come di una leggerezza infinita. Ci ho creduto come una sciocca.

Mi sono rivista piccola che disegnavo soli e farfalline, mi sono rivista adolescente che intrecciavo i versi delle mie poesie, mi sono vista adulta che vi lavavo le mutandine, e ho creduto in un'altra vita.

Me ne sono andata per un libro. Sì, si può mollare tutto per un libro.

Succedeva sei mesi fa. Mi preparavo ad affrontare una sofferenza atroce, eppure dovevo mettere quel dolore su carta, partorire quella malinconia, operarmi a cuore aperto e raccontare tutto. Poi sarei tornata.

Ho scritto giorno e notte, pagine su pagine. Sono i momenti in cui sono stata più felice e allo stesso tempo più infelice, il dolore mi anestetizzava, credevo che fosse creativo, romantico, tragico... e i giorni sono passati, l'inchiostro si è asciugato, la solitudine mi ha ripreso, la libertà mi ha fatto paura e una mattina, rileggendo quello che avevo scritto, ho capito.

L'illusione. A parte me, chi avrebbe avuto voglia di leggere una prosa così banale? Ancora più mediocre della banale realtà da cui stavo fuggendo. A un certo punto ho visto le parole solo come insetti che divoravano ciò che restava della mia vita. Voi eravate da qualche parte a ridere e giocare, a guardare qualche idiozia in televisione, una cretinata qualsiasi, e io sapevo che quella era la vita.

Ho provato a tornare, ma vostro padre non ha voluto e ha fatto bene, vi avevo fatto soffrire troppo.

Allora sono andata ancora più lontano, alle isole Marchesi.

Potrete mai perdonarmi, amori miei?

Si perdona a quelli che diventano geni, i figli di Gauguin e di Brel hanno perdonato il padre, talvolta si perdona ai padri di aver mollato tutto. Alle madri no.

Oggi ho perso tutto. Prigioniera delle mie chimere lontano dalle città sottomesse rileggo quel libro ancora e ancora, fino a diventare pazza. I libri sono più pericolosi di un'arma da fuoco, vanno maneggiati con più cautela di un veleno, gli scrittori sono spietati serial killer.

Io no. Vostra madre non ha mai ucciso nessuno, non ho abbastanza talento per farlo... Non ho ucciso nessuno, non ho nemmeno fatto morire voi di dolore, mi avrete dimenticato il giorno dopo.

Mi credete se vi dico che non sono responsabile di niente? Che i veri colpevoli sono i libri e gli scrittori, apprendisti stregoni incapaci di controllare le formule che hanno inventato?

La mia colpa è stata voler essere come loro.

Le parole ci hanno separato, angeli miei, devo essere la peggiore delle madri visto che le sto ancora usando per cercare di ritrovarvi.

Ti voglio bene, Nathan. Ti voglio bene, Lola.

La vostra mamma di carta.

Yann si siede sul letto del bungalow Ua Huka a riflettere. Anzi, si siede sulla rete, visto che il materasso è volato a terra. Ripensa alle parole di Servane Astine. Delle trentaduemila lettrici che avevano inviato una lettera di motivazioni per partecipare al laboratorio di scrittura alle Marchesi solo una era stata scelta per il suo talento.

Eloïse o Clem?

Al Soleil Redouté tutti sanno che Clémence sogna di diventare scrittrice, che non esce mai senza penna e taccuino e annota tutto nella sua bottiglia per l'oceano. Eloïse si era nascosta dietro pennelli e matite, ma quella lettera rivela che aveva la stessa ambizione.

Quale delle due è l'eletta, quale delle due è quella voluta da Pierre-Yves?

E l'altra, uccide per ripicca? Delusa dall'averci creduto?

Yann rilegge la lettera a Nathan e Lola. Benché non legga mai, quelle parole hanno il potere di commuoverlo. Eloïse è di sicuro l'eletta, basta quella lettera a dimostrarlo, vuole convincersene. Ripensa al suo testamento trovato sul me'ae.

Prima di morire vorrei

Amare un uomo per il quale valga la pena mollare tutto.

Trovare un uomo che mi accetti come sono, senza giudicarmi.

Sa di essere in grado di amare così, amare come certe donne sono capaci di amare gli uomini egoisti, sa che un tempo ha amato Farèyne in quel modo...

E che allo stesso modo potrebbe amare Eloïse.

Eloïse non può essere l'assassina, non ci si innamora della donna che ha ucciso tua moglie. Ancora una volta tutto accusa Clem! L'altra ipotesi non sta in piedi, quella del complotto ordito da Tanaé con le figlie, il giardiniere e altri marchesiani uniti dallo stesso segreto. Ha parlato a lungo con Tanaé dell'Enata e di Métani Kouaki, lei gli ha spiegato tutto, lui le ha creduto e ha deciso di fidarsi di lei invece che di Clémence.

Ha fatto la cazzata della sua vita?

Diario di Maïma
L'unico uomo che abbia amato in vita mia

Sto per morire.

Come tutte le popa'a prima di me. Del resto è quello che sono diventata: una popa'a. È ciò che Tanaé pensa di me, sennò non mi avrebbe consegnato a Charlie.

Ricordo solo la botta in testa. Quando mi sono svegliata ero stesa nell'Hilux. Neanche legata, solo stesa sul sedile posteriore.

Sta guidando Charlie. Va nella direzione opposta al villaggio, verso il porto o l'aeroporto, o più probabilmente verso la rotatoria da cui ieri è sparito nella foresta, dove deve trovarsi il suo rifugio. Un luogo tapu dove sacrifica le ragazzine troppo curiose, quelle che ficcano il naso in vecchie storie, quelle che frugano nel passato di stupratori tatuatori ormai in pensione sull'isola. Com'è possibile che Tanaé ancora lo protegga? Anche lei ha paura di lui?

Il pick-up sta per passare davanti al tiki con i fiori, quello al collo del quale Charlie ha appeso il pendente sottratto al cadavere di Titine, la mattina che l'ho seguito.

Devo rimanere lucida. Visualizzo mentalmente il tracciato della strada. Se non ho sbagliato i calcoli fra pochi secondi Charlie affronterà la curva che conduce al porto.

È la mia unica possibilità! Se rallenta apro la portiera e salto. Le foglie dei banani ammortizzeranno la caduta.

Aspetto ancora un po' che l'Hilux si avvicini alla curva.

Ho visto giusto, il troglodita rallenta!

È il momento.

Charlie mi guarda nello specchietto retrovisore come se mi avesse letto nel pensiero.

Ora!

Sono sicura che Charlie darà un'accelerata... Pazienza! Non avrò altre occasioni. Mi chino in avanti, mi aggrappo alla portiera pronta ad aprirla e a lanciarmi fuori.

L'attimo dopo il mio programmino va a farsi benedire. Charlie fa esattamente il contrario di quel che mi aspettavo, si raddrizza sul sedile e schiaccia il freno. Sbatto in pieno la fronte sul sedile del passeggero mentre l'Hilux si inarca e si ferma rimbalzando tra le radici dei pistacchi a bordo strada.

«Te la caverai, hai la testa dura!».

In più fa lo spiritoso!

In meno di dieci minuti è la seconda volta che mi spacca il cranio! Non perdo tempo a massaggiarmelo e neanche a passarmi la mano tra i capelli. Hai capito tutto, Charlie, ho la testa dura, e pure le gambe! Apro la portiera e mi precipito sulla strada.

Una mano mi afferra il braccio prima che possa fare un passo.

Charlie!

Con stupefacente rapidità il vecchio marchesiano è uscito dalla macchina e mi ha immobilizzato. Se crede che mi lascerò cogliere come un fiore di tiarè si sbaglia! Mi divincolo, sono pronta a mordere e a graffiare.

«Calma, Maïma».

Certo, come no!

Cerco di liberarmi i polsi e urlo:

«Su, allora, se vuoi che mi calmi dammi la terza botta in testa. O ammazzami direttamente, come Audrey e Laetitia!».

Charlie allenta di colpo la stretta e si blocca come se avessi detto: Stupeficium. Mi guarda e chiede con la sua inquietante voce profonda:

«Allora è così?».

«Così come?».

«Credi che sia Métani Kouaki?».

«Perché, chi sei?».

«Pito. Pito Vaatete, il giardiniere del Soleil Redouté».

«Mi prendi per scema?».

Charlie misura la mia determinazione.

«Hai ragione, non sono soltanto giardiniere, sono anche intagliatore di pietre. Sono stato io a scolpire i tiki».

Ora tocca a me beccarmi in pieno l'incantesimo. Ho a stento il riflesso di fare la domanda più stupida.

«Perché?».

«Me li ha commissionati lo scrittore, Pierre-Yves François. Cose da popa'a. Per motivare le cinque partecipanti al laboratorio, ha detto. Ognuna ha il proprio mana e il tiki doveva aiutarle a svilupparlo. Mi ha fornito i temi, la sensibilità, il talento, l'autorità, banalità di questo tipo, e mi ha lasciato libero di scegliere i simboli che li esprimessero, corone, serpenti, gioielli... Cinque tiki da disporre intorno al Soleil Redouté. In particolare questo» aggiunge voltandosi verso la scultura davanti a noi.

Osservo il tiki dei fiori con le venti dita scolpite. Quelle della mano di Charlie strette intorno al mio polso, invece, sono diventate più mosce di un gambo di acaliffa, ormai potrei darmela a gambe senza problemi.

Non mi muovo.

Zoppicando, il marchesiano dai capelli grigi fa un passo avanti verso il tiki. La sua voce profonda sembra rivolgersi più alla statua che a me.

«Non sapevo che Martine sarebbe tornata. Come avrei potuto immaginarlo? Ci separavano quindicimila chilometri e più di quarant'anni...».

Pito... Martine... La perla nera...

Di colpo il mio cervello fa un clic. Forse i neuroni hanno bisogno di essere sbatacchiati perché si attivino...

Ripenso al testamento di Martine.

Prima di morire vorrei...
Rivedere l'unico uomo che abbia amato in vita mia.

Charlie?

«Credo che a scatenare tutto sia stato il nome di Hiva Oa» continua il giardiniere. «Credo che, leggendo l'annuncio sul sito delle edizioni Servane Astine, Martine non sia stata attratta dal concorso, da Pierre-Yves François o dal laboratorio di scrittura, ma abbia semplicemente pensato che la vita le stava facendo l'occhiolino. Uno di quegli eventi casuali che si trasformano in appuntamento. Non so come abbia fatto a convincere lo scrittore a metterla tra le cinque prescelte, può essere pure che gli abbia raccontato tutto. Forse lo scrittore mi ha ordinato i tiki perché sapeva di noi e lo commuoveva organizzare il nostro incontro. Né lui né Martine hanno avuto il tempo di dirmelo...».

Mi avvicino anch'io e osservo il tiki. È Martine da giovane, con le guance come mele, il busto con tutte le sue forme, uno schianto.

«Raccontami, Charlie. Dimmi tutto dal principio».

Il marchesiano sorride. Gli mancano due canini.

«È buffo che tu mi chiami Charlie. Vuoi che cominci dal principio? È la più bella e la più triste di tutte le storie, quella che si replica ogni giorno migliaia di volte ovunque sulla terra. A venticinque anni, come non pochi marchesiani, mi sono fatto assumere dalla marina mercantile, tanto per fare il giro del mondo. Una sera, dovevo avere poco meno di trent'anni, sono sbarcato a Zeebrugge, uno dei tanti porti in una vita da marinaio fatta di bar e bevute a ogni scalo in paesi di cui non si conosce la lingua. Solo che in Belgio la birra era migliore che altrove e alcune ragazze sembravano più carine perché parlavano un po' di francese. Martine era una di loro. Portava bretelle da pagliaccio che le schiacciavano il grosso petto, aveva le guance rosse delle ragazze che vivono in riva ai mari freddi e un sorriso che ti faceva dimenticare tutti gli altri scali. Siamo rimasti sette giorni a Zeebrugge, e con Martine ci siamo amati per sette giorni. All'epoca già zoppicavo, colpa di un container da una tonnellata e mezzo che mi avevano posato su un piede a Singapore. Martine diceva che mi dava un'andatura da Charlot, tanto più avendo i baffetti e i capelli crespi. Ai suoi occhi ero una specie di angelo, venivo dall'isola in cui viveva il suo idolo, il grande Jacques, credo che la prima volta si sia avvicinata a me proprio per questo. Per una settimana abbiamo sentito i suoi dischi a ciclo continuo, mi sono ritrovato ad amare la sua musica e le sue parole. Due anni dopo, quando ho saputo che era morto, ero a Baltimora e ho pianto. Naturalmente l'ho soprannominata Titine per via della canzone scritta da Brel sull'aria del film *Tempi moderni* di Chaplin, i tempi sono sempre moderni quando si è giovani e innamorati, per noi lo erano quarant'anni fa».

Faccio un passo avanti, commossa. Osservo le lacrime che imperlano gli occhi rugosi di Charlie.

«E... non vi siete più rivisti?».

«Titine era fidanzata con uno studente di legge di Liegi, un futuro avvocato, credo. Io ero un marinaio. Il giorno in cui sono partito le ho regalato una perla nera, una gemma preziosa, l'unico ricordo che avevo della mia isola».

La mano di Charlie diventa talmente molle che ormai sono io a reggerla.

«Perché?» mormoro. «Perché vi siete separati se vi amavate?».

«Questa, piccola mia, è una cosa che si capisce dopo, quando la nave è già al largo. Lì per lì si pensa che ci saranno altre occasioni, altre possibilità, altri incontri... E poi no, non è neanche così. Solo alla fine della vita capisci chi era la persona che avresti potuto amare. Di lei mi rimaneva solo una serie di fotografie scattate una mattina d'inverno sulla grande spiaggia di Bruges».

La foto trovata nel bungalow di Clem...

«Vi siete rivisti a Hiva Oa prima che...?».

Charlie sembra avere difficoltà a mantenere l'equilibrio. Posa la mano libera sulla spalla di pietra della statua che ha davanti.

«Lo scrittore mi aveva detto soltanto che questo doveva essere il tiki della gentilezza e che la lettrice in possesso di questo mana era belga. Come potevo pensare che si trattasse di Titine? Anche se certo, il Belgio, Brel, ho pensato a lei e scolpito la statua prendendo lei come modello. Ieri Tanaé mi ha fatto venire al Soleil Redouté, stavolta non per potare le buganvillee, ma per trasportare il corpo di una popa'a che era stata assassinata».

Non respiro più. Ho un nodo alla gola. La voce di Charlie è solo un lungo bisbiglio.

«Ho rivisto Titine stesa sul letto. Insanguinata. Bella come un tempo, con la mia perla nera sul petto. L'ho portata in cantina come un principe porta una principessa, da solo, tra le mie braccia. Poi sono uscito con la perla per mettergliela al collo, come quarant'anni fa».

Fissa il volto senza rughe di Martine. Con una voce che mi trema come le foglie di palma agli alisei dico:

«Sono... sono stata io a toglierle la collana. Credevo che tu l'avessi rubata... Io... Temo di non sapere più dove sia... L'ha presa mia madre, ma anche mia madre è morta. Mi dispiace».

Charlie passa la mano su ogni curva del busto di Titine, come se avesse il potere di resuscitarla.

«Non dispiacerti, Maïma, non dispiacerti. In un certo senso io e Titine ci siamo rivisti. Saremo sepolti fianco a fianco, a meno di quaranta metri dalla lapide di Jacques e Maddly. C'è posto per due, ho controllato». Guarda con devozione il volto della statua. «Vedi, grazie a questo tiki Titine non è mai invecchiata. Be', in quarant'anni è successa la stessa cosa al nostro amore, è diventato sempre più bello. Dormire per sempre con Titine è più di quanto abbia mai sperato».

Perso nei suoi pensieri, Charlie tace. Mi sento stupida a non aver capito niente, ad aver creduto che il giardiniere Pito fosse lo stupratore Métani Kouaki, e la stupidità non accenna a passarmi… perché sebbene una vocina mi certifichi che quell'uomo spezzato dice la verità, che una storia così bella non può essere inventata, un'altra vocina mi raccomanda di stare sempre in guardia. Devo crederlo sulla parola? Se Pito è soltanto un marinaio diventato giardiniere, chi è l'assassino? Prima di essere uccisa Farèyne ne aveva ritrovato le tracce qui vicino, vicinissimo.

Sto ancora ragionando quando una mano si posa sulla mia spalla.

E non è quella di Charlie! Sussulto, caccio un lungo grido.

Il vecchio giardiniere non reagisce, ha lo sguardo fisso sul tiki.

«Potrai conoscerlo» mormora una voce alle mie spalle.

Mi volto e mi trovo davanti Tanaé con Poe e Moana.

Tutto va troppo in fretta. Gli eventi si susseguono con una tale rapidità che non ho il tempo di distinguerli.

«Chi?» balbetto.

«Métani Kouaki, il mio ex ragazzo, quello che tutti i poliziotti stanno cercando da anni. Vieni, te lo presento».

La mia bottiglia per l'oceano
Capitolo 25

Vuoi mangiare?».

Non rispondo. Sento solo qualche rumore in cucina, poi più niente per un bel po'.

Il lungo silenzio nella sala Maeva viene interrotto da un ronzio.

Un messaggio di Maïma.

Prendo il telefonino posato accanto a me.

Tutto bene, Clem?

Non ti preoccupare, io tutto ok.

Maïma

Da quando lei è sparita e poco dopo Tanaé se n'è andata non ho fatto altro che preoccuparmi. Questo messaggio dovrebbe tranquillizzarmi... solo che non dimostra niente! Chi mi dice che sia stata proprio Maïma a inviarlo? Se Tanaé l'ha rapita potrebbe servirsi del suo cellulare per ingannarci.

Non so se rispondere.

Tutto bene, Clem? domanda Maïma o chiunque digiti al suo posto.

Non lo so! Sono al sicuro finché resto nella sala Maeva o sono già prigioniera della ragnatela di un'assassina che si prepara a mangiarmi?

La sento mettere dei piatti su un vassoio.

Ora siamo davvero sole. Ho l'impressione di essere intrappolata in uno di quei film che finiscono con un duello, lo scontro finale tra l'eroina e la cattiva finalmente smascherata.

In genere l'eroina vince.

Anche questo dovrebbe tranquillizzarmi?

Neanche per idea, è un ragionamento ridicolo, perché sono io e soltanto io che mi attribuisco il ruolo di eroina. Anche Martine, Farèyne e Marie-Ambre erano le eroine del proprio racconto prima di venire uccise.

Farò la stessa fine? Uccisa dopo aver scritto l'ultima riga? Il mio racconto sarà stato solo un po' più lungo del loro? Continuo a seguire il filo di questa strana idea. Siamo quindi le ultime due eroine rimaste, e una sola è la domanda: chi di noi due scriverà la parola fine?

Quella che sta scrivendo sul divano o quella che sta facendo rumore in cucina?

Troppo rumore.

È una trappola? Tornerà impugnando il fucile? Mi sento l'ultima delle idiote a rimanere seduta con il quaderno sulle ginocchia e la penna come unica arma. O i cocci della mia bottiglia per l'oceano, spaccata.

Nella stanza accanto continuano i tintinnii di bicchieri e posate.

I miei occhi percorrono la sala, la reception, il computer, Jacques e Maddly, la lavagna.

Prima di morire vorrei

Condividere un ultimo pasto?

Perché no...

Insieme abbiamo disposto tutto sul tavolino basso tra i due divani, la tartara di tonno rosso, il tradizionale popoi, le palline di pane al cocco, le fettine di taro fritte, l'insalata di pesce fresco, litchi e frutti della passione, il più bel pranzo che Tanaé ci abbia mai preparato. Vedo che lei ha messo sul tavolo un vasetto con un fiore di tiarè.

Ancora una volta appena alzo gli occhi sono sorpresa dalla mia immagine, come se fossimo in quattro a mangiare. Forse è per questo che Tanaé ha cucinato così tanta roba...

Sorrido dentro di me osservando la decina di piatti sul tavolo. Prendo solo un po' di tonno rosso. Nessuna di noi due parla, sembriamo una vecchia coppia imbronciata. Okay, due vecchie coppie se ci mettiamo anche i nostri doppioni.

Il climax del film procede a rilento.

Mastico piano il pesce crudo.

Il messaggio di Maïma continua a lampeggiare sul tavolo.

Tutto bene, Clem?

Speriamo di sì.

Yann

Yann non ha trovato niente nel bungalow di Clem, neanche la foto di Titine di cui gli aveva parlato Maïma. Ha aperto la porta del Tahuata con la stessa rabbiosa violenza della porta del Ua Huka di Eloïse, ha messo a soqquadro la stanza con lo stesso furore, valigie, vestiti, libri... soprattutto libri, chili di libri, fogli e appunti scritti da Clem. Si è concesso il tempo di darci un'occhiata, di soffermarsi sulle rime delle poesie, di leggere le prime righe di bozze di romanzi, e ha capito che da anni Clem riempiva pagine su pagine.

E poi? Non ha scoperto niente, nessun indizio compromettente. Clem ha pulito tutto. Sarebbe quasi da portare come prova della sua colpevolezza!

Yann va avanti e indietro nella stanza, paragona mentalmente la lettera tormentata di Eloïse ai figli ai frammenti di storie scritte dappertutto da Clem.

Quale delle due è più fuori di testa?

D'istinto ha sempre diffidato dell'energia di Clem, tanto quanto si è sempre sentito attratto dalla malinconia di Eloïse. Si è sbagliato fin dall'inizio? No! Le prove che si sono accumulate non hanno fatto che consolidare la sua convinzione, le impronte digitali di Clem nel bungalow di Martine, la testimonianza di Poe e Moana che ieri sera hanno visto Clem lasciare il Soleil Redouté a cavallo di Miri e tornare con il cellulare di Farèyne in mano.

Continua a muoversi nel bungalow. Osserva dalla finestra il dondolio lento delle buganvillee. Gli vengono idee folli. Eloïse avrebbe potuto introdursi nel bungalow di Clem, sostituire spazzolini da denti, tubetti di dentifricio, rossetti e addirittura il cucchiaio dopo cena senza che Maïma se ne accorgesse, come un'illusionista che attiri l'attenzione su qualcos'altro. E la testimonianza di Poe e Moana? Altre idee ancora più deliranti germogliano nella mente del gendarme. Sviare l'attenzione? Eloïse ha i capelli lunghi. Troppo lunghi? Pettinature complicate. Troppo sofisticate? Lo fa per farsi notare? E se fossero finti? Se fosse una parrucca tolta la quale ha i capelli corti come Clem? A quel punto le sarebbe bastato mettersi i vestiti di Clem e tutti l'avrebbero scambiata per lei.

Delirio, si difende Yann, puro delirio!

La lettera di Eloïse ai figli è solo la lettera disperata di una donna persa.

I colpevoli sono gli scrittori, apprendisti stregoni incapaci di controllare le formule che hanno inventato. La mia colpa è stata voler essere come loro.

Yann si ripete quelle parole nella testa.

La mia colpa è stata voler essere come loro.

Eloïse ce l'aveva a morte con Pierre-Yves. È stato lui ad aver provocato tutto? Il suo libro, *Lontano dalle città sottomesse*, è la vera arma del delitto?

Ragiona. Alla fine c'è un solo bungalow che non abbia perquisito.

Il bungalow Hatutaa.

Quello di Pierre-Yves François.

DIARIO DI MAÏMA
Terra degli uomini

L'Hilux attraversa il villaggio di Atuona. L'atmosfera sembra tranquilla. Una decina di pick-up tutti uguali sono fermi davanti all'emporio Gauguin, è l'ora di punta prima che i negozi chiudano per l'ora di pranzo. Alcune donne espongono collane di poniu su tavolini pieghevoli. Turisti smarriti aspettano che il proprio albergatore li riporti alla sua pensione, sembrano scolari alla fermata dell'autobus.

Scolari di Tahiti, perché qui a Hiva Oa, ve lo assicuro, gli scolari vanno a scuola a piedi. Cavalli stufi di non fare altro che pascolare guardano il piccolo villaggio animarsi per un attimo prima che si riaddormenti a mezzogiorno.

Il mio villaggio in capo al mondo è un gattone che dorme al sole. E che ogni tanto si sveglia per pochi minuti, il tempo di catturare una topolina marchesiana.

Sono seduta sul sedile posteriore del fuoristrada insieme a Poe e Moana. Tanaé, sul sedile del passeggero, si gira verso di me. Mi infilo il telefonino fra le cosce. Ho fatto in tempo a mandare un messaggio tranquillizzante a Clem e Yann.

Per una abituata a dare ordini a tutta velocità e inanellare aneddoti come se infilasse pezzetti di maiale selvatico con uno spiedino, Tanaé parla con voce stranamente lenta.

«Sono rimasta un anno in Francia» spiega, «in alternanza tra la scuola alberghiera Vatel e l'Holiday Inn Montparnasse. Avevo ventotto anni. Ho conosciuto Métani Kouaki a una serata organizzata dall'associazione dei marchesiani di Parigi. Eravamo appena in dieci...».

Charlie guida senza dire una parola. Dopo il monumento ai due caduti prende la direzione della bottega Tat'tout.

«Métani viveva facendo tatuaggi» continua Tanaé. «Senza rilasciare fattura. Raggranellava quanto bastava per pagarsi una mansarda in rue d'Odessa. Andavo a trovarlo lì. Gli cucinavo piatti marchesiani. Aveva un bell'appetito. In... in tutto. Stavamo bene insieme. Ci aiutavamo a superare la nostalgia delle isole».

Noto che Tanaé è arrossita e i suoi occhi hanno evitato quelli delle figlie. L'Hilux si avvicina alla bottega del tatuatore. Sento battermi il cuore. Possibile che Kouaki abiti lì?

«Non lo amavo» dice, «e credevo che neanche lui mi amasse, ci facevamo solo compagnia».

Il fuoristrada supera il Tat'tout e continua ad accelerare sulla strada asfaltata.

«Era bravo a fare i tatuaggi. Era il suo mana. Gli piaceva raccontare di averlo ricevuto dagli antenati. Mi sono divertita a chiedergli di tatuarmi un Enata al contrario, il mio nome in marchesiano! Allora non sapevo che quel simbolo significasse il nemico. Lui invece doveva saperlo per forza».

Il pick-up rallenta, vedo già la fine della strada poche centinaia di metri più avanti, quando diventa una piccola striscia di terra e sassi in ripida salita che si inoltra nella foresta.

«Poi ho cominciato ad accorgermi che qualcosa non ruotava per il verso giusto nel cervello di Métani» specifica Tanaé. «In realtà il suo mana era la follia. Oltre che tatuatore, il suo antenato doveva essere un boia o qualcosa del genere. Insomma, ho sentito che ero in pericolo e me la sono filata. Mi restavano solo poche settimane di formazione a Parigi, così mi sono nascosta a casa di una compagna di corso fino al momento di riprendere l'aereo per Hiva Oa. Per sei anni non ho avuto notizie di lui e ti confesso che me l'ero dimenticato. A Hiva Oa ho conosciuto Tumatai, tutto il contrario di Métani! Era un uomo buono e gentile. Ci siamo sposati e abbiamo comprato il Soleil Redouté con il premio dell'assicurazione che aveva ricevuto in quanto ex aiutante di campo a Mururoa. Pensavamo di avere la vita davanti a noi».

Charlie ferma la macchina. Tutti scendono. Ovviamente ho capito dove stiamo andando: al vecchio cimitero di Teivitete. Anche Farèyne aveva capito. Cominciamo a salire tutti e cinque sul sentiero fiancheggiato da alberi del corallo. Poe e Moana trotterellano davanti, indifferenti al racconto della madre che di sicuro hanno già sentito più volte. Charlie ha preso il bastone e chiude la fila. Tanaé si è posizionata tra le due velociste e il ritardatario, io adeguo i miei passi ai suoi e procediamo affiancate mentre lei continua a raccontare.

«Il cancro ai polmoni si è portato via Tumatai meno di un mese dopo che aveva inchiodato il cartello *Au Soleil Redouté* al cancello d'ingresso. Poe aveva tre anni, Moana quattro. A quel punto è ricomparso Métani. Si spostava tra le varie isole della Polinesia, mi aveva ritrovato a causa della pensione, avevamo fatto un po' di pubblicità per l'apertura, e mi ha proposto di aiutarmi, ero una donna sola, con due bambine, come avrei fatto?».

Tanaé si ferma e mi guarda negli occhi. Mai le avevo visto uno sguardo tanto determinato.

«Una donna sola!» ripete. «Ma che credeva? Gli ho riso in faccia. Avevo cinque fratelli, tre sorelle e quindici cugini primi, tutti abitanti di Hiva Oa, tra cui Pito, che si sarebbe occupato del giardino, nonché Ani, Noa e Pomare, che mi avrebbero aiutato con la muratura, l'impianto idraulico e quello elettrico. Métani se n'è andato, ho creduto che avesse capito».

Ricominciamo a salire. Il sole cerca di arrostirci tra le ombre degli alberi del corallo. Charlie si trascina dieci metri dietro di noi, Poe e Moana dieci metri davanti, e hanno pure avuto il tempo di raccogliere nel fossato gardenie e trombe d'oro.

«Métani è tornato più volte. Veniva la mattina presto o la sera tardi, quand'ero sola. Almeno potremmo aiutarci a vicenda, diceva, tu mi mandi i clienti, io faccio loro un buon prezzo per un tatuaggio, tutti i popa'a vengono qui per questo, e facciamo a metà. Per essere lasciata in pace gli ho mandato una cliente, un'australiana piccolina che era in viaggio di nozze con un giocatore di rugby alto due metri. Non so bene cosa sia successo, so solo che il rugbista è tornato a Taaoa, nella capanna di lamiera che Métani usava come bottega, per spaccare tutto e che i due australiani hanno ripreso l'aereo il giorno dopo benché avessero prenotato per cinque giorni».

La foresta si dirada. Abbiamo raggiunto la radura del vecchio cimitero. I piccoli tiki rosa tra le tombe di tufo rosso storcono la bocca vedendoci, come se si fossero stancati di venir disturbati così spesso.

«Una mattina verso le sei Métani è venuto a spiegarsi, ma non gli ho aperto. E ho fatto quello che avrei dovuto fare molto prima, ho digitato il suo nome su Google. C'erano decine di risultati, non credevo ai miei occhi. Qui alle Marchesi non seguiamo la cronaca francese. Ho letto decine di articoli sullo stupratore tatuatore del quindicesimo arrondissement che descrivevano gli stessi orrori, vedevo le foto delle due ragazze violentate e assassinate. Non c'erano prove, nessun colpevole, ma quasi tutti gli articoli citavano la condanna di Métani Kouaki a quattro anni di reclusione per tentata violenza su un'altra vittima».

Tanaé si ferma di colpo e mi afferra il braccio.

«Ho subito capito che era vero, che era stato lui a uccidere le due ragazze! E sapevo che l'avrebbe fatto di nuovo. Leggevo senza riuscire a crederci le relazioni degli psicologi che parlavano di ripicca d'amore, di vendetta per essere stato lasciato dalla sua ragazza di cui si rifiutava di dire il nome... Ero io! Parlavano di me. E Métani che tornava mattina e sera a bussarmi alla porta. Vieni con me».

Charlie ci ha raggiunto. Poe e Moana si sono allontanate per completare il mazzo di fiori bianchi e oro con vite di giada e orchidee viola chiaro. Camminiamo tra le croci e le tombe sventrate, scavalchiamo pietre tonde ricoperte di muschio, sempre che non siano crani di antenati sfuggiti da sepolcri dimenticati. Sulla destra giace la porta della capanna in cui ieri notte è stato trovato il corpo di Pierre-Yves.

«Ho fatto qualche indagine» prosegue Tanaé. «La gente ha parlato. Ho individuato tre casi di ragazze scomparse da quando Métani Kouaki era tornato in Polinesia, avevano tutte tra i diciotto e i vent'anni, nessuna traccia di loro, nessuna notizia. Da queste parti non è raro il caso di adolescenti ribelli che vogliono darsi alla fuga, solo che ogni volta la loro ultima sfida era stata farsi tatuare contro il parere dei genitori, e a tatuarle era sempre un tipo di passaggio che agganciava le ragazze per strada e poi spariva senza lasciare nome e indirizzo».

Trattenendo il fiato domando:

«Enata capovolti?».

«Sì, piccola. Ogni giorno Métani tornava a bussare alla mia porta. Una mattina gli ho aperto».

Credevo che ci saremmo fermati nel cimitero, invece Tanaé continua a camminare nella radura senza smettere di parlare.

«Quella mattina non c'erano clienti alla pensione. La notte prima avevo lasciato Poe e Moana da mia sorella Tepiu, che abita a Hanapaoa, e sulla via del ritorno mi ero fatta prestare il fucile da caccia da mio cognato. Avevo ricoperto i divani della sala Maeva con grandi teli marchesiani. Lui si è seduto senza sospettare niente. L'ho tenuto sotto mira per più di un quarto d'ora durante il quale ha confessato cinque stupri e cinque delitti, Audrey Lemonnier, Laetitia Sciarra e altre tre ragazze a Moorea, Maupiti e Rangiroa. Quando ha provato ad alzarsi gli ho sparato in mezzo al cuore».

Tanaé si ferma. Anch'io. Charlie ci ha superato e con il bastone si fa largo tra le liane di baniano per liberare un passaggio sotto la volta vegetale.

Mi appoggio al tronco. Non so più cosa pensare, tutti i miei punti di riferimento sono saltati. Come devo reagire? Che devo dire? Applaudire? Ribellarmi?

Tanaé si avvicina e mi stringe al petto.

«Ascoltami bene, Maïma. Chiamano questa terra Henua Enana, la terra degli uomini, ma hanno torto. Qui le donne sistemano i propri affari da sole. Non dimenticarlo mai! Non permettere mai che un uomo ti rubi la vita. Siamo principesse, Maïma, siamo regine, siamo le Marchesi! Vieni...».

Charlie ci apre la strada tra le felci arborescenti a grandi colpi di bastone e di nuovo ci addentriamo nella penombra della foresta.

«So quello che stai pensando, che avrei dovuto denunciare Métani alla polizia. E poi? Non avrebbe mai confessato niente, al massimo avrebbe scontato qualche anno di prigione in più e quando fosse uscito Poe e Moana avrebbero avuto l'età delle sue vittime. L'avrebbe fatto daccapo, Maïma, l'avrebbe fatto daccapo. Era necessario darci un taglio».

Si ferma. Anche Charlie si ferma. Davanti a noi c'è un'anonima pietra piatta ricoperta di muschio dai riflessi rossicci, come se fosse una pietra di ferro mangiata dalla ruggine.

«Ho chiamato Pito e mio cognato Pomare. Hanno avvolto il corpo di Kouaki nei teli marchesiani e sono venuti a sotterrarlo qui. Nessuno ha più sentito parlare di lui».

Fisso la pietra scura davanti a me. Così lo stupratore che Farèyne stava cercando da anni riposava qui, processato, condannato e giustiziato. Avrà fatto in tempo, Farèyne, a scoprire la sua tomba prima di essere uccisa? Essere uccisa da chi?

Non da Charlie né da Kouaki. Altri due sospettati da cancellare dalla lista.

Chi rimane?

Nonostante le prove continuo a non credere alla colpevolezza di Clem, e ovviamente neanche a quella di Yann.

Allora chi?

Eloïse?

Prendo il telefonino, devo avvertirli a tutti i costi.

Charlie, con la punta del bastone, gratta via il muschio che ricopre la pietra tombale grigia e porta alla luce un petroglifo.

Un disegno quasi invisibile inciso nella roccia.

Un Enata capovolto.

Qui giace il nemico.

La mia bottiglia per l'oceano
Capitolo 26

C'è rumore in cucina.

Piatti svuotati nella pattumiera, posate lasciate cadere nell'acquaio.

I suoni provengono dalla stanza accanto, eppure mi trapanano il cranio come se ci piantassero forchette e coltelli. E il dolore che mi strazia la testa non è niente in confronto a quello che mi lacera la pancia, al bruciore che mi infiamma la gola come se ogni grano rosso della collana fosse diventato incandescente. È una tortura così intensa che stento a rimanere lucida e a tenere gli occhi aperti.

Eppure devo. Non ho scelta, devo.

Rileggo il messaggio di Maïma.

Attenta, Clem!

Charlie è innocente. Kouaki non è l'assassino.

Guardati da Eloïse. Attenta.

Le parole si sfocano sullo schermo del telefonino. Non ho più neanche la forza di tenerlo in mano. È sul tavolo tra gli avanzi di tonno rosso e le briciole di pane al cocco.

Ho capito. Ho capito troppo tardi.

Mi sta per scoppiare la testa. La mia pancia è solo una sacca di plastica squagliata da un acido sconosciuto. Il mio cervello scalfito continua a ripetersi all'infinito:

Guardati da Eloïse. Attenta.

Sarebbe quasi da ridere, se non fosse drammatico.

Hai ragione, Maïma, avrei dovuto stare attenta. L'assassina ha colpito di nuovo. Ero l'ultima della sua lista.

«Qualcosa non va, bella?» mi ha chiesto lei con un sorriso sadico.

Poi è andata in cucina con le mani cariche dei resti del pranzo senza dire altro.

Ho capito troppo tardi.

Stavolta non ha usato né un ago da dermografo né un coltello né un fucile da caccia.

Un semplice veleno mischiato alla tartara di tonno, l'unica cosa che ho mangiato.

Lo so, lo sento, il veleno mi sta circolando nel sangue, il cuore è la pompa mortale che lo diffonde, sarà la sua ultima missione. Già non mi sento più la punta delle dita.

Conosco il seguito del processo. Ho ingerito un betabloccante, curaro o un veleno simile. Il cuore rallenterà, le cellule più lontane smetteranno di essere irrigate, alcuni muscoli stanno già cominciando a paralizzarsi. Rami secchi. Il veleno avanza distruggendo tutto alle sue spalle come un incendio e poco a poco la paralisi raggiungerà gli organi vitali. So che la gola mi si chiuderà, che i polmoni si svuoteranno un'ultima volta e pochi minuti dopo mi si fermerà il cuore.

Yann

Yann ha lasciato aperta la porta del bungalow Hatutaa di Pierre-Yves François. Prima di procedere all'ispezione della stanza rilegge il messaggio di Maïma che ha appena ricevuto.

Attento, Yann!

Charlie è innocente. Kouaki non è l'assassino.

Guardati da Eloïse. Attento.

Non preoccuparti per me, topolina, pensa il gendarme tranquillizzato. Sa che Maïma è al sicuro finché sta con Tanaé.

Rivolge quindi la sua attenzione al bungalow dello scrittore. Di tutti è quello più in ordine. Non ci sono libri sul comodino né prodotti da toilette in bagno né pieghe sul letto, solo qualche vestito appeso con cura nell'armadio.

È così perché Poe e Moana sono venute a fare le pulizie dopo due giorni che il bungalow era vuoto o perché lo scrittore aveva preparato minuziosamente la fuga? Yann crede più alla seconda ipotesi. Pierre-Yves François ha messo in scena la propria scomparsa lasciando in evidenza sulla spiaggia di Atuona un mucchietto di vestiti e un ciottolo con il tatuaggio dell'Enata, un'astuzia ispirata ai party con delitto per motivare le cinque lettrici. Aveva previsto di nascondersi un paio di giorni nella capanna del sindaco dove aveva fissato un appuntamento segreto con la donna che la stessa notte avrebbe ucciso lui e Martine.

Yann perquisisce la stanza, apre i cassetti, controlla perfino sotto il materasso. A stupirlo non è tanto l'assenza di effetti personali di Pierre-Yves François, che difatti erano nelle valigie trovate nella capanna del sindaco, e neanche l'assenza di libri, ma è la mancanza di appunti, di carte, come se a casa di un professore non si trovasse neanche un compito.

Ragiona. Lo scrittore ha proposto alle cinque lettrici vari giochi prima di sparire, ritratti cinesi, cadaveri squisiti... Il primo esercizio era scrivere tutto in un romanzo battezzato *La mia bottiglia per l'oceano*, l'ultimo era il famoso testamento *Prima di morire vorrei...* Ogni volta ha metodicamente raccolto i compiti promettendo di correggerli, eppure Yann non ha trovato la minima traccia di quei testi, né nel bungalow né nella capanna del sindaco. Le uniche reliquie sono i testamenti di Martine, Farèyne, Marie-Ambre ed Eloïse disseminati come sassolini di Pollicino sotto ogni nuovo cadavere.

Attraverso la porta aperta guarda le nuvole addensarsi sulla baia dei Traditori. Seguendo il filo del ragionamento si rende conto che neanche nei bungalow di Eloïse e Clem, neanche in quelli di Martine e Marie-Ambre ha mai trovato tracce di esercizi. Eppure ricorda le raccomandazioni di Pierre-Yves, "Annotate tutto! Scrivete tutto! Le vostre impressioni, le vostre emozioni". Ha visto spesso le cinque donne, compresa sua moglie, eseguire il compito e scrivere la propria vita su fogli bianchi. Clem era la più assidua, ma non era la sola a riempire taccuini.

Dove sono finiti quei racconti?

Convinto di avere in mano una pista perquisisce di nuovo il bungalow Hatutaa. La stanza, che aveva trovato ordinata in maniera maniacale, è ormai un caos di mobili rovesciati, lenzuola e asciugamani sparsi. Yann non demorde. Sale su una sedia, la sposta un metro dopo l'altro facendo scorrere la mano sul fondo di ogni mensola. Ripete l'operazione più volte e a un certo punto soffoca un grido.

Le sue mani si sono chiuse su un fascio di fogli tenuti insieme da un elastico!

Yann lo tira a sé. È coperto da un sottile strato di polvere. Capisce subito di che si tratta.

Un manoscritto!

Un centinaio scarso di pagine, stando allo spessore.

Il testo non è firmato da PYF. Gliel'ha dato una delle lettrici per avere il parere del maestro? Ogni scrittore affermato deve ricevere quotidianamente richieste del genere, richieste considerate il più delle volte una noiosa fatica.

Posa il manoscritto sul tavolo in legno di rosa, si siede sotto la finestra e legge il titolo.

Attirata dalle stelle.

Attirata...

Quindi gliel'ha dato una donna. L'avrà almeno aperto, Pierre-Yves François? Si sarà concesso il tempo di leggerlo? O, troppo occupato a correggere gli esercizi, l'ha messo in un angolo?

Yann fa scorrere l'elastico e volta la pagina del titolo.

Ohibò!

Si sbagliava di grosso! Non solo Pierre-Yves François ha aperto il manoscritto, ma l'ha letto e corretto o, più esattamente, costellato di note. In tutte le pagine quasi ogni riga è sottolineata, cerchiata o commentata a margine.

Un lavoro pazzesco!

PYF deve averci passato sopra ore, notti intere.

Yann guarda i fogli, le frasi esplodono come fuochi d'artificio, fiori isolati o mazzi, scintillano, brillano, dialogano fra intenzioni e correzioni, diventano costellazioni. Il capitano si perde nella galassia delle parole.

Attirata dalle stelle

Diario di Maïma
Uccidere tutti i popa'a

«Poe, Moana, venite, andiamo a pregare sulla tomba di papà».

Le due adolescenti danno la mano alla madre. Hanno raccolto due grandi mazzi di fiori variopinti. Tutte e tre camminano verso il vecchio cimitero di Teivitete.

Io non mi sono mossa, sono rimasta davanti alla pietra piatta sotto la quale è sotterrato lo stupratore. Tanaé mi parla senza voltarsi.

«Ho voluto che mio marito fosse sepolto qui, è un posto più tranquillo del cimitero di Atuona. Là anche da sei piedi sottoterra senti tutto il giorno pellegrini che chiedono "Scusi, in che vialetto si trova la tomba di Gauguin? E quella di Brel?"».

Alle sue spalle, appoggiato al bastone, Charlie-Pito sorride.

Frastornata, mi stacco dalla pietra con l'Enata e vado dietro a Tanaé e alle figlie.

«Non potevo sapere che la comandante non avesse archiviato il caso Métani Kouaki» spiega Tanaé, «che stesse ancora cercando la sua ragazza, che fosse venuta qui con il marito proprio per questo. Farèyne, come te, ha capito che ero la donna che stava cercando grazie al tatuaggio, ma quanto al resto non so chi sia l'assassino che si aggira libero sull'isola. Posso solo assicurarti che non è di Hiva Oa, qui ci conosciamo tutti. Posso solo giurarti che è venuto con la morte nelle valigie come una volta i coloni arrivavano con la sifilide, il vaiolo o l'uranio, per falcidiarci a migliaia. Se non altro, questo ammazza solo popa'a».

Ho voglia di urlare. Cosa significa, che è meno grave uccidere qualcuno che non è nato a Hiva Oa?

Poe e Moana si sono inginocchiate davanti alla tomba del padre. Una stele semplice, grigia, decorata da una croce di ferro, ai piedi della quale hanno posato i fiori.

Tanaé mi fissa seria.

«Non ti impicciare dei segreti dei popa'a, piccola. Abbiamo già abbastanza segreti da proteggere qui. Ce li teniamo per noi, al massimo li confessiamo a un prete, ma non li mettiamo su carta».

L'albergatrice guarda verso il villaggio, la spiaggia e la pensione che si intuisce a due chilometri di distanza, sulle alture di Atuona.

«A quest'ora devono essersi ammazzati tutti. I poliziotti di Tahiti arriveranno fra meno di tre ore e arresteranno l'unico sopravvissuto».

Non riesco più a controllare il tremito delle mie gambe. Sto per perdere l'equilibrio, ma Pito mi allunga il bastone perché possa sostenermi. Tanaé si morde un labbro rendendosi conto di quanto le sue osservazioni mi abbiano sconvolto.

«Che stupida! Scusa, cara, non pensavo a Marie-Ambre quando parlavo dei popa'a. L'assassino di tua madre sarà di sicuro punito per i suoi delitti, ma tu devi restarne fuori fino a che non sarà tutto finito. Per questo ti abbiamo rapito, per allontanarti dal Soleil Redouté. Non ti preoccupare, tutto si spiegherà, credimi. Con questa mania che hanno i popa'a di scrivere, basterà rileggere».

Respingo il bastone di Pito e mi avvicino a Tanaé. Poe e Moana stanno ancora pregando, indifferenti a ciò che succede intorno a loro. Fatemi un fischio, ragazze, se lassù qualcuno vi risponde. In attesa dell'intervento di Dio padre mi rivolgo direttamente alla loro madre.

«Che significa che basterà rileggere?».

Tanaé alza gli occhi al cielo, poi il suo sguardo sorvola le masse scure delle tombe coperte di licheni e si ferma su di me.

«Lo sai, sono venute qui per questo, come gli sportivi che vengono alle Marchesi per allenarsi, solo che loro mettono in fila parole invece di chilometri e la maratona per cui si preparano è un romanzo. Mi stava simpatico PYF. Avrebbe potuto essere marchesiano. Possedeva quella malinconia che ti porta ad apprezzare i doni della vita, un buon pranzo, una bella ragazza, una battuta spiritosa. Potremmo dire che aveva il fiu allegro. Mi aveva chiesto di conservare tutte le cose che scrivevano le cinque lettrici, i fogli dimenticati nella sala Maeva o sotto il pergolato, gli esercizi che gli avevano consegnato e gli appunti lasciati in giro nei vari bungalow. Pensavano Poe e Moana a rastrellarli quando facevano le pulizie. È tutto nel mio faré. Un fascicolo decisamente grosso che consegnerò alla polizia quando arriverà».

Poe e Moana tirano l'orlo del vestito della madre fino quasi a strappare i petali degli iris.

«Arrivo, Tumatai, arrivo».

Tanaé si gira un'ultima volta verso di me.

«Devo andare a trovare mio marito. Sai, Maïma, non bisogna far aspettare troppo i morti».

Guardo Pito con aria di sfida, poi scavalco con un balzo le pietre tombali verdastre e mi metto a correre scalza tra le felci.

«No, bisogna occuparsi dei vivi!».

La mia bottiglia per l'oceano
Capitolo 27

Il cuore sta cessando lentamente di battere. Già non mi sento più le braccia e le gambe. Sono come un macchinario i cui pezzi si stiano guastando uno dopo l'altro. L'ultimo messaggio di Maïma sta girando come un disco rotto in un cervello che perde colpi.

Attenta, Clem!

Ormai vedo solo vaghe macchie di colore, ho la bocca secca, non riesco ad aprirla per chiedere un po' d'acqua, ho la sensazione che la mia gola sia raddoppiata di volume e allo stesso tempo sia troppo stretta per lasciar passare la minima goccia di saliva.

Guardati da Eloïse. Attenta.

Quanto sono stata ingenua, quanto sono stata imprudente! Non riesco più a vedere, toccare, odorare, posso a stento pensare... L'unica cosa che funziona ancora è l'udito. È l'ultimo senso che mi resta. Sento una voce che mi pare lontana, ma so che è vicina, accanto a me. Una voce di donna.

«Non ti preoccupare, fra pochi minuti sarà tutto finito».

Il corpo mi sta facendo subire un martirio. Migliaia di insetti mi rosicchiano il fegato, l'intestino, lo stomaco.

«Hai pensato che fosse curaro o un altro bloccante cardiaco? Ci sei andata vicina. Per insaporire il latte di cocco e il limone verde ho versato nella tartara di tonno un po' di polvere di noce di hotu. Mi ha dato la ricetta Pito sulla spiaggia di Atuona. Mi ha spiegato tutto sorridendo, senza immaginare che non me ne sarei servita per avvelenare un topo o un pesce pappagallo. Vedi, anch'io, come te, sono capace di incantare la gente. Un fiore tra i capelli e il gioco è fatto. Dovresti resistere all'hotu più di un pollo o di un calamaro, ma ne ho messo un bel po', il tuo cuoricino non dovrebbe reggere più di un quarto d'ora, ormai, e siccome la polizia non sarà qui prima di tre ore ho tutto il tempo di prendere il fucile di Tanaé e andare a trovare il capitano».

I polmoni stanno per cedermi, sono compressi da un dolore atroce. Sogno solo che scoppino, che tutto finisca. Nessuno verrà a salvarmi. Nessuno sa che sto tirando le cuoia.

Dove sei, Yann? Dove sei, Maïma?

Guardati da Eloïse. Attenta.

Attenta, Clem!

Troppo tardi, topolina. Anche tu sei stata manipolata. Prima che tu lo capisca sarò morta.

La voce si fa più lontana.

«Ti saluto, devo andare a occuparmi del bel gendarme. Addio. Nana, come si dice qui. Ci sono poche probabilità che ci rivedremo. Vuoi un po' di Brel come sottofondo o preferisci morire in silenzio?».

In un ultimo sforzo intravedo davanti a me una figura sfocata che impugna un lungo fucile. Il mio corpo è puro dolore. Vorrei ritrovare l'uso della voce un'ultima volta, soltanto una, per espellere il male, morire con un prolungato grido animale.

«Scegli il silenzio?» fa la voce, divertita. «Fai bene. Conosci il detto delle Marchesi».

L'ultima cosa che sento è uno scoppio di risa folle seguito da sei parole.

«Da noi non si usa gemere».

Poi perdo i sensi.

Diario di Maïma
Prima di morire...

Arrivo con la lingua di fuori al vialetto della pensione. Ho coperto la distanza dal vecchio cimitero al Soleil Redouté in meno di venti minuti. Più volte ho rischiato di scivolare sul sentiero fangoso in discesa, poi risalendo da Atuona ho creduto che il cuore mi scoppiasse, invece no, ha retto!

Mi fermo a riprendere fiato appoggiandomi al cartello *Au Soleil Redouté*, l'ultimo che ha inchiodato Tumatai, il marito di Tanaé. Osservo in fondo al vialetto i sei bungalow, il pergolato e la sala Maeva mentre mi ripeto mentalmente le ultime parole di Tanaé.

"Non ti impicciare dei loro segreti, piccola. L'assassino ammazza solo popa'a".

Ripenso a Yann, ripenso a Clem.

Finché stanno tutti insieme non può succedere niente.

Non devo correre rischi inutili, so quello che sono venuta a cercare.

La luminosità si abbassa di colpo. Alzo gli occhi. Il sole si è fatto intrappolare dal velo di nuvole attaccate al monte Temetiu, sembra un pesce luna incastrato nelle maglie di una rete. In un attimo il verde di palme da cocco, manghi e banani si fa glauco. Grigio di mare prima della tempesta.

Approfitto dell'improvvisa penombra per avanzare il più silenziosamente possibile nel vialetto mentre continuo a riprendere fiato sotto il fogliame delle buganvillee. Ho appena corso per due chilometri, duecento metri di dislivello, senza fermarmi.

Nessun rumore, nessun movimento, né sotto il pergolato né nella sala Maeva né in qualcuno dei sei bungalow. Do una breve occhiata panoramica alla baia dei Traditori, allo scoglio di Hanakee e alla spiaggia nera del villaggio di Atuona, deserto. Scruto un'altra volta il cielo vuoto, ultima speranza, e senza starci più a pensare scalo le pareti di bambù del faré di Tanaé. Appoggio i piedi sui pilastri scolpiti e raggiungo senza difficoltà il tetto in foglie di pandano essiccate. In equilibrio a piedi nudi sulle travi arrivo fino all'apertura di trenta centimetri sotto il lucernario e mi infilo dentro.

A sedici anni, sottile come un'anguilla, sono l'unica a poter entrare in questo modo nelle case della pensione, anche se porte e finestre sono chiuse. Nei giorni scorsi l'ho fatto per dare una mano a Yann e Clem, ma ora, dopo tanti morti e tanto sangue versato, l'urgenza è diventata un'altra.

Mi appendo per un attimo alla trave, poi mi lascio cadere nel faré. Rivedo la mia folle corsa dal cimitero a qui, l'incisione sulla tomba, il cadavere seppellito. So cosa sono venuta a cercare: il manoscritto di cui mi ha parlato Tanaé pochi minuti fa, il racconto di Clem e delle altre quattro lettrici del laboratorio di scrittura. Il diario completo di questi due giorni. Quello che ognuna ha visto, pensato e capito.

Non devo cercare a lungo, la cartella è posata sulla scrivania in legno di rosa. Un centinaio di fogli. Sul primo ci sono solo due righe:

La mia bottiglia per l'oceano
Racconto di Clémence Novelle

Sopra le montagne il sole bianco è uscito dalle nuvole e i suoi raggi attraversano brutalmente la finestra del faré abbagliando la stanza con un chiarore temuto.

Prendo la cartella e mi siedo nell'ultimo angolo rimasto in ombra, sul letto, sotto la zanzariera. Non per paura delle zanzare, che preferiscono i popa'a, ma perché quei veli sospesi sui letti mi hanno sempre fatto pensare a baldacchini da principessa.

Sotto un cielo di merletto i sogni devono venire più carini.

Apro la cartella.

Chissà se liberare questi sogni sotto una zanzariera impedisce loro di volare via...

Prima di morire vorrei...

Yann

Yann sfoglia freneticamente il manoscritto trovato sulla mensola più alta del bungalow di Pierre-Yves François. *Attirata dalle stelle.*

Si è seduto sul letto con la porta spalancata sul vialetto di ghiaia fiancheggiato da buganvillee, sul campo più in basso e sul villaggio di Atuona ancora più in basso. Sul primo foglio ci sono alcune righe ricopiate a mano.

Prima di morire vorrei

Sapere se la vocina che vive dentro di me dice la verità quando mi sibila come un serpente: dài, piccola, scrivi, scrivi, hai talento.

Guarda Gauguin, guarda Brel, hanno lasciato tutto, moglie, figli, amici, e sono morti giovani, è il prezzo dell'eternità.

Prima di morire vorrei

Sapere se è il diavolo a suggerirmi questa follia.

Pierre-Yves François è il diavolo?

O soltanto un lettore affascinato?

Le note a margine non danno adito a dubbi, PYF è sedotto dal testo. Nessuna frase delle centodiciotto pagine è cancellata. In compenso molte sono sottolineate o incastonate come gioielli in un cerchio tracciato a penna e quasi sempre accompagnato da commenti entusiastici.

Eccellente!

Delizioso!!

Magistrale!!!

Una leccornia!!!!

Pierre-Yves è estasiato come un professore che abbia scovato un compito eccezionale.

Yann si accinge a voltare pagina, ma la pagina dovrà attendere: ha sentito dei passi sulla ghiaia.

Dalla porta aperta spia l'ombra che il sole tropicale proietta sul pergolato, un'ombra che avanza lentamente.

È arrivato il momento?

Posa il manoscritto e tocca dietro la schiena il coltello che ha infilato nella cintura, l'unica arma che ha trovato. È sicuro che non potrà e non saprà servirsene, ma forse gli farà guadagnare un po' di tempo.

La forma scura avanza ancora in silenzio. È l'ombra di una strega che impugna una scopa, Yann ne distingue il lungo manico al disopra della figura accartocciata. Ci mette qualche secondo a capire che si tratta di un fucile e che l'ombra sta venendo avanti per ucciderlo.

È quindi il momento della verità?

L'assassino sta finalmente per mostrare il suo volto?

Ripercorre a tutta velocità le varie ipotesi che gli sono venute in mente da quando c'è stato il primo delitto: una messinscena di Pierre-Yves François, il segreto di Martine, la vendetta di Farèyne, il delitto passionale di una Marie-Ambre rovinata, una nuova serie di omicidi di Métani Kouaki con il volto di un giardiniere che Maïma ha soprannominato Charlie, una trappola perfetta di Tanaé e ora il geniale e misterioso manoscritto accanto a lui sul letto... Chi l'ha scritto?

Yann conclude il giro delle possibilità con quella che fin dall'inizio è stata la sua convinzione.

L'evidente pazzia di Clémence.

Anche se è il solo ad averci creduto.

Si è sbagliato? Ha ragione Maïma?

Tra tutte le ospiti del Soleil Redouté la più divorata dal desiderio di scrivere è Eloïse? Nevrotica, ossessionata fino al punto di uccidere?

I passi si avvicinano, la scopa d'acciaio della strega fa capolino dalla porta, subito seguita da una figura che copre le buganvillee.

A volto scoperto, con il fucile puntato su di lui.

Yann arretra e alza d'istinto le mani, molto lontano dal coltello che ha dietro la schiena. In lui c'è la paura, elettrizzante e inebriante, ma temperata dalla strana serenità di sapere finalmente la verità.

Ora non ci sono più dubbi.

La ragazza davanti a lui con il fucile spianato indossa pantaloncini lunghi da safari e ha i capelli corti. Vivissima. Vienc a ucciderlo dopo aver eliminato tutti gli altri.

La sua faccia è deformata dall'odio e dalla determinazione.

Una faccia solitamente calma e tranquilla.

Yann deglutisce, tiene le mani in alto cercando di sorridere e di esprimersi in tono disinvolto.

«Ci avrei scommesso. Nessuno mi ha ascoltato, nessuno ha voluto credermi. Hai sempre avuto una marcia in più. Tanto di cappello, Clémence!».

Diario di Maïma
La mia bottiglia per l'oceano

Mi sono seduta a gambe incrociate sotto la zanzariera e ho posato accanto a me la cartella sulla quale c'è un titolo.

La mia bottiglia per l'oceano

Da principio credo che si tratti del racconto di Clem, del maledetto romanzo che si porta sempre dietro... Comincio a sfogliare il centinaio di pagine...

Mi sono sbagliata!

Devo dire che l'illusione è perfetta: tutti i capitoli hanno lo stesso titolo, raccontano la stessa storia, parlano degli stessi personaggi...

Eppure la verità è lampante...

La mia bottiglia per l'oceano è stato scritto da cinque narratrici diverse!

È tutto sotto i miei occhi: un racconto in cinque parti, e ogni parte è stata scritta da una delle cinque lettrici del Soleil Redouté!

In un flash mi torna in mente il primo compito assegnato da PYF.

Esercizio n.1. La vostra bottiglia per l'oceano. Scrivete, scrivete tutto, senza pudore, senza paura, senza ritegno, scrivete come se nessuno dovesse leggervi mai, scrivete come se poi foste pronte a lanciare tutto nell'oceano!

Tutte e cinque hanno eseguito, tutte e cinque hanno tenuto

scrupolosamente un diario, la propria bottiglia per l'oceano. Raccolti in un unico volume sembra proprio che i cinque racconti scritti in prima persona ne formino uno solo scritto dalla stessa mano, quella di Clem...

In questo caso al lettore sfuggirebbe la verità.

La storia fornisce la chiave per essere letta solo se si capisce che è costituita da cinque testimonianze scritte da cinque lettrici che esprimono cinque successivi punti di vista.

Divido il manoscritto in cinque parti e allineo i cinque mucchietti di fogli sul letto. Ogni parte corrisponde al racconto di una lettrice e comincia con il suo testamento, indicando così senza tema di sbagliarsi il nome di colei che sta raccontando... fino al successivo testamento.

Parte I, tutto comincia con il racconto di Clémence.

Parte II, il racconto di Martine dopo che il suo testamento è stato ritrovato sotto un sasso della spiaggia di Atuona.

Parte III, il racconto di Farèyne da quando il suo testamento è stato scoperto accanto al cadavere di Titine.

Parte IV, quello di mamma, quando il suo testamento è stato trovato sotto il cadavere di PYF nella capanna del vecchio cimitero di Teivitete.

Parte V, l'ultima, il racconto di Eloïse, quando il suo testamento è stato posato sul me'ae insanguinato sopra il Soleil Redouté.

Prendo il primo mucchietto di fogli.

LA MIA BOTTIGLIA PER L'OCEANO
Parte I
Racconto di Clémence Novelle

Prima di morire vorrei

Scrivere un romanzo che si vende in quarantatré lingue su cinque continenti.

Do un'occhiata veloce al seguito del racconto, dapprima i dubbi di Clem quando deve scrivere il suo testamento.

Oso a stento rileggere quel che ho scritto (...). Prima di morire vorrei... Vivere sempre qui, ecco! Tutta la vita! Non riprendere più l'aereo per Parigi.

Poi leggo le sue metafore insistite sul paesaggio, come fossero altrettante testimonianze del suo desiderio, della sua unica ragione di vita.

Questa forza che mi spinge a mettere in fila le parole, quest'ossessione per le frasi, questa luce che mi attrae fin da quando ho imparato a leggere non può essere un'illusione.

La mia vita è scrivere.

Un romanzo. Il mio romanzo (...).

In un altro foglio trovo la strana introduzione di Clem, la sua promessa.

Mi impegno solennemente a non imbrogliare, a dirvi tutta la verità, a essere sincera, a non ingannarvi.

Clem ha detto la verità, non ha mai mentito, del resto poi non ha scritto quasi più niente, diversamente da quello che credevano tutti. Scorro con lo sguardo fino alle sue ultime parole.

Chiudo il bloc-notes. Ho fatto la spavalda con la mia interminabile introduzione, ma ho un nodo acido in gola. È un gioco inventato da Pierre-Yves? Non ho idea di cosa si aspetti da noi. Cosa pensi di noi. Cosa voglia fare di noi.

Il racconto di Clem finisce qui... Seguono quelli delle altre quattro lettrici.

La mia bottiglia per l'oceano
Parte II
Racconto di Martine Van Ghal

Come gli altri, anche il diario di Titine comincia con il suo testamento.

Prima di morire vorrei...

Salutare ognuno dei miei dieci gatti...

Rileggo tutti i desideri di Titine, la coppa del mondo vinta dal Belgio, il fumetto che arraffa un premio Nobel, vedere Venezia, quella vera, poi, commossa fino alle lacrime, volto pagina per scoprire il seguito del diario della settantenne.

Arrivo per ultima (...) Okay, ragazze, abbiamo superato l'età per giocare alle Charlie's Angels!

Guardatemi, sono senza fiato! (...) La voce di Jacques mi dà i brividi come non mai.

Passo dalle lacrime al sorriso, mi godo parola per parola l'umorismo di Titine, la sua stanchezza quando arriva per ultima alla spiaggia di Atuona, il suo amore per il cantautore belga, la sua solitudine quando la sera si trova vecchia davanti allo specchio...

La luce calda quando passo davanti allo specchio mi ricopre il corpo di miele.

Il che non basta a renderlo bello.

Non mi piace, non mi piace più.

Passo alle pagine successive e tremo insieme a Titine quando sente un rumore nella notte, quando segue l'ombra a distanza, quando va a sbattere sul tiki con i fiori, quello che il suo innamorato ha scolpito basandosi su una fotografia di quarant'anni prima.

So che è impossibile, scrive. *Come potrebbe mai risorgere dal passato, una faccia del genere?*

Altro foglio. Titine ascolta Pierre-Yves litigare con una sconosciuta nella capanna del sindaco.

Vedo due mani sollevarsi, l'oggetto ha già frustato l'aria colpendo Pierre-Yves sulla faccia. Il suo grido lacera la notte. Seguito dal mio. Sono stata riconosciuta? Sono una testimone da eliminare?

Sì, Titine, purtroppo sì...

Il suo racconto si ferma qualche riga dopo, quando torna a

casa per scrivere le avventure di quella notte, prima di mettere via il manoscritto per aprire la porta alla persona venuta a farla tacere per sempre.

Con attenzione infilo il racconto sotto quello di Clem e mi metto sulle ginocchia il successivo mucchietto di fogli.

LA MIA BOTTIGLIA PER L'OCEANO
Parte III
Racconto di Farèyne Mörssen

È più voluminoso degli altri due.

Prima di morire vorrei

Rivedere un'aurora boreale (...) avere un figlio (...) vivere una seconda vita.

Leggo il breve testamento per intero, poi passo al racconto della comandante. Lo stile è più secco, è quello di una poliziotta ossessionata dalla sua inchiesta.

Ho sentito l'urlo da sotto la doccia. Ho dormito male. Talmente male...

È appena stato scoperto il cadavere di Martine. Mi soffermo sul punto di vista della comandante. Ha passato la notte a studiare il manoscritto preso a Pierre-Yves François, *Terra degli uomini, morte di donne*, e ad acquisire la certezza di essere stata plagiata.

Farèyne, riguardo all'omicidio di Martine, elenca con precisione le piste da seguire: un tatuatore, uno scultore di tiki, un coltivatore di perle nere... È in gamba, la poliziotta, quando riconosce il profumo di mamma nella capanna del sindaco, e dimostra una notevole faccia tosta quando va da sola alla ricerca di Métani Kouaki interrogando Manuarii, il tatuatore del villaggio.

Lo confesso, ho sempre desiderato indagare così, da sola (...) Diventare detective è stato il mio sogno fin da bambina (...) dovrei comportarmi con la sicurezza della professionista.

Tremo per lei quando capisce il significato dell'Enata capovolto e galoppa sotto la pioggia fino al vecchio cimitero da cui non tornerà.

Sento l'acqua colarmi goccia a goccia sulla schiena e scivolare fino alla curva delle reni (...) Capisco Brel e Gauguin, è un bel posto per morire.

Eppure, tra le parole della sua bottiglia per l'oceano, non sono quelle relative all'indagine a colpirmi di più. Le frasi più commoventi sono quelle che la comandante ha il coraggio di scrivere con la sua piccola grafia fitta per descrivere il rapporto doloroso con il marito, quando uno sguardo di Yann le fa capire che la sospetta di essersi vendicata, quando lui si mette in tasca la lettera di minacce da lei spedita a Pierre-Yves François, quando sulla spiaggia di Puamau lui si spoglia per raggiungerla in acqua, la bacia e lei gli dà uno schiaffo. Si amavano ancora? Avrebbero potuto amarsi ancora?

Agli occhi di tutti Yann è un marito perfetto (...) Rivedo i suoi occhi turbati che da ieri mi guardano, sia per sospettarmi che per desiderarmi (...) Con i suoi vestitini a fiori e le sue arie da diva, nel confronto con me Eloïse è battuta in partenza!

Sconvolta, mi fermo sulle ultime parole del racconto.

Ripenso al bacio di Yann, al suo costume bagnato contro la mia pancia. Al suo solo desiderio.

Subito prima che la comandante si avvicini troppo alla verità.

So che sta per arrivare la parte più difficile.

Infilo il racconto di Farèyne sotto quelli di Clem e Titine e lentamente tiro verso di me un altro mucchietto di fogli.

La mia bottiglia per l'oceano
Parte IV
Racconto di Marie-Ambre Lantana

Obbligo i miei occhi a non chiudersi, ad affrontare le parole scritte con una grafia che ben conosco.

Prima di morire vorrei

Essere di quelle donne che non appassiscono, che non si lasciano, essere madre, essere chi sono per davvero...

Le prime frasi del diario di mamma sono velate dalle mie lacrime.

Ci siamo andate in piena notte, appena Yann ha telefonato al Soleil Redouté (...) Mi sono svegliata quando Tanaé ha bussato alle porte.

Noto che mamma non parla dei vestiti che indossa né dei gioielli né tantomeno della perla nera, il *debito inconfessabile* che ha con Titine, e neanche della collana portafortuna di grani rossi regalata a tutte le visitatrici appena atterrate in aeroporto e che tutte, per riflesso o superstizione, hanno portato e toccato... Ai suoi occhi non era abbastanza preziosa. Lei se l'è messa solo la sera in cui è stato trovato il cadavere di Pierre-Yves François, quando ha avuto voglia di credere al suo potere.

Una collana maledetta.

Mamma diffidava di tutto e di tutti. Credeva che gli altri la vedessero come la colpevole ideale. A forza di interpretare il ruolo della milionaria, a forza di mentire, era diventata paranoica.

Non vado molto avanti nella lettura, mi blocco su una pagina, la prima, quella del vecchio cimitero. Procedo al rallentatore, una riga dopo l'altra. Mamma sembra sincera quando finalmente confessa il suo segreto.

Pierre-Yves era il mio amante. Ecco, ora lo sapete anche voi.

Sincera e disperata.

Probabilmente lui sperava di rubarmi un po' della mia cosiddetta bellezza e io un po' del suo talento (...) Pierre-Yves assassinato. Non ho avuto il tempo di amarlo.

Me ne frego di quel dolore! Non mi riguarda. È un altro il

dolore su cui mi soffermo alla pagina successiva, quando il racconto non parla più delle indagini, ma solo di una madre che non riesce più a comunicare con la figlia, di una madre che ha paura per la figlia e della figlia che la manda al diavolo.

Maïma si tiene a distanza da me, come se mi sfuggisse, come se... avesse paura di me (...) Avrebbe dovuto rifugiarsi tra le braccia della madre (...) Passi troppo tempo con quel gendarme (...) Voglio proteggerti, Maïma! (...) Lascia perdere, non sei mia madre!

Quelle parole mi risuonano ancora nella testa.

Lascia perdere, non sei mia madre!

Le ultime che ho detto a mamma.

Rimpiango di averle dette, giuro che lo rimpiango. So che per tutta la vita mi risuoneranno nella testa.

Poi chiacchiera con Eloïse bevendo birra, troppa birra, davanti allo spazio Gauguin, gelosa delle altre ragazze che Pierre-Yves avrebbe potuto amare, preoccupata di proteggere il proprio segreto, la cosiddetta ricchezza che ostenta.

Da ieri, da stamattina, devo lottare contro la voglia di bere. Comincia così la dipendenza dall'alcol? Per compensare la dipendenza da un uomo?

Mamma diffidava, tuttavia si era allontanata da sola nel bananeto sopra il Soleil Redouté, si era allontanata troppo.

Leggo le ultime parole del suo racconto con gli occhi imbevuti di lacrime.

Devo rimanere viva. Per Maïma, penso prima di mettermi a correre come una forsennata tra le foglie che mi frustano faccia e gambe. Per Maïma.

Nel silenzio del faré, solo per me, solo per me e lei, sotto la zanzariera che protegge per sempre i nostri segreti, mormoro:

Eri la mia mamma. Lo eri per davvero.

Infilo la bottiglia per l'oceano di mamma sotto le altre tre come se mettessi via un ricordo sotto una pila di vestiti. Me ne resta soltanto una da leggere.

LA MIA BOTTIGLIA PER L'OCEANO
Parte V
Racconto di Eloïse Longo

È il racconto meno corposo. Forse perché è incompiuto?

Prima di morire vorrei sapere se esiste un solo cammino o molti. Se il nostro destino è già stato scritto da qualcuno.

È anche quello scritto meglio.

Sono rinchiusa insieme agli altri. Il sole rischiara la stanza con una penombra che ricorda i giorni afosi in cui si vive tappati in casa. Gli sguardi sfarfallano per la stanza come insetti allarmati dal temporale senza che ancora un solo fulmine abbia solcato il cielo.

Parole più ricercate, più scelte, scritte in fretta su un foglio preso da Tanaé prima di lasciare Clem ed Eloïse da sole. Infilo l'ultimo racconto sotto gli altri quattro.

Mi appoggio alla testiera del letto e osservo la pila di fogli in equilibrio sul lenzuolo.

Un solo romanzo, una sola bottiglia per l'oceano.

Cinque racconti, cinque tiki, cinque mana, cinque lettrici.

Tutte riunite. Ognuna unica a modo suo.

Un modo unico di essere sensibile, di essere forte, di essere bella...

Una sola possiede tutto il talento.

E una sola tutto l'odio.

Yann

Yann è seduto sul letto con le mani alzate e il fucile puntato contro. Clémence entra lentamente nel bungalow Hatutaa senza spostare la canna di un millimetro.

«Una marcia in più?» ripete. «No, Yann, proprio per niente... Ho subìto gli eventi e improvvisato. Sempre».

Yann si fa un po' indietro e abbassa piano le mani posando la destra sul lenzuolo e la sinistra sul manoscritto, poi guarda Clémence con aria di sfida.

«Ho sospettato di te fin dall'inizio. Ho sempre saputo che eri tu a uccidere».

Gli occhi di Clémence non esprimono la minima collera. Sembrano pieni di una malinconia infinita.

«Allora l'hai saputo prima di me» risponde. «Non ero venuta per questo, Yann. Non ero venuta per vivere un incubo, ma per inseguire un sogno. Rileggi il mio diario dall'inizio. Ero una lettrice come le altre prima che Pierre-Yves sparisse. Sincera, senza nessun delitto da confessare e senza la minima intenzione di uccidere, solo un'apprendista scrittrice ambiziosa quanto le altre. È colpa mia se una voce mi ossessiona, se fin dall'infanzia mi dice che la mia esistenza avrà senso solo se riuscirò a scrivere un romanzo? Che soltanto le parole sono eterne? Sono stata forse io a decidere se avevo talento o no? Io non ho deciso proprio niente. È stata tutta una successione di circostanze. Ho fatto quel che ho fatto perché ci sono stata... obbligata».

Yann continua a sfidarla con lo sguardo, sempre con la mano aperta sui fogli commentati da PYF.

«Obbligata?» la provoca con un tono il più possibile sicuro di sé. «A ucciderle? Tutte?». Stavolta la voce suona un po' più incerta. «Anche Eloïse?».

Clémence mantiene il fucile puntato, ma per un attimo abbassa gli occhi sul manoscritto. Assume un tono acido venato di ironia.

«La tua colombella è forse l'unica per la quale potrei ammettere un'ombra di premeditazione, altrimenti non avrei raccolto quel veleno di cui mi ha parlato Pito tre giorni fa, la noce di hotu. Stando al libro sulla flora delle Marchesi che si trova nella sala Maeva l'hotu agisce al massimo in un'ora. Paralisi cardiaca totale. Anche se i poliziotti della BRJ di Tahiti hanno avuto la buona idea di portarsi dietro un medico legale il cuore della bella Eloïse si sarà fermato da più di due ore».

Yann ha un nodo alla gola. Anche il suo cuore si è fermato, ma a differenza di quello di Eloïse ha ricominciato subito a battere a tutta velocità. Il capitano si sforza di calmarlo senza far vedere che è nel panico.

«E ora che farai?» le domanda. «Che farai dopo aver eliminato le tue quattro rivali e aver messo a tacere anche me, ti occuperai degli altri testimoni? Maïma, Pito, Tanaé, Poe, Moana?».

«Tranquillo, ho un piano... Anzi, più d'uno».

«Presumo di non farne parte».

Clémence sembra sinceramente dispiaciuta.

«Non sei stupido, lo sai, non ho niente contro di te, credimi, ma non posso lasciarti vivo».

Yann sa che la posta in gioco è alta. Si trattiene dal guardare l'orologio, dal contrarre la mano sul manoscritto, dallo scattare in avanti per strapparle dalle mani il fucile, dall'uscire di corsa per andare a soccorrere Eloïse gridando solo "Scappa, Maïma, scappa" rischiando di beccarsi una pallottola nella schiena.

Deve aspettare, guadagnare tempo.

«Ho almeno il diritto di sapere...».

«Sapere cosa?».

«Più che altro di capire, capire perché».

Clémence guarda con insofferenza i fiori di ibisco viola chiaro che decorano le lenzuola e sospira, ciò nonostante risponde.

«Non c'è niente da capire. È stato solo un incidente. Il primo giorno non ho fatto altro che dare a Pierre-Yves i miei canovacci, l'esposizione delle mie idee, i miei soggetti, qualche novella, alcune bozze di romanzo. Fogli di carta sgualcita, arricciata, piena di cancellature. Brutte copie, bozze della mia vita... Senza brutta copia come potevo sperare che diventasse perfetta?».

Yann non dice niente, si accontenta di chiedere il seguito annuendo come un bravo bambino che ascolta con passione.

«Da principio andava tutto bene. Credo anzi di non aver mai vissuto una tale armonia. Ero in paradiso, passavo le giornate a scrivere e fare il bagno con Maïma. La mattina dopo ho sentito Pierre-Yves che parlava al telefono con Servane Astine e le diceva di un manoscritto formidabile, originale, raro. Non riuscivo a credere che potesse parlare così di uno dei miei testi. Era come una finestra che si apriva su un'altra vita, come se avessi sempre saputo che quel momento sarebbe arrivato, che la mia genialità sarebbe stata riconosciuta. Ho cominciato a crederci davvero quando mi ha dato l'appuntamento lasciandomi un messaggio nel bungalow poche ore dopo essere sparito. Mi invitava a raggiungerlo nottetempo, quando gli altri si fossero addormentati, nella capanna del sindaco sopra il porto. Non mi sono stupita più di tanto, era coerente con la sua messinscena, anch'io come tutte azzardavo ipotesi.

«La prima cosa che ho sentito entrando nella capanna del sindaco è stato il profumo Hermès di Marie-Ambre. La sua amante! Probabilmente l'aveva invitata nella garçonnière nei giorni precedenti. Non mi importava. Se non altro PYF non andava a letto con lei perché aveva talento e lei non andava a letto con lui perché aveva soldi, almeno così credevo.

«Poi la situazione è precipitata. Il manoscritto eccezionale di cui parlava con l'editrice non era il mio, ma quello di una certa Eloïse Longo. Pierre-Yves mi ha restituito i miei fogli ai quali aveva a stento dato un'occhiata. Erano solo un po' più sgualciti, e meno male che non li aveva appallottolati. Stava buttando via la mia vita... Con violenza, senza lasciarmi il minimo spiraglio.

«"Non farti illusioni, Clem" diceva, "non perdere tempo, leggi, leggi quanto ti pare, ma scrivere non fa per te, nessuno ti pubblicherà mai, non hai nessun talento, nessuna personalità, nessun universo". L'ha detto come un professore severo, senza umanità. Poi ha avuto il tatto di scusarsi, di dire che gli dispiaceva ma aveva il dovere di dirmi la verità, tutta la verità, che lui non c'entrava niente, che non era colpa sua.

«Mi sono messa a piangere e credo che si sia commosso. O forse no, era tutto premeditato, Pierre-Yves aveva già previsto la sceneggiatura. Io no, però! Continuava a ripetere che era meglio conoscere la verità, per quanto terribile e crudele, che se non avessi voluto sapere non avrei dovuto chiedergli niente, e man mano che parlava si avvicinava.

«Mi sono asciugata una lacrima. Pierre-Yves ha detto che aveva molto affetto per me e con voce più bassa, piegandosi verso il mio orecchio, che avrebbe potuto aiutarmi, darmi consigli, e si è allungato fino al collo, che mi trovava carina, che per questo mi aveva scelto, che aveva sfogliato rapidamente alcune centinaia di schede delle altre candidate guardando appena le lettere di motivazioni, che ero esattamente il suo tipo di donna, appassionata e naturale, e si accostava alle mie labbra...

«Il profumo di Marie-Ambre appestava la stanza, gli ho sputato in faccia, ma lui non è indietreggiato, si è anzi appiccicato a me ripetendo "Calmati, calmati", mi ha stretto a sé schiacciandomi il seno, sentivo il suo membro contro di me, mi avrebbe violentato, capisci, mi avrebbe violentato.

«Appoggiato alla parete della capanna c'era il fucile da

caccia del sindaco. L'ho afferrato per la canna e ho colpito Pierre-Yves con il calcio, in pieno sulla tempia.

«Ha gridato ed è crollato. Morto sul colpo, credo.

«E nella notte un altro grido ha fatto eco al mio.

«Fuori, alla luce della luna e di un lampione lontano, ho riconosciuto Martine che scappava. Mi aveva visto? Mi aveva sentito? Mi aveva riconosciuto?

«Che tu ci creda o no, Yann, è stato il momento in cui ho cominciato a improvvisare, perché avevo un morto ai miei piedi immerso in una pozza di sangue, un tipo a cui avevo spaccato la testa, un tipo che aveva appena lacerato la mia vita così come io avevo spezzato la sua. In quei casi si smette di riflettere, si agisce, si sopravvive. Visto che PYF aveva mandato all'aria il mio sogno mi aggrappavo a un incubo.

«Ho sistemato le cose una dopo l'altra, come una lista di doveri che vanno sbrigati nell'ordine e, una volta compiuti, ci si tira una riga sopra.

«Come sempre il pick-up di Tanaé era parcheggiato fuori dal cancello del Soleil Redouté e le chiavi al loro posto nella sala Maeva, che è sempre aperta anche di notte. Non ho fatto altro che prenderlo, tornare alla capanna del sindaco e caricarci il corpo di PYF. Per nasconderlo avevo pensato alla capanna sotto il baniano vicino al vecchio cimitero di Teivitete, a nessuno sarebbe venuto in mente di cercarlo lì. Un'idea decisamente stupida trascinare il grosso corpo di PYF su quella ripida salita dove neanche un fuoristrada riesce a passare! Tanto per dimostrarti che ho improvvisato tutto... Sono tornata sfinita.

«Alla pensione dormivano tutti. Anche Farèyne, che avevo visto sotto il pergolato a leggere, era tornata nel bungalow matrimoniale. Se non altro Martine non aveva dato l'allarme. Dovevo approfittarne, così sono andata da lei a parlare. Altra pessima idea! Credo che alla capanna del sindaco non mi avesse riconosciuto, ma quando mi ha visto spuntare in piena notte ha capito. O almeno, ha capito che ero stata io ad accoppare PYF, non che fossi ormai costretta a eliminare lei. Martine era di quelle persone convinte che cose del genere succedano solo nei libri. Non avevo scelta, o lei o me.

«L'ho soffocata con un cuscino, il momento più brutto della mia vita. Sai, Titine mi stava molto simpatica. Mentre cercavo di venire fuori da quell'imbroglio come meglio potevo le cantavo canzoni di Brel sottovoce. Una volta tanto ho avuto un'idea furbetta: lasciare nel bungalow Ua Pou il testamento di un'altra ragazza – PYF se li era portati dietro nella capanna del sindaco – e un ciottolo dipinto con un simbolo marchesiano, l'Enata a rovescio, esattamente la stessa messinscena organizzata da PYF la mattina. In questo modo tutti avrebbero fatto il collegamento e avrebbero pensato che era ancora vivo. Mischiavo le carte, guadagnavo tempo.

«Avevo a disposizione ancora parte della notte. Sono scesa alla spiaggia di Atuona a prendere un sasso e passando davanti al Tat'tout ho avuto l'idea di rubare qualche ago da dermografo. Sapevo che tua moglie era all'inseguimento del famoso serial killer e che anche PYF si interessava al caso. Facendo credere che Martine fosse stata uccisa da un tatuatore aprivo un'ulteriore falsa pista. Nel suo bungalow ho preso anche una foto di lei da giovane per servirmene in seguito in caso di bisogno, magari infilandola nella tasca o nel libro di qualcuno e sviare così i sospetti, ma non ne ho avuto l'occasione.

«Ti confesserò che una volta tanto, pur con la strana sensazione di essere diventata una duplice omicida nel giro di poche ore, ero piuttosto fiera. Malgrado la fretta mi sembrava di aver pensato a tutto. Che cretina! Come vedi, Yann, non sono una di quelle assassine fredde e machiavelliche che si trovano nei romanzi gialli, avevo dimenticato un particolare, un particolare insignificante: nella camera di Martine c'erano le mie impronte digitali dappertutto!

«Me ne sono resa conto solo la sera dopo, quando siamo tornati dalla spiaggia di Puamau, subito prima di cena. Eppure stava andando tutto bene, nessuno sospettava di me. Così credevo. Poi ho scoperto che qualcuno era entrato nel mio bungalow e mi aveva sottratto un bicchierino di plastica, il tubetto del dentifricio e una bottiglia d'acqua. Non ci ho messo molto a capire. Ho subito pensato a te e alla tua piccola assistente, ma dopo cena ho sentito la comandante dire a Tanaé che aveva capito tutto e sapeva dov'era l'assassino, le mancava solo l'ultima prova. Stava parlando di me o del tatuatore ricercato? L'ho vista filare da sola a cavallo, nella notte, sotto la pioggia, in direzione del vecchio cimitero di Teivitete! Ho continuato a improvvisare, e la notte e l'acquazzone mi hanno dato una mano. Ho fatto finta di tornare nel mio bungalow, ma ne sono uscita subito, ho preso il fucile del sindaco che avevo nascosto sotto l'essiccatoio della copra, sono saltata in groppa a Miri e ho seguito Farèyne. Avevo solo un quarto d'ora di ritardo su di lei.

«Ancora una volta ho improvvisato. Tua moglie aveva il telefonino incollato all'orecchio, si era riparata sotto il baniano, a due metri dalla capanna in cui avevo lasciato il corpo di PYF. Sotto la pioggia martellante ho sentito solo frammenti di frasi, "Ho indagato per conto mio... stasera ho capito tutto... L'ho ritrovato... È qui vicinissimo...". Ti ha chiesto di andare subito da lei. Non potevo fare altro, Yann, le ho sparato al cuore, non ha sofferto. A quel punto dovevo fare in fretta, tu stavi per arrivare. Senza macchina il corpo di PYF era troppo pesante da trasportare, quindi l'avresti trovato e stavolta avresti chiamato la polizia, dovevo guadagnare tempo. Come le altre volte ho lasciato sul cadavere un testamento, li avevo presi tutti dalle cose di PYF, in più ho avuto la brillante idea di mandarti un messaggio con il telefonino di tua moglie. La migliore idea che abbia avuto! Ero sicura che per proteggerla non avresti chiamato la polizia. Ho caricato il corpo di Farèyne su Miri, sai, come nei western, quando il cacciatore di taglie porta allo sceriffo il corpo di un fuorilegge, tranne che stavolta era il contrario, ero io che cercavo di sfuggire allo sceriffo. Le guide delle

Marchesi dicono la verità, Yann, il modo migliore per scoprire l'isola è il cavallo, i sentieri sono stati concepiti per loro, non per i fuoristrada, a cavallo puoi attraversarla cento volte senza farti individuare.

«Dovevo decidere in fretta cosa fare del corpo. Appena tu avessi dato l'allarme avrebbero svegliato tutte. Sopra il Soleil Redouté avevo individuato un t'aé circondato dalla foresta, per qualche ora avrebbe fatto al caso mio, ci ho lasciato il corpo e nascosto il fucile, poi ho riportato Miri al campo e mi sono precipitata nel mio bungalow. Cinque minuti dopo Tanaé è venuta a bussarmi alla porta.

«Devi avercela con me e lo capisco, davvero... ma sto solo cercando di spiegarti che ho agito senza odio, che è stato un incidente, una successione di eventi, un ingranaggio che è rapidamente impazzito. Avevo a disposizione poche ore di tregua, il tempo di scambiare due parole con tutti e trovare un modo per andarmene dall'isola senza destare sospetti... sennonché Marie-Ambre mi dice che la notte scorsa Poe e Moana erano fuori sotto la pioggia, riparate dietro il fienile, che mi hanno visto andarmene e tornare con Miri e che ne avrebbero parlato direttamente con la polizia.

«Ho pensato che ero fregata, che il conto alla rovescia era cominciato. Io e Marie-Ambre eravamo nel bananeto sopra il Soleil Redouté. Capivo che non potevo lasciarmi dietro alcun testimone, qualcosa mi spingeva ad andare fino in fondo a questa tragica logica. Voglio confessarti tutto, capitano, credo che per la prima volta in vita mia stessi scoprendo la cosa in cui ero brava: uccidere! Che ironia, avrei preferito avere il mana del talento, credimi, o quello dell'intelligenza, quello della grazia... invece no, PYF aveva capito tutto facendo scolpire il mio tiki: il mio mana era quello del boia, della tahu'a, la sacerdotessa che designava gli individui da sacrificare, lo sentivo scorrermi dentro in tutta la sua potenza.

«È stato il mana il responsabile di tutto? Forse è colpa sua se mi sono trasformata in assassina con tanta rapidità. Fino a una settimana fa non avevo mai messo piede alle Marchesi, eppure in quel momento sentivo nel più profondo di me ciò che dovevano sentire i cacciatori delle valli di Hiva Oa, il gusto di braccare la preda, di ucciderla. Ho fatto finta di aver sentito un rumore, ho aspettato che Marie-Ambre scappasse nella foresta. Tutto mi sembrava semplicissimo: correre al me'ae, prendere il fucile e raggiungerla.

«La mia povera preda non aveva nemmeno cercato di fuggire. Aveva fatto poche decine di metri e si era seduta su una pietra accanto al me'ae. Così vicina al Soleil Redouté si credeva al sicuro. Era andata nel panico per niente, per un rumore che avevo fatto finta di cogliere dietro il tiki e che lei non aveva sentito. Stava scrivendo, esattamente come Farèyne la notte prima al vecchio cimitero, annotava le sue impressioni ed emozioni prima di ritrovarsi con le altre, proprio come aveva detto di fare Pierre-Yves: qualsiasi cosa succeda scrivete, scrivete, riempite la vostra bottiglia per l'oceano... E poi sarei io la pazza! Ho aspettato che finisse e che riponesse i fogli nello zainetto, come aveva fatto Farèyne, poi le ho sparato.

«Ho portato il corpo sul me'ae accanto a quello di Farèyne, tra i due tiki, ho lasciato lì il testamento di Eloïse e me la sono data a gambe. Lo sparo doveva essersi sentito bene dal Soleil Redouté e sapevo che di lì a poco saresti arrivato.

«Restava solo Eloïse. Forse, in fondo, il mio mana mi spingeva fin dall'inizio verso un unico finale, eliminare tutte le altre per vivere quell'istante: Eloïse di fronte a me che mangia il tonno al cocco, l'unico piatto marchesiano di gradimento del caro tesoruccio, Eloïse che si strozza senza capire, che perde l'uso delle dita, delle mani, delle braccia, che respira sempre più difficilmente, che mi guarda sgranando occhi da pesce morto. Eloïse così bella, Eloïse così dotata... Eloïse così morta! E io viva, vivissima!».

Poi Clémence smette di parlare. Abbassa gli occhi verso il

letto e la mano di Yann sul manoscritto. Yann sa di aver quasi esaurito il tempo a sua disposizione. Forse avrebbe dovuto guadagnarne ancora interrompendo il racconto, indignandosi o magari fingendosi ammirato e affascinato, ma non ha voluto correre il rischio di spezzare il flusso della confessione. Una tecnica da psicologi o da preti... Solo che la seduta è terminata. Eppure deve a tutti i costi strappare ancora qualche minuto, così lancia una nuova esca.

«E cosa conti di fare? Non lasciarti dietro nessun testimone? Significa liquidare l'intera popolazione di Hiva Oa, duemila abitanti... È questo il tuo piano? Far saltare tutto tipo Mururoa?».

Clémence fa un passo indietro puntando sempre il fucile contro il petto del gendarme.

«Allora non mi ascolti, capitano. Ho detto che stavolta smetto di improvvisare. Ho un piano... Più d'uno».

Yann trattiene un sospiro di sollievo. Clem ha abboccato. Continua a contrarre la mano sulle pagine del manoscritto.

«Più d'uno?».

«Per l'esattezza tre. Il piano A, quello su cui sto ragionando da due giorni, è la modalità d'evasione più radicale».

Per un attimo si punta il fucile sotto il mento, poi dirige nuovamente la canna verso Yann prima che il gendarme abbia il tempo di reagire.

«Hai capito, no?» chiarisce Clémence. «Mi sparo una fucilata in testa. Cinque lettrici, cinque cadaveri, più quelli dello scrittore e del marito gendarme. È ciò che constaterà la polizia arrivando qui. Un massacro misterioso e nessuno che possa testimoniare qualcosa. Carino, no?».

Tecnica da psicologo: Yann si attorciglia le dita e scrolla il capo senza commentare.

«Non sei convinto? Eppure devi averne viste di mattanze del genere nelle tue inchieste di campagna... Sennò c'è il piano B, che pure ho preso in considerazione a lungo. Mi tiro una fucilata, ma non mortale, tipo in una spalla o un polmone. La polizia arriva, scopre tutto l'orrore e un'unica sopravvissuta... io, la miracolata! Il vero assassino è sparito. Da principio mi sembrava il copione migliore, ma più ci penso e più lo trovo grossolano. Tu che ne dici, capitano, i tuoi colleghi se la berrebbero una storia del genere?».

Tecnica da prete: Yann giunge le mani e dondola la testa senza pronunciarsi.

«Io non credo. Rimane il piano C. L'ho appena concepito, quindi te lo espongo in maniera un po' disordinata... L'unica altra soluzione è scappare dall'isola e c'è un solo modo, l'aereo. Solo che, anche se riesco a prenderlo, mi arresterebbero appena atterrata a Papeete. A meno che... L'idea mi è venuta in mente mentre guardavo Eloïse agonizzare sul divano della sala Maeva, con il corpo irrigidito e la faccia nascosta dai capelli sparpagliati come un mocio. E se facessi passare il suo cadavere per il mio? Pensaci un attimo, non è difficile. Una bella pallottola nel grazioso faccino di Eloïse, le metto i miei vestiti, rimedio un paio di forbici per tagliarle i capelli corti e il gioco è fatto. La polizia si convince che Clémence Novelle è stata assassinata come gli altri e dà disposizione agli aeroporti di bloccare Eloïse Longo e nessun altro. La messinscena non reggerà a lungo, ma abbastanza per atterrare a Papeete e da lì prendere un altro volo per l'Australia, gli Stati Uniti, le isole Fiji o la Nuova Guinea. E ciliegina sulla torta, o se preferisci litchi sul budino al cocco, lascio l'isola portandomi dietro il manoscritto di Eloïse, quello che stai proteggendo con tanta cura, capitano, il famoso capolavoro che a parte lei e Pierre-Yves François nessuno ha letto, neanche i figli!».

Clémence si china un secondo per leggere il titolo abbassando di qualche centimetro la canna del fucile ed emette un lungo sospiro.

«*Attirata dalle stelle*, bleah... Non ti sembra di una banalità sconfortante? E temo che non ci sia solo il titolo da cambiare.

Che ti devo dire, capitano, a quanto pare quella bambolina tutta foulard e vestitini a fiori era un talento eccelso e io la somara. Avrò modo di estasiarmi per la sua prosa in aereo, il prossimo parte fra un'ora. Ho appena il tempo di fare il cambio di look».

Per la prima volta Yann accenna un gesto. Clémence raddrizza subito la canna del fucile.

«Hai voglia di muoverti? Bravo, allora scosta un po' quei fogli da sotto la mano sinistra, non vorrei che il tuo sangue macchiasse il manoscritto originale di un futuro romanzo cult».

La mano di Yann non si muove. L'indice di Clémence si contrae sul grilletto.

«Come vuoi. Se ti va di credere che così raggiungerai per l'eternità la tua bella...».

Stavolta il gendarme solleva la testa e guarda l'assassina dritto negli occhi.

Tecnica da poliziotto.

Si limita a pronunciare lentamente quattro parole.

«Lascia quel fucile, Clem».

L'ordine fa effetto. Clémence allenta la pressione del dito sul grilletto.

«Cosa?».

«Lascia il fucile!» ripete Yann ancora più calmo.

Clem fa un sorriso sprezzante. L'effetto sorpresa è passato.

«Stai scherzando?».

Contrae di nuovo il dito puntando la canna verso il cuore del gendarme seduto.

«Non ti lamentare, capitano, io andrò all'inferno e tu in paradiso».

In quel momento preciso il cielo sembra aprirsi come se un dio corrucciato avesse deciso di intervenire. Una voce potente lacera le nuvole al disopra della baia dei Traditori facendo tremare ogni bungalow del Soleil Redouté, una voce che ripete con autorità l'ordine di Yann.

«Giù le armi!».

L'ingiunzione divina è seguita da un calpestio di elefanti, decine di stivali che si spostano di corsa nel giardino della pensione. Clémence non ha sparato. È incerta se tenere Yann sotto mira o voltarsi.

Sicuro di sé, il gendarme sorride.

«Hai ragione, Clem, la polizia ci mette quattro ore ad arrivare da Tahiti, solo che io non l'ho chiamata un'ora fa come vi ho detto nella sala Maeva, l'ho chiamata tre ore prima, subito dopo la testimonianza di Poe e Moana, appena ho avuto la certezza che l'assassina eri tu».

I passi degli elefanti si avvicinano.

«Giù le armi» ordina di nuovo la voce amplificata dal megafono.

«Dopo aver scoperto i corpi di Farèyne e Marie-Ambre» continua il gendarme, «anch'io ho improvvisato. Dovevo reggere un'oretta. Un'ora per obbligarti a toglierti la maschera e registrare la tua confessione evitando che uccidessi di nuovo».

«Non ci sei riuscito» sibila Clémence. «Tanaé mi ha lasciato sola con Eloïse. Questo non l'avevi previsto, eh?».

Solleva lentamente la canna del fucile verso la faccia del gendarme, in pieno volto, sulla fronte.

Yann chiude gli occhi.

«Ultimo avvertimento!» urla la voce celeste.

«Credo che il piano C sia compromesso» mormora Clémence, «e anche il piano B».

Yann apre gli occhi.

Clem ha continuato a sollevare il fucile. Con gesto rapido e preciso si punta la canna sotto il mento».

«Resta il piano A».

«Nooo!».

La detonazione copre il grido di Yann nonché gli ulteriori ordini del comandante della BRJ di Tahiti. Clémence, come se avesse calcolato con esattezza la sua traiettoria post mortem, crolla sul letto con gli occhi spalancati e la mandibola a brandelli che riversa un fiotto di sangue sulle pagine in bianco e nero del romanzo.

Quattro poliziotti armati di fucili mitragliatori e dotati di giubbotto antiproiettile fanno irruzione nel bungalow Hatutaa.

«È... è morta?» domanda stupidamente un membro del commando.

«No, è viva!» grida una voce alle loro spalle.

Una voce limpida come un ruscello seguita da passi di gazzella sul terreno degli elefanti.

«È viva» dice di nuovo la voce zampillante.

Maïma spunta nel bungalow e tira la manica del poliziotto più vicino come una bambina eccitata che gli adulti non vogliono ascoltare.

«Eloïse è viva! Spero che siate venuti con un medico e le medicine. Respira ancora. Può essere salvata. Può essere salvata!».

Servane Astine

«Pronto? Pronto? C'è nessuno? È rimasto qualcuno vivo dai papuani?».

Le risponde una voce sussurrante.

«Signora Servane? Sono Tanaé, del Soleil Redouté. Parlo piano perché...».

«Mi passi la piccola Eloïse» taglia corto l'editrice. «E non si sforzi di bisbigliare, Tatayè, sul telefono ho un pulsantino fantastico che mi permette di aumentare il volume della sua voce, se ne ho voglia, o di zittirla del tutto... Allora, mi passa la sopravvissuta?».

«Non posso» risponde Tanaé ancora più sottovoce. «I medici hanno vietato a Eloïse di muoversi. È fuori pericolo, ma ancora debole. L'hanno come svuotata. Ora deve bere, mangiare e...».

«Non ho chiesto che si muova» specifica Servane. «Cioè, solo le labbra. Dovrebbe farcela, no? Sia gentile, è importante, devo dirle una cosa che la rimetterà in sesto più di tutti i vostri frullati cocco e pompelmo».

Per un minuto Servane Astine sente solo rumori indistinti di dialoghi lontani. Capisce che è in corso un'aspra trattativa, poi Tanaé torna al telefono.

«Eloïse è d'accordo a parlare con lei».

* * *

«Bene, mi dicono che non puoi affaticarti, piccola, allora vado subito al sodo, anche perché qui sono le cinque del mattino e benché Parigi si stia svegliando io andrei volentieri a dormire. Ti riassumo la situazione. Due giorni fa PYF mi ha mandato il PDF di *Attirata dalle stelle*, ti risparmio le lodi sperticate di cui abbonda la sua mail, inutile fare sviolinate adesso, e comunque ce ne serviremo per la bandella: l'ultima grande emozione letteraria dello scrittore assassinato! Farà il suo effettaccio...

«Insomma, conoscendo PYF non mi sono precipitata subito sul tuo manoscritto, ma sulle foto della tua pagina Facebook... Sei carina, fiorellino, e data la promiscuità che regna nelle vostre capanne di pigmei ho pensato che questo l'avesse influenzato. Invece no, ho passato la notte sul tuo testo e devo dire che per la prima volta, e anche l'ultima, PYF ha avuto fiuto...». Servane fa una breve risatina che interrompe di colpo. «Non ti indignare, piccola, non credere che gli stia mancando di rispetto, al contrario, PYF adorava le battute sul suo fiuto. Okay, avevo detto che andavo al sodo, quindi eccoti in due parole la situazione. Hai un talento vergognoso, figlia mia. Ti pubblichiamo il libro e ti propongo anche un contratto perché tu pubblichi con me i prossimi venti che scriverai».

La vocina di Eloïse tenta di inserirsi tra una raffica di parole e l'altra.

«Il manoscritto si è...».

«Macchiato? Di sangue e pezzi di cervello, vero? Lo so, la polizia mi ha raccontato tutto! Non è che quando ti hanno svuotato si sono scordati le orecchie? Ti ho detto che PYF mi ha mandato un PDF cristallino! Piuttosto, conserva preziosamente quei fogli. Se vinci il premio Goncourt pensa che valore potrà avere il manoscritto originale intriso di sangue! A proposito, passami il tenente Colombo».

«Chi?» balbetta la vocina.

«Il capitano, ho una buona notizia anche per lui. Lì agli antipodi è inverno, no? Be', facciamo che è Natale!».

* * *

«Pronto, ispettore Callaghan? Te la faccio breve, qui sono le cinque del mattino e non mi va di tergiversare. Sono stata tutta la notte in riunione con il mio team editoriale, ovverosia me stessa, e abbiamo deciso di pubblicare il manoscritto di tua moglie, *Terra degli uomini, morte di donne...*».

Yann è sotto il pergolato del Soleil Redouté con il telefonino incollato all'orecchio. Le luci dei lampeggianti spazzano il vialetto. I gendarmi fanno continui andirivieni tra la pensione e i locali dell'ex gendarmeria all'entrata del villaggio.

«Ma non è il manoscritto di...».

«Di tua moglie? Credo proprio di sì, invece! Pierre-Yves ha scopiazzato tutto... tranne lo stile, ovviamente, la tua Farèyne non era certo Georges Sand, ma dal punto di vista delle informazioni è stata lei a fare tutto il lavoro».

Yann si appoggia a un montante di ferro del pergolato.

«Il librò uscirà con i due nomi?».

«Senti un po', tutore della legge, parlo giavanese o cosa? Ho detto che pubblico il libro di tua moglie, co-man-dan-te Farèyne Mör-ssen. Solo il suo nome in maiuscolo sulla copertina. Una robetta di classe, no?».

«Sì, ma... il nome di Pierre-Yves François non sarebbe...?».

«Più vendibile? Vuoi fare l'editore al posto mio, adesso? Ti dirò una cosa, commissario Sanantonio, ma non ripeterla in giro, eh? Ho un armadio pieno di manoscritti postumi di PYF, ne ho a dir poco per dieci anni. Scriveva cinque libri all'anno e sputavo sangue per fargli capire che non potevo pubblicarne più di uno ogni sei mesi, quindi come vedi sono a posto. Conto su di te per una bella introduzione, magari ti fai aiutare dalla genietta con cui ho appena parlato. Nel frattempo continuo la distribuzione dei regali. Mi trovi la piccola marchesiana, come si chiama... Mammamia?».

«Maïma?».

«Mammamia suona meglio».

Yann si volta. Maïma è seduta al tavolo. Una poliziotta di fronte a lei la sta interrogando mentre un collega trascrive tutto su un computer portatile. Gli agenti acconsentono a fare una pausa di qualche minuto. Maïma non si fa pregare per balzare giù dalla sedia e prendere il telefono.

«Mammamia? Qui sono le cinque del mattino, i fornai stanno facendo i filoncini, quindi passo subito al burro e marmellata. Ho un'idea, piccola. Ascoltami bene».

Diario di Maïma
Una stella a cinque petali

Pito pianta il bastone nella terra morbida del fossato e posa il mazzolino di etlingera, la cosiddetta "rosa di porcellana", ai piedi del tiki dei fiori. Su Hiva Oa cade una pioggerella sottile aureolata da una luce trasversale che rischiara la spiaggia e il villaggio. Sta per arrivare il diluvio? Dalle nuvole che circondano le cime delle montagne si capisce che lassù sta piovendo a dirotto.

Arrivo in silenzio alle spalle del giardiniere, di cui vedo solo i capelli crespi e le spalle larghe da ex marinaio. Capisco che resterà lì a lungo e che tornerà spesso con i fiori per Titine raccolti lungo la strada, per trasformare i fiori di pietra in fiori di carne.

«Tieni, è per lei».

Gli do una catenina al termine della quale dondola la perla nera.

«È quella buona, quella che avevi regalato a Martine. L'ho trovata fra le cose di mamma. C'è poco da prendersela con lei, ormai... Ve la restituisco. A tutti e due».

Faccio un passo avanti per mettere la perla al collo della statua. Pito mi prende la mano e mi fa posare delicatamente le dita aperte sulla pietra.

«Lo senti, Maïma?».

«Co... cosa?».

«Il mana. Il mana della bontà. Fallo entrare in te».

Rimaniamo a lungo a toccare la pietra.

«Lo senti?» continua Pito poco prima che mi spazientisca. «Senti quello che ti sta dicendo?».

Credo di sì.

«Che lei... che Martine se ne frega dei gioielli?».

«Esatto».

«Che mamma... cioè, che Marie-Ambre ci teneva molto più di lei e lei glielo regala?».

«Proprio così. Vedi, anche tu riesci a comunicare con lei».

Sono turbata. Stranamente, tutta la collera con cui sono arrivata è sfumata. L'incanto viene rotto da un breve rumore di motore seguito da una fugace nuvola di calore: tre macchine incolonnate ci passano accanto, probabilmente un gruppo di turisti provenienti dall'aeroporto. Pito posa la sua mano su quella in pietra di Titine.

«Ci trasferiamo tutti e due. Qui il panorama è bellissimo, ma la strada troppo frequentata. Ho parlato con il sindaco, è d'accordo a far mettere Martine al cimitero di Atuona. Le ho trovato un posticino sotto un ylang-ylang, subito sopra la lapide di Jacques e Maddly. Io la raggiungerò tra non molto. Anch'io, dopo aver fatto il giro del mondo, ho trascorso qualche anno a Mururoa».

Stringo forte la mano intorno alla perla nera.

Pito si è seduto a gambe incrociate davanti al tiki, con la faccia alla stessa altezza di quella di pietra. Le sue dieci dita si intrecciano con le venti di Martine. Mi allontano in silenzio.

Prima di morire vorrei
Raccogliermi sulla tomba di Jacques Brel,
E dopo la mia morte essere sepolta accanto a lui.
Se c'è un posticino per me.

* * *

Inginocchiata, scavo con le mani la terra nera e tenera. Di quando in quando alzo gli occhi verso il tiki grigio sulla montagnola davanti a me e osservo la corona, gli orecchini e gli anelli scolpiti nel tufo.

«Sai, mamma, devo fare una buca profonda per evitare che qualcuno la rubi».

So che mi sente. Scavo ancora, e quando la buca mi sembra abbastanza grande ci poso dentro la perla nera con attenzione, come fosse il seme di una pianta magica, poi la ricopro con un sottile strato di terra e prendo dietro di me la piantina di frangipani che ho estirpato nella foresta vicino a Tapoa. Infilo le radici il più possibile in profondità e con le mani comprimo la terra tutto intorno al piccolo tronco.

«Così nessuno la troverà mai, mamma, e il tuo tiki sarà sempre fiorito».

Mi pulisco le mani sulle foglie di un banano. In piedi sono di nuovo più alta della statua.

«Ti voglio bene, mamma. Sai, ormai sono grande, quindi credo che non avrò più altre mamme. Di sicuro non sarò mai bella come te, ma spero di incontrare uomini che mi ameranno quanto hanno amato te. Mi darai un po' del tuo mana? Mi insegnerai a essere bella? A sedurre? A mentire agli uomini? Ora ti lascio, ma tornerò presto. Ti voglio bene, mamma. Per davvero».

Ai piedi della montagnola il vento muove dolcemente l'unico fiore del piccolo frangipani, una stella a cinque petali che le goccioline di pioggia fanno brillare.

Prima di morire vorrei
Restare bella fino alla fine,
essere di quelle donne che non appassiscono.

* * *

Yann sta leggendo ad alta voce una lunga lettera. Mi avvicino in silenzio, con cautela. Ma non abbastanza! Calpesto una corteccia di mango con i piedi nudi facendola scricchiolare.

Tanaé, Poe e Moana, a mani giunte, si voltano aggrottando le sopracciglia. Solo il tiki davanti a loro non si è mosso, anche se il suo unico occhio ha l'aria di scrutarmi con la precisione di un teleobiettivo prima di trasmettere le informazioni al cervello di pietra ipertrofico.

Finito di leggere, Yann alza gli occhi. Capisco che ha fra le mani la lettera che la madre di Laetitia Sciarra e l'amica di Audrey Lemonnier, le due vittime di Métani Kouaki, hanno mandato per mail alla comandante Farèyne Mörssen. Un giudice le ha informate che il caso del killer del quindicesimo era stato definitivamente risolto. Kouaki non farà altre vittime. Probabilmente nessuno verrà mai alle Marchesi a raccogliersi sulla sua tomba.

Il capitano posa la lettera ai piedi del tiki. Tanaé fa un piccolo cenno del capo alle figlie e tutte e tre si chinano per posare sul foglio tre ciottoli con un Enata inciso sopra, perché non possa volare via.

Tanaé, con un ginocchio a terra, sembra che stia dicendo una preghiera.

«Mi dispiace, comandante. Se solo ci fossimo parlate prima, se avessi saputo che mi stavi cercando... Eppure avevamo lo stesso nemico».

Si piega e con una lentezza da rituale sacro gira i tre sassi.

Li capovolge.

Il tiki, nella sua grande saggezza, non risponde. La civetta di pietra che ha sulla spalla non ha battuto ciglio. Yann porge la mano a Tanaé per aiutarla a rialzarsi. Lei la prende, gli mette la sua sulla spalla e la stringe impolverandola di terra.

«Ti lasciamo solo con lei».

Fa un altro cenno alle figlie e tutte e tre si allontanano.

Sono incerta se allontanarmi anch'io, aspetto un secondo, poi accenno un passo di lato.

«Resta, Maïma, resta. Sei la mia aiutante, a Farèyne sarebbe piaciuto vederti qui».

Il capitano ha parlato senza voltarsi, ha individuato la mia presenza come se avesse due occhi sulla schiena o, più verosimilmente, come se l'unico occhio del tiki l'avesse informato. Mi metto accanto a lui, che è rigido come se fosse stato anche lui mutato in pietra. Una pietra che piange.

«Hai fatto un buon lavoro, Farèyne» dice dopo un lungo silenzio. «Hai diritto a tutti gli onori, te li sei meritati, sarai decorata da un qualche prefetto, il tuo libro verrà pubblicato, diventerai la poliziotta più famosa di Francia. Ma... ma so che dopo aver fatto il tuo dovere fino in fondo avresti desiderato un'altra cosa, avresti voluto riavvolgere il nastro e regalarti una seconda vita. Credimi, mia comandante, la prima ti è riuscita in pieno! Ne meriti una seconda e mille altre dopo, donna avventurosa. Mi perdoni se anch'io provo a vivere un'altra vita?».

Gli prendo la mano e rimango a lungo immobile a guardar scorrere le lacrime sulle sue guance. Non ci accorgiamo nemmeno che ha smesso di piovere.

Ai nostri piedi il vento agita il foglio tenuto dai tre ciottoli.

Prima di morire vorrei
Non lasciarmi dietro casi irrisolti,
Vorrei che Laetitia e Audrey fossero vendicate.

* * *

Poi io e Yann ce ne siamo andati. L'unico e umido occhio del tiki ci guarda addentrarci nella foresta mano nella mano. Camminiamo sulle orme fangose lasciata da Tanaé, Poe e Moana senza scambiarci una parola. Sappiamo entrambi in che direzione andare. Yann avanza tra le foglie di banano cariche d'acqua senza preoccuparsi di spostarle. Gli frustano il viso, gli si rovesciano sui capelli, gli bagnano la camicia. Avvantaggiata dalla bassa statura, io ricevo solo la schiuma della cascata. Arriviamo a qualche metro dal me'ae sopra il Soleil Redouté.

Gli lascio la mano.

Qualcuno lo aspetta.

Yann

Eloïse si gira.

Osserva Yann venire verso di lei mentre Maïma esce dal sentiero e va da sola verso l'altra estremità del me'ae, si allontana per non disturbarli.

Eloïse oscilla tra il sorriso e l'espressione seria. In Yann, che le si avvicina, c'è un contrasto netto tra la forza che emanava negli ultimi giorni e la fragilità che lo fa vacillare. È bagnato come un naufrago che abbia perso tutto tranne la vita, un marinaio mezzo annegato. Lei gli tende la mano.

«Guarda» dice.

Yann si avvicina ancora e si ferma davanti al tiki con la penna. Indifferenti alla loro presenza, i due occhi a fessura della statua scrutano il cielo e il monte Temetiu, la cui vetta emerge appena dalle nuvole.

«Là» dice ancora Eloïse. «Vedi?».

Yann spalanca gli occhi senza capire cosa dovrebbe vedere. Eloïse gli prende il polso e insieme a lui punta il dito verso la cima in cui si perde lo sguardo del tiki.

«Ho la risposta. C'è qualcosa dall'altra parte della montagna. Per arrivarci ci sono varie strade, si sceglie quella che si vuole. Se si prende la più lunga e scoscesa bisogna viaggiare leggeri, liberarsi del fagotto, è... è l'unico modo».

«Che c'è dall'altra parte?».

Eloïse sorride. Stavolta si gira verso il tiki e accarezza delicatamente la penna di pietra.

«La risposta. Per la prima volta in vita mia qualcuno mi ha detto che avevo talento, qualcuno di diverso dalla vocina che mi ronza in testa da quando sono nata mi ha fatto capire che forse non è stata una follia averci creduto e aver abbandonato tutto».

Il suo dito continua a seguire le curve della penna.

«Ora che hai la risposta puoi tornare a casa» mormora Yann.

Un velo leggero passa sul viso di Eloïse. Anche lei ha i capelli bagnati, e in quel momento senza un fiore che li colori. Non è mai stata così carina.

«Non credo. Li ho fatti soffrire troppo. Mio marito si è già rifatto una vita con una donna che non sente le voci».

«E Nathan e Lola?».

«*Attirata dalle stelle* è dedicato a loro, anche se non credo che avranno voglia di leggerlo. E ancora meno quando saranno grandi. Questo libro ha rubato loro la mamma».

Yann la prende per le spalle e la obbliga a guardarlo. Faccia contro faccia.

«Non sei mai stata così leggera! Senza fagotto! Cosa aspetti per andare a trovarli, di avere il premio Nobel per la letteratura? E poi? Non sarà per questo che i tuoi figli ti ameranno di più. E neanche di meno. I figli amano senza giudicare, Eloïse. I figli amano come sei. Solo loro sanno amare così...».

Eloïse si libera dalla sua presa e rivolge il viso umido al cielo lasciandone al gendarme solo la metà. Il suo profilo si staglia contro la foresta smeraldina. Le ultime gocce di pioggia sembrano cadere dalle palme per il puro piacere di scivolarle su fronte, naso e labbra.

«No, Yann, non soltanto i figli...». Scruta con attenzione la cima del Temetiu. «Mi ero scordata di dirtelo, ho trovato un'altra cosa dall'altra parte».

«Che... che c'era?».

«Tu».

Prima di morire vorrei
Trovare un uomo che mi accetti come sono,
senza giudicarmi,
che mi ami come certe donne sono capaci di amare.

Diario di Maïma
Uniche!

Lancio uno sguardo di sfida all'ultimo tiki. La statua non batte ciglio. I suoi occhietti da rettile restano stretti, freddi e sornioni mentre le venti dita continuano a strangolare l'uccellino prigioniero per l'eternità.

Se crede di farmi paura! Sottili strati di bruma scendono dalle montagne verso la foresta, ho la sensazione che le mie parole si perderanno nella nebbia nascente. Parlo a voce alta.

«Sei fiero di te? Che mi risponderai? Che è così, che la morte è il tuo mana, che anche lei va trasmessa, che in noi c'è una parte di violenza tanto quanto c'è una parte di amore? Che non sei responsabile di niente, così come il tuo vicino di pietra e di penne non è responsabile del talento di Eloïse? Che Clem aveva questa violenza dentro di sé, ma doveva venire qui e incontrarti perché si rivelassero le sue pulsioni represse?».

Il tiki non risponde: tecnica da mummia!

Sostengo il suo sguardo. Se crede di ipnotizzarmi con quegli occhi da serpente si sbaglia! Per precauzione faccio un passo indietro.

«Non credere che funzioni anche con me! E comunque non sono venuta per te, sono venuta per parlare con Clem».

Giurerei di aver visto luccicare gli occhi del tiki. Semplice riflesso del quarzo nella pietra vulcanica?

«Allora, Clem, ecco cosa mi ha proposto Servane. Credo che il suo mana sia quello del mangiatore di carogne: non quello della morte, quello che viene subito dopo, non so se mi spiego. Pare che avvoltoi e iene siano l'anello più utile dell'intera catena alimentare, almeno così mi ha detto lei, gli unici animali che non uccidono per nutrirsi. Ma veniamo alla proposta di Servane Astine. Ti confesso che l'idea era venuta anche a me... Forse mi scorre nelle vene un po' di sangue di iena».

Tiro fuori dallo zainetto un grosso pacco di fogli.

«Lette una dopo l'altra, come ho fatto io, le vostre cinque bottiglie per l'oceano formano una storia strana, tanto più se i vostri capitoli sono inframmezzati dal mio diario, cioè il racconto in tempo reale della mia indagine integrato ogni tanto da ciò che passa per la testa del capitano.

«Servane è pronta a pubblicarlo, dice che è ciò che Pierre-Yves avrebbe voluto e che forse aveva pianificato fin dall'inizio: che ogni lettrice raccontasse le sue impressioni ed emozioni minuto per minuto, perché gli servivano cinque piante diverse, cinque profumi, cinque fiori recisi per comporre il suo mazzo. Cinque tiki scolpiti, era l'unico modo per radunare nello stesso libro vari mana, per comporre un'opera perfetta. Sai, PYF amava i libri come amava le donne: una sola bellezza, un solo talento, non gli bastavano. Dicono che l'ideale sia sempre una chimera».

Lascio a Clem il tempo di meditarci sopra. Chimera? Francamente non sappiamo che farcene dell'ideale e delle chimere. Abbasso la voce e sussurro all'orecchio di pietra:

«Ce ne freghiamo, no? Sappiamo bene di essere uniche. Non perfette, ma uniche!».

Faccio un passo a destra, un altro a sinistra, cerco la posizione migliore per evitare il velo di bruma e sentire il sole sulle spalle, mi sposto fino a ritrovare nello sguardo del tiki il riflesso delle stelle.

«Per fartela breve potrebbe intitolarsi *La mia bottiglia per l'oceano*, e naturalmente metteremmo il tuo racconto per primo. Diventerai la psicopatica più famosa della letteratura, vecchia mia! Bella mossa, Clem!».

Prima di morire vorrei
Scrivere un romanzo che si vende in quarantatré lingue
su cinque continenti.

Nota sull'Autore

Michel Bussi è l'autore francese di gialli attualmente più venduto oltralpe. È nato in Normandia, dove sono ambientati diversi suoi romanzi e dove insegna geografia all'Università di Rouen. *Ninfee nere* (Edizioni E/O 2016) è stato il romanzo giallo che nel 2011, anno della sua pubblicazione in Francia, ha avuto il maggior numero di premi, e di cui le nostre edizioni hanno pubblicato anche la versione graphic novel. Dello stesso autore ricordiamo *Tempo assassino*, *Non lasciare la mia mano*, *Mai dimenticare*, *Il quaderno rosso*, *La doppia madre*, *La Follia Mazzarino*, *Forse ho sognato troppo*, *Usciti di Senna*, *La caduta del sole di ferro. N.E.O. 1*, *Tutto ciò che è sulla Terra morirà*, *I due castelli. N.E.O. 2* e *Nulla ti cancella*, tutti pubblicati dalle nostre edizioni.

INDICE

Cara lettrice, caro lettore,

ti ringraziamo per aver comprato questo libro in un punto vendita autorizzato (e non da un rivenditore che ha violato la legge del libro vendendo con uno sconto superiore a quello consentito per legge o si è rifornito presso un circuito di distribuzione illegale).

Apprezziamo il tuo gesto perché è un atto concreto contro la pirateria che danneggia pesantemente il sistema editoriale italiano. Secondo i dati presentati al convegno dell'Associazione Italiana Editori il 22 gennaio 2020, la pirateria di libri fisici ed elettronici, ovvero il download illegale di testi in formato digitale, le fotocopie illegali, la contraffazione vera e propria di libri fisici presso tipografie non autorizzate, causa un danno economico pari a un quarto del fatturato di libri nel nostro paese, mancate entrate nell'erario per 216 milioni di euro, una perdita di 8.800 posti di lavoro considerando anche l'indotto.

Ciò che noi possiamo assicurare è che il prezzo che hai pagato per questo libro va interamente a remunerare tutte le persone che hanno contribuito a pubblicarlo e a distribuirlo (l'autore, l'editore, il traduttore, il redattore, il grafico, il tipografo, il dipendente della casa editrice, il distributore, il promotore, il libraio, ecc.). Tutte persone che svolgono il loro lavoro con onestà e impegno e che vengono letteralmente derubate a ogni atto di pirateria.

Il prezzo che hai pagato per questo libro serve a mantenere in piedi un sistema editoriale ampio e articolato, in cui i successi editoriali affiancano le migliaia di nuovi libri pubblicati ogni anno senza lo stesso successo ma che sono parimenti indispensabili per un sistema di bibliodiversità fondato sulla ricerca e sul pluralismo delle voci.

Gli editori

Finito di stampare il 25 ottobre 2022
presso Arti Grafiche La Moderna di Roma